本书为国家社会科学基金项目
"20 世纪美国左翼文学思潮研究"
（08BWW008）的最终成果

集美大学文学院行健学术丛书
第二辑

20世纪美国左翼
文学思潮研究

王予霞 著

中国社会科学出版社

图书在版编目（CIP）数据

20 世纪美国左翼文学思潮研究 / 王予霞著 . —北京：中国社会
科学出版社，2014.8
ISBN 978 – 7 – 5161 – 4605 – 7

Ⅰ. ①2… Ⅱ. ①王… Ⅲ. ①文艺思潮 – 研究 – 美国 – 20 世纪
Ⅳ. ①I712.095

中国版本图书馆 CIP 数据核字（2014）第 171633 号

出 版 人	赵剑英	
责任编辑	任　明	
特约编辑	李晓丽	
责任校对	李　楠	
责任印制	何　艳	

出　　版　中国社会科学出版社
社　　址　北京鼓楼西大街甲 158 号
邮　　编　100720
网　　址　http：//www. csspw. cn
发 行 部　010 – 84083685
门 市 部　010 – 84029450
经　　销　新华书店及其他书店

印刷装订　北京市兴怀印刷厂
版　　次　2014 年 8 月第 1 版
印　　次　2014 年 8 月第 1 次印刷

开　　本　710×1000　1/16
印　　张　20
插　　页　2
字　　数　322 千字
定　　价　55.00 元

前　言

　　美国左翼文学思潮发轫于 20 世纪初，贯穿 20 世纪之始末，并延伸与拓展到新世纪。在其发展过程中，先后出现了"红色 30 年代"和 60年代的"反文化"的两次高潮时期，无论从文学在社会上所处的地位，还是美国作家所表现出的创作热情来看，都是史无前例的。它促使美国文学的再次兴旺。所以，无论从文化重塑还是文学振兴的角度来看，20世纪的美国左翼文学思潮都是一个非常特殊、非常值得人们认真回溯和研究的对象。造成"高潮"的原因是那个特定的历史文化气候出现不同寻常的高温。时代的变迁与人的思想、文化传统之间的各种矛盾，在这两个非常时期剧烈地碰撞摩擦，产生出高能的热量，重塑了世人的文化态度和行为模式，同时也在另一层面上改变了文学的主题、形式与结构。

　　"左翼"作为一个政治概念，它代表广大草根民众的力量，坚持人民史观，反对贫富悬殊，追求社会公平和"均贫富"，主张通过激进革命推动社会的发展。马克思主义诞生之后，左翼阵营直接采用马克思主义理论抨击资本主义，强烈要求变革私有制，实现社会分配的公正和谐。这是左翼的一个最突出的思想特征。就左翼文学思潮而言，与此特征密切相连，它在意识形态上始终作为资本主义现存秩序的对立面而存在，具有强烈的政治倾向性、批判性、否定性和颠覆性，直至成为美国主流文学所无法替代的一支重要力量。凭借左翼政治内涵所赋予的人民性，左翼文学思潮在 20 世纪美国文坛上获得最广泛的群众基础，它持续时间长、跨度大、参加人数众多，期间大师如云、佳作迭出，可以视作整个 20 世纪美国文学中最丰富的部分。

　　自 20 世纪初至 70 年代，一大批享有国际声誉的作家、批评家从左翼文学思潮中脱颖而出，对世界文学的发展产生巨大影响的作品也相继问世。出现诸如辛克莱、安德森、德莱塞、多斯·帕索斯、斯坦贝克、杜波伊斯、休斯、玛丽·麦卡锡、诺曼·梅勒等重量级的人物，可以说是群星璀璨。这些作家在最广泛和最敏捷地接纳时代思潮的时候，极为注重小说创作的时代性，所以许多经典性作品都具有浓烈的时代特征，蕴藏丰富的历史文化内涵，为当时和今人重新解读那个时代的社会结构、文化景观、人们的精神风貌提供了弥足珍贵的文本。

不仅如此，左翼文学的丰富而突出的文学成就还体现在许多作家及其作品在认同左翼的总价值取向的同时，又具有自己独特的艺术表达和美学追求，使其内蕴深厚的诗性意蕴和精神意蕴，超越意识形态性，上升到了人类普适性的境界，从而确保其永久的艺术品格。美国文坛如果缺失了这小半个星空，恐怕要黯然失色。至于文学理论、文学批评方面更是成绩斐然，除了新批评、新人文主义等较传统的批评流派，美国当代文坛上的大多数新兴的文学理论思潮，几乎都受到左翼思想的浸染。而左翼文学批评的代表人物——威尔逊、特里林、卡津、拉夫、欧文·豪、桑塔格、詹姆逊、萨义德等人，其突出的理论贡献和学术威望早已为世界所公认。这充分说明左翼文学思潮研究的重要性和必要性。

在 20 世纪美国左翼文学思潮的发展中，纽约逐渐发展为左翼文化的大本营，它联结着西欧与苏东，处在东西方文化交汇处，许多左翼的核心人物都聚集在这里。到 60 年代，纽约文人中也出现新左翼运动的代表人物，使新旧左翼之间的冲突、碰撞更加错综复杂。新旧左翼之间存在着难以割舍的联系，表面上看新左翼运动侧重文化反叛，在艺术审美领域进行后现代主义实验；事实上，它秉承了旧左翼的寻求社会正义、反抗霸权的精神，这些交互联系都体现在两代左翼的批评与创作当中。

另外，参与左翼文化运动的多为作家或批评家，这些人大都不是政治家，所以，他们的政治与美学观有时相当矛盾和混乱，连他们自己也说不清楚。这就要求研究者对他们的创作要有整体把握，要从其较为稳定的艺术风格切入，根据其文学创作的艺术质量或批评论著的学术水平作出客观、公允的评价，而不能仅凭他们某时某地的言论进行判定。我们当然应该重视美国的主流文化中的合理内核，但对非主流的左翼文学这样的"对手文化"，也要同样予以关注，要实事求是地肯定其独特的文学意义，从中获得对我们有益的思想和艺术的启迪。

　　本课题的研究主要遵循这样几项原则：第一，从全球化语境出发，立足于中国学者的文化立场，把美国左翼文学思潮置于 21 世纪初西方文化格局和世界社会主义运动的大背景下进行系统深入的研究，汲取其经验教训，探寻规律；第二，本课题坚持以历史唯物主义的观点和方法为指导，坚持文献研究与实证研究相结合，突出左翼文学的独特性、关联性和影响性；第三，采用整体的综合分析与典型个案的深入剖析相结合的策略，对重要作家的批评与创作进行细致入微的阐发，详尽占有第一手资料，进行较为系统的实证研究。在研究中，笔者充分利用中国的文学资源，既积极介入国际理论的争鸣，又努力探寻中国学者的独特性表述。

　　本书共分七章，以通史的方式研究 20 世纪美国左翼文学思潮演变发展的全过程：第一章全面回顾与反思美国左翼文学思潮的演变发展，以及无产阶级文艺所取得的突出成就；第二章聚焦“纽约文人集群”的异军突起，透视它在左翼文化运动中所扮演的角色与作用；第三章评析旧左翼文学与黑人左翼文学的消长，着力剖析无产阶级文学与现代主义之间的互动关系，以及黑人左翼文学所取得的成就；第四章详细阐发 20 世纪三四十年代左翼女作家的代表作，探索此时期无产阶级女作家对于现实的反映和女性个人体验，以及无产阶级内部的性别歧视等问题；第五章着重论述新左翼运动的发生、发展，以及体现新左翼精神主旨的文学批评；第六章从纽约文人与新左翼的关系、旧左翼作家的生存转向、两代女权主义者的合作交流三个方面，探究新旧左翼之间的文化思想传承关系；第七章梳理辨析“学院左翼”，以及新左翼代表人物桑塔格在当代美国文坛中所发挥的独特作用，进而剖析美国左翼批评家的公共人文关怀。

　　进入 21 世纪后，面对纷繁复杂的国际局势，美国左翼批评家的声音仍然不绝于耳。有些问题不得不引起我们深思，诸如：左翼文学思潮如何影响了美国的后现代主义文学？其持续的影响是否依然存在？同中国文学又有什么联系？中国学者如何以自己的文化立场阐发与认识它？这也是本课题力图解决的难点。然而，由于笔者能力有限，虽竭尽全力，也难免有错误、疏漏和不当之处，恳请专家同行不吝赐教。

目　　录

导论 20世纪美国左翼文学思潮
研究的反思与回顾

自20世纪初美国左翼文学思潮产生以来,美国学界分三个时期,集中在三个问题上开展研究,取得了丰硕成果,这对于中国学界的研究无疑具有重要的参照价值。

一

(一) 20世纪五六十年代为第一时期:摆脱麦卡锡主义的思想桎梏,从搜集整理史料切入,积极建构研究范式。

美国学界对20世纪左翼文学思潮的研究可追溯到20世纪30年代。1936年,詹姆斯·法雷尔(James T. Farrell)出版《文学批评札记》(A Note on Literary Criticism),对左翼文学进行系统批评。法雷尔反对迈克尔·高尔德(Michael Gold)为代表的机械马克思主义观,即过度强调文学的社会功能,贬损其美学价值,在他看来,这种出于文学之外的目的对文学进行判断,是在建立一种新的经院哲学。他主张作家要忠于自己的洞察力,超越党派与权威。法雷尔以左翼文化运动参与者的姿态,率先从阵营内部发起批判,引发了"法雷尔之争"。

1942年,阿尔弗雷德·卡津(Alfred Kazin)出版《扎根本土:一种对现代散文体文学的阐释》(On Native Grounds: An Interpretation of Modern Prose Literature),对二三十年代著名左翼作家威廉·罗林斯(William Rollins)、亨利·罗思(Henry Roth)、纳撒内尔·韦斯特(Nathanael West)、法雷尔、多斯·帕索斯以及无产阶级诗人肯尼思·费林(Kenneth Fearing)、埃德温·罗尔夫(Edwin Rolfe)、霍勒斯·格雷戈里(Horace Gregory)、阿尔弗雷德·海斯(Alfred Hayes)、默雷尔·鲁凯泽(Murriel Rukeyster)等作家作品详加梳理与讨论。战后,当左翼作家退守艺术象牙之塔时，此书成为研究左翼文学的优秀著作。

1956 年，沃尔特·赖道特（Walter Rideout）出版《1900—1954 年美国激进小说：文学与社会的内在联系》（the Radical Novel in the United States, 1900—1954: Some Interrelations of Literature and Society），对 1930 年至 1936 年间无产阶级文艺运动中的 50 余部小说进行综合评述，总结激进主义小说对美国文学的贡献。1957 年，欧文·豪（Irving Howe）与刘易斯·科泽（Lewis Coser）合著的《美国共产党：一种批评史》（the American Communist Party: A Critical History），继续阐发共产主义激进小说的成就与不足。

1961 年，丹尼尔·阿伦（Daniel Aaron）出版《左翼作家：美国文学共产主义中的插曲》（Writers on the Left: Episodes in American Literary Communism）（以下简称《左翼作家》），以参与者和亲历者的身份剖析美国三四十年代左翼文学运动发展概况，集中探讨 20 世纪前 30 年美国共产党（以下简称美共）与左翼文化的抱合关系。他在书中令人信服地指出，大萧条和共产党均无法产生文学激进主义，却是美国本土文化中固有的浪漫主义传统催生了激进主义。由此可见，左翼文学是立足于美国本土文化的，即爱默生、惠特曼式反抗的延伸。

阿伦 1912 年出生于芝加哥，1933 年毕业于密执根大学，后赴哈佛大学攻读硕士研究生。在哈佛学习期间，他不仅获得了有关"哈佛教师协会"（the Harvard Teachers' Union）的左翼知识分子活动的第一手资料，还结识罗伯特·戴维斯（Robert G. Davis）、约瑟夫·弗里曼（Joseph Freeman）这样的共产党首领，并受到他们的影响，成为新政左翼人士。但是，阿伦没有加入共产党。20 年之后，阿伦凭借自己的无党派身份，获得福特基金资助，研究左翼作家。在研究中，阿伦坚持超越党派，与研究对象保持必要的距离，从而避免了新激进主义的干扰。

阿伦发展了美国学术研究中的重要范式——对知识分子的社会与政治的历史研究，即一种新的社会史研究。他广泛采用个人手稿、私人信函、访谈资料、回忆录、各种小刊物、政治文件、文章、小说等。以今日的眼光打量阿伦的研究，人们很容易指出他在阶级、性别、族裔的界定方面存在偏颇，却难以推倒其基于翔实史料的立论，因为他所收集的资料极其丰富而珍贵。

　　同时，阿伦拒绝从共产主义理想破灭等敏感问题中退缩，他说："我们这些艰难幸存到 60 年代的人们，可以为他们的不恰当的失误、他们的浪漫、他们的自欺、他们的哀诉和自以为公正而感到遗憾。但是，我们不能简单地否定他们要改变世界的努力，无论他们有多么鲁莽，多么无效。"① 阿伦虽然也批评共产党束缚作家的思想，但他并不主张以反共产主义替代反帝国主义，也从未得出过左翼作家与政治一团糟的结论。阿伦令人信服地指出苏联的影响是导致美国左翼文学运动失败的主要原因之一。

　　概括地看，《左翼作家》有三个突出的特点：一、阿伦积极从美国本土文化中寻找 20 世纪美国左翼文学的源头；二、他详尽阐述了俄国十月革命和苏联社会主义对美国左翼文学的影响；三、阿伦重视历史分析与作家作品的阐发，使著作呈现出文史结合特征。不足之处是，阿伦只注意像高尔德、希克斯、弗里曼这样的重要作家，而忽略了女性作家和黑人作家。虽然这些重要作家构成了左翼文学的横切面，但决不是全部。在具体的作品分析中，阿伦也缺乏精细的文学阐发能力，且个人论断较为薄弱。从性别、族裔和区域文化的视角看，阿伦的研究是很单薄的。随着研究的深入和史料的不断丰富，阿伦的研究将会受到越来越多的挑战。

　　但是无人能否认，《左翼作家》是一部立场公允、不掺杂个人情感、学术质量高的著作。它的问世标志着麦卡锡主义的式微和一个政治宽松的新时代的来临。《左翼作家》出版后，那些曾经参加过左翼文化运动的人们——爱德华·丹尔堡（Edward Dalberg）、希克斯、卡津、马修·约瑟夫森（Matthew Josephson）、伦道夫·伯恩（Randolph Bourne）等，纷纷出版回忆录，深情缅怀那个激情燃烧的岁月。另有一些研究者把当年《群众》（The Masses）、《新群众》（New Masses）和《铁砧》（Anvil）等刊物上的重要文章汇编成册。1966 年，威廉·奥尼尔（William L. O'Neil）编辑出版《反叛的共鸣：1911—1917 年〈群众〉》（Echoes of Revolt：The Masses, 1911—1917）；1969 年，约瑟夫·诺思

---

　　① Daniel Aaron, Writers on the Left：Episode in American Literary Communism, New York：Harcourt, Brace & World, Inc., 1961, p. 407.

(Joseph North) 编辑出版《〈新群众〉：三十年代反叛文选》(New Mas-ses：An Anthology of the Rebel Thirties)；1973 年，杰克·康罗伊 (Jack Conroy) 与科特·约翰逊 (Curt Johnson) 编辑出版《作家的反抗：1933—1940 年〈铁砧〉》(Writer in Revolt：The Anvil Anthology, 1933—1940)。这些史料汇编极大地方便了学者的研究。

受阿伦的影响，美国左翼文学研究范式呈现出三个新特征：一、在研究角度方面，研究者从美国本土文化与左翼文化运动之间的错综复杂关系切入，探寻 30 年代的左翼文化运动如何达到顶峰，并悄然延伸到 60 年代的。对新马克思主义批评而言，受托洛茨基影响的文学批评也是美国左翼文学思潮的一项重要内容。二、在研究范畴方面，许多研究者都把目标锁定在无产阶级小说上。无产阶级小说固然是在大萧条时期共产党领导下发展起来的，具有独特的社会价值与艺术价值，但它并不能代表美国左翼文学成果的全部。相比较而言，学界对马克思主义批评、报告文学和戏剧的研究就显得薄弱。三、不断深化与完善新马克思主义批评体系。弗雷德里克·詹姆逊 (Fredric Jameson) 对伯克的论述；桑·胡安 (E. San Juan, Jr.) 对卡洛斯·布洛桑 (Carlos Bulosan) 的阐发；德博拉·罗森菲尔特 (Deborah Rosenfelt)、伊莱恩·赫奇斯 (Elaine Hedges) 对马克思女权主义者的分析，均采用综合分析的方法，改变了长期对马克思主义批评理论孤立地加以研究的倾向。

1968 年，历史学家詹姆斯·吉尔伯特 (James B. Gilbert) 出版《作家与党派：美国文学激进主义的历史》(Writers and Partisans：A History of Literary Radicalism in American)。他坚持从阿伦研究的大背景切入，凸显《党派评论》在左翼文化运动发展过程中的独特作用。他运用历史文化的描述方式，梳理作家与党派之间的互动关系，考察"纽约文人集群"的批评与创作活动。同年，罗伯特·格罗弗 (Robert Grover) 主编的《袖珍的瓦尔特》(The Portable Walter)，收集整理了著名左翼诗人沃尔特·洛温费尔斯 (Walter Lowenfels) 的诗文。格罗弗认为，无论左翼作家有着怎样的政治幻灭和性格瑕疵，他们的创作终归是独具特色的。事实上，许多杰出的美国作家坚信迟早世人会对共产主义理念、有组织的左翼运动所带给人类的美好希望做出客观而公允的评价。那些选择信奉马克思主义的激进分子，虽然受到苏联的错误干扰，但他们从未放弃过文化的追求与贡献。虽然，该时期研究者对左翼文学进行了各种阐发，但都没有突破赖道特与阿伦的研究范式。

（二）80年代以降，学者们运用相关文学理论，研究朝着多角度、多层面发展，成果叠出，此为第二时期。

80年代，学界开始整合女性批评、族裔文化理论对美国左翼文学思潮进行深入研究，打开新视阈。传统派认为左翼文学没有产生什么重大影响的作家与作品，对美国文学的影响有限；而左翼的组织者自身也对文学、作家和批评家重视不够，两方面的原因造成许多左翼作家和作品被埋没。此一时期，学界与出版界不断加强对30年代左翼小说和诗歌的发掘与整理，使众多尘封已久的作品重新被阅读。随着这项文学考古的深入发展，左翼阵营中的少数族裔作家、女性作家、承载作家（committed writers）都受到前所未有的重视，这不仅动摇了过去占正统地位的文学经典，也使当今美国文学以更加完整的面貌呈现在世人面前。

密执根大学教授艾伦·沃尔德（Alan M. Wald）自80年代起，开始全面研究左翼文学，他先后出版《"纽约文人集群"——20世纪30年代至20世纪80年代反斯大林主义左翼之沉浮》（The New York Intellectuals：the Rise and Decline of the Anti – Stalinist Left From the 1930s to the 1980s）、《革命的想象：约翰·赖特和谢里·门根的诗歌与政治》（The Revolutionary Imagination：the Poetry and Politics of John Wheel Wright and Sherry Mangan，）、《左翼写作——关于激进文化和政治的新论》（Writing From the Left：New Essays on Radical Culture and Politics）、《从未来时间中放逐》（Exile From A Future Time）等著作。他认为，30年代初至50年代末，左翼文学同共产主义运动相结合，美共成功地把反种族主义与提倡多元民族构建在左翼文学当中，赢得社会的普遍赞誉，直接开启60年代的新左翼运动。

沃尔德发现即便在严酷的麦卡锡时代，左翼激进主义仍然隐秘地存在着。冷战期间的各种抵制运动——劳工权力、反帝国主义和反种族歧视，并未超越马克思主义的理论框架，不过是此前左翼思想的深入发展。沃尔德坚信，美国30年代的左翼经历和记忆一直持续到60年代，甚至更久远一些。例如，吉尔登（K. B. Gilden）在1971年出版的小说

《山海之间》（Between the Hills and the Sea），如果没有30年代旧左翼文学的铺垫是难以完成的。同样，约翰·桑福德（John Sanford）的《美丽可爱的国土：一个美国犹太人的生活景象》（A Very Good Land to Fall with：Scenes From the Life of an American Jew，1987）依靠的也是对30年代的记忆。沃尔德在《从未来时间中放逐》一书中，坚持在左翼文学思潮的传统与组织构成中剖析先锋诗人和黑人激进作家，凸显女性主义的焦虑与阶级特征，以及共产党所领导的出版事业在左翼文化运动中的作用。他还关注了同性恋左翼作家、犹太裔左翼作家、各种少数族裔左翼作家等，试图展现左翼文学的发展全貌。

沃尔德看到，许多受到共产主义思想洗礼的作家、诗人的创作活动，以及他们的真正成就并未得到学界的重视。共产主义经验不仅体现在左翼文学作品的内容与形式方面，而且彰显在种族平等、反法西斯主义、反帝国主义和反殖民主义等理念的倡导方面。实事求是地看，共产主义本身无法产生文学或文化运动，反而是不公正的资本主义制度激发了作家的自发式反抗，促成左翼文化运动的兴旺。正如左翼作家斯坦利·伯恩肖（Stanley Burnshaw）所言："我是非常反对苏联的，但我依然相信我还是像自己在30年代那样行事，因为我们全都为高尔德所描绘的未来极其美好而热烈的看法所打动。"①

沃尔德广泛采用口述史、封存的档案、罕见文本，还走访了许多从未接受过采访的左翼运动的参与者，如，约翰·里德俱乐部成员；"美国作家联盟"（League of American Writers）、"国内艺术协会"（the National Council for the Arts）和"科学专业协会"（Sciences and Professions）的成员，以及那些左翼刊物的编辑们。在沃尔德看来，有三点限制了人们对左翼作家的研究：一、麦卡锡主义的迫害使一代作家隐匿、消散，此情况一直持续到80年代末。不少受到共产主义浸染的作家在传记中刻意回避早年的左翼经历。二、各种政治与文学批评的声明限制了人们的视野，这是批评界制造的有关美国左翼文学的"领域"，禁锢了人们的视野。其实，左翼文学是一片广阔的天地——有女性文学、少数族裔文学、激进的大众写作、来自非西方世界的写作，但这些全都被

---

① Alan M. Wald, Writing From the Left, London/ NewYork：Verso, 1994, p.72.

忽略了。战后，虽然左翼作家并无多少建树，但他们拒绝与斯大林主义同流合污，自觉选择忠于艺术，也是一种抗争。三、左翼作家创作的多样性没有受到应有的重视。左翼作家经常自由地穿梭于诗歌、戏剧、报告文学和小说等各种文学体裁之间。例如，海斯既发表叙事长诗《弗拉米尼亚的女孩》（The Girl on the Via Flaminia，1949），又出版6卷散文小说，另有大量的戏剧作品。有的左翼作家还创作过通俗小说、科幻小说、传记及儿童文学。如此看来，人们不仅要研究那些经典左翼文本，也不能忽略左翼作家的其他作品。

1989年，卡里·尼尔森（Cary Nelson）出版《压制与复苏：1910—1945年现代美国诗歌与文化记忆中的政治》（Repression and Recovery：Modern American Poetry and the Politics of Cultural Memory，1910—1945）一书，试图对左翼诗人和百余首诗歌展开分析，挖掘其蕴含的激进情感。尼尔森既选取保守的南方重农派诗歌，也选择尤金·乔拉斯（Eugene Jolas）为代表的先锋派诗歌，还收集许多小杂志，从中梳理那些不受重视的"亚文化"。尼尔森查阅大量的档案资料和书目资料，复活了许多被遗忘的美国诗人、歌曲作家、艺术家和杂志：诸如，马里厄斯·德·扎雅斯（Marius De Zayas）、安杰利娜·格里姆克（Angelina W. Grimke）、卡温顿·霍尔（Covington Hall）、洛拉·里奇（Lola Ridge）、约翰·布里彻（John Beecher）、乔伊·戴维曼（Joy Davidman）；《同志》（The Comrade）、《联络》（Contact）、《火!!》（Fire!!）、《幻想》（Fantasy）、《发电机》（Dynamo）等等。尼尔森所分析的文本不仅提供了可供选择的20世纪诗歌史，也改变了传统研究只强调艾略特、罗伯特·福斯特（Robert Frost）、华莱士·史蒂文斯（Wallace Stevens），突破了20世纪诗歌在传统与实验、现代与通俗、诗人与公众之间的对峙，使人们走近了以小刊物为中心的，反映重大社会事件和公众利益的诗歌生产的异质空间———一种亚文化。尼尔森说，在这些亚文化群体中，活跃着许多被剥夺了公民权利的"作家"，他们拒绝沉沦，竭力要留下文化痕迹。

尼尔森认为，文学经典应该包括那些对民主社会的多元性做出贡献的亚文化。在经典的构建过程中，这些作品以对抗性的语言、愤怒且理想化的社会批评，冲击了传统经典的狭隘性、有限度的宽容、强大的权力标准等。尼尔森还对历史与经典建构等问题进行深入思考,在他看来,文学史绝非一个简单的再发现过程,因为人们只"发现"自己准备接受或自认为重要的东西,这说明在经验事实与历史构成、文学价值与产生经典之间存在复杂的社会关联性,应当引起研究者的足够重视。①

同一时期,通过重新发现约瑟芬·赫布斯特(Josephine Herbst)、莫里代尔·拉苏尔(Meridel Le Sueur)、苔丝·斯莱辛格(Tess Slesinger)、蒂利·奥尔森(Tillie Olsen)等左翼女作家和她们的作品,学界开始研究左翼女性文学。这些作家之所以重要,不仅仅因为其创作扎根于30 年代的无产阶级文化运动,而是其影响广泛弥漫于当今美国政治与文化中,可谓阴魂不散。可以说,她们是当今左翼文学传统持续发挥作用的活的典型。受此影响,1978 年,夏洛特·尼柯拉(Charlotte Nekola)和葆拉·拉比诺维茨(Paula Rabinowitz)编辑了颇有影响的文集《红色写作:1930—1940 年美国妇女文学选集》(Writing Red:Anthology of American Women Writers,1930—1940),掀起左翼女性文学研究的热潮。1981 年,德博拉·罗森菲尔特(Deborah Rosenfelt)发表文章《自30 年代:蒂莉·奥尔森与激进传统》(From the Thirties:Tillie Olsen and the Radical Tradition)。② 紧随其后的是一系列的博士论文:俄亥俄州立大学琼·塞缪尔森(Joan W. Samuelson)的《幸存的典范:四位美国女作家与无产阶级小说》(Patterns of Survival:Four American Women Writer and the Proletarian Novel,1982);萨塞克斯大学安·莱西(Ann Lacey)的《冲突跌起:美国妇女与无产阶级小说创作》(Engendering Conflict:American Women and the Making of Proletarian Fiction,1986);加州大学洛杉矶分校康斯坦斯·科伊内(Constance Coiner)的《"精神的悲观主义,意志的乐观主义":抵抗文学》("Pessimism of the Mind,Optimism of the Will":Literature of Resistance,1987)等等。

此后,拉比诺维茨出版《劳动与欲望:美国大萧条中的妇女革命小说》(Labor and Desire:Women's Revolutionary Fiction in Depression Ameri-

---

① Cary Nelson, Repression and Recovery: Modern American Poetry and the Politics of Cultural Memory, 1910 – 1945, Madison: University of Wisconsin Press, 1989, p. 68.

② Deborah Rosenfelt, From the Thirties: Tillie Olsen and the Radical Tradition, Feminist Studies7, (Fall, 1981).

ca）一书，集中探讨 30 年代左翼女性作家的创作与理论，将美国左翼女性文学的研究向前推进了一大步。拉比诺维茨运用叙事学和性别理论，对缺失的一代女作家进行研究。她从艾格尼丝·史沫特莱（Anges Smedley）的《大地的女儿》（Daughter of Earth, 1929）到玛丽·麦卡锡（Mary McCarthy）的《她的交际圈》（The Company She Keeps, 1942），为读者提供了饶有趣味的解释。在大萧条时期，这些女作家不但改写了无产阶级小说的男性传统，也改写了美国现实主义小说的女性传统，体现了那个时期女性的主体意识。拉比诺维茨阐明了激进女性文学的合法性及生命力，在新旧左翼关系的阐发中推进了马克思主义批评。

同一时期，女性出版社（Feminist Press）、西部出版社（West End Press）、国际出版公司（International Publishers）等相继出版菲尔丁·伯克（Fielding Burke）、赫布斯特、迈拉·佩奇（Myra Page）、约瑟芬·约翰逊（Josephine Johnson）、斯莱辛格等女作家的作品，也起到推波助澜的作用。

此间，研究美国黑人左翼作家的著作也开始出现。约翰·基伦斯（John O. Killens）、洛兰·汉斯贝里（Lorraine Hansberry）、劳埃德·布朗（Lloyd Brown）、兰斯顿·休斯（Langston Hughes）等著名黑人左翼作家引起学界重视，记述他们的传记陆续出版。哈罗德·克鲁斯（Harold Cruse）出版《黑人知识分子的危机：从起源到目前》（The Crisis of the Negro Intellectual：From Its Origins to the Present, 1967）；米歇尔·费伯瑞（Michel Fabre）出版《对理查德·赖特尚未结束的探究》（The Unfinished Quest of Richard Wright, 1973）；锡德里克·鲁滨逊（Cedric J. Robinson）出版《黑人马克思主义：黑人激进传统的构成》（Black Marxism：the Making of the Black Radical Tradition, 1983）；曼宁·马拉布尔（Manning Marable）出版《杜勃伊斯：黑人激进民主主义者》（W. E. B. Du Bois：Black Radical Democrat, 1986）；韦恩·库伯（Wayne Cooper）出版《克劳德·麦凯：哈莱姆文艺复兴的反叛羁旅者》（Claude McKay：Rebel Sojourner in the Harlem Renaissance, 1987）。比尔·马伦（Bill V. Mullen）、詹姆斯·斯梅瑟斯特（James Smethurst）从左翼的持续性切入，全面考量此间左翼的断裂和冲撞，在族裔背景上分析左翼运动与黑人文化的交互影响。

（三）进入 90 年代，冷战的结束为美国左翼文学研究提供了新契机与新内容，研究范式日趋多元化，研究的地域也从中心城市拓展到中西部、拉美地区，此为第三时期。

随着冷战的结束，学界推翻过去对左翼文学的诸多不公正、不实在的看法，对美共在左翼文化运动中的作用进行更加客观中肯的评论。20 世纪五六十年代，赖道特和阿伦的研究都没有把左翼激进分子作为一种革新社会秩序的奋斗者来界定，而是把他们看成怀着美好愿望，受到乌托邦理想鼓动的群体。他们的研究虽然预示了麦卡锡主义的消退，却无法洞见左翼文学的生命力，更无法解释与 60 年代新左翼运动及第三世界革命之间的潜在联系。也就是说，冷战意识形态的消除，解除了重写美国文学史的顾虑，使一大批描写罢工、造反、群众抗议、工人斗争、政治审判、妇女运动、国际主义、反种族主义的作品重见天日。今天的黑人文学如此引人瞩目，就得益于左翼文学研究在高校的持续进行。

1990 年，亚历山大·萨克森（Alexander Saxton）出版《白色共和的沉浮：19 世纪美国的阶级政治与大众文化》（The Rise and Fall of the White Republic：Class Politics and Mass Culture in Nineteenth—Century America），① 剖析了社会主义党派所引发的 50 多年的纷争，全书浸透着反种族主义思想。1991 年，詹姆斯·墨菲（James F. Murphy）出版《无产阶级时刻：文学中的左翼主义之争》（The Proletarian Moment：the Controversy Over Leftism in Literature），提出了"左翼主义"（Leftism），用以指称一种批评观，即对全部资产阶级文学遗产，包括以艾略特和乔伊斯为代表的现代主义文学持批评态度，注重文学的社会性胜过审美性的文学观念。尽管当年"左翼主义"在运动中颇为流行，但是，美共并不拒绝现代主义，当时的《工人日报》、《新群众》和《党派评论》都曾大力提倡过现代主义文学。尤其是《党派评论》周围的纽约批评家们，曾不遗余力地译介欧洲的现代主义文学，并以此抑制左翼文学的庸俗化倾向。

不仅如此，墨菲还揭示了美共领导的左翼文学是如何遭到致命一击

---

① 亚历山大·萨克森（Alexander Saxton），20 世纪四五十年代主要从事左翼文学创作，小说涉及西班牙内战和反法西斯斗争；60 年代成长为马克思主义历史学家。

的。在墨菲看来，左翼文学是被共产党的官僚作风所否定与击败的，发生在左翼转向"人民阵线"之前。30年代初的许多组织、出版机构、文学命题纷纷冠之以"无产阶级"或"社会主义"，并有调动全体著名作家向此转变的冲动。在大萧条时期，这种倾向大行其道。不久，"纽约文人集群"就以《党派评论》为阵地，率先对此提出批评，并开展了马克思主义批评论争。从左翼阵营内部看，他们的文学批评是持异议的，反对占主导的无产阶级文学以及《新群众》所宣扬的庸俗批评观点。尽管墨菲的论据不是很充分，但他在艺术与政治、文学与宣传、小说与新闻的关系阐发方面都相当扎实。

1993年，芭芭拉·弗莱（Barbara Foley）出版《激进的诉求：1929—1941年美国无产阶级小说的政治与形式》（Radical Representations：Politics and From in Us Proletarian Fiction，1929—1941），对30年代的无产阶级小说、左翼评论进行正本清源式的研究，在翔实史料分析的基础上，还原无产阶级文学的本真面目。此书有三个特点：

第一，细读文本与回归历史语境相结合。弗莱选取50余部无产阶级小说，分为虚构传记、教育小说、社会小说和集体小说四个门类，运用意识形态批评、叙事学批评、性别批评等多种理论方法，分门别类地详加剖析。通过比较分析，弗莱指出无产阶级小说以其独特的艺术成就，广泛赢得阵营内外批评家的赞誉，与人们的习惯观念正好相反，多姿多彩的无产阶级文学大都未受到教条主义影响。她以事实为依据，特别批驳了新批评派和纽约文人（特别是拉夫）对无产阶级文学的诋毁。她坚持无产阶级作家更多地受到美国本土的经验主义和实用主义影响，巧妙地规避了美共所宣讲的革命文学方针的干扰。她也承认苏联影响是明显的，她指出："苏联的文化发展对大萧条时期的文学激进主义产生重大影响。事实上，如果不是布尔什维克革命引起的巨大的变化，包括文化变化——这些永久地改变了20世纪的生活面貌，那么30年代的文学激进主义根本不会存在，或者只能以非常不同的形式存在。同时，仔细考察苏联对美国文学激进主义影响的真正本质，也令人怀疑那种认为

美国马克思主义者只是试图从苏联的例证中克隆自己的论点。"①此看法
比较贴近历史真相。

第二，逻辑与历史相统一。历史从哪里开始，研究便从哪里开始，
但历史必须辅之以辩证逻辑才能成体系。弗莱通过爬梳整理大量史料，
抓住三组问题——尚未强制执行的党的"批评"与潜在的党的强制性；
党的权威者的领导（松散控制）与被控制的有关美学争议的结果或特
别内容（严格控制）；党的批评与直接领导，进行辩证论析。通过分
析，她认为美国官方左翼的控制与实际效果之间非但不同步，而是存在
一定的自由空间。这也正是目前尚未有人断言，苏联对美国左翼文化运
动施加了事无巨细影响的原因。问题是那些与共产国际路线相左的意见
是否存在空间？美共是否对莫斯科指示持异议？这些疑问目前学界尚无
定论。

第三，综合利用各种理论方法。弗莱采用形式主义、马克思主义、
女性主义和读者反应相结合，分析无产阶级小说的聚焦点、叙述者与主
人公的关系，尽可能地避免形式主义与意识形态主义的两种极端倾向。
在她看来，相同的叙述形式与策略可以产生不同的效果；相同的意识形
态分析也可以出现不同的文学形式。此外，她还分析了无产阶级小说的
产生与终结，即它们何时得以扩张？何时被压缩？

综合起来看，弗莱的研究集中在 30 年代无产阶级小说方面，她通
过横向描述苏联主导的世界无产阶级文学发展背景对美国的辐射与影
响，同时在细读文本的纵深处，梳理当年左翼批评家的论述，凸显美国
共产党的历史作用，最后在横纵交织处深刻剖析无产阶级文化运动中的
阶级、性别、种族之间的深层交互影响。这种横纵结合——历史剖析与
细读文本相结合的方法，强化了弗莱研究的历史厚重感。这样看来，她
的研究不仅使那些被遗忘的无产阶级小说被重新发展，而且对于建构包
括左翼在内的完整的文学体系意义重大。

同年，瓦尔特·卡莱德加（Walter Kalaidjian）在《两次大战间的美
国文化》（American Culture between the Wars, 1993）一书中审视了1910

---

① Barbara Foley, Radical Representations: Politics and Form in U. S. Proletarian Fiction,
1929—1941, Durham/ London: Duke University Press, 1993, pp. 30 - 31.

年至1993年间的左翼文艺发展的全过程，包括《群众》、格林威治村的激进主义、苏联的先锋艺术、哈莱姆文艺复兴、小杂志《火!!》；一些被忽略的女诗人——艾丽斯·尼尔森（Alice D. Nelson）、卡斯利·海福德（Gladys M. Casely‑Hayford）；无产阶级文化运动中的同性恋和大男子主义等问题。他拓展了阿伦的史料范围，广泛收集左翼海报、小杂志封面、绘画、壁画、各种实物等，以实证方式批驳美国主流意识形态的现代主义经典标准，揭露其背后的权力操作原则——文学性先于社会性、审美先于政治、科班胜过大众、民族主义压倒全球多元文化。虽然卡莱德加的研究大胆运用各种民间史料，超越了尼尔森的视阈，但其过于宏大的理论诉求，以及对现代主义的含混界定遭到学界批评。

近年来，研究者又把目光投向纽约之外——好莱坞、中西部、拉美地区的左翼作家作品。此间研究好莱坞左翼剧作家的著作有：拉里·卡普莱尔（Larry Ceplair）和史蒂文·英格伦（Steven Englund）的《好莱坞调查》（The Inquisition in Hollywood，1980）；南希·施瓦茨（Nancy Lynn Schwartz）的《好莱坞作家的战争》（The Hollywood Writers'Wars，1982）；维克多·内瓦斯基（Victor Navasky）的《命名》（Naming Names，1982）；伯纳德·迪克（Bernard F. Dick）的《激进的清白：好莱坞十人案的批评研究》（Radical Innocence：A Critical Study of the Hollywood Ten，1989）。研究中西部地区左翼文学的著作有：1994年道格拉斯·威克森（Douglass Wixson）出版的《美国工人作家：杰克·康罗伊与1899—1900年中西部文学激进主义传统》（Worker‑Writer in America：Jack Conroy and the Tradition of Midwestern Literary Radicalism，1899—1900）；罗比·利伯曼（Robbie Lieberman）也出版《"我的歌是我的武器"：人民之歌，美国共产主义及其文化政治》（"My Song Is My Weapon"：People's Songs, American Communism, and the Politics of Culture，1989）等等。

值得一提的是，巴西出生的马克思主义学者迈克尔·洛伊（Michael Lowy），在研究拉丁美洲左翼文学方面成就显著。他先后出版三部学术著作——《1909年至目前马克思主义在拉美》（Marxism in Latin America From 1909 to the Present，1992）、《改变世界：从卡尔·马克思到瓦尔特·本雅明政治学论丛》（On Changing the World：Essays in Political

Philosophy, from Karl Marx to Walter Benjamine, 1993）、《救赎与乌托邦：中心欧洲的犹太自由思想》（Redemption and Utopia: Jewish Libertarian Thought in Central Europe, 1992），奠定了他的学术地位。

在资料不断丰富的情况下，研究者更加娴熟地运用马克思主义和各种新理论阐发左翼文学，研究呈现开放态势，新的学术成果不断呈现，主要有：詹姆斯·布卢姆（James Bloom）的《左翼文学：麦克·高尔德与约瑟夫·弗里曼的文化大战》（Left Letters: the Culture Wars of Mike Gold and Joseph Freeman, 1992）；哈维·特里斯（Harviey M. Teres）的《正在复苏的左翼：政治、想象和"纽约文人集群"》（Renewing the Left: Politics, Imagination, and the New York Intellectuals, 1996）；比尔·马伦（Bill V. Mullen）和詹姆斯·斯梅瑟斯特（James Smethurst）主编的《有色路线的左翼：种族、激进主义与 20 世纪美国文学》（Left of the Color Lines: Race, Radicalism and Twentieth – Century Literature of the United States, 1996）；凯特·韦甘德（Kate Weigand）的《红色女权主义：美国共产主义与构建妇女解放》（Red Feminism: American Communism and the Making of Women's Liberation, 2000）等等。

二

在上述三个时期，学界主要集中在以下三个问题开展研究：一、左翼文化运动的历史分期；二、美共领导的左翼文化运动对美国社会文化的影响；三、左翼文化运动失败的原因。

有关左翼文化运动的历史分期，学界受到两个时间点——"红色 30 年代"和 60 年代的"反文化"和两大历史事件——1929 年的大萧条和 1939 年的"苏德协议"的局限，亟待突破。虽然两个时间点是美国左翼文学发生发展的关键时刻，但都属于社会非正常之产物，而这之外或这之间的各种隐约不明的因素应该被归入研究视阈。随着时间的推移，人们越来越清楚地看到左翼消沉的原因主要由于域外的非美意识形态的干扰，即对无产阶级国际精神（苏德协议）的离弃，以及内部宗派主义盛行。这促使我们重新审视其历史分期，不断拓展研究的时空范围。

有关美共领导的左翼对美国社会文化的影响，始终是一个争论不休的话题。保守者认为，美国的共产主义左翼其实质就是苏联外交政策的工具。此看法过于简单化，因为美国左翼产生有其深刻而复杂的历史原因，其作用不是一句话可以概括的。有目共睹的是，在美共退出历史舞台之后所发生的普遍公民权、反战和平、生态环保等运动，都与其一贯的政治主张有着千丝万缕的联系，这充分说明美共领导的左翼对美国文化产生了深远的影响。我们从维尔纳·桑巴特（Werner Sombart）的《为什么美国没有社会主义》（Why There Is No Socialism in the United States，1906），到理查德·罗蒂（Richard Rorty）的《实现我们的国家：20 世纪美国的左翼思想》（Achieving Our Country：Leftist Thought in Twentieth Century American，1988）中都可以看到这一点。也有人认为，左翼具有潜在的大众影响力，但只在美国文化的外围起作用。此看法并不靠谱，因为左翼的属性、特征和影响似乎与二战结束、苏东剧变的进程并不同步，尚有许多盲区，需要进一步研究。

　　关于左翼文化运动失败的原因更是众说纷纭。比较通行的看法是左翼阵营内部的宗派主义摧毁了左翼自身。人们很容易发现，美国本土的各种激进组织——格林威治村、"浪漫左翼"、"世界产业工人"、"人民阵线"、"学生非暴力协调委员会"、"学生民主同盟"等，虽然表面奉行多元主义，但内部却宗派纷争异常激烈。在本土宗派主义与域外极权主义的合力夹击下，美国左翼土崩瓦解。正因为如此，学界一致认为宗派主义和极权主义这两大难题阻碍了美国左翼的发展，无法实现民众所寄予的厚望，最终遭至覆灭。也就是说，美国左翼从未持续有效地与本土自由主义实践相结合，并建立一套关于政府和个体的有效的自由意志与思想，这是其消沉的原因之一。

　　此外，宗派盛行的左翼组织内部被潜在的意识形态的"一致性"（ideological conformity）——以牺牲个体的直接经验为代价，所制约，这是其失败的原因之二。许多新旧左翼组织都希望确立组织原则的一致性，如果其成员违反就遭驱逐。例如，早期的社会党禁止其成员与其他党派合作；"世界产业工人"不允许与选举期间的任何顾主合作。60 年代的"学生非暴力协作委员会"不与温和的马丁·路德派合作。这种宗派观念在新左翼这里愈演愈烈，表面上看它厌恶极权主义、中心主义，但其组织内部一直贯穿着"政治路线"，组织表决最后都要强求一致。当新左翼的学生组织无限扩展理论探讨，试图发展强有力的舆论之时，他们却缺乏应有的鼓励争论的机制，更缺乏创造性解决问题的机制。此"一致性"与宗派盛行看似矛盾，实在都是极权主义作祟的产物，二者为一体两面。

上述三个问题已经逾越了文学范畴，单从文学方面进行研究，得不出令人信服的答案，因此，开展融历史学、社会学、政治学为一体的跨学科研究势在必行。

三

中国关于 20 世纪美国左翼文学的译介研究始于 20 世纪初，新中国成立前的创作社与太阳社在倡导"无产阶级文学运动"时，都曾大力译介研究美国左翼作家作品。抗战期间，以斯坦贝克为代表的美国左翼文学大规模登陆中国，极大地鼓舞了抗战中的中国军民的斗志。新中国成立后，出于意识形态的需要，中国大力译介美国无产阶级文学作品，马尔兹（Albert Maltz）、奥德茨（Clifford Odets）、法斯特（Howard Fast）、休斯（Langston Hughes）等都成为中国人耳熟能详的作家。此间的研究受到苏俄文艺思想束缚，带有浓厚的意识形态性，时过境迁后就显得荒率零乱。

真正有意识地对美国左翼文学进行学理研究始于改革开放之后。自 80 年代以来，中国学界的研究成果主要体现在三个方面：

第一，1981 年赵一凡撰写出硕士论文《美国左翼文学》。他认为美国左翼运动波澜壮阔，规模庞大，成果丰富远甚欧洲，堪与苏联、中国并列为三强。此后，赵一凡负笈哈佛深造，成为阿伦教授门下的博士研究生。从此赵一凡钟情于欧美叱咤风云的左翼英雄。

第二，各种零星散见的文章：张子清的《论美国杰出无产阶级黑人诗人兰斯顿·休斯》、夏政的《略谈 30 年代的美国左翼文学批评》是稍早的研究成果。虞建华的《现代主义和激进主义对峙背后的联姻》；马红旗的《美国文学中的激进传统》；冒键的《20 世纪 30 年代中美左翼文学系初探》；吴琼的《"纽约文人"一个被遗忘的文学批评部落》；陈巍的《一场象征性文化革命——反思西方 60 年代学生造反运动》等，是近年来发表的研究性文章。这些研究从不同角度揭示了美国左翼文学的某些特征，但缺乏系统性，有待进一步深化。

　　第三，国内对美国新左翼文学思潮的研究集中在理论方面，特别是对学院左翼代表人物詹姆逊的译介比较多，如王逢振主编的"知识分子图书馆"中的《快感：文化与政治》、《批评旅途：60 年代之后》等。黄宗英翻译了理查德·罗蒂的《筑就我们的国家——20 世纪美国左派思想》。新左翼代表人物桑塔格的理论与创作也引起中国学者的注意，出现了大量的译介与研究。总体观之，国内研究是译介的多，全面深入的研究不多见；理论研究多，对具体文学文本的解读少，缺少从理论与创作实践两个层面作纵深、系统综合性的研究。

　　吴琼的《20 世纪美国马克思主义文艺理论研究》（2012 年）从批评理论角度，对 20 世纪美国左翼文艺进行全方位描述与研究。此书是近年来少见的综合性研究著作，作者的理论功底较厚实，对 30 年代马克思主义批评、纽约文人的批评，以及 70 年代的新马克思主义批评详加阐发，寻觅其思想谱系与道统。

　　无可否认的是，20 世纪的美国左翼文学不仅把欧洲的激进思想发扬光大，而且迅速与美国本土文化结合，直接融入到反战和平运动、民权运动、女权运动中去。政治激进催生了审美激进，于是许多欧洲的先锋文艺在美国繁盛，掀起了美国文学的又一次繁荣。后现代主义文学正是在这样的背景下兴盛的，故而与左翼文学有着必然的联系。笔者以为，开展相关研究可以深入探究左翼文学、现代主义、后现代主义在思想与艺术上的联系。

　　某种意义上看，美国左翼文学是美共领导人民追求美国梦的形象体现，它在创作实践与批评理论两方面都留下可资借鉴的丰富经验，其兴衰史就像一面镜子，为中国社会主义道路确立了参照的方向与立场。并且，对中国梦的诠释与追求，以及社会主义核心价值体系的展现都有借鉴意义，值得我们重视。

第一章　美国左翼文学思潮的演变

　　本课题所研究的美国左翼文学思潮是指，20 世纪以来的美国非主流的左翼作家、批评家在政治激进、艺术激进、美学激进的相互激荡与碰撞中所创作的文学集合。因其持续时间长、参与者众多，在美国文坛上产生了经久的影响，乃至形成 20 世纪美国文学史中前所未有的、气势磅礴的一股文学潮流，使当代美国文学的格局、观念和价值诉求发生巨大变化。

第一节　美国左翼文学思潮的界定与分期

　　对 20 世纪美国左翼文学思潮开展研究，必须要对左翼文学思潮与历史分期进行必要的界定，以确定本课题研究的出发点与基本架构。

一

　　对于美国左翼文学思潮的"左翼"，我们必须进行具体的分析。"左翼"作为一个政治概念源自于法国大革命，它最原初的意思是指第三等级劳苦大众所代表的社会激进变革力量；与之相反，体现贵族利益的保守力量则为右翼。以后人们对"左翼"的认知基本上没有逾越它的原初意思。然而就左翼文学的本质而言，它强调文学要关注现实，力求文学对社会、政治的关注，反映大多数底层人民的利益和要求。这种同情和支持弱势群体的精神价值取向与"左翼"的政治内涵是吻合一致的。左翼文学以颠覆和否定现存资本主义社会秩序为准则，与主流文学偏重于个体价值、粉饰社会本质相比较，它更注意文学的思想价值和社会价值，强调作家与生存的现实环境的联系，更侧重于表现社会变革意识。许多优秀的作家注重把握社会现实深层底蕴，注重在变动中体认社会本质，捕捉历史发展的趋势。

当然，美国左翼思潮也同其他思潮一样，并非独立存在于真空之中，也不是单纯的政治产物，它是在传承、抗争和反思美国文学传统的过程中发展起来的。因此，它会在国际相互传播，但因每个国家国情不同，历史文化传统相异，其受影响的程度、其具体的内涵也各不相同。美国的左翼文学思潮并不是一个目标明确、步伐整齐的革命文学阵线，而是因相似或相近的激进主义意识和风格而被宽泛地归为一类的松散的、十分复杂的文学家和批评家群体的创作。因此，我们应该在宽泛意义上理解左翼，诸如，社会主义者、激进自由主义者、民主主义者、托洛茨基分子等，我们都可以视其为左翼。多斯·帕索斯在小说《美国三部曲》（*USA Trilogy*）中对左翼知识分子的文化特征有生动的描绘。他认为知识分子的集体生活与个人生活是分离的，前者是重要的、值得肯定的；而后者则是一小部分人的利益，暗含消极性。凡是赞同前者的，那就是倾向左翼。也就是说，左翼知识分子必然坚信每个个体的命运是由社会力量决定的。然而，资本主义社会的主导力量却是邪恶的、腐朽的，且与社会中美好的上升的力量发生冲突与较量。毫无疑问，上升力量必将战胜资本主义社会的主导力量，即正义战胜邪恶。多斯·帕索斯对左翼知识分子的描绘大致圈定了研究者对左翼的认识范围，即左翼是与资本主义相对立的进步势力，并以消除资本主义为己任。

此后，莱昂内尔·特里林（Lionel Trilling）又进行了补充，他认为左翼知识分子倾向于怀疑利益的动机，他们相信进步、科学、社会立法、规划和国际合作，俄国成为关注的焦点。特里林把知识分子的这种思想倾向概括为"自由的想象"。他在《自由的想象》（*The Liberal Imagination*，1950）一书中指出，为了实现批评的自由想象，只能依赖文学，因为它能够最充分和最精确地开展各种人类活动。[1] 聚集在《党派评论》周围的知识分子均把文学看作洞察世界的主要方式之一，他们正是特里林心目中的左翼知识分子。也就是说，凡具有"自由的想象"，并以文学体察认知这个世界者，都可以算作左翼知识分子。

---

① Lionel Trilling, *The Liberal Imagination*, Garden City / New York: Doubleday & Company, Inc., 1950, pp. 5 – 6.

70 年代美国历史学家约翰·迪金斯（John P. Diggins）对 20 世纪美国左翼进行了历史性的定位。他认为，从政治上看，左翼知识分子是资本主义体系内的永恒的反对者；从哲学上看，他们体现着否定意识；从历史上看，每代左翼知识分子均受到代际经历的影响。简言之，美国左翼的命运是有德性者在不道德的社会中的命运：他们被迫寻求不可能实现的胜利，也不得不学会适应必然的败局。① 迪金斯的界定突破了文学的局限性，与特里林的界定形成互补。虽然上述界定都较为宽泛，但也反映了美国左翼的实际情况，即左翼的界限从来都很模糊，且内部意见各异，纷争始终不断；甚至时分时合，有进有出，变异移位，亦为常态。就作家与批评家的政治倾向而言，20 世纪二三十年代的旧左翼就已经杂然纷呈，更不要说50—70 年代的新左翼了。

但就美国左翼文学思潮而言，与其把"左翼"视为单纯的政治倾向标志，不如当作文化符号，即带有政治色彩的文化符号。因为美国左翼除少数人主张社会主义革命之外，大部分作家、批评家，特别是新左翼青年，意在倡导文化革命，即文化价值观的变革与更新。他们要求改变主流意识形态的罗网，进行激进的文化变革。左翼文学思潮的最大共同点不在于其政治理念，而在于从各自不同价值观出发，抒发对美国主流价值观的共同的不满和憎恶，并试图通过文学活动同主流价值争夺话语权和道德的制高点。这正是左翼文学的作为，新左翼批评者杰拉尔德·格拉夫（Gerald Graff）总结为"对手文化"所独有的优势与特点。② 左翼文学的文化价值不仅在于揭露资本主义社会现实的若干弊病，而在于通过艺术形象对主流社会的整个精神支柱进行强烈的质疑和颠覆；前一方面主流文学多少也能涉及，后一方面则对主流文学而言是无法想象的，因为这是它的根基。西奥多·德莱塞（Theodore Dreiser）的《美国的悲剧》(*An American Tragedy*，1925）的意蕴，不单是反映当时社会现实的黑暗，更在于撕下了主流价值观所自诩的"机会均等"的美妙外皮。约瑟夫·海勒（Joseph Heller）的《第 22 条军规》(*Catch—22*,

---

① John P. Diggins, *The Rise and Fall of the American Left*, New York: W. W. Norton & Company, Inc., 1992, pp. 39 – 43.

② ［美］杰拉尔德·格拉夫:《自我作对的文学》，陈慧译，河北人民出版社 2004 年版，第2—3 页。

1961）的艺术深刻性，也不仅是表现了现世的各种荒诞景象，更在于辛辣地嘲讽了主流社会所津津乐道的"自由"和"人权"的华而不实。凡此种种都是主流文学所无法企及和替代的。

文化革命必然要指涉美学革命，所以，左翼文学力求艺术创新，这一特点又使它和先锋文学有了密切的关系。左翼文学和先锋派当然是两个不同的概念，有着各自不同的内涵，但在美国文坛现实中，二者的外延又多有重叠交合之处。这交合点就在于双方都倡导美学变革和艺术创新，最终都把反叛的矛头指向资本主义社会结构。旧左翼作家很早就对"老先锋派"——现代主义感兴趣，有的人干脆自称为"红色现代主义"，纽约文人更是对现代主义敬重有加。三四十年代，刊登在《党派评论》上的优秀的评论文章都试图在现代主义与自由主义之间架设一座桥梁。正是由于 30 年代末的理论大爆炸，才使威廉·菲利浦斯（William Phillips）与菲利浦·拉夫（Philip Rahv）等人抓住反斯大林主义的历史契机，从对现代主义文学的品评中拓展出一种国际性的批评视野。至于新左翼，则更同欧陆的"新先锋派"——后现代主义文学关系密切，难分彼此。左翼文学所承载的强烈的文化批判意识，必然把政治激进与美学激进加以融会贯通，把资产阶级未完成的革命从政治和经济领域向文化和生活方式领域进行延伸。到了新左翼这里，此意图愈发明显，其目标是使资本主义的各个领域（政治、经济、文化）达到同质。

本课题所讨论的左翼文学概念，一方面指具体的文学创作现象，即在美国本土激进主义的基础上为适应国际无产阶级革命的需要而萌生于 20 世纪初，贯穿于 20 世纪始末的一大批激进作家的文学创作；另一方面，它属于文学理论、文学思潮范畴，具体表现为在 30 年代和 60 年代由于社会生活、思想观念等诸多因素的综合影响在文艺上形成的激进潮流。这是一种文化现象，它既是一种新的文学价值观念的体现，又把美国文学融入现代文化价值体系的进程之中。就这个意义上讲，美国左翼文学远非文学流派或范畴所能涵盖的，作为一种具有鲜明意识形态属性的价值追求，它不仅以文化批判的方式，更以直接参与的姿态与国际无产阶级和第三世界革命融为一体，将艺术与革命统一起来，自觉推动了世界历史进程，对美国文学产生深远影响。

　　此外，我们还有必要对文学思潮进行界定。"思潮"之"思"是精神性的东西，而"潮"则强调"思"在较大范围内的传播，强调的是动态性。既然是思潮，必然具有普遍性，并在较大范围内发展变化。"文学性"是文学思潮的特殊性，并借此显示其独立性，与其他社会思潮相区别。因此，我们应该把文学思潮理解为一套价值体系、规范和程式，与它之前和之后的规范、程式和价值体系相比较，有自己形成、发展和消亡的过程。总起来看，文学思潮是作为语言艺术的文艺领域的精神潮流，它是特定历史时期文学活动系统中受到某种文学规范体系所支配的作家、批评家的群体思想趋势，它具有集体的、动态的、文学的、精神性的特质，同时又具有历史性。如果我们把文学思潮比喻为大河，作家、批评家则如同生长在河岸的植物，作品则是植物吸吮河水结出的花果。花果与大河有着密不可分的关系，但花果不等于大河，作品也不等同于思潮；文学思潮也不等于作家、作品等客观化的精神的机械叠加。因而，这就要求我们用历史的、辩证的方法加以研究辨析。

二

　　对于美国左翼文化运动的历史分期是当下学者争论较大的一个问题。以往学术界对美国左翼文学的研究局限于"红色 30 年代"和 60 年代的"反文化"；只关注 1929 年的大萧条和 1939 年的苏德协议等重大历史事件。现在许多学者对此提出不同看法。虽然这两个时间点对 20 世纪美国左翼文学思潮的发展至关重要，但它们是社会非正常情况下（诸如，战争、大萧条、域外革命）的产物，促使美国民众在社会政治危难中寄希望于左翼，渴望从根本上改造美国社会，并不能涵盖左翼文化运动的全部。随着时间的推移，学者们开始审视 30 年代与 60 年代之外或二者之间的时间段上的左翼文化运动的发展状况，拓展了研究的时空范围。

　　迪金斯在《美国左翼盛衰录》(*The American Left in the Twentieth Century*, 1973) 一书中把左翼文化运动划分为四个阶段：第一，20 世纪初由"世界产业工人同盟"、无政府主义者，以及形形色色的波希民所主导的"浪漫左翼"；第二，30 年代末至 40 年代由共产主义者、新政自由主义者、反斯大林主义者联合主导的"人民阵线"左翼；第三，60

年代以激进学生为主体的新左翼运动;第四,自70年代始,新左翼急流勇退,在校园中建立了卓越的学术声望,形成所谓的"学院左翼"。在迪金斯看来,运动的每个阶段都以失败而收场,接着又进入下一个阶段。"浪漫左翼"在美国卷入第一次世界大战中草草收场;旧左翼运动在第二次世界大战结束后就趋于衰落,最后在麦卡锡主义的迫害中全军覆没;新左翼运动由于内部的矛盾纷争,在1968年底分崩离析。迪金斯认为"学院左翼"注定也要失败,除非它能在启蒙中重建信心。迪金斯的分期侧重于历史的演变,突出历史性的质变。

美国学者阿伦在《左翼作家》一书中,把20世纪美国左翼文学运动的发展历程总结为:准备、发展和衰落三个过程。一是准备阶段。作家们急切地探寻哲学思想体系,他们往往倚赖某种本土思想,但更多的是凭借国外的思想资源建构思想体系。美国知识分子擅长从欧陆引进理论,像塞缪尔·柯尔律治(Samuel T. Coleridge)、托马斯·卡莱尔(Thomas Carlyle)、赫伯特·斯宾塞(Herbert Spencer)、傅立叶、托尔斯泰、尼采、弗洛伊德、马克思等都曾经被他们用来解决美国的现实问题。二是发展阶段。美国作家以文化批评的面目出现,发表声明,但很快就演变成社会批评。他们时而参加这个文学团体,时而又联合其他团体或半文学团体。诸多社会问题——经济萧条、黑奴问题、劳工问题、城市贫困、帝国主义战争等,化解了艺术家之间的樊篱,加速了他们的合作与团结。三是衰落阶段。美国文学的激进主义从未长时间地存在过,激进作家很快就被自己所拒斥的社会吸纳进去,他们厌倦了自己的理想主义,发现世界又被牢笼紧锁。这些曾经"解放"过的作家在经历了反叛历险之后,又回归于传统。这样的反叛结果令他们羞愧,也显得哀婉。然而,旧的革命刚刚告一段落,新的火花再次迸发,新一代又成长起来。美国文学的共产主义历史也是在这种周而复始的反叛周期中运转的。

应该说,阿伦的三个分期虽然比较笼统,但确实从宏观上把握了左翼文学思潮的发展轨迹,也符合美国文学发展历史本身的实际情况。笔者认为20世纪美国左翼文学思潮发展可分为三个时期。

一是20世纪初为美国左翼文学的肇始时期。俄国十月革命爆发后,作为美国社会重大危机产物的左翼文学应时而生,其参与者庞杂、政治立场复杂多样。大萧条时期，无产阶级文学与共产党所领导的政治运动紧密相连。美国共产党成功地把反帝国主义、反种族主义、反性别歧视，提倡社会公正与平等建构于左翼文化运动之中，赢得社会的普遍赞誉。杰出的左翼作家——厄普顿·辛克莱（Upton Sinclair）、高尔德、理查德·赖特（Richard Wright）、伊西多·施奈德（Isidor Schneider）等人，坚持文学创作要在马克思主义文化体系内获得生命力，并据此建构文学批评体系，极大地丰富了文学创作实践。

二是 60 年代以降，美国左翼文学发展进入第二时期，以激进学生为主体的新左翼运动勃兴。他们以非理性的方式，全面质疑美国的社会制度，全盘否定美国的价值观念，试图在人与自我、人与他人、人与社会、人与自然之间建立一种全新的关系。这样，就使新左翼文学与后现代主义文学融会贯通、难分彼此。某些新左翼青年甚至成了后现代主义文学的代言人。尽管新左翼运动并没有实现青年人翘首以待的革命性变化，但是，运动中衍生的激进主义文学对美国社会文化产生深远的影响。

三是 1970 年之后，"学院左翼"登上文坛。新左翼从文化革命和政治反叛的"风口浪尖"退入学术深墙之中，他们不再鼓吹政治变革，而是潜心研究历史变革的压力下所丧失的东西，昔日的政治激进沉淀在理论的研究与教学当中。他们从理论上揭示了资本主义理性化秩序背后的隐秘的权力机制。作为一种重要的意识形态存在，"学院左翼"的马克思主义批评话语一直延伸到新世纪。三个时期划分，意在突出美国左翼文学思潮本身的演变规律，既注重创作的集体性和作品的完整性，又凸显特定时期作家、批评家的艺术和思想的共性，使三个时期都有质的规定性。

第二节　美国左翼文学思潮的发端

美国左翼文学思潮的发展历史是一个不断更新变化的过程，它几乎同过去的历史积累没有联系地更迭变化，经常是新一代作家应时而出，迅速替代前人。虽然本土文化的精粹哺育了这些作家，但他们对传统文学或美学范式不屑一顾，对前辈作家所取得的成就视而不见，正如欧文·豪所说："以不断抗争去否定先例的成功，还要接着奋斗来确保自己永远不成功。"① 这也印证了哈罗德·布鲁姆（Harold Bloom）的"影响的焦虑"，即作家对前辈的影响产生巨大的焦虑，必须与之抗争，几近有意的误读才能成就自己的创新。② 每位作家或每个知识分子群体都在不断地为变动中的左翼文学增添新景观，但很快就不可避免地衰落了，为后起的新思潮所替代。

——

1910—1920 年是美国左翼文学思潮的发端时期。此一时期美国由于受到第一次世界大战和俄国的十月革命的冲击，社会急剧动荡。首先，第一次世界大战一定程度上冲击了本土的清教主义传统，加速了美国思想文化的欧洲化进程。其次，十月革命让探索中的"青年知识分子"（the Young Intellectuals）受到鼓舞，不仅拓宽了他们的政治视野，也扩大了社会主义的影响。这两大事件造就了新一代美国文学青年——他们迫切要求解放思想，但又对前途感到迷惘茫然、不知所措。故而，这也是一个属于青年人的喧嚣的 20 年代。

"青年知识分子"看似粗俗、不虔诚，实则怀有强烈的宗教情怀和理想主义激情。他们从未宣称过享乐主义，而是从拉尔夫·爱默生（Ralph W. Emerson）和沃尔特·惠特曼（Walt Whitman）那里继承了超然的个人主义，全力追求神圣的事业。弗洛埃德·德尔（Floyd Dell）认为他们同爱默生的关系最为密切，但惠特曼对他们的影响更为强烈。路易斯·昂特迈耶（Louis Untermeyer）指出，惠特曼对口语的升华和爱默生的自然观对艺术家的影响非常深远，这种影响不仅是自由的，更是解放的。惠特曼解除了诗人的镣铐，拓宽了社会情感的范围，为他们打开了美国的自由大门。埃兹拉·庞德（Ezra Pound）、马克斯·伊斯特曼（Max Eastman）、沃尔多·弗兰克（Waldo Frank）也承认，他们从惠特曼的诗歌中吸吮到了宇宙精神。《七种艺术》（The Seven Arts）的编辑詹姆斯·奥本海姆（James Oppenheim）把惠特曼看成反抗新英格兰

---

① ［美］丹尼尔·贝尔:《资本主义文化矛盾》，赵一凡译，生活·读书·新知三联书店1989 年版，第 16 页。

② Harold Bloom, *The Anxiety of Influence: A Theory of Poetry*, New York: Oxford University Press, 1973.

传统的盟友。范·威克·布鲁克斯（Van Wyck Brooks）称惠特曼是第一位挑战美国文学传统的伟大诗人。这说明美国左翼文学思潮在源头上与本土文化休戚相关。

除了本土文化的影响，1912—1918 年，"情感"、"天才"、"解放"、"自由"、"反叛"、"释放个性"、"表现自我"等字眼充斥在各种"新"书刊和"新"戏剧中。"青年知识分子"热烈欢迎从欧陆舶来的"自由神"，如德国的斯蒂纳（Max Stirner）、苏德尔曼（Herman Sudermann）、豪普特曼（Gerhart Hauptmann）、魏德金德（Frank Wedekind）；奥地利的施尼茨勒（Arthur Schnitzler）、法国的于斯曼（Joris Huysmans）、拉福格（Jules Laforgue）、波德莱尔；比利时的梅特林克（Maeterlinck）；瑞典的斯特林堡（Strindberg），丹麦的尼克索（Martin Anderson Nexo）；意大利的邓南遮（Gabriele D'Annunzio）；俄国的高尔基。德尔、布鲁克斯等人如饥似渴地接受这些作家的文艺思想。

当然，"青年知识分子"并非不加区别地反对一切，他们只反对压抑自我的清教传统。他们摒弃了美国正统而体面的文风，追求自由的实验文学。威廉·詹姆斯（William James）和约翰·杜威（John Dewey）的实用主义为他们提供了重建社会与知识的理论基础。1916 年，德莱塞就表示不再与宗教或政府体制保持密切的联系，而是摒弃之，愿意接受使人类心灵处于理想状态的新思想。① 在这样的大氛围中，美国文学呈现繁荣景象。德莱塞开始揭露美国梦的罪恶性与欺骗性，他的小说直指美国的资本主义制度，比前一时期的揭丑文学更有力度。在大量社会调查的基础上，辛克莱创作了《屠场》（The Jungle，1905）和《煤炭大王》（King Coal，1917），他关注工人的贫困与遭遇，描写工人阶级的觉醒。他试图用马克思主义观点剖析和诠释美国文化，控诉金钱腐蚀了美国的文化和教育。辛克莱小说中的社会主义思想已经超越了文学范畴，产生巨大的社会效应。这些作品迅速越出国界，也影响了中国的左翼文学。二三十年代，中国的郭沫若、郑振铎、瞿秋白都译介过辛克莱的小

---

① Daniel Aaron, *Writers on the Left*: *Episodes in American Literary Communism*, New York: Harcourt, Brace & World, Inc., 1961, p. 27.

说。那时的中国左翼作家正是通过辛克莱的《屠场》和《煤炭大王》，认识到资本家的本质。①

杰克·伦敦（Jack London）也在同时期接受了社会主义。他曾经两次作为社会党（Socialist Party of America）候选人参加奥克兰市长的竞选。伦敦运用马克思主义和尼采哲学剖析美国资本主义发展所造成的文化危机与道德堕落，1908 年出版被誉为无产阶级经典之作的政治幻想小说《铁蹄》(*The Iron Heal*, 1908)。舍伍德·安德森（Sherwood Anderson）、托马斯·沃尔夫（Thomas Wolfe）、约翰·多斯·帕索斯（John Dos Passos）、欧内斯特·海明威（Ernest Hemingway）等人开始登上文坛。他们一方面汲取欧陆的新思想；另一方面又扎根于爱默生与惠特曼的理想主义传统当中。他们的创作向世人昭示了进步力量的崛起，并发起对资本主义制度的挑战。这些作家的创作不同于一般的抗议文学，它们是在十月革命影响下产生的，是一种要求改变资本主义制度，张扬着左翼激情的新文学。

有必要指出的是，20 世纪初最早具有叛逆精神的作家群体还有都市里的波希民。波希民（Bohemian）指流浪艺人、酗酒艺术家和自由思想者，他们以放浪形骸的生活方式抗争美国新教中产阶级传统。② 19 世纪初这些波希民隐藏在城市的角落中秘密行动，但到了 20 世纪头十年他们则堂而皇之地招摇过市，公然挑战社会习俗。在芝加哥、旧金山、新奥尔良、达文波特、依阿华等地都出现了许多这样的波希民聚落，其中纽约市的格林威治村是最大且存在时间最长的波希民聚落。那时格林威治村汇集着来自全美各地寻求自由、蔑视习俗、生活放纵的艺术家和作家，知识与文化的革命、政治的革命就在这里被孵化出来。弗里曼曾一针见血地指出，波希民的"革命"是为了"震惊"资产阶级，同时他们也为自己返回被"震惊"的社会留下了后路，因为他们憎恨的不仅仅是资本主义，还有强加于他们身上的各种

---

① 梅志：《缅怀先辈和盟友》，载《左联纪念集：1930—1990》，百家出版社 1990 年版，第 105 页。

② Bohemian 一词通常在汉语语境中译为"波西米亚"或"波西米亚人"，有时运用不当会引起误解。所以，虞建华先生主张译为"波希民"，特指放荡不羁的文人及其精神气质。笔者赞同虞先生的主张，本书均采用此译法。

责任和义务。① 弗里曼看到虽然波希民冲破了自己的阶级，但是，原有的意识形态一去不复返，而新的意识形态尚未确立，所以他们没有社会根基，只能栖息在艺术中寻求庇护。一旦某日他们跻身于艺术家行列，其创作原则和寻求社会根基的必然性又驱使他们栖身于某个团体。这样，他们的"革命"就具有某种不稳定因素，极有可能朝两个方向发展：共产主义与法西斯主义。由于波希民的加入，使左翼阵营的成分更加庞杂，也埋下了 30 年代末左翼文化运动分化的隐患。

　　20 世纪的头十年，美国社会上洋溢着进步主义的改革热情，后十年则迸发出社会主义革命的汹涌激情，推动了青年人的反传统的文学创作。他们在创作中尽情宣泄自我诉求，形成一种典型的文化反叛，而文学与批评自身的发展又支持了这种反叛。因而，20 年代美国文坛上既弥漫着爵士乐的旋律，也充斥着批判与谴责的聒噪。那时在社会主义的旗帜下，左翼、右翼和无政府主义者携手合作；艺术上追随现代主义的作家，政治上可能赞同社会主义；现代主义与马克思主义兼容并蓄。十月革命之后，俄国移民带来了无产阶级革命具体化的模式，美国的社会主义运动也随之发生变化，其左翼成立了美国共产党。此时期美国作家对资本主义制度的批判，为 30 年代左翼文学思潮的全面兴起作了必要的铺垫。

　　20 世纪初，有两个历史事件对美国左翼文学的发展起到推波助澜的作用：一是 1913 年约翰·里德（John Reed）支持工人罢工被逮捕。事件发生后，纽约各大报章进行了广泛报道，里德的朋友及追随者们决定在纽约市的麦迪逊广场花园（Madison Square Garden）举行一场露天表演，以营救里德。工人们表演了自己的战斗剧，表现了世界无产阶级与资本家阶级之间的斗争，警察被塑造成谋杀罢工领导人的凶手。在表演中，工人提出了八小时工作制的要求，最后表演在《国际歌》声中结束。麦迪逊广场花园的露天表演，并没有实现募捐的初衷，却加速了波希民与左翼革命的融合。二是萨科与范齐蒂事件。1920 年 5 月 5 日，美国警方在马萨诸塞州的布罗克顿逮捕了美籍意大利裔工人尼库拉·萨

---

① Joseph Freeman, *An American Testament*: *A Narrative of Rebels and Romantics*, New York: Farrar & Rinehart Inc., 1936, pp. 124 – 125.

科（Nicola Sacco）和巴托洛莫·范齐蒂（Bartolomeo Vanzetti），指控他们涉嫌抢劫并杀害了制鞋厂的出纳员。真实的原因是，萨科和范齐蒂经常以无政府主义者的身份参加左翼政治活动，引起当局的不满。虽然1925年真正的元凶落入法网，并对抢劫杀人犯罪供认不讳。但是，警方还是不顾民意，于1927年8月对萨科与范齐蒂执行了死刑。

事情发生后，《解放者》（The Liberator）的编辑与记者进行了大量的追踪报道，引起社会各界的高度关注。高尔德、德莱塞、安德森、马尔科姆·考利（Malcolm Cowley）、多斯·帕索斯等人纷纷发表声明谴责马萨诸塞州司法不公，缺乏公正。萨科和范齐蒂是美国历史上第一次"红色恐怖"（Red Scare）的直接受害者。因此，事件的意义已经超出其本身的性质，成了知识分子、左翼作家争取言论自由、捍卫民主原则的聚焦点。这样一来，萨科与范齐蒂事件把原本各自为战、缺少联系的作家们凝聚在一起，促使他们从文化反叛走向政治对抗的道路，为30年代左翼作家的联盟作了充分的准备。

二

随着左翼运动的兴起，各种左翼文学刊物如雨后春笋般涌现，并呈现出异彩纷呈的发展态势。1911年，皮特·弗拉格（Piet Vlag）在格林威治村创办《群众》（The Masses），"发出了智慧而强烈的异教徒声音"。1912年，哥伦比亚大学的研究生（约翰·杜威的学生）伊斯特曼出任《群众》的主编，整合了当时美国文化中的富有生机的反叛因素，把活力、青春和希望会聚为一体，使之成为那个时代的反叛集结中心（the ralling center）。①里德说，《群众》的主旨是实现改造社会之目标，坚持不懈地反对旧制度、旧道德和旧偏见，建立新的价值观；杂志不会为一种学说或社会改革的理论所束缚，而是要展现所有的理论。当年《群众》的编辑们信心百倍地朝着自己认定的进步方向冲去，他们认为美好的社会就在其中。②

---

① William L. O'Neil ed., *Echoes of Revolt: the Masses 1911—1917*, Chicago: Quadrangle Books, Inc., 1966. p. 6.

② Ibid. .

《群众》的编委受到美国工运先驱尤金·德布斯（Eugene V. Debs）的影响，发出了自林肯以来美国最富激情的声音——旧社会正在死亡，工人的力量与日俱增，并且更加自信与团结，社会主义必将实现。伊斯特曼不仅具有编辑天分，而且英俊潇洒、极富个人魅力，凡见过他的人都以为见到了阿波罗。人们从他身上发现了智慧、力量和美。约翰·斯隆（John Sloan）、阿特·扬（Art Young）、莫里斯·贝克尔（Maurice Becker）、玛丽·沃尔斯（Mary H. Vorse）、埃利斯·琼斯（Ellis O. Jones）、霍雷肖·温斯洛（Horatio Winslow）、伊内兹·吉尔摩（Inez H. Gillmore）、昂特迈耶等人都鬼使神差地聚集在伊斯特曼的周围，没有薪俸也毫无怨言。他们以杂志为阵地，组成一个真正为理想献身的知识分子群体。

《群众》强调自由是阶级斗争之目的，把社会主义理解为热爱自由、追求人类兄弟般的团结、以理性的方式规划事物。伊斯特曼激进的办刊思想使《群众》在美国小镇受欢迎的程度决不亚于纽约。同时，伊斯特曼也采取兼收并蓄的策略，以迎合青年人的反叛情绪。德尔发表在杂志上的文章题材相当广泛，从轻松愉快的生活题材，到真理、美、自由、现实主义、女权主义、革命，等等，无所不包。杂志不仅为安德森、卡尔·桑德堡（Carl Sandburg）预留版面，而且也刊登激进无神论者和天主教社会主义者的文章，并把他们放在同一个版面上。安德森的《小城畸人》（*Winesburg, Ohio*, 1919）最初也是在《群众》上连载的。弗里曼、高尔德等激进青年都被杂志所吸引，后来他们都成长为著名的左翼作家。

1917 年美国通过了"间谍法"，1918 年又通过了"煽动叛乱法"，这是美国历史上的第一次"红色恐怖"。在这种情况下，《群众》由于批评美国的爱国主义、征兵制度而受到冲击，尽管没有证据显示编辑部违反了上述法规，但是，当局对杂志的审理一直悬而未决。加上邮政的不配合，1917 年《群众》停刊。

无论如何，伊斯特曼和他的同志们不想让《群众》的精神就此消亡。他们在 1918 年 3 月再次创办杂志，刊名取自废奴先驱威廉·加里森（William L. Garrison）的同名报纸《解放者》（*The Liberator*, 1831—1865）。杂志的主要编辑人员与撰稿人还是《群众》的原班人马，其版式与风格也与《群众》相似，其实是《群众》的继续。

《解放者》以激进的姿态面世，一下子就吸引了众多为社会主义运动献身的人们。但是，不久这些人便放弃了社会公共意识，躲进象牙之塔，被德尔称为"知识的漂泊"（intellectual vagabondage）。1920 年冬，《解放者》的编辑处于无政府主义的放逐当中，青年人所鼓吹的高度自由与人权显得相当空洞。1922 年，伊斯特曼的个人兴趣也从办杂志转向创作，他辞去主编职务，赴俄国考察。德尔接任主编，他强调杂志的艺术性与文化性，经常刊登克劳德·麦凯（Claude Mckay）的诗歌和高尔德的小说。1924 年，罗伯特·麦纳（Robert Minor）负责杂志编务工作，他决定转向共产党，重新回到约翰·里德的道路上去。在《解放者》处在历史的转折关头之时，伊斯特曼促成了这一转向。

1923 年，辛克莱想创办一份激进的文学刊物，希望得到高尔德的支持。那时高尔德无意办杂志，一心想搞戏剧创作。1925 年 2 月，多斯·帕索斯也致信高尔德，表示支持他办杂志。在这种情况下，1926 年 5 月高尔德和弗里曼等人在纽约创办《新群众》（*New Masses*）。自 1926 年至 1948 年，《新群众》主要由高尔德负责编务工作。杂志在文学方面得到了许多作家的支持：如威廉·威廉斯（William C. Williams）、德莱塞、多斯·帕索斯、辛克莱、赖特、拉尔夫·埃里森（Ralph Ellison）、多萝西·帕克（Dorothy Parker）、约翰·布里彻（John Breecher）、休斯、尤金·奥尼尔（Eugene O'Neill）、海明威；无产阶级作家有：哈罗德·刘易斯（Harold H. Lewis）、格雷斯·伦普金（Grace Lumpkin）、简·马图尔卡（Jan Matulka）、拉苏尔、费林、康洛伊、赫布斯特、奥尔森、艾伯特·哈尔珀（Albert Halper），等等。1929 年 1 月，高尔德的栏目"青年作家向左转"（Go left, Young Writers），在青年人中间产生巨大反响。但是，高尔德所呼唤的文学既非政治的，也不是写劳工阶级生活的，而是反叛性的。这样看来，杂志属于激进的非共产主义文学刊物。

诺思在《新群众——30 年代反叛文选》的前言中深情回忆了自己投身左翼文学的经历。这个铁匠家庭出身的穷孩子，30 年代在宾夕法尼亚州的一个小镇上做记者，诺斯每次都急不可待地阅读《新群众》，高尔德是他最崇敬的人物。他说："因为在那个年代，迈克尔·高尔德和他的人把我们这些劳动阶级赶出了我们的阁楼。我们为他的'青年作家向左转'所震撼。"① 那时《新群众》的许多作家都尝试描写劳工的生活，让世人了解劳工，这是同一时期的《新共和》(The New Republic)与《民族》(The Nation) 所缺乏的。诺思第一篇描写家乡工业小镇的丛林般生活的小说就是由高尔德鼓励刊发在《新群众》上的。这篇小说的刊发改变了诺思的命运，从此走向文学创作。

共产党对早期的《新群众》影响不稳定，所以，杂志呈现出自由放任的编辑风格。高尔德主持《新群众》编务期间，提倡发展工人诗歌与保留波希民传统。同样的情况也见诸维克多·卡尔弗顿 (Victor F. Calverton) 主编的《现代季刊》(the Modern Quarterly) 中。从 20 年代末到 30 年代初，高尔德的名字经常出现在《新群众》上，后来为惠特克·钱伯斯 (Whittaker Chambers) 所替代。弗里曼是连接《群众》与《新群众》之间的桥梁。卡尔弗顿坚持政治与智性的结合，使人联想到《群众》。当时具有强烈现代主义倾向的左翼文学刊物当数《美国商队》(The American Caravan)。

1932 年，有一位青年就普列汉诺夫的文艺观等问题致信《新群众》编辑部，引起弗里曼的重视。这个青年就是拉夫。一年之后，拉夫、菲利浦斯与弗里曼见面。两位青年认为《新群众》太政治化了，敦促创办一份新刊物。弗里曼欣然同意，并帮助他们筹办，这就是《党派评论》(Partisan Review) 的缘起。他们承诺将新刊物办成约翰·里德俱乐部最好的刊物；他们将支持工人阶级，反对战争与法西斯主义，保卫苏联，继续向剥削阶级腐朽的文化和狭隘的宗派主义、赢弱的自由主义开战。② 1934 年《党派评论》面世了。拉夫在发刊词中指出，由于大萧条，迫切需要一种无产阶级文学和社会主义的美国。当时《党派评论》的发行量超过了《大西洋月刊》(The Atlantic Monthly)，甚至比《新群众》影响还大。《党派评论》虽然充任约翰·里德俱乐部在纽约的喉舌，但很快就露出左翼的精英倾向。

---

① Joseph North ed., *New Masses：An Anthology of the Rebel Thirties*, New York：International Publishers, 1969, p. 21.

② Daniel Aaron, *Writers on the Left：Episodes in American Literary Communism*, New York：Harcourt, Brace & World, Inc., 1961, p. 314.

　　菲利浦斯和拉夫主持下的《党派评论》，经常刊发一些文学大家的作品，很少鼓励俱乐部成员发表尚有些稚嫩的文章。希克斯感到这种做法与《新群众》无异。他认为《党派评论》没有为俱乐部成员搭建一个平台，责问俱乐部为什么要资助这两份刊物。另外，刊物虽然表面上代表共产党的立场，但是，菲利浦斯与拉夫已经开始批评共产党的文学方针了。他们与共产党发生分歧，声称马克思主义只是一种分析方法，反对视文艺为政治宣传工具的庸俗做法。他们不肯认同在文学运动中起支配作用的党的路线观念。《党派评论》编辑的做法立即引起官方左翼的批评。时任《爆炸》（Blast）编辑的弗里德·米勒（Fred R. Miller）批评《党派评论》的编辑既想取悦布尔乔亚批评家，又想追求革命的时髦，认为这种暧昧的态度，失去了它应有的政治立场。实事求是地看，在当时所有的左翼文学刊物中只有《党派评论》率先抵制了俱乐部所推行的党的教义对作家创作的束缚。编辑部也因此而受到官方左翼的强烈批评，杂志不得不在1936年秋停刊。

　　《党派评论》与《新群众》是当时影响最大的两份左翼刊物，它们分别代表着左翼文化阵营的精英与无产阶级两种倾向。《党派评论》的编辑们支持托洛茨基，倡导文学的高雅旨趣、关注理论批评；而《新群众》则直接面向无产阶级大众，坚持从劳工大众中发现文学新秀。那时约翰·里德俱乐部大力倡导作家拥护党的路线方针，但是，厄尔·白劳德（Earl Browder）等领导人只注重作家的声望与名气，并不看重他们的马克思主义理论水平，挫伤了一些作家。有鉴于此，代表新生力量的拉夫和菲利浦斯才奋起反对教条主义的马克思主义批评，把文学的主导性看得高于一切。相比较而言，《新群众》的编辑们则在一定程度上遵从党的文艺方针，坚持作家应该接受党的领导。尽管如此，高尔德等人并不认为自己是斯大林主义的顺从者。虽然编辑们的办刊诉求有所不同，但是，《党派评论》并不是作为《新群众》的对立面而出现的，也从未显示过对《新群众》的不支持，只是编辑们对文学问题的看法上存有分歧。直到1936年，《党派评论》与《新群众》之间的分歧还属于内部纷争。1936年2月，高尔德在谈"猎枪"与中西部无产阶级文学时，遭到《党派评论》的攻击。菲利浦斯等人反对把马克思主义教条化，认为这样会成为作家背负的沉重十字架。这样，高尔德不自觉地成了拉夫与菲利浦斯批评的对象。1937 年 12 月《党派评论》脱离约翰·里德俱乐部。独立后的杂志以反斯大林主义面目出现，拉夫、菲利浦斯和法雷尔更加自由地批评党的路线，拒绝用它指导文学运动，强调马克思主义是一种"分析方法"。

除了上述影响较大的左翼文学刊物之外，还有不少的小文学刊物，如，芝加哥的《左翼前线》(Left Front)、费城的《左翼评论》(Left Review)、波士顿的《左翼》(Leftward)、底特律的《新力量》(New Force)、《反叛诗人》(The Rebel Poet)，等等。这些刊物都致力于无产阶级文学。约翰·里德俱乐部积极为这些青年知识分子搭建平台，让他们发出自己的声音。通常情况下，这些小文学刊物都会在创刊伊始发表声明，《反叛诗人》的声明就很有代表性，它这样写道：

> 《反叛诗人》要为它的朋友而骄傲，更要为它的敌人而骄傲。一份没有敌人的杂志不会有任何生命力，出版物的特点可以根据它的敌人的反应作出确切的判断……只要求成员们普遍同情我们的目的。尽管不加入任何政党，我们也明确地支持苏联防御正在集聚起来发起进攻的敌人，我们支持软弱无助者的事业，我们要与那些正在把美国劳工变成赤贫奴隶的贪婪的工业寡头进行斗争，我们谴责试图废除言论与集会自由等天赋权利的偏执思想……我们嘲讽那种附和世纪末的陈腐的"为艺术而艺术"的口号，在我们的旗帜上书写："艺术为了人类。"①

这份声明集中传载了约翰·里德俱乐部的精神，也代表着那个时期无产阶级文艺运动的方向。

1932 年，康洛伊、瓦尔特·斯诺 (Walter Snow)、本·哈格伦德 (Ben Hagglund) 筹办《铁砧》，他们大力推出反映美国矿山、工厂、磨坊和小职员生活的文学作品。《铁砧》的座右铭是："我们宁要质朴之活力，而不要优雅之陈腐。"杂志的编务人员都是社会改革的积极的参

---

① Jack Conroy & Curt Johnson ed., *Writers in Revolt: the Anvil Anthology 1933—1940*, New York / Westport: Lawrence Hill and Company, 1973, pp. xii – xiii.

与者，绝少有旁观者。在康洛伊等人的努力下，许多鲜活而新颖的题材进入了他们的视野。从艺术上看，也许这些作品过于粗糙和笨拙，却是经受过现实磨砺的，具有原生态特征。《铁砧》(The Anvil) 只刊登短篇小说和诗歌，为的是与纽约的批评大战保持距离。杂志刚一面世，虽然发行量有限，却发行到全美各个城市，甚至也发行到了国外。当时《新共和》给予《铁砧》极高的评价：小小的刊物，与其发行量相比，其影响太大了。①

《铁砧》还致力于推出文学新人，特别重视黑人作家。赖特的小说、厄斯金·卡尔韦尔 (Erskine Calwell) 的反映南方种植园生活的小说《蓝衣男孩》(Blue Boy) 都刊登在杂志上。杂志大力鼓励作家深入社会基层开展调查，挖掘反映时代精神的好素材。不少作家一路搭乘便车深入全美各地采访，用方言土语写出了许多散发泥土芬芳的好作品。康洛伊坚信《铁砧》与《新铁砧》永不妥协的精神是不会消失的。杰克·米勒 (Jack Miller) 1972 年还在明尼苏达创办《北方铁砧》(North Country Anvil)，继续弘扬康洛伊的文学传统，致力于发现文学新秀。

三

1927 年之后，美共在知识界的影响不断加大，许多作家和批评家都在 1928 年至 1932 年间向美共靠拢，形成一种普遍转向左翼的局面。这与共产国际的"第三阶段"理论的出笼，以及美共的大力号召有很大关系。②1927 年 10 月，德莱塞应邀访问苏联。他对十月革命胜利后苏联的新经济政策所取得的初步成效由衷地敬佩。翌年，德莱塞发表《德莱塞访苏印象记》(Dreiser Lookers at Russia，1928)，热情洋溢地宣传苏联的社会主义成就。1928 年，多斯·帕索斯再次到莫斯科朝拜，其观点与看法与德莱塞相似。安德森虽然没有成为真正的共产主义者，却竭

---

① Jack Conroy & Curt Johnson ed., *Writers in Revolt: the Anvil Anthology 1933—1940*, New York/Westport: Lawrence Hill and Company, 1973, p. xiv.

② "第三阶段"理论是莫洛托夫 1928 年 7 月在"共产国际第六次代表大会"上提出的。简单说，他把 1917 年以后的革命形势分为三个阶段：1. 1917—1923 年是革命的高潮时期；2. 1923—1927 年是资本主义稳定时期；3. 1928 年开始，世界无产阶级进入全面胜利时期，资本主义的世界矛盾即将总爆发。该理论当立遭到托洛茨基等人的反对。事实证明，它是错误的。

力表达他对资本主义的拒斥。安德森的第一部书稿是《我为什么信奉社会主义》(*Why I Believe in Socialism*)①，主要阐发他对左翼的同情；第二部小说《前进中的人们》(*Marching Men*, 1917) 关注中西部煤矿工人的生活，企图通过政治途径改善工人的生活。某种意义上看，安德森的代表作《小城畸人》也是最真实的革命性质的作品，因为它揭示了那些被击垮的且毫无魅力的美国小城镇的人们对财富和成功的追求，小说在细微处描绘了人们渴望改变生存状况的欲求。安德森不过是把这种感情升华到对人类生存状况的普遍关注的高度，使左翼情绪不至于太过暴露。

1929 年西方资本主义经济突然遭遇一场罕见的大萧条，它加速了知识分子的集体转变。大萧条让青年知识分子面对着经济、精神和文化的三重危机，他们必须寻找取代资本主义的政治经济体制；寻找支撑新的精神世界的哲学理论；寻找表达新认识的新的文学样式与文学语言。当时苏联的第一个五年计划正在如火如荼地开展，显示了计划经济的良好态势，预示着苏联人可以在新的社会体制下，依靠集体力量完成美国在自由主义的资本主义体制中无法完成的事业。于是，困境中的美国知识分子不约而同地把目光投向苏联。

自 1930 年起，《新群众》连续报道苏联的社会主义建设成就，这在以前是不可想象的。一时间，许多大学教授充当了社团领导、哲学家成了政治家、小说家变成了鼓动者、诗人成了公共代言人。考利、高尔德、弗里曼、法雷尔、休斯、赖特、肯尼思·伯克 (Kenneth Burke)、克利夫德·奥德茨 (Clifford Odets) 等一大批作家要么成为共产党员，要么与共产党关系密切。更多的作家是在情感上转向马克思主义的认识论。1932 年，考利、埃德蒙·威尔逊 (Edmund Wilson)、赖特等 53 位作家联名宣布，支持美共候选人威廉·福斯特 (William Z. Foster) 参加美国总统竞选，显示了文学界左翼力量的高涨。这种现象在萨科—范齐蒂事件之前是难以想象的。考利在《流放者归来》(*Exile's Return*, 1934) 中栩栩如生地描述了大萧条时期的知识分子在惊恐与绝望之余，

---

① 据阿伦考证，安德森的这部书稿被毁，未出版，见 Daniel Aaron, *Writers on the Left: Episodes in American Literary Communism*, New York: Harcourt, Brace & World, Inc., 1961, p. 211.

急切地寻求带有理想主义色彩的政治激进主义的过程。因此，30 年代的激进文化运动既充满浪漫激情，也浸透着强烈的变革欲求。一股抗议文学风潮——尤其是带有社会主义政治倾向的左翼文学思潮——在经济危机爆发后迅速席卷了美国文坛。

美国知识分子普遍向左转带来了左翼文学思潮的全面兴盛，究其原因主要有三点：一是美国知识分子对美国经济大萧条的本能反应；二是对苏联社会主义建设的积极回应；三是受"第三阶段"理论的影响，认为革命的高潮即将到来。在大萧条时期，美国知识分子选择了左翼，他们反对自由主义和改良实践，认为共产主义就是左翼运动。事实上是一股巨大的时代政治力量在推动着他们。

20 世纪 30 年代的作家以拯救社会为己任，他们的文学表达带有革命意识，触及了资本主义制度。20 年代曾经"迷惘"的多斯·帕索斯、考利等人，到 1929 年他们彻底觉醒，就连海明威也一反往日的彷徨与迷惘，表现出对政治的异乎寻常的关心，写出了探讨以集体行为解决社会问题的小说《有的和没有的》（*To Have and Have Not*, 1937）。这样，左翼作家成了主宰文坛的一支强劲力量，他们号召作家自觉担负起社会责任，以文艺为武器，迎接社会主义革命的来临。

特定的社会形势加速了作家向左转。1933 年罗斯福开始推行美国式的"政府干预—福利国家"的新政。这样，苏联就不再是敌对的，挑战自由经济的社会立法也不再具有危险性。同年 11 月，美国与苏联正式建立外交关系，美国商人看到了苏联潜藏的巨大商机，纷纷赴苏联投资办厂。美苏对峙的局面得到缓解。1935 年西方共产党组成"人民阵线"，反对正在兴起的法西斯势力，一定程度上强化了两大阵营的团结。于是，知识分子积极投身于社会改革，他们可以选择任何政治立场，既可以为苏联、共产党和无产阶级文学效力；也可以支持罗斯福的新政；还可以为工人阶级、中产阶级、黑人以及全世界受压迫的殖民地的人民斗争摇旗呐喊。总之，这是 20 世纪唯一的历史时期——知识分子可以既是热忱的革命者，同时又可以是保守主义者，这一切都得到了美苏政府的默许。

在前一时期知识分子的努力下，到了 30 年代，美国激进作家感到"共产主义是 20 世纪美国的方向"，成为一种时代潮流。实事求是地讲，当时美国知识分子虽然整体上赞同马克思主义，但真正信仰马克思主义的并不占多数。他们更多地是以实用主义的态度，把马克思主义当作医治美国社会问题的一剂猛药。列宁、托洛茨基、普列汉诺夫、日丹诺夫等人的理论各影响了一部分美国左翼知识分子。他们在为一个宏大目标共同奋斗的同时，内部的分歧与争论从未停止过。所以，在向左转的过程中必然会出现不协调的声音。

1932 年 8 月，美共领导人刘易斯·芒福德（Lewis Mumford）致威尔逊和考利的信可算作最早的另类言论。芒福德认为没有必要与共产党的路线捆绑在一起，它不适合美国。1932 年，约瑟夫·克鲁奇（Joseph W. Krutch）出版《欧洲成功了吗?》(*Was Europe A Success?*) 一书，提出捍卫自由主义价值原则和知识分子的独立超然性，集中表达了自由知识分子对正统马克思主义的抵制。克鲁奇未曾想到他的看法却得到了共产党的赞同。

希克斯在 1933 年是公认的马克思主义文学发言人之一。他虽然不是共产党员，却转变为共产主义者。针对克鲁奇的书，希克斯认为应该反对机械决定论，而非马克思主义本身。希克斯进一步指出，马克思主义关于文学建立在社会经济基础之上的原理是正确的，而马克思主义批评在美国还处在初级阶段，有待进一步完善。但在以后的著述中，希克斯坦诚表达了在美国作为一位马克思主义批评家的艰难处境：一方面难以剔除自身的资产阶级观念；另一方面又无法接受苏联的马克思主义学说。希克斯的言论在左翼文化运动中掀起波澜。

希克斯所谈论的问题是普遍存在的，当时《新群众》与约翰·里德俱乐部的分歧也集中在这里。共产党并不要求作家把自己的文艺观点带进党内，约翰·里德俱乐部却坚持让著名知识分子执行党的路线方针。最初美共并不看好作家，高尔德和弗里曼却竭力让知识分子相信，党需要的是作家而非政治家。这样，约翰·里德俱乐部与《新群众》编辑部就出现了分歧。最后，《新群众》承诺向法西斯主义开战，关注苏联的革命成就，并与加拿大和拉丁美洲的无产阶级运动保持密切联系，二者的纷争才暂时得到缓解。

1935 年 4 月，在美共的领导下，"第一次美国作家代表大会"在纽约召开，成立"美国作家联盟"（the League of American Writers），沃尔多·弗兰克（Waldo Frank）当选为主席。这可以看作左翼文学发展的高潮，也是它最辉煌的时刻。弗兰克主张改变美国文化中的无政府状态，加强作家、艺术家与工人阶级的联盟。多数作家代表都表示应该遵循党的路线，只有多斯·帕索斯例外。会上，伯克作了题为《美国的革命象征主义》（*Revolutionary Symbolism in America*）的发言，引起争议。伯克属于中产阶级作家，大萧条时期他旗帜鲜明地批判美国的资本主义，但他一直对社会学批评持怀疑态度。此时，中产阶级知识分子对政治的不满情绪也裹挟进左翼文学阵营中。这一现象很普遍，虽然人数不多，但持续时间很长。他们中的一些人，经过一段思索之后与党关系密切，另有一些人转向其他方向。

第三节　美国无产阶级文艺运动

美国的无产阶级文艺运动是 20 世纪美国左翼文学思潮中文学政治化的一次较大规模的尝试，是在苏联的无产阶级文化运动（Proletkult，1917—1932）的直接影响下兴起的。尽管 20 世纪初伦敦和辛克莱已经开拓了美国的无产阶级文学，但没有形成潮流，也没有获得批评理论的支撑。直到 30 年代随着形势的巨大变化，左翼作家才组成阵营，取得创作与批评的双丰收，最终形成了一股强劲的文学潮流。

一

美国文学中的"无产阶级"术语最早出现在 1901 年的《同志》（*The Comrade*）杂志上，它呼唤"无产阶级诗人"。1917 年之后，"无产阶级文学"逐渐流行，用以指称那些以左翼观点描绘阶级斗争的文学。1919 年德尔开始使用"无产阶级文学"描述那些激发工人斗志，建设新社会的文学。[①] 1920 年苏联的"无产阶级文化协会"在"共产国际第二次代表大会"上成立协会的国际局，并在欧美各国开展活动。高尔德率先响应，大力倡导美国工人阶级的无产阶级文学。1921 年 2 月，他在《解放者》上发表《朝着无产阶级艺术》（*Toward a Proletarian*

---

① Joseph Freeman, "Introduction", *Proletarian Literature in the United States: An Anthology*, eds., Granville Hicks et al., New York: International Publishers, 1935, pp. 24 – 25.

Art）的文章。当时高尔德本人也未搞清"无产阶级文艺"的确切含义，他解释道：无产阶级文艺是基于人之博爱的工人的文化，而不是追求个人表达的纯艺术。他把这个术语与群众文化混为一谈，又说惠特曼是美国无产阶级艺术的宗师。① 以后"无产阶级文艺"这个口号在美国左翼知识分子中逐渐流行起来。

1924 年在"共产国际第五次代表大会"期间，苏联的部分无产阶级作家出席会议，并决定成立国际联络局，把各国无产阶级作家组成一个无产阶级文学团体。同年高尔德从莫斯科归来后，参照莫斯科工人艺术剧场的模型，1927 年与约翰·劳森（John H. Lawson）和多斯·帕索斯等人在纽约等地创办"新剧作家剧院"（The Playwrights Theater），专门上演革命戏。这是无产阶级文艺在美国的最早实践。②

1925 年俄共（布）中央《关于党在文学方面的政策》的决议对国际无产阶级文学起了很大的促进作用。1927 年 11 月在莫斯科召开"第一次革命作家代表大会"。卢纳察尔斯基在会议上宣布成立"革命作家文学国际局"，于是，美国、德国、中国和日本的无产阶级文艺运动也相继拉开序幕。从 1917 年"无产阶级文化协会"在苏联诞生，到 1932 年斯大林解散"拉普"，围绕着有关无产阶级文学的争议就没有停止过，弗里曼在 1930 年的《十月之声：苏联的艺术与文学》（*Voices of October: Art and Literature in the Soviet Union*）中也进行过报道。③ 可以看出，美国的无产阶级文艺运动与苏联的影响休戚相关。

1926 年，美国马克思主义历史学家伊曼纽尔·坎特（Emmanuel Kanter）认为他的《亚马逊人》（*The Amazons*）属于正在崛起的无产阶级文艺，同时他也指出无产阶级要战胜资产阶级不仅要开展政治经济战、军事战，更要开展文化战。他呼唤知识分子要在文化战役中支持工人阶

---

① Eric Homberger, "Proletarian Literature and the John Reed Clubs 1929—1935", *Journal of American Studies*, Vol. 13, No. 2, August 1979, p. 221.

② Alan Wald, *Exiles from A Future Time*, Chapel Hill / London: The University of North Carolina Press, 2002, p. 52.

③ Joseph Freeman, Joshua Kunitz, and Louis Lozowick, *Voices of October: Art and Literature in the Soviet Union*, New York: Vanguard, 1930, p. 26.

级。① 与此同时，《新群众》也积极配合无产阶级文艺运动，关注与讨论无产阶级文学。杂志热烈号召工人创作反映自己生活的故事、梗概、诗歌。1929 年，在《新群众》的倡导下，美共创办约翰·里德俱乐部（John Reed Club，1929—1936），目的是将青年作家、艺术家组织起来，振兴无产阶级文艺，扫除资产阶级的腐朽文化。在经济危机激发的革命思潮的推动下，仅一年多的时间，约翰·里德俱乐部在全美各地如雨后春笋般出现。这些俱乐部分支机构各自为政，按自己的理解推行无产阶级文艺，出现了百家争鸣的局面。

1930 年 11 月，在苏联的哈尔科夫举行"第二次国际革命作家代表大会"（又称"哈尔科夫大会"，Kharkov Conference），22 个国家的代表参加了会议。会议决定"革命文学国际局"改组为"国际革命作家联盟"，并讨论和肯定了资本主义国家在社会主义取得胜利之前有可能发展无产阶级文学和文化的主张，并通过和发表了《致世界各国革命作家书》，号召作家联合起来反对帝国主义。约翰·里德俱乐部和中国的左联都是国际无产阶级革命作家的成员。《国际文学》是"国际革命作家联盟"的刊物，被诗人赫尔曼·斯佩克特（Herman Spector）赞誉为在美国所见到的最具鼓舞性和最先进的刊物。中国派萧三参加会议，从此中国左翼文学开始参与国际活动。② 埃里克·杭伯格（Eric Homberger）在《美国作家与激进政治：1900—1939 年含混的承诺》（*American Writers and Radical Politics，1900—1939：Equivocal Commitments*）一书中指出，从 1921 年高尔德呼唤无产阶级文学，到 1930 年的"哈尔科夫大会"确立"正确"的路线，"无产阶级文化派"就成为美国左翼文学的榜样，此前只有高尔德和《新群众》单方面地探寻美国的无产阶级文学。③

1932 年，约翰·里德俱乐部各分支机构召开第一届全国会议，成立了总部设在纽约的执行委员会，以统一文艺革命的步调。同年 9 月，由包括帕索斯、安德森、弗兰克、威尔逊、林肯·史蒂芬斯（Lincoln Steffens）、

---

① Emmanuel Kanter，*The Amazons*，Chicago：Charles Kerr，1926，p. 69.

② 萧三：《出席哈尔可夫世界革命文学大会中国代表的报告》，载《左翼文艺运动史料》，陈瘦竹主编，《南京大学学报》编辑部 1980 年印刷，第 65—97 页。

③ Eric Homberger，*American Writers and Radical Politics，1900—1939：Equivocal Commitments*，New York：St. Martin's Press，1986，pp. 139 - 140.

高尔德、赖特等几十名作家共同签名，发表题为《文化与危机》(*Culture and Crisis*) 的告全国知识分子的公开信。这份文学宣言指出，艺术是阶级的武器，艺术家的作品总是在为一个阶级的利益说话；艺术家不应该游离于这场斗争之外，而应该通过振兴无产阶级文化艺术参与斗争。

国际文化左翼在"哈尔科夫大会"上，第一次认真尝试把革命艺术家和作家组织起来。全世界的革命作家参加了会议，苏联是阐发政策和评说资本主义国家中的革命文化运动的主角。这样，从 1930 年到 1934 年，共产国际更加强调文学与阶级斗争相结合，而约翰·里德俱乐部的创建也是为了实现此目标。"哈尔科夫大会"所阐发的原则必然成为约翰·里德俱乐部的指导方针。俱乐部要在无产阶级文艺运动中发挥作用，阐明与资产阶级相对立的无产阶级观点，扩大革命劳动阶级的影响，创作和出版充满无产阶级品格特征的文学作品，让美国人熟悉世界无产阶级的文学与艺术，特别是苏联文艺。此间，"哈尔科夫大会"的决议都被用作指导美国无产阶级文艺运动。到了 1935 年，随着共产国际的"人民阵线"策略的确立，美共开始消除左翼阵营里的宗派主义倾向。于是，一场沸沸扬扬的无产阶级文艺运动逐渐消歇。①

二

什么是无产阶级文学呢？法雷尔对此作过比较周密的界定，他认为无产阶级文学包含四个要素：一是无产阶级文学是由一定数量的产业工人所创作的文学，它充满生机和创造性；这些工人作家不仅具有马克思主义的阶级意识，而且是无产阶级先锋队成员；二是作为一种创造性的文学，它主要描绘工业无产阶级某个时期的特定经验和他们的生活；三是它通过总结与暗示，强化无产阶级先锋队的观念；四是它主要由无产阶级读者阅读，并从中获得革命教益。② 法雷尔从作者、题材、政治观点、读者四个方面进行了界定。

依照上述界定，作家身份是首要条件。对此，高尔德在 1928 年就

---

① Eric Homberger, *American Writers and Radical Politics*, *1900—1939*: *Equivocal Commitments*, New York: St. Martin's Press, 1986, pp. 139 – 140.

② James T. Farrell, *A Note on Literary Criticism*, New York: Vanguard, 1936, pp. 86 – 87.

讲得非常具体，他说："每个人都有一个伟大的悲喜剧故事要讲。在美国，几乎每个人都觉得受到压迫，想在什么地方讲出来。告诉我们你的故事，肯定有意义。用书信的形式，简朴而真诚地讲出。别担心风格、语法或者句法。就像你说话那样写出来。写吧。让美国了解工人的心灵和思想。"①同年，《新群众》的报头上赫然写着——"一份工人生活与文学的杂志"。接着，杂志开设了"工人诗歌"栏目，大量刊登工人诗歌和报道，如矿工埃德·法尔考乌斯基（Ed Falkowski）、伐木工人塞缪尔·贝克尔（Samuel Becker）、钢铁工人雷蒙德·克雷森斯基（Raymond Kresenski）和 T. E. 博加德斯（T. E. Bogardus）、石油工人 H. S. 罗斯（H. S. Ross）都发表过诗歌作品。1929 年，杂志刊登埃拉·福德（Ella Ford）写的《我们是工厂工人》（We Are Mill Workers）的专题报道，讲述了他参加美共领导的加斯托尼亚的纺织工人罢工的经历。1930 年，约翰·里德俱乐部纽约支部向每位作家建议："他自己投身某种行业……这样，当他写那种行业时，他就像内行一样写作，而不是像资产阶级知识分子的观察者那样。"②《新群众》强调文学的写实记录性，特别是工人书写自己的生活；高尔德说实事就是诗歌。从 1926 年至 1933 年，《新群众》大量登载工人诗歌、短篇小说、新闻报道，法尔考乌斯基、路易斯·科尔曼（Louis Colman）、约瑟夫·卡拉（Joseph Kalar）、马丁·拉萨克（Martin Russak）、罗伯特·克鲁登（Robert Cruden）、史沫特莱、赖特、康洛伊都是此时期脱颖而出的。

高尔德在《青年作家向左转！》（Go Left, Young Writers！）中再次阐发了作家的身份，他说：

> 一个新的作家已经出现，一个狂热的青年，大约 22 岁，父母是工人阶级，他本人在美国多种行业工作过：伐木场、煤矿、钢铁厂、庄稼地和山地营等。他敏锐而急躁，他的写作迸发出怒愤的情感，但无时间润色。他时而狂暴，时而也伤感。他缺少自信，但坚持写作，因

---

① Michael Gold, "A Letter to Workers' Art Groups", *New Masses* 5, September 1929, p. 16.

② Barbara Foley, *Radical Representations: Politics and Form in U. S. Proletarian Fiction, 1929—1941*, Durham / London: Duke University Press, 1993, p. 65.

为他不能不写。

他是个赤色分子，却没有什么理论。他全凭直觉。他的写作不是有意识地追求无产阶级艺术，而是他的环境的自然结果。他那样写，因为那是他唯一的方式。他的"思想"倾向全都与他租住的房子、工厂、伐木营地和钢铁厂混合在一起，因为那就是他的生活。[①]

1932 年，约翰·里德俱乐部决定欢迎那些来自幻灭了的中产阶级的联盟的作家，但在此阶段中最重要的是劳动阶级自身革命文化的发展。可见，作家的无产阶级身份是相当重要的。

描写劳动阶级的题材也是一项很重要的评价标准。当时许多马克思主义批评家也都强调反映无产阶级生活，而那些描写中产阶级题材的小说就受到了批评。像安德烈·马尔罗（Andre Malraux）的《人类的命运》(*Man's Fate*, 1933)，尽管在心理刻画方面相当精妙，但评论者认为作品只关注革命知识分子，而把工人和苦力排除在外。劳伦·吉尔菲兰（Lauren Gilfillan）的《我去上煤矿学院》(*I Went to Pit College*, 1934)、弗兰克的《大卫·马坎德的死与生》(*The Death and Birth of David Markand*, 1934) 也存在类似的问题。马克思主义批评家们急切地呼唤一种建立在劳动阶级生活基础上的新文学。他们希望开发劳动阶级出身的作家，向劳动阶级读者言说，再现劳动阶级的存在。他们寻求浸透无产阶级经验的文学，因为他们认为无产阶级不仅生动丰富，而且是唯一可以带来变革的先进阶级。

在"第一次美国作家代表大会"召开前夕，《党派评论》专门探讨这一问题。埃德温·西弗（Edwin Seaver）在《什么是无产阶级小说? 关于定义的评注》(*What Is a Proletarian Novel? Notes Toward a Definition*) 一文中指出，无产阶级小说未必一定是由工人所写的关于工人生活的小说，也可以是中产阶级出身的作家创作的，反映小资产阶级生活的小说。此类作品可以纳入无产阶级文学范畴。他认为赫布斯特的小说《刽子手的等待》(*The Executioner Waits*, 1934) 虽然是描写中产阶级的，却比哈尔珀的写工人的《铸造厂》(*The Foundry*, 1934) 更

---

① Michael Gold, "Go Left, Young Writers!", *New Masses*, 4, January 1929, pp. 3 – 4.

具无产阶级文学的普遍性与典型性。他说："重要的不是小说家的阶级出身，而是他现在的阶级联盟，不是他的故事发生的历史时期，或者他所写的人物的类型，而是他对待故事和人物的意识形态方式，因为这种方式完全取决于他对马克思主义的历史解释的接受。并且不仅仅是接受，而是把这种解释作为一种必需的因素用于他的作品。"[1] 应该说西弗的观点不仅切合了文学创作自身的规律，而且体现出辩证唯物主义的分析方法。

西弗的看法在"第一次美国作家代表大会"上引起争论。纽约大学教授埃德温·伯古姆（Edwin B. Burgum）认为无产阶级小说是一种在辩证唯物主义——来自阶级意识的无产阶级观点——影响下写出的小说。他接着说，目前无产阶级小说往往不是由无产阶级所阅读，也很少是由无产阶级创作，这与《新群众》的主张相左。在伯古姆看来，工人写不出好的无产阶级作品，他们只能写报道、日记和梗概之类，过于经验化，无法以某种社会观念对经验进行加工提炼，而这恰恰是文学作品形成的重要条件。对伯古姆而言，无产阶级的观点即马克思主义，而无产阶级作者的身份、读者或题材并不是必需的条件，只要小说拥护马克思主义的历史观即可算作无产阶级文学。[2] 参与争论的人们主要援引马克思主义理论来分析与界定无产阶级文学。

会议之后，弗里曼编写了《美国的无产阶级文学：一部文集》(*Proletarian Literature in the United States：An Anthology*, 1935）, 明确提出无产阶级文学通常为中产阶级作家创作，却立足于革命无产阶级的立场。他认为革命作家应该把文学、政治与党联系起来。[3] 1935 年 2 月，西弗宣称目前没有必要对无产阶级作家、同路人作家、党员作家和非党员作家进行身份界定。工人作家拉萨克反对他们的看法。米勒反对《党派评论》和《新群众》对中产阶级作家的倚重，强调重视无产阶级作家身份。高尔德一改过去的态度，加以调和，他说："我们必须反对那种认

---

①　Edwin Seaver, *The Proletarian Novel*, *American Writers' Congress*, Henry Hart, ed., New York：International Publishers, 1935, p. 100.

②　Edwin Berry Burgum, Discussion, Partisan Review 2, (April— May 1935), pp. 8 - 10.

③　Joseph Freeman, "Introduction", *Proletarian Literature in the United States：An Anthology*, *eds.*, Granville Hicks et al., New York：International Publishers, 1935, p. 13.

为无产阶级文学只在关于工人阶级小说方面占有一席之地的看法……同样也必须反对那种认为关于工人的小说并不重要的看法。"他坚持"每位作家的基础性工作之一就是激发、鼓励和帮助工人所写的无产阶级文学的生长"。①

对无产阶级文学的界定成为"第一次美国作家代表大会"的主要议题之一。当时美共计划实施"人民阵线",要把所有反法西主义的作家吸引到党领导的"美国作家联盟"周围来。因此,必须凸显无产阶级文学的兼容并包,向进步的中产阶级作家敞开大门。所以,伯古姆对工人作家作品的指责不应看作精英主义的抬头,而是美共所鼓励的一种转向。这跟苏联国内的情况相吻合,即受到1934年的"全俄罗斯苏维埃作家联盟"涤除"无产阶级文化派"的影响。"第一次美国作家代表大会"是在即将来临的"人民阵线"的背景下召开的,因此,它不单是文学问题,而且涉及了党的政治路线。故而,弗里曼和西弗主张以马克思主义的历史唯物主义辩证地品评无产阶级文学,既是贯彻美共在特殊时期的方针,也是对党的路线的一种具体阐发。

1935年底,共产国际开始提出"人民阵线"方针,指出反对法西主义是当前主要任务。这一新政策意味着资本主义国家的民主体制不是要推翻的对象,而是联合与统战的对象。对左翼文学阵营来说,就不能再提倡工人罢工斗争中的阶级对峙,更不能强调中产阶级的分化与瓦解。1936年底,"无产阶级文学"的字眼就很少出现在《新群众》上。1937年的"第二次美国作家代表大会"呼吁作家反对法西斯主义而不是反对或改造资本主义制度,把文艺是阶级斗争的工具变为进步斗争的工具。在"第二次美国作家代表大会"上,甚至已经没有真正意义上的工人作家出席,也鲜有人提出抵达劳动阶级读者群,或者描绘劳动阶级生活。此时几乎所有的约翰·里德俱乐都溃散了。此前弗里曼还指责伯克在"第一次美国作家代表大会"上的发言,而他现在则号召作家要为伟大的美国文化而奋斗,并提出文学应该去除政治的影响。研究者们通常指责马克思主义批评家对无产阶级文学的界定的狭隘性、宗派性

---

①　Barbara Foley, *Radical Representations*: *Politics and Form in U. S. Proletarian Fiction*, *1929—1941*, Durham / London: Duke University Press, 1993, pp. 120 - 121.

和极端"左"倾做法阻碍了无产阶级文学的发展。此看法并没有事实依据。历史地看，这场无产阶级文艺运动未能继续向前发展的主要原因是时局的变化，是被"人民阵线"政策戏剧性地改变了方向，与左翼文学阵营内部的理论争鸣关系不大。

三

20 世纪二三十年代的美国无产阶级文艺运动是在苏联社会主义革命和罗斯福新政的双重视阈中展开的。特殊的历史机遇缓解了美苏之间的紧张对峙，解放了作家的思想，点燃了他们创作的热情，此时期无产阶级佳作迭出。那时左翼知识分子普遍认为要在政治上扬弃自由主义和无政府主义，破除以个人主义和竞争为特征的价值体系，倡导新的集体主义和合作精神。作家的首要任务是开创一种崭新的、与社会革命密切联系的文学，需要淡化孤芳自赏的现代主义文学实验。这就使左翼作家自觉肩负起时代的使命，他们充分肯定文学的社会功能。康洛伊的《被剥夺了继承权的人》（The Disinherited，1933）、亨利·罗斯（Henry Roth）的《称它睡眠》、丹尼尔·富切斯（Fuchs Danniel）的《威廉斯堡三部曲》（Williamsburg Trilogy，1934—1937）、迈耶·列文（Meyer Levin）的《过去的那一伙》（The Old Bunch，1937）、纳尔逊·阿尔格伦（Nelson Algren）的《穿靴子的人》（Somebody in Boots，1935）、厄斯金·考德威尔（Erskine Caldwell）的《烟草路》（Tobacco Road，1932）和《小墓地》（God's little Acre，1933）等，都是此时期较有代表性的小说。多斯·帕索斯的"美国三部曲"——《北纬四十二度》（The 42nd Parallel，1930）、《1919 年》（Nineteen—Nineteen，1932）、《挣大钱》（Big Money，1936），法雷尔的《斯塔兹·郎宁根三部曲》（Studs Lonigan：A Trilogy，1932）、约翰·斯坦贝克（John Steinbeck）的《愤怒的葡萄》（The Grapes of Wrath，1939）等，都是无产阶级文艺运动中涌现出的杰作。

由此可见，无产阶级文艺运动是美国左翼文学发展中的一个重要时期，它涉及面广，发展迅速。无产阶级文艺运动号召作家立足点和注意力转向下层劳动人民，通过讲述他们的故事，突出文学作品的社会功用。这样，30 年代也是文学主题和文学素材重新发现的时期。多斯·帕索斯是迅速完成这一转变的作家之一。他非常清楚左翼文学要求关注的对象和表达的态度，以及文学教育和政治启蒙作用。他在"美国三部曲"的开始部分，就通过社会主义者蒂姆叔叔之口，把主题交代得清清楚楚：

> 这根子不在你身上，也不在我身上……这根子是贫困，贫困的根子是社会体制。这个体制中一个人得不到自己劳动果实……只有骗子才能从资本主义中捞到好处，一小会儿成了百万富翁……但像你约翰，像我这样老实干活的人，干 100 年也买不起一副好棺材。咱们的劳动果实给谁占了？那些一辈子不生产一件东西的生意人、代理人、经纪人。是社会体制，告诉你约翰，是他妈的混蛋体制。①

同时，无产阶级文艺还要求作家进行实地调查，对民众的苦难进行真实的记录，为控诉资本主义经济体制"举证"。这样的氛围，让康洛伊关注产业工人。他在《被剥夺了继承权的人》的扉页上写道："献给全世界被剥夺继承权和一无所有的人。"小说也是自传体的，主人公拉里与作者的出身一样，也是煤矿工人的儿子，父亲去世又逢艰难时世，他不得不外出谋生，在炼钢厂、橡胶厂等干苦活，最终认识到与自己的阶级一同获救的道理。还多了一条从穷孩子到艺术家的成长主线，其实也是"一个青年无产阶级艺术家的画像"。拉里爱好文学，但他认识到文学不只是自救的出路，也包含沉重的社会责任。小说结束时，一个革命者的话在他耳畔回响："这里有你的活的诗歌——一首像大地一样宽广的史诗。穿破靴旧鞋的脚踏在城市的街上就像鼓点一样；握紧的拳头挥向天空！我可以让你听到震撼大地的诗的旋律！"②

无产阶级小说均以抗议结尾，像考德威尔在大萧条时期，创作了以南方生活为主的许多小说，他称之为"南方生活的环形全景画"。考德威尔深入南方各地收集素材创作的《烟草路》，描写了生活在南方佐治亚农村的佃农杰特·赖斯特一家的贫困生活，他们含辛茹苦，但永远摆脱不了贫困。小说在结尾处描述道："他们对大自然、对土地、对土地

---

① John Dos Passos, *The 42nd Parallel*, in USA, Boston：Houghton Mifflin, 1963, p. 13.

② Jack Conroy, *The Disinherited*, New York：Hill and Wang, 1963, p. 289.

里生长的作物都充满着信心，因此他们无法理解大地怎么会使他们失望。但是，大地毕竟使他们失望了，于是他们在又一个夏天里期待着永远不会来的秋收。"① 无产阶级作家对这些小人物在困境中的刻意描绘，顺应了高尔德号召无产阶级文艺的方向。

奥德茨是一位出色的左翼剧作家，他1934年加入共产党。他1935年创作的《等待老左》(*Waiting for Lefty*，1935) 中，把艺术与政治完美地融为一体，一上演就引起轰动。剧作在创作手法上很新颖，内容直接与工人运动相关。工会小组等待着被亲切称为"老左"的工运领袖前来演讲，但左等右等"老左"也没有出现，原来工会头目与资本家勾结，出卖了为工人利益无私奋斗的"老左"。"老左"遇害的消息传来，工人们群情激愤，决定团结起来，进行罢工斗争。戏剧在尾声处，台上台下同声高呼"罢工！罢工！"

1935年，希克斯与弗里曼联合编辑了论文集《美国的无产阶级文学：一部论文集》，记载了无产阶级文艺运动的主要成就，成为后人研究的重要史料。赖道特在1956年出版《1900—1945年美国的激进小说：文学与社会的内在联系》，书中列出1930—1936年间在无产阶级文艺旗帜下出版的50部小说，尤其对康洛伊的《被剥夺了继承权的人》和高尔德的《没有钱的犹太人》(*Jews Without Money*，1930) 进行详细的分析，并给予极高的评价。② 美国学者墨菲对无产阶级文艺运动的成果进行了这样的概括："忽视美学价值，将文学批评局限于社会分析范围之内，眼光狭隘，要求以鼓动为特征，就事论事……脸谱化地将工人和资本家塑造成英雄和坏蛋，在小说、诗歌和剧本中插入空洞的政治宣传，为政治目的歪曲或粉饰现实。"③ 赖道特提到的50部小说中也有不少属于这种模式。30年代的左翼要求文学社会化、政治化，要求表现阶级剥削和阶级对立，带有鲜明的时代印记。当然我们也要看到，当时左翼作家的创作也受制于时代，有的确实没有解

---

① ［美］厄斯金·考德威尔：《考德威尔中短篇小说选》，陈良廷译，上海译文出版社1985年版，第189—190页。

② Walter Rideout, *The Radical Novel in the United States*, *1900—1954*：*Some Interrelations of Literature and Society*, New York：Harvard University Press, 1956.

③ James Murphy, *The Proletarian Movement*：*the Controversy over Leftism in Literature*, Urbana／Chicago：University of Illinois Press, 1991, p. 1.

决好艺术性与政治性的平衡。

　　但是，法雷尔、罗斯、奥德茨等人的创作既体现了文学为革命、为政治服务的宗旨，又具有作家创作意识和文学作品的内在规律所带来的独特性品格。其中影响最大的当数斯坦贝克，他是唯一获得诺贝尔文学奖的美国左翼作家。他的"劳工三部曲"——《胜负未决的战斗》(*In Dubious Battle*，1936)、《鼠与人》(*Of Mice and Men*，1937) 和《愤怒的葡萄》，不仅成功协调了艺术与政治的关系，而且上升到人类普适性的高度，成为左翼文学的经典之作。他的《愤怒的葡萄》被誉为大萧条的史诗。

　　我们不无遗憾地看到，在 1934 年至 1935 年达到鼎盛的无产阶级文艺运动由于缺乏群众基础和思想基础，也由于内部思想分歧不断加剧，很快就退潮了。这样的结局似乎又在情理之中，诚如中国学者盛宁所总结的那样："左翼批评家们对于马克思主义并不缺乏热情，然而他们既不能完整、准确地理解马克思主义，自己又缺乏文学实践的经验，他们抓住马克思、恩格斯、列宁的片言只语，就要制定'无产阶级文学'的宏伟纲领，这也实在太勉为其难了。"①

第四节　美国左翼文化运动的分化

　　30 年代中后期，苏联国内的肃反运动和苏德协议的签署这两大事件，给美国左翼文学阵营造成极大的思想混乱：因为前者暴露了苏联国内民主法制的匮乏和极权主义当政；后者模糊了国际共产主义运动的奋斗目标，它不仅有损世界反法西斯主义斗争，而且削弱了苏联的国际威信。这两大事件在西方左翼阵营中掀起波澜，弗里曼、希克斯、伊斯特曼、卡尔弗顿、考利、多斯·帕索斯等人都颇感困惑和迷茫，美国左翼文化运动也随之发生动荡与分化。

一

　　30 年代中期的国际局势错综复杂，一方面随着法西斯主义力量肆

---

① 盛宁：《20 世纪美国文论》，北京大学出版社 1993 年版，第 67 页。

虐嚣张；另一方面罗斯福新政初见成效，美国经济开始复苏；而苏联国内的肃反运动不断扩大、愈演愈烈。在这种情况下，1935 年"共产国际第七次代表大会"确定了建立左派、温和派，甚至包括保守派在内的反法西斯的"人民阵线"。美国的左翼文化运动也在此期间发展至巅峰，其激进主义热情开始急剧回落，运动出现转折。最明显的莫过于约翰·里德俱乐部各分支机构在第二次全国会议中分裂；《党派评论》与《新群众》争论不休，并于 1937 年彻底脱离俱乐部。更重要的是，国际局势发生了变化，在第二次世界大战爆发之后，社会主义主题基本上从美国文学中消失，一场轰轰烈烈的左翼文学思潮全面回落。

在左翼文化运动极盛之时，能否成功地把艺术和政治调和起来，服务于革命的政党，就成为检测每个美国左翼作家的试金石。像德莱塞、辛克莱、斯坦贝克、海明威、阿奇博尔德·麦克利什（Archibald Mac-Leish）、沃尔夫，这些大名鼎鼎的作家都因不愿受到思想束缚，而无法协调上述问题，处境尴尬。他们普遍感到做个优秀的作家与党员是两难的选择。另外，美共在领导左翼文化运动时从未完全信任过作家，一定程度上也挫伤了作家的积极性。故而，当他们面临两难选择时，许多人纷纷放弃左翼立场，出现转向。

事实上，一些敏感的作家早在 20 年代末就对苏联产生疑惑，伊斯特曼、卡尔弗顿就是其中的两位。伊斯特曼早期支持美国工人党（the Workers' Party），这是美国共产主义运动中极端左翼政党。伊斯特曼认为，革命政党应该切合美国的实际，在美国工人阶级中生根。他在给朋友的信中指出，俄国革命的成功使他无须把主要精力投放在解放全人类的事业上了，从此可以生活在自己的思想天地里。此时伊斯特曼已经放弃支持威尔逊政府，而追随苏联及共产主义运动。1922 年 8 月，伊斯特曼以《解放者》编辑的身份赴苏联考察。他在苏联亲耳聆听了列宁的讲话，并与托洛茨基亲切交谈。后来他写下了《利昂·托洛茨基：一幅青年画像》(Leon Trotsky: The Portrait of a Youth, 1925)。伊斯特曼在苏联待了近两年，大部分时间是在莫斯科的马克思恩格斯学院里研读马克思和恩格斯的理论。在来苏联之前，伊斯特曼并不相信革命可以自动产生"自由"。到了苏联，他发现苏联人把马克思的著作奉为"圣经"，而非科学理论。布尔什维克理论家们不过是为新形势提供理论而已，不是解放人们的思想，而是封锁思想。1924 年，伊斯特曼打点行装离开苏联，并把收集到的资料整理为《自列宁死后》(*Since Lenin Dead*)，第二年在伦敦出版。

1923 年，卡尔弗顿以编辑和出版人的身份切入左翼文化运动当中。同年卡尔弗顿与朋友创办了《现代季刊》(后改为《现代月刊》，*The Modern Monthly*)。他们在创刊声明中否认知识分子与工人、纯艺术与宣传之间的界限，他们反对自由主义，宣称刊物将担负起实现社会主义的重任。为了充分团结知识分子，共同反对资本主义和法西斯主义，刊物坚持中立而客观的立场，为不同政见者提供理论平台。

1925 年，卡尔弗顿以激进的社会主义者的姿态转向共产党，同年出版第一部论文集《崭新的精神》(*The Newer Spirit*)。他认为健康的革命运动依赖于每一位激进作家，无论其政治态度如何，只要他书写眼见的事实即可。高尔德在《工人日报》(*Daily Worker*) 上撰文称赞《崭新的精神》，如同爱默生欣赏惠特曼那样，高尔德认为这将成为卡尔弗顿知识生涯的一个良好开端，展现了新世界的年轻主人翁精神，可以救赎沉闷的资产阶级。1927 年，卡尔弗顿访问苏联，深感失望，以后逐渐疏离了共产党。

1929 年，卡尔弗顿遭到《工人日报》的攻击；1933 年《新群众》也因为他而卷入了与反斯大林阵营的论战。然而，卡尔弗顿却努力超越这些政治论争，尽可能地在各种对立的政治势力之间周旋。卡尔弗顿希望促成左翼阵营的团结，因此，他对不同政见者持包容态度，把托洛茨基与斯大林并置在一起。这种政治上的"调和"令《现代月刊》的读者与撰稿人颇为困惑。如果说伊斯特曼创办《群众》的时候尚能以模棱两可的态度迎合青年人含混不清的反叛情绪，那么，这一策略在 30 年代就行不通了，人们要求杂志必须立场鲜明，不得闪烁其词。最终卡尔弗顿淡出了左翼。

继伊斯特曼和卡尔弗顿之后，考利和希克斯也相继从左翼文化运动中抽身。考利 1898 年出生于宾夕法尼亚的一个医生家庭。20 年代他流亡巴黎，成为迷惘一代的重要成员。1927 年尚处迷惘中的考利就认定苏联代表着人类未来的发展方向，他也由此转向左翼。考利在 1929 年至 1944 年间负责《新共和》的编辑工作，尽管他标榜无党派的立场，但是，《新共和》还是充当了党的路线的传声筒，他把杂志办成了无产阶级艺术家和批评家的战场。考利在 1932 年到肯塔基煤矿考察，更加坚定了他的左翼立场。他坚信是资本主义经济的罪恶造成了矿工的苦难，他把美国矿工与苏联矿工面带微笑的形象进行对照，充分肯定苏联的社会主义成就。肯塔基之行促使考利与党和激进作家接触，成为他人生的转折点。在政治上，考利相信苏联是唯一真正的反法西斯力量，从而使《新共和》与《党派评论》的观点不尽相同。他认为《党派评论》只会在"第四国际"的大旗下从事反苏活动和文学犯罪。他曾致信威尔逊，指责《党派评论》的编辑自诩为马克思主义者和革命者，其实仅仅是从事书评写作而已。然而，对托洛茨基分子的厌恶并没有令考利陷入共产主义的狂热与偏执当中。

通览考利在 1932 年至 1939 年间的文章就不难发现，他在艺术上并不完全赞同让艺术家投身到阶级斗争当中，他也不想成为党派所操纵的玩偶。考利的叛逆孕育于 20 年代，而其社会性格则扎根于大萧条时代。面对苏联的肃反运动，考利还心存幻想，他不断为苏联辩护，认为肃反打击了外来的入侵者，阻止了世界大战。考利不喜欢托洛茨基这样的大都市知识分子，认为他们只会把人类的任何问题化简为无妄的诡辩。考利的言论引起威尔逊、肯尼思·雷克斯罗斯（Kenneth Rexroth）、汉弥尔顿·巴索（Hamilton Basso）、艾伦·退特（Allen Tate）等人的质疑。考利一方面与之交锋辩论，另一方面朋友的看法也逐渐瓦解了他对苏联的信心，推动他彻底转变立场。考利终于在 1939 年退出了左翼文化阵营。

与考利的中产阶级特征相似，希克斯属于分散在新英格兰地区的思想较为自由的教师或作家群体。该群体把《民族》和《新共和》视为自己的舆论阵地，他们并不看好《新群众》。很明显，他们只是在情感上亲近马克思主义，在思想认识上与官方左翼尚有距离。希克斯出身于中产阶级家庭，节俭而辛苦劳作的父亲吝于供他上哈佛大学。1923 年，希克斯大学毕业后又到哈佛神学院学习了两年。1928 年，他再次返回哈佛取得硕士学位。看得出，他对哈佛大学情有独钟。那时希克斯受到约翰·里德和斯蒂芬斯的影响；乔治·索尔（George Soule）的文章也深深地打动了他。接着，希克斯又被和蔼可亲的共产主义者高尔德、弗里曼、卡尔弗顿所吸引，但是，他并未放弃智性的探索，依然处在党的外围。希克斯坦承在 1930 年之前自己仅仅是名义上的社会主义者，对共产主义运动并不了解，只是赞同马克思主义的认识观而已。希克斯接受马克思主义的标志是他在 1933 年出版了专著《伟大的传统》(*The Great Tradition*)，首次以马克思主义的观点审视自南北战争以来美国文学的发展演变历程。此书在 1935 年修订时受到学术界的广泛关注，使他在文坛上声名鹊起。

即便接受了马克思主义，希克斯并未放弃独立的思考，他经常以超然的态度对待革命。直到 1934 年，希克斯出任《新群众》编委之后才加入共产党。希克斯赞同"人民阵线"策略，认为法西斯主义是野蛮而堕落的帝国主义的集中表现，主张把工人的力量和新政中的进步力量联合起来，共同反对主要的敌人——法西斯主义。1938 年，希克斯出版《我爱美国》(*I Like America*)，对自己投身左翼文化运动进行全面反思。他在书中坦承了自己的共产党员身份，向世人真实再现了一位美国草根马克思主义者是如何走上追求社会公正道路的。希克斯代表了革命运动中的中产阶级自由派，其思想颇有代表性。希克斯于 1939 年辞去《新群众》编辑职务，并退出共产党，但他仍保持独立的激进立场。

二

促成美国作家向左转无外乎国内经济大萧条、苏联社会主义建设的成就，以及域外的革命理论的鼓动，在 30 年代中期当这些推动力量发生了变化，美国作家将不可避免地再次转变。从历史上看，美国作家同意识形态的结合从未紧密过，他们习惯于视意识形态为某种形而上的抽象思索，而其自身却有着热烈的现实追求，经常迁就后者而舍弃前者。我们从弗里曼、高尔德的创作历程中可以清晰地看到这一轨迹。

弗里曼出身于资产阶级家庭，毕业于哥伦比亚大学，但他支持工人运动，真心拥护革命，赞同社会主义，是一位献身于社会主义理想的知识分子。为了抑制左翼文学创作的简单化倾向，以及教条主义的批评之风，他提倡以现代主义文学教化大众，并在工人集会中朗诵庞德与艾略特的诗歌。然而，在 30 年代的文化气候中，受欢迎的是高尔德和康洛伊的无产阶级激情，弗里曼的努力遭到冷遇。弗里曼也认识到现实中的革命者和众多的共产党人并不理解社会主义，但对大多数向左转的美国作家来说，他们仅仅扮演着革命宏大叙事中的增派角色。当激进的情绪占据他们的时候，就发表评论、诗歌、小说、戏剧、批评文章；激情消退，他们自然调转方向。只有极少数的共产党人把"事业"作为生活本身来追求，他们的存在依赖于现实与党组织，并无怨无悔地献身左翼文化运动。

自 30 年代起，共产党已不像列宁与托洛茨基时代那样，对知识分子的诗性的不妥协持宽容态度，而是片面强调作家的忠诚，尤其不能容忍知识分子的主体独立性。弗里曼在 1932 年至 1934 年、1936 年至 1937 年，主要负责编辑《新群众》，忙于参加各种论战，试图解决约翰·里德俱乐部与《新群众》之间的争执。1933 年，他遵照党的指示重组加利福尼亚的约翰·里德俱乐部。他未经党的允许，便与埃拉·温特（Ella Winter）等人组建了美国第一个反纳粹委员会。接着，弗里曼到芝加哥、底特律、波士顿等城市开展反法西斯活动，成了约翰·里德俱乐部在中西部地区的重要人物。

1934 年，弗里曼写了《一部美国的圣经：反叛者与浪漫的叙事》，两年后出版。他把托洛茨基归结为个人的过失，而非阶级敌人。他的书引起苏联的反感。1937 年当弗里曼再次巡回加利福尼亚时，依然保持着炽热的革命热情。他坚信自己的革命理想，但对莫斯科已不抱任何幻想，因为他的许多俄国老朋友都成了肃反清洗的对象。那时弗里曼对党也很冷漠，悲伤笼罩着他。父亲去世，好友厄斯特·托勒（Erst Toller，来自德国的作家）自缢身亡，更让弗里曼忧郁。1939 年 8 月的《共产国际》刊载了署名 P. Dengel 的文章，批评伦敦与纽约的《工人日报》宣传《一部美国的圣经》。文章指出，《一部美国的圣经》不仅不能激发工人阶级反法西斯斗争，反而维护了托洛茨基——法西斯的代理人。自此，弗里曼彻底心灰意冷，完全退出了左翼文化阵营。

弗里曼 1943 年出版的小说《决不言退》（Never Call Retreat），以 1917—1939 年的莫斯科与纽约两地为背景，回顾了他本人的革命经历，是自传性作品《一部美国的圣经：反叛者与浪漫者的叙事》（An American Testament: A Narrative of Rebels and Romantics，1936）的继续。表面上看，小说是关于"永未终结的背叛"（never—ending betrayal）和对民主梦想的新阐发，实则是对左翼文化运动的深刻反思。我们可以用惠特曼语"我是人，我在那里很痛苦"加以概括。

有必要指出的是，弗里曼参加左翼文化运动 17 年，从未公开发表过攻击党的言论，他的怀疑是一位信奉者的疑惑。凡从党的历史角度阅读《永不言退》，都会联想到弗里曼的经历，尽管他改换了党派的名称。弗里曼在小说中侧重反思自己的政治生涯，所以，小说不是与过去决裂，而是重新审视左翼，旨在告诫世人，各种可能的悲剧就发生在激进运动当中。弗里曼的行动算得上"第二次决裂"。有学者指出，许多美国作家为了正义的"事业"牺牲了现实利益，当发现这一切都是粗俗、虚伪和不公正的时候，他们便经历了孤独的痛苦，只有勇敢者才敢于进行第二次决裂。在这种意义上，诚实者的生活一定是变节与永远的弃离。诚实者无异于一位永远的"叛徒"，因为他们坚持真理，对各种为胜利冲昏头脑的非理性现象持怀疑态度，必然处境尴尬。希克斯在小说《唯一的风暴》(Only One Storm) 中就形象生动地描绘了"叛徒"的苦涩：你在这里没有希望。如果从前你是正确的，人们会说现在你肯定错了。如果过去是错的，那么有可能现在又错了，"我甚至不能令人满意地解释我的过失，因为我从未公开承认过自己是共产党员。在世人眼里，我愚蠢之极"。[1]

三

高尔德是 30 年代著名的左翼作家，他的创作过程也经历了紧跟意识形态而后疏离的过程。1893 年 4 月 12 日，高尔德出生于纽约市的一个罗马尼亚移民家庭。他早期以笔名 Irwin Granich 发表文章，后来改为迈克尔·高尔德（Michael Gold），《没钱的犹太人》是他的自传性小说，85% 的题材取自作家的亲身经历。小说从主题到表现手法都成为无产阶级小说的范本，为同代的年轻作家所仿效。高尔德在创作初期就明确指出小说代表劳动阶级的价值观，"我不是我自己；我代表我早年痛苦的精神感受中整个贫民区注入我心中的一切"。[2] 1921 年 1 月，高尔德参

---

① Granvill Hicks, *Only One Storm*, the Macmillan Company, 1942, p. 396.

② Michael Gold, "Towards Proletarian Art", The *Liberator*, February 1921, p. 21.

加《解放者》的编辑工作。从 1922 年到 1924 年，高尔德先后游历了苏联、柏林、巴黎和伦敦，国外的戏剧发展对他触动很大。回国后，他积极组建"新剧作家剧院"。这期间，高尔德创作了戏剧《霍博肯的布鲁斯》(*Hoboken Blues*)，当剧本接近尾声时，他才发现完全是未来主义风格，不久剧本便在《美国商队》上发表。

《霍博肯的布鲁斯》副标题是"黑人瑞普凡温克尔：关于一个古老的美国题目的现代黑人幻想曲"(The Black Rip Van Winkle：A Modern Negro Fantasia on An Old American Theme)，讲述一个马戏团卓琴演奏手黑山姆·皮肯斯，因遭到白人警察的攻击，立志要去寻找社会主义乌托邦的故事。但当山姆重返哈莱姆与家人团聚时，发现自己沉睡了 25 年。戏剧要求黑人戴上面具饰演白人角色。高尔德在《霍博肯的布鲁斯》中笨拙地使用黑人方言，塑造的黑人形象也显得陈旧老套。虽然此前高尔德曾批评过辛克莱创作的"陈旧的黑人舞台形象"，可他自己也没有多少超越。高尔德想发掘城市黑人文化，以此宣扬种族平等思想，就像他在小说《东边》(*East Side*) 中描绘犹太聚落文化一样，但剧本的失败主要在于对未来主义把握不好。

在左翼阵营尚未认识到黑人民权斗争在改变资本主义制度中的重要作用之前，高尔德就看到了二者之间的联系，所以，他特别关注黑人与犹太人的现实处境。30 年代，高尔德经常在《新群众》中刊发一些黑人音乐作品。1932 年，他写过一篇反种族主义的短篇小说《黑人之死》(*Death of A Negro*)。小说讲了白人医生威廉·马克斯韦尔救治濒临死亡的黑人约翰·布朗的感人故事。在救治的过程中，马克斯韦尔认识到犹太人与黑人共同的命运，于是，他自觉抵制美国社会中的种族歧视。

在"人民阵线"期间，高尔德大力倡导的无产阶级文学失去了势头，他在第二、三次美国作家代表大会上几乎难以露面。1939 年召开的"第三次美国作家代表大会"，则是由他的宿敌桑顿·怀尔德(Thornton Wilder) 主持的。昔日朋友的离去丝毫没有触动高尔德，他依然捍卫革命，继续在《工人日报》上发表系列文章，支持苏联，维护无产阶级文学。他认为，30 年代的左翼文学开创了自惠特曼、爱默生和赫尔曼·麦尔维尔(Herman Melville) 以来美国文学的黄金时代；共产党催生了左翼文艺，让艺术家与知识分子看到了资本主义的本质。他指责那些在大萧条时期走近共产党的"叛徒",说他们玷污了革命传统。高尔德的文章激情澎湃,但缺乏冷静的历史剖析,引起同人反感的是他回避肃反运动、苏德协议和苏联入侵芬兰等敏感问题。

实事求是地看,高尔德首先是一位作家,然后才是政治活动家,其著述从文学批评发展为新闻,并逐渐逾越了共产党和苏联所引领的范畴。从其文学批评的背景与时代着眼,高尔德崛起于左翼文化运动,也受益良多。尽管高尔德在文学中的地位与影响在战前就有定论,但是,我们不能忽视其影响早已超越了国界。弗里曼说过,高尔德是左翼文化运动中最杰出的作家,他对社会主义的关心胜过对个人前途的关心。弗里曼的话是对高尔德的中肯评价。

1941 年 6 月,德国入侵苏联,共产党虽然因之而挽回了一些声誉,但是,左翼文化运动大势已去,"美国作家联盟"处于瘫痪状态。虽然 1941 年 6 月在纽约召开"第四次美国作家代表大会",但是,会议开得非常冷清。在这种情况下,《新群众》编辑部开始反思左翼文学运动。他们提出了三点看法:一是不存在公式化的马克思主义批评;二是 30 年代中期的左翼文学批评并非直接取自马克思主义理论,而是汲取了泰纳、勃兰兑斯、弗农·帕林顿(Vernon Parrington)等资产阶级批评家的思想资源;三是极左批评家只会求助于"逃避分子"、"象牙之塔"、"颓废"之类的道德术语,从而把批评引向了文化道德的批判。教条马克思主义的批评遮蔽了他们的视线,进而无法领会肯尼思·伯克的精妙的文本分析。

此外,许多左翼作家也从不同角度反思左翼文化运动失败的原因。法雷尔客观地分析了同路人作家为什么会纷纷离去,他认为苏德协议曝光后许多知识分子无法忍受党的路线,于是产生了"历史动荡"。利昂·邓嫩(Leon Dennen)认真分析了那些"真诚与有能力的实践者们"在 30 年代创造的强有力的无产阶级文学,不过是屈从于斯大林,盲目地追求革命的浪漫。邓嫩呼吁所有真诚的社会主义者,不管以前的政治信仰如何,应该团结为一个真正的统一阵线。不可否认的是,知识分子本身具有摇摆性,当危机来临之时,他们首先惊慌失措、不堪一击。很多人卷入激进文化运动,不过是出租自己的名字,用笔服务于"革命",他们从不认为自己应该服从于党的原则。他们陶醉在参加左翼运动所获得的心理满足感中，却不愿承担任何风险。所以，许多人在大萧条的冲动中加入共产党，之后又在偏激中离去，到了50年代他们渐次回归自由主义价值体系。

弗里曼 、高尔德、斯坦利·库里茨（Stanley Kunitz）都参与了讨论。施奈德认为作家首先是知识分子，他们虽然是工人运动的发起人，但不是报章的宣传家。作家应该从工人运动中退出，因为政治组织者的身份抹杀了作家的自我，最终使作家自己受到伤害。里德、马雅可夫斯基、爱伦堡都犯了类似的错误。如果作家为政治的便利而牺牲现实，便削弱了文学的艺术性。强调文学忠于现实，但作家无须为政治而焦虑。"艺术是武器"本意指艺术具有反映社会价值观念方面的作用，但在左翼文化运动中被庸俗化了。阿尔伯特·马尔兹（Albert Maltz）认为，作家政治上的倒退并不必然地反映他们必定会在艺术上堕落。这场大讨论让左翼作家痛定思痛，认真反思左翼文化运动的成败原因。

综上所述，大萧条时期，左翼文化运动中释放出诸多不稳定的激进主义情绪，直接或间接地影响了每位美国作家。诚如拉夫所言，政治本身对作家而言无所谓好坏，问题是艺术家利用政治究竟能做什么。30年代较有影响的作家都积极地利用了政治，而不被政治所左右，官方左翼无法支配多斯·帕索斯、海明威、德莱塞、斯坦贝克、沃尔夫这样的作家。很多经典的无产阶级文学作品、激进作品大都出自他们之手，而不是党的新闻工作者或共产党员。因为这些人不会因为对资本主义的厌恶而遮蔽一切，虽然他们进入了敌对意识形态领域，但依然保持着自由主义价值观，即所谓的"双重视野"——他们同时具有两种互相对立的观念，并能同时发挥作用。尽管时代的政治问题对他们触动深刻，但是，他们不会被表面现象所迷惑而作出愚蠢的结论，更不会攻击或是全盘否定自己不认同的作家。最终他们凭借深厚的艺术积累超越了意识形态的局限性，使文学内蕴着普适性的精神。历史辩证地看，如果没有30年代的那场左翼文化运动，以及共产党所广泛传播的时代激进理论，美国作家的创作视野就得不到拓展，也摆脱不了美国本土文化的狭隘性，更不会产生那么多的优秀现实主义小说。

第二章 "纽约文人集群"与《党派评论》

　　解析 20 世纪的美国左翼文学，必须特别关注"纽约文人集群"（the New York Intellectuals）及其主办的《党派评论》，因为自 30 年代起，"纽约文人集群"主要围绕《党派评论》开展批评，其著述活动从一个侧面展现了 20 世纪美国左翼文学思潮发展的全过程。"纽约文人集群"把欧洲现代主义文学移植到美国文化背景中，不仅为现代主义文学的经典化作出突出贡献，并且加速了美国文学的国际化进程。同时，该群体与托洛茨基交流互动，对教条马克思主义批评作了比较彻底的清理，由此构建起美国特色的马克思主义批评。

　　战后"纽约文人集群"先后掌控了绝大部分美国知识刊物，其成员跃居知识分子榜首，并在一定程度上掌控了知识话语权，使非纽约文人黯然失色。假如说美国有一个"知识权势集团"，那它非"纽约文人集群"莫属。70 年代美国新马克思主义批评的出现与他们有着千丝万缕的联系。时至今日他们的批评痕迹依然随处可见。

第一节　创办《党派评论》

　　菲利浦斯与拉夫是《党派评论》的创办者，并长期负责编辑工作。他们在纽约文人中也许显得不太起眼，但他们全身心投入《党派评论》的编务工作，成为一个时代文化潮流与意识形态的掌舵人，从而吸引了 30—70 年代美国最优秀的知识精英，在美国文化史上留下不可磨灭的印记。

一

　　菲利浦斯 1907 年出生在纽约市的曼哈顿区，成长于布鲁克林区，他是俄裔犹太双亲的独生子。他30年代初进入纽约城市学院学习哲学，开始接触现代主义文学。当时人文系的莫里斯·科恩（Morris R. Cohen）教授给他很大的教益。大学毕业后，菲利浦斯到纽约大学继续攻读研究生，师从马克思主义理论家锡德尼·霍克（Sidney Hook）。那时他经常参加格林威治村的文学社团活动，在那里他结识不少共产党人。经他们介绍，菲利浦斯于1934年加入约翰·里德俱乐部。俱乐部致力于无产阶级文艺运动，着力扫除衰颓的资产阶级文艺，倡导充满活力与民主精神的劳动阶级文艺，激发出菲利浦斯的政治热情。不久，菲利浦斯出任约翰·里德俱乐部纽约支部的秘书，并结识拉夫。

拉夫出生于1908年，也是俄裔犹太人。拉夫原名为Ivan Greenberg，俄国内战期间，父母移居巴勒斯坦。1922年拉夫，跟随哥哥生活在罗德岛。拉夫只受过小学教育，靠自学成才。拉夫1931—1932年参加著名左翼作家康洛伊的"反叛诗人"小组，负责编辑《无产阶级通讯》。1932年拉夫从俄勒冈来到纽约，加入约翰·里德俱乐部，开始为共产党的刊物撰稿。

菲利浦斯和拉夫都是俄裔犹太移民，30年代初他们像当时的犹太青年一样，拒绝了传统的犹太宗教，转向具有国际主义诉求的马克思主义。他们的政治激进是由族裔与宗教等多种因素促成的，而这种激进意味着通过自由知识分子的路径，导向持异见的美国激进传统。他们的文学批评正是在这样的知识路径中开展的。由于他们对现代主义文学的认知早于马克思主义，又使得他们能够在左翼文化运动中以独立的姿态走向马克思主义。

早期，菲利浦斯和拉夫在批评上坚持历史唯物主义与辩证唯物主义，二人都支持共产党的路线方针，并依照党的原则开展文学批评。在文学的内容与形式问题上，他们也都曾经试图压低形式作用，抑或贬低现代主义文学的成就。与菲利浦斯在大学期间接受现代主义文学不同的是，拉夫早期对现代主义文学持批评态度，以附和高尔德所倡导的无产阶级文艺。1932年，拉夫凭借《文学的阶级战争》（*The Literary Class War*）一文，进入《新群众》撰稿人行列。拉夫在文章中指出无产阶级文学尚未成熟，与社会抗议文学完全不同。奠定在唯心主义基础之上的社会抗议文学属于资产阶级文化，而无产阶级文学应该以明确的辩证唯物主义世界观为指导，破除资产阶级的颓废审美时尚，坚持阶级对抗的不可调和性。①

　　既然资产阶级文学已经失去了唤起读者情感的作用，拉夫就转向古典的"净化"说，开始阐发亚里士多德的怜悯与恐惧说。他以辩证法研究亚里士多德的怜悯与恐惧，提出"新净化说"。他指出无产阶级的宣泄是一种行动的释放，将在无产阶级斗争中发挥积极作用，因为无产阶级意志的武器掌握在群众手中。这种生命的宣泄不仅能够构建一种含蓄的无产阶级文学形式，而且可以极大地丰富无产阶级文艺。拉夫采用亚氏的悲剧定义——"一个完整而有一定长度的行动"，讨论现代资产阶级文学。他指责乔伊斯的《尤利西斯》不仅缺乏长度，且不过是死亡之长度，因此，小说未能构建一个有机整体，只是一些花里胡哨的形式技巧。通过对乔伊斯小说的品评，拉夫扩展到对整个现代主义文学的否定。他认为现代主义文学不过是一种神秘主体的内省冥想、幻觉的杂烩而已。

　　拉夫在 1932 年的《致青年作家的一封公开信》(An Open Letter to Young Writers) 中再次表露了对现代主义文学的鄙视，他说："我们接受用资产阶级环境的染色 (the coloration)，肢解我们自己，在为年迈无能的统治阶级服务中出卖我们的创造性，抑或我们将打起反叛的大旗，使我们自己带上唯一进步的阶级特征——那个朝气蓬勃、年轻的巨人正步入到战斗的竞技场，无产阶级的阶级意识增强了我们的精神力量。"②拉夫借鉴布哈林在《有闲阶级的经济理论》中的观点，把当下现代主义者的离群索居、利己主义、非道德性等，归咎为世纪之交资本主义意识形态的转变。拉夫认为文学形式与旨趣依赖于斗争中的阶级的戏剧性转变，而这种转变与综合意识形态的产生与消亡有关，并渐次从群体扩展到个人感觉和心理旨趣中。接着，拉夫又运用列宁有关帝国主义是资本主义高级阶段的观点，指出 20 年代资本主义经济极尽奢华，反映在文化上就是"纯粹的消费"，在文学上的表征则为现代主义。拉夫把弗兰克·诺里斯 (Frank Norris) 与艾略特进行比较，指出两人的创作反映了不同的时代本质：诺里斯小说中的人物是工业社会生活的主宰者，他

---

① Philip Rahv, "The Literary Class War", *New Masses*, 8, No. 2, August 1932, p. 7.

② Philip Rahv, "An Open Letter to Young Writers", *Rebel Poet*, 16, September 1932, p. 3

们与自己的阶级一样年轻而富有活力，属于金融资本主义时代；而艾略特主张创作消除一切自我因素，只追随艺术感受本身，致使人物丧失一切社会属性，沦为孤独的"自我"，折射出腐朽的帝国主义时代特征。在拉夫看来，艾略特的摒弃自我的观点正是一种"纯粹的消费"的非社会性心理的反映。这种口吻与高尔德、康洛伊毫无区别，人们很难将其与他后来的批评走向挂钩。

同时，拉夫认为这种荒唐的非社会性在"过渡小组"（the Transition Group）那里达到了顶点。所谓"过渡小组"是指 1927 年尤金·乔拉斯（Eugene Jolas）在巴黎创办《过渡》文学刊物后，围绕在刊物周围的那些作家——哈特·克兰（Hart Crane）、格楚德·斯泰因（Gertrude Stein）、詹姆斯·乔伊斯（James Joyce）、迪娜·巴恩斯（Djuna Barnes）、凯·博伊尔（Kay Boyle）、考利、艾伦·退特（Allen Tate）、约瑟夫森、格雷戈里等。《过渡》主要刊载美国流放作家和欧洲现代主义作家的作品，他们擅长把心理学的发现引入文学，这也成为"过渡"文学的一个主要特征。刊物创办者乔拉斯长期生活在法美之间，且同乔伊斯关系密切，曾极力推崇《芬尼根守灵夜》（*Finnegans Wake*，1939）。"过渡小组"的创作浸透着自然主义风格，他们希望发现一种全新的文学语言，以替代正在衰亡的资产阶级语言。拉夫在对"过渡小组"的评析中，不仅指责了现代主义的文学实验，而且批评流放作家对美国社会的疏离。拉夫认为无产阶级文学将替代流放文学，他的看法被大萧条所证实。

拉夫 1932 年在《幻想》（*Fantasy*）上发表《T. S. 艾略特》一文，同样很偏激。他把《荒原》贬损为艾略特颓废之象征，指出："艾略特在当代写作中已经发挥不可估量的影响，但从他近期于当代场中与所有反动的贫瘠的联系中着眼，人们无法不为此影响而悲叹。"[1] 他全盘否定艾略特文学创作的积极作用，认为艾略特的诗歌是对革命冲动的一种抑制。在拉夫看来，《灰星期三》（*Ash Wednesday*）是失败的，是艾略特创作的低谷。拉夫提醒读者注意，艾略特在诗歌中经常把自己比喻为"鹰"，很明显这只鹰将不再飞翔了，因为诗人的贵族习性

---

[1] Philip Rahv, "T. S. Eliot", *Fantasy*, 2, 3, Winter 1932, p. 17.

与苦行僧思想背离了人民的反抗和唯物主义繁兴的时代。① 拉夫谴责艾略特诗歌的神秘主义、个人主义、含混绝望，他把艾略特早期诗歌中的颠覆性冲动归咎为垂死的帝国主义文化。他再次以准官方马克思主义的姿态解析现代主义文学，重申了共产党与共产国际的教条主义原则。由于拉夫严格区分资产阶级文化与无产阶级文化，无法容忍那些桀骜不驯的同路人作家，所以，他贬损艾略特、乔伊斯、亨利·门肯（Henry L. Mecken）、乔拉斯。在拉夫看来，作家应该依照社会的主要生产方式，特别是无产阶级的需要进行创作，因为文学隶属于这个大系统。因而，拉夫无法容忍现代主义文学的颓废性，这些都是他后来指责斯大林主义者的。

在批评现代主义作家的同时，拉夫极力推崇威尔逊、牛顿·阿尔文（Newton Arvin）、希克斯等马克思主义批评家。因此，他的文章不仅刊登在《新群众》上，也引起美共批评者马吉尔（A. B. Magil）的重视。马吉尔赞同拉夫采用布哈林的时代文化划分的观点解释现代主义文学，但他并不赞同拉夫过于严厉地批评现代主义文学。在马吉尔看来，拉夫未能体察到现代主义文学的内在冲动，即一种对资产阶级社会深远的反叛。马吉尔也不无忧虑地感到拉夫对同路人作家持宗派主义的偏见，未能洞见他们潜在的合作性。总之，马吉尔认为拉夫的批评过于教条。

菲利浦斯在 1932 年经常以 Wallace Phelps 的笔名发表文学评论文章。他评论奥特加·Y. 加塞特（Ortega Y Gasset）的题为《古典文化》（*Classical Culture*）的文章，刊登在《共产主义者》（*The Communist*）上；另一篇文章《批评的范畴》（*Categories for Criticism*）刊登在级别较高的文学刊物《论集》（*The Symposium*）上。前者不过是一篇对奥特加的肤浅的评述，而后者则显示了菲利浦斯在马克思主义的批评视阈中对形式的特别关注。这是他最早发表的两篇评论文章，预示了他后来的文学批评走向。

菲利浦斯运用"第三阶段"的理论分析加塞特。他认为加塞特的《群众的造反》（*Revolt of the Masses*）是在替帝国主义谢罪，而加塞特本人不过是个法西斯主义者。他指出："在《群众的造反》中，加塞特以

---

① Philip Rahv, "T. S. Eliot", *Fantasy*, 2, 3, Winter 1932, p. 19.

他自己大量混乱和诋毁的语言完成了大部分对资本主义的理论支持。本来需要一部书批驳他所有的全部谬论和歪曲，但由于所有这些谬误都出于他的一以贯之的基本态度——为资本主义辩护和谴责革命运动——因此也就没有必要这么做了。"①他又说："此书是资产阶级腐朽文化的征兆，试图把法西斯主义意识形态下的知识的反动力量收编进来。"② 菲利浦斯在文章中不仅遵循党的路线，而且运用教条马克思主义的修辞比喻，指责奥特加的观察是以陈腐的理想主义为支撑的，而此理念的反动性在马克思对文化与社会关系的分析中已有论述，他援引马克思的话语详加剖析。

奥特加声称当群众造反出现时，工业技术行将消失，菲利浦斯以马克思主义的观点驳斥道："在社会发展的某个特定阶段，社会生产的物质力量与存在的生产关系发生冲突……从生产力量的各种发展形式，这些关系转变为自己的桎梏。接着将进入社会革命阶段。"③ 他把奥特加的《群众的造反》与克鲁奇所说的"反动的浪漫主义批评迅速发展为法西斯主义理论"相联系，并套用欧文·巴比特（Irving Babbitt）和保罗·莫尔（Paul E. More）的对法西斯主义的界定，对奥特加进行分析，最后得出结论——"'群众的反抗'激发起许多知识分子的反抗，他们反对奥特加·Y. 加塞特力图推行的那种产生反动无聊的文化，并使自己更多地与工人联合"。④

菲利浦斯的《批评的范畴》涉及了20世纪二三十年代文学批评的主要话题，即如何从印象式批评上升到考证层面。受到英国新批评派的艾弗·瑞恰兹（Ivor A. Richards）的启发，菲利浦斯开始探寻一种近似科学话语的批评范式。同时，他也受到现代主义的反实证主义影响，特别是接受了导师霍克的实用主义马克思主义。在这些批评思想的合力作用下，菲利浦斯主张摆脱任何依赖基础的绝对真理，力求探寻一种以社会构成为基础的客观性，它既不依赖于个人的直接经验，也不倚于历史

---

① Wallace Phelps, "Classical Culture, *Communist* 12, No. 1, January 1933, p. 93.

② Ibid., p. 96.

③ Ibid., p. 95.

④ Ibid., p. 96.

的偶然性。① 也就是说，他试图把个人行为的批评发展为一种集体的、有责任感的批评，即一种系统的批评范式。

菲利浦斯通过追踪亚里士多德、康德、休姆、涂尔干、利维—布鲁尔（Levy—Bruhl）、雅克·马利坦（Jacques Maritain）等人的思想，厘清自己的批评思路。他首先扩展了休姆的否定范畴概念，他说："范畴体现了理性对生活中的方法与思想分类。在科学中它们是分析的支点，在理智者的态度和判断中，以及在这种独立的作为批评领域里，范畴是根据正常生活（思想）不断变化的重点和关联的一些构成。就像一架离心机，第一个重点都环绕它的相关联物。观念的历史是这些范畴的交互作用与相互结合之间的张力。"② 休姆提倡由特定的个体经验切入涵盖广阔社会内容的理论中去，为的是呈现思想的历史流动性，而在这里菲利浦斯所关心的则是这些范畴的分割、限制、内在关联。菲利浦斯从梳理范畴切入，指出批评是从敏感丰富的大脑到媒介的产物，它是有意义的、可理解的和合时宜的。菲利浦斯对批评范畴的界定，表明他有意识地摆脱决定论和挣脱官方左翼的思想束缚。

接着，菲利浦斯从主体的中介与物质条件的交互作用中强调历史唯物主义。在他看来，最优秀的判断需要理性的自我创造和自我直接交互作用的意识与行动。文学批评作为一种理性的、有组织的公共话语，正是这样的优秀判断所构建的。可以看出，菲利浦斯力图在批评范畴与文学之间建立一种联系，即个人与社会经验之间的某种协调。从这种意义上看，他所倡导的批评范式，就是人们常说的文化批评。他的兴致是以传统的方法进行知性的历史考辨，把历史与文本的联系理论化。所有这一切后来都衍生为《党派评论》的中心议题。也正是这些各不相干且又相互紧密联系的范畴，保证了文学批评来源的多样性，引导着菲利浦斯突破教条主义的思想束缚，而他也更愿意把马克思主义作为一种灵活的分析方法。

1934 年，菲利浦斯发表题为《感受力与现代诗歌》(*Sensibility and Modern Poetry*) 的文章，在马克思主义批评视阈中阐发感受力问题。他

---

① Wallace Phelps, "Categories for Criticism", *Symposium*, No. 1, January 1933, p. 32.

② Ibid. .

认为，感受力体现了与行为主义、唯意志论相对立的主体性。感受力是认识与感性经验的融合，并需要对全部感性经验的形式进行体验，吸收那些全然不同的形式。因此，我们对作品的感受不能缩减为单向度，因为任何诗歌的特质正是其氛围与思想的音质与压缩，而此氛围与思想就充溢在我们的世界当中。比如，克兰的《桥》(The Bridge，1930) 就具有某种机器的感觉；而艾略特的《荒原》则传递出一种躁动不安、紧张无益的情感。菲利浦斯所关心的不是克兰与艾略特诗歌的政治属性，而是对其诗歌的感觉，即由资本主义和阶级冲突所造成的时代的主体性。如果历史为诗人们提供了相同的感觉，那么，一组诗歌就可以共享同一种感受力。正是凭借这种共同的人文感受，才使威斯坦·奥登 (Wystan H. Auden)、斯蒂芬·斯彭德 (Stephen Spender)、哈·刘易斯、格雷戈里等诗人处在了资产阶级文化与无产阶级文化的交会处。菲利浦斯认为感受力是诗人寻找特定形式的感觉冲动，[1] 是文学创作中的一项重要因素。它既不能与教条马克思主义者所强调的阶级意识相提并论，也不能等同于浪漫派所谓的感情深度，因为任何诗歌的特质都是其氛围与思想的音质与压缩，并受到历史文化因素的影响。故而，对作品的感受决不能化简为单向度。他的感受力概念是在个体与集体层面上保留着构成经验的要素，强调情感结构必须包括积极参与文化的感情、价值、氛围与判断。他坚持认为集体生活的情感向度只是物质向度的一部分。菲利浦斯把感受力引入无产阶级文艺运动中，以此抑制教条马克思主义批评。

很快，菲利浦斯的感受力也得到拉夫的认同。自 1934 年起，他们都把感受力作为批评的主要议题，并从评论艾略特的诗歌切入，探讨了许多最重要的批评问题，诸如，政治内容的创造性吸收、形式的感觉的模式、关于文学与政治之关系，等等。这表明他们对现代主义文学的评论旨在匡正庸俗的决定论，为的是创建美国特色的马克思主义文学批评体系。

二

1934 年初，拉夫和菲利浦斯在约翰·里德俱乐部——为无产阶级

---

① Wallace Phelps, "Sensibility and Modern Poetry", *Dynamo*, No. 1, 3, Summer 1934, p. 25.

作家服务的共产主义组织的领导下，创办了文学双月刊《党派评论》，它逐渐发展为"纽约文人集群"的喉舌。《党派评论》支持无产阶级文学和革命的马克思主义政治，继续了《专题论丛》(Symposium) 的办刊宗旨。① 菲利浦斯与拉夫在《党派评论》创刊声明中说：

> 将刊登其成员的优秀创作，同时也刊登那些赞同约翰·里德俱乐部文学宗旨的非成员的优秀作品。
>
> 当然我们提出集中于文学创作与文学批评，但是我们将持守明确的观点——革命工人阶级的观点。通过我们特殊的文学媒介，我们将参与工人阶级和真诚知识分子的反对帝国主义战争、反对法西斯主义、反对民族与种族压迫的斗争，参与废除滋生这些邪恶与制度的斗争。保卫苏联是我们的主要任务之一。②

同时，他们又谈到了具体的文化事项，"我们不仅要与剥削阶级的颓废文化斗争，而且要与削弱斗志的自由主义斗争，因为这些自由主义有时通过阶级异化力量的压力渗透到我们的作家当中。我们决不会忘记维护我们自己内部的井然秩序。我们将抵制以狭隘思想、宗派理论和实践削弱我们文学的每种企图"。③ 显然，杂志把无产阶级以及无产阶级文化的读者作为刊物的主要受众，在理论上与共产党保持一致。当时美共所倡导的全部主张都被他们一一囊括在发刊词中。虽然党的事业跟杂志的文学宗旨相去甚远，但两位编辑心甘情愿地承载党的现实重任。他们自觉接受党的主张——从整体上把资产阶级文化定位为颓废文化，同时也肩负着同进步作家残存的各种资产阶级思想作斗争的重托。他们认为自由主义的危害大于宗派主义，这充分反映了美共与共产国际的政治导向。当时《党派评论》的发行量超过了《大西洋月刊》，甚至比《新群众》的影响还大。

---

① 《专题论丛》(Symposium) 是 1930—1933 年发行的，由 James Burnham、Philip W. Wright 负责编辑的刊物。

② Wallace Phelps and Philip Rahv, "Editorial Statement", *Partisan Review* 1, 1, February - March 1934, p. 2.

③ Ibid. .

《党派评论》侧重于文学评论，与同类的刊发原创性的无产阶级诗歌和小说的刊物（如《发电机》、《铁砧》）有所不同，它每期一半的版面用来刊登文学评论文章。杂志的主要撰稿人除了两位编辑之外，多为批评家，如，弗兰克、阿尔文、施奈德、哈罗德·罗森堡（Harold Rosenberg）、艾伦·卡尔默（Alan Calmer）、西弗、罗尔夫、希克斯等人。首期的编辑除了菲利浦斯与拉夫之外，还有内森·阿德勒（Nathan Adler）、爱德华·达尔伯格（Edward Dahlberg）、森德·加林（Sender Garlin）、弗里曼。这些人都积极参与无产阶级文艺运动，即便有的人不是共产党员，也同党保持密切联系。早期的杂志由弗里曼、高尔德和希克斯负责，由于他们忙于其他政治活动，结果就由菲利浦斯与拉夫负责编务工作。

《党派评论》创刊后，当菲利浦斯与拉夫的文学批评逐渐走向成熟之时，他们面临着反击教条马克思主义批评的机械决定论。他们继续品评艾略特的诗歌，以感受力为切入点，深入阐发现代主义诗歌所蕴涵的辩证思想。同一时期，艾略特也在《传统与个人才能》(*Tradition and the Individual Talent*)、《玄学派诗人》(*The Metaphysical Poets*)、《哈姆莱特及其问题》(*Hamlet and His Problems*) 等文章中，从作家、作品与形式、传统与历史等三个方面探讨感受力和客观对应物、诗人的非个性化等问题。他总结出一系列的二元对立：有灵感的诗人对抗世界、创作对抗批评、主体对抗客体。艾略特对这些问题的深入浅出的阐发，得益于他早期对辩证法的研究。他曾经悉心研究过弗朗西斯·布拉德雷（Francis H. Bradley）的新黑格尔主义，以及其与乔治·摩尔（George E. Moore）、亚历克修斯·迈农（Alexius Meinong）、伯特兰·罗素（Bertrand Russell）之间的关系。他似乎想在主体与客体、精神与肉体等方面寻求某种平衡。所以，菲利浦斯与拉夫抓住艾略特思想中的辩证因素绝非偶然。

艾略特在《一种诗剧的可能性》(*The Possibility of a Poetic Drama*) 一文中，阐发了文学形式与社会现实之间的复杂关系。他认为特定的形式不仅是一种外形或节奏，而且是与特定内容密切相关的节奏。莎士比亚的十四行诗不仅是格律，而且是与其感情和思想的方式紧密不可分的一体两面的东西。① 艾略特又在《圣树：诗歌与批评文集》（*The Sacred Wood*：*Essays on Poetry and Criticism*，1920）中，通过对但丁的阐发深化了论题。艾略特说，但丁之所以比其他诗人重要，就在于他成功地涉及了自己的哲学体系（系统信仰），并以此透视世界。② 在艾略特看来，但丁把客观的教义化为感觉，辩证地处理了主客问题。这样，结构就成了每一部分所必需的要素。这正是艾略特所需要的信仰与诗歌内在结构的一种融合。艾略特的分析极大地启发了菲利浦斯与拉夫，他们感到中世纪末的宗教信仰与 20 世纪初的教条马克思主义对无产阶级诗歌的影响有相似之处。菲利浦斯与拉夫认为思想体系运用得当与否，就看能否在结构中嵌入感情，无产阶级诗人完全可以把政治信念化入作品的想象之中。他们从艾略特的文艺主张中找到了反对来自官方左翼批评的思想武器。尽管艾略特与他们所理解的感受力并不相同，但是，艾略特对感受力和客观对应物的论述，还是让他们认识到感受力可以重新打造无产阶级文学与马克思主义文学批评。

纽约文人对现代主义诗歌的认识主要得益于威尔逊。自 20 年代起，威尔逊以极其敏锐的艺术鉴赏力，对刚刚兴起的象征主义诗歌和意识流小说展开评论，他的文章连续发表在《新共和》上，稍后成书为《阿克瑟尔的城堡》（*Axel's Castle*：*A Study of the Imaginative Literature of 1870—1930*）。威尔逊以自然主义与象征主义相结合的方法，对这些作家与作品进行综合分析，为美国批评界认识与接受现代主义文学打开一扇窗口。受此影响，菲利浦斯认为无产阶级文学应该呈现文学代系之间的互动联系，可以是现实主义与现代主义综合的成果。固守美国本土的作家德莱塞、安德森、桑德堡、埃德温·罗宾逊（Edwin Robinson）与流放作家海明威、艾略特、庞德、考利、爱德华·卡明斯（Edward E. Cummings）等人的创作都呈现出这种交互作用。由此，菲利浦斯批驳了无产阶级作家不能借鉴现代主义艺术表现手法的谬论。

菲利浦斯与拉夫在对艾略特的阐发中，集中展现了他们对无产阶

---

① T. S. Eliot, *The Sacred Wood*：*Essays on Poetry and Criticism*, London：Methuen, 1980, pp. 63 – 64.

② Ibid., pp. 170 – 171.

级文学理论的最富雄心的探寻，他们提出了诸多自己的批评主张。感
受力就成了他们批评的核心概念。当时关于形式与内容之争论是马克
思主义文学批评的难题之一，而菲利浦斯与拉夫在这场争论中拓展了
感受力。对感受力的阐发，不仅让菲利浦斯与拉夫第一次在美国左翼
文学中超越了教条的马克思主义文学批评，同时也使他们避开了形式
主义的陷阱，开启纽约文人独特的文化批评视阈。1934 年，菲利浦斯
与拉夫合写了题为《无产阶级文学中的问题与透视》的文章。尽管他
们在文章中把批评比喻为列宁的先锋队，是无产阶级文艺运动中不可
或缺的，但是，他们对文学问题的分析还是与官方左翼的观点相冲
突，说明他们的批评已经开始逾越无产阶级文艺运动，指向即将来临
的马克思主义批评的新路径。

　　同年，拉夫在评论海明威的小说《胜者无所获》(*Winner Take Noth-
ing*，1933) 的文章中，明确谈到远离阶级斗争和一定程度上的文学自
治，并欣然接受现代主义文学。他把商业文学与现代主义文学进行对
照：前者代表了资产阶级利益，后者则是"先进知识分子"对资本主
义社会的疏离、异议和颠覆。他称之为"否定的艺术"，即起到激发社
会反叛的作用。对拉夫而言，文化绝非同质的，现代主义文学也绝不能
理解为反革命意识形态的颓废的美学。[①] 此后，拉夫一改早期对现代主
义文学的否定态度，转而为它摇旗呐喊。

　　1935 年，他们合写了题为《评论》(*Criticism*) 的文章，对威廉·福
克纳 (William Faulkner) 的《圣所》(*Sanctuary*，1931) 展开评论。他
们分析了"特定内容"与意识形态之间的区别，指出福克纳的小说为
读者描绘出一幅关于南方的特殊内容的画卷，而这与意识形态毫无关
系，人们看不出作家的立场是进步还是反动。这是因为"特定内容"
就是个体感受力的产物。[②]菲利浦斯在《形式与内容》(*Form and Content*)
中，以哈姆莱特的内心独白为例加以说明。该戏剧中的内心独白作为纯
粹的内容，显示了高贵者对敌人从妥协到抵制的矛盾心理，但它又是哈

---

① Philip Rahv, "How the Waste Land Became A Flower Garden", *Partisan Review* 1, No. 4,
September—October 1934, p. 58.

② Wallace Phelps and Philip Rahv, "Criticism", *Partisan Review* 2, No. 7, April—May 1935,
p. 20.

姆莱特个人的心理状态，或者是莎士比亚对戏剧人物动机的一种体察。它不仅暗示着情节和行动，而且也传递出莎士比亚对他那个时代人物的行为举止的理解。就此意义上看，形式必然包含在内容当中。[①] 正是由于感受力的作用，作家才能在创作中把形式与内容、内在与外在、现实与历史等因素有机地融为一体。菲利浦斯反复强调形式是一种认识的模式，同时也是对特殊内容的一种感受，归根结底是感受力在起作用。

30年代许多左翼批评家，诸如，弗农·帕灵顿（Vernon L. Parrington）、希克斯等人，都坚持优秀的作家应该揭露资本主义社会的弊端，以政治标准衡量作品的价值。菲利浦斯与拉夫在对福克纳的评论中提醒人们警惕如此做法。他们通过对文本立场与社会立场的解析，强调特殊内容与形式的无法分割性，提倡在动态的语言与形式要素之间建立互动联系。所谓特殊内容包括观点（塑造人物性格的倾向性）、描写方式、情节结构等；而形式则是一种特殊的认识模式，同作家、作品的感受力联系在一起，它决定作品成功与否。通过抑制文本的社会的意识形态性，实现二者的互动，凸显各种中介因素的重要性，旨在维护文学的自主性。

从1934年到1936年，菲利浦斯与拉夫不断调整批评话语，他们凭借深谙马克思主义和现代主义的优势，提出从审美与形式两方面综合评价文学作品，二人合作写了不少文章。一方面他们的文学批评承载着党的政治任务；另一方面他们也常常在无产阶级美学原则下吸纳更为丰富的批评思想，试图重新勘定左翼文化的界域。他们挑战斯大林主义，加速现代主义文学与政治激进主义的结合，试图重新评价马克思主义。他们坚持在左翼文化阵营中保持文学批评的自主性，即一种普遍意义上的知识分子诉求。他们声称《党派评论》是为着无产阶级事业而倡导这种结合的。

需要指出的是，尽管当时美共有意在文化领域内推行其主张，但也不应该过分夸大其实际影响。当时党的教义并没有强大到能够统领整个左翼阵营的程度，不要忘记美共批评者马吉尔曾经批评拉夫的教条主义

---

① Wallace Phelps, "Form and Content", *Partisan Review* 2, No. 6, January—February 1935, pp. 33 – 34.

批评。事实上，当时各种独立的左翼文学刊物超出人们的想象，而《党派评论》的发刊词并没有说明杂志或无产阶级文学必须在流行时尚中拥护特殊的政治立场，仅仅强调通过特殊的文学媒介刊发左翼文化运动中的优秀文学作品，使杂志参与政治斗争。这种说法很微妙，值得注意。由此，我们也联想到两位编辑非常关注那些"特殊的文学"。尽管在他们的文学批评越发精妙与复杂之时，他们也倾力使杂志发挥党的政治先锋作用，这只能说明他们的文学观念裹挟着意识形态性，并不能保证他们必然与无产阶级文艺运动合拍，而且运动本身也为他们预留了巨大的话语空间。

这样看来，菲利浦斯与拉夫对现代主义文学的阐发具有双重意义：一是挑战了教条马克思主义批评的理论假设，即上层建筑仅仅是经济基础的副产物，他们强调上层建筑与经济基础之间的交互作用，反对决定论；二是现代主义作为否定的艺术，非但不是由资产阶级利益与关系决定的，而且与其利益相对立，其成因具有多样性。这样，菲利浦斯与拉夫所倡导的现代主义文学与官方左翼的认识论发生冲突，从而使他们对苏俄的社会主义现实主义持矛盾的态度。他们对官方左翼反映论的修正令人联想到卢卡契的现实主义理论。卢卡契并不否定反映论，但他注重过程而不是对象，强调阐发力量、趋势和矛盾，因为这些包含了客观的可以证实的历史过程。卢卡契美学最有价值之处就是他描绘了一幅总体性的客观历史的力量，而菲利浦斯与拉夫强调独创、共鸣和感受力，也带有卢卡契理论的色彩。

三

30 年代中期，菲利浦斯与拉夫的几篇较重要的文章发表之后，引来了"资产阶级唯美主义"和"学院派作风"的指责，高尔德批评他们是"官僚主义"。为了驳斥对手，他们从阐发重要的美学范畴入手，探寻文艺与马克思主义理论体系之间的关系。他们试图从理论上正本清源，厘清不同学派的思想本质。在他们看来，没有理论支撑的文学批评将沦为经验的观察，颠倒的唯美主义，政治理念的粗俗应用。① 这样一来，围绕在《新群众》与《党派评论》周围的批评家及作家就逐渐分裂为两个阵营，但仅仅是萌芽。

以高尔德为代表的《群众》周围的那些无产阶级文学的拥护者，坚持文学的政治性，不重视技巧，强调革命文学应该从工厂的严酷考验中诞生，实现约翰·里德俱乐部的"创作要与革命的政治携手共进"的宗旨，这些人均为现代主义文学的反对者。高尔德厌恶当代的精英主义作家，他称赞威廉·威廉斯（William C. Williams）的小说忠实地反映了原生态的工人生活，这是无产阶级的现实主义。② 康洛伊在"第一次美国作家代表大会"上，明确反对无产阶级作家在形式技巧方面的翻新出奇，认为那种晦涩的叙述和半隐秘的术语是大众所不懂的。③ 高尔德指责普鲁斯特是中产阶级的手淫大师，在他看来没有新内容的新形式毫无价值，就像被虫子掏空了内瓤的胡桃壳。《新群众》所推崇的是辛克莱、德莱塞，甚至是战前那些典雅而缺乏革命生气的现实主义作家。④ 1934 年，布莱希特的剧作《母亲》（The Mother）在纽约联合剧院上演，就遭到了该群体的批评。虽然《新群众》和《工人日报》周围的批评家反对各种形式的文学革新，但也有不同的声音。

同为《新群众》旗手的弗里曼就力图改变左翼文学创作与批评中的教条主义和简单化倾向，他试图用高雅文化教育群众，时常在工人集会上朗诵艾略特和庞德的诗句。弗里曼认为《尤利西斯》是对资本主义文明衰颓的绝妙的反映。他说："这是一部了不起的书，是天才之作。"⑤ 希克斯也称赞普鲁斯特在人物心理描绘上的深度和非凡性，他认为形式从根本上可以脱离思想内容，他敦促无产阶级小说家大胆进行

① Wallace Phelps and Philip Rahv, "Problems and Perspectives in Revolutionary Literature", *Partisan Review*1, No. 3, June—July 1934, p. 5.

② Michael Gold, "American Intellectual and Communism", *Daily Worker*, October 1923, p. 5.

③ Jack Conroy, *The Worker as Writer*, *American Writers' Congress*, ed., Henry Hart, ed., New York: Internatinal Publishers, 1935, p. 83.

④ Michael Gold, "Proletarian Realism", *New Masses* 6, September 1930, p. 5.

⑤ Joseph Freeman, *An American Testament: A Narrative and Romantics*, New York: Farrar and Rinehart, 1963, p. 636.

形式创新。①

　　这样看来，《党派评论》与《新群众》并非水火不相容，而是在分歧中不乏联系。奥贝德·布鲁克斯（Obed Brooks）1937年聚集在《党派评论》的麾下，他积极倡导现代主义文学，把乔伊斯、普鲁斯特与奥尔德斯·赫克斯利（Aldous L. Huxley）和德莱塞进行对比，指出正是这种新形式使作家与经验、感觉有了新的联系。他同时也为《新群众》撰稿，并与希克斯长期保持友谊。卡尔默担任过全国约翰·里德俱乐部主席，1936年他在《星期六述评》中攻击无产阶级文学，指责高尔德、弗里曼与年轻一代分裂了。但是，他一直与希克斯保持通信联系，不同的文艺观并未妨碍他们的私交。即便是在卡尔默出任《党派评论》编辑期间，他的许多极富争议的评论文章也发表在《新群众》上，并且长期负责美共的"国际出版社"的编务工作。

　　1936年，《党派评论》与《新群众》的分歧越发明显，集中体现在"法雷尔之争"中。法雷尔出版《文学批评札记》率先对美国左翼文学阵营中的过度政治化、庸俗的机械决定论进行反思。法雷尔的书集中于三个问题：一是美共如果过多地干涉作家自由，像组织工人罢工一样组织文学创作，就会使作家的创作屈从于政治，把很有前途的作家变成短命的新闻制造者；二是文学是阶级斗争的工具并不意味着艺术家也是斗争的工具，工具论是用政治实用主义取代艺术价值，产生消极影响；三是左翼文化阵营内部严重缺乏民主，美共领导人禁止作家发表批评苏联、苏共和斯大林的言论，因为他们把共产党等同于无产阶级、斯大林等同于马克思主义、苏联等同于社会主义。法雷尔的言论一石激起千层浪，不仅把纽约文人与高尔德等人的矛盾公开化，而且也预示着兴盛一时的美国左翼文学的退潮。法雷尔背后的主要支持者正是菲利浦斯和拉夫。

　　在菲利浦斯与拉夫看来，高尔德等人既缺少批评家的涵养，也缺乏马克思主义的理论素养。他们认为，在无产阶级新文学中探寻新的创作方法至关重要，这是批评家和作家必须面对的问题。就此意义上看，批评家的任务较之作家来说更为复杂。拉夫运用列宁的《共产主义运动中

---

①　Granvill Hicks, "The Crisis in American Criticism", *New Masses* 9, No. 2, 1933, p. 5.

的左派幼稚病》中的说法，指出左翼文学中根本错误是任意地把一个政党的文学装扮成一个阶级的文学。① 他们呼唤一种艾略特式的批评与列宁的职业革命批评完美结合的先锋批评家。他们指出："批评基本上是一种概念的分析，主要针对熟悉文学问题的读者。'批评不是理性的激情，却是激情的理性'（马克思）。批评应该根据它的有效性、它的整体化的力量判定，而不是根据其热度或者易于接受它的读者的数量来判定。批评的转向是缓慢的……它最终以间接的形式抵达受众那里。"② 这段话表明他们有意识地以建构新美学推动无产阶级文学的发展。

应该注意的是，《新群众》与《党派评论》两个阵营中的批评家是既互相对立又合作联系。如果仅狭隘地从斯大林主义者与托洛茨基分子的理论纷争的背景中突出二者的分歧，夸大左翼文化运动中的美学纷争肯定是错误的。我们应当看到，当时关于革命运动的方向和苏联的本质是争论的焦点，其次才是美学争论。③

追踪菲利浦斯与拉夫对艾略特的批评轨迹，我们不仅可以探寻《党派评论》如何在 30 年代中叶摆脱教条马克思主义批评的桎梏，而且更能把握其文学批评的发展脉络。以菲利浦斯与拉夫为代表的"纽约文人集群"同艾略特的联系是有目共睹的。菲利浦斯在自己的回忆录中详细叙述了艾略特在《圣树：诗歌批评文集》中所讨论的现代主义对他的影响。④ 虽然艾略特并非唯一影响他们的批评家，威尔逊、范德威克、法雷尔也都对二人产生过更加重要的影响。但是，当时对艾略特诗歌的评论是欧美批评界的一个热点话题。因为菲利浦斯与拉夫一心想把杂志办成无产阶级文学运动中的有影响的刊物，所以，他们也不失时机地加入对艾略特的评论当中。更为重要的是，他们的评论体现了《党派评论》在创刊最初几年的马克思主义批评理论的构建过程。

---

① Philip Rahv, "Proletarian Literature : A Political Autopsy", *Southern Review* 4, No. 3, Winter 1939, p. 623.

② Wallace Phelps and Philip Rahv, "Problems and Perspectives in Revolutionary Literature", *Partisan Review* 1, No. 3, June-July 1934, p. 17.

③ Alan Calmer, "Portrait of the Artist as A Proletarian", *Saturday Review of Literature* 16, July *31*, 1937, pp. 3 – 4.

④ William Phillips, A Partisan View: Five Decades of the Literary Life, New York: Stein and Day, 1983, p. 29.

菲利浦斯与拉夫坚信无产阶级文学兴旺的可能性,但读者是关键,这使他们不同于同一时期的其他批评家。当时威尔逊、考利、范德威克、门肯等人强调文学的意识形态性,主张着眼于传记和社会背景的分析;新批评的退特、约翰·兰色姆(John C. Ransom)、里查德·布莱克默(Richard P. Blackmur)则侧重于文学文本形式技巧的分析。虽然新批评派固守文本的做法在早期菲利浦斯与拉夫的批评中也可以看到,但他们及时调整批评方向,把文本之外的经验、特定的阶级利益和读者等因素及时纳入批评视阈,从而突破新批评的狭隘性。

有必要指出的是,虽然菲利浦斯和拉夫不像其他左翼批评家那样忽略艾略特的观点,但是,他们并非完全认同艾略特的精英主义,而是主张通过填平资产阶级文化鸿沟的无产阶级文学,让大众接近高雅文化。因此,他们认为创建一种新的、鲜明的无产阶级感受力可以提升劳动阶级的文化品位。他们确信一种积极的个人感受力可以在一定范围的社会进程中汲取力量,并在新的视阈中变为现实,为整个新文学奠定基础。他们反对与社会实现脱节的天才、激情,坚持各种经验无法逃避的社会本质,包括文学创作。

显而易见,菲利浦斯和拉夫的文学批评辩证地协调了现代主义与无产阶级文艺的关系。他们一方面坚持作家应该放弃旁观的立场,积极投身于工人阶级运动;另一方面无产阶级作家并不意味着只对革命事业(或阶级)发出简单誓言,而应该呼唤一种崭新宏伟、色彩纷呈的文学。他们对现代主义诗歌的倡导具有两方面的作用:一是知识分子需要汲取工人阶级的价值观念,重新塑造自己;二是工人阶级自身也需要汲取资产阶级文化之精华,不断提升文化品位。无产阶级文艺的复兴需要作家全面继承与学习资产阶级文化,因而,《党派评论》的编辑们大力倡导阳春白雪与下里巴人的结合,消除无产阶级文化运动中的狭隘性。但在当时错综复杂的政治背景中,杂志后来的发展并未实现他们的初衷。我们也要看到,正是这种辩证的批评视野,以及与同时期其他批评派别的分道扬镳,促使纽约文人形成自己的社会文化批评。

纽约文人在30年代左翼文化运动中的跌宕沉浮一直是学界所关注的问题之一,詹姆斯·吉尔伯特(James Gilbert)在《作家与党派:美国文学激进主义的历史》(*Writers and Partisans: A History of Literary Radi-*

calism in America，1968）一书中梳理了《党派评论》的 "资产阶级化"
和 "失去活力" 的过程，并凸显新旧左翼之间的紧张关系。吉尔伯特
指出，即便是在 30 年代《党派评论》创刊伊始时，它也不过是纽约文
人的喉舌，因为 1935 年他们就开始去马克思主义化，编辑部成了把马
克思主义进行无害化处理的机构。他认为《党派评论》的失败主要是
知识分子替代了无产阶级，刊物的美学追求置换了革命性。实事求是地
看，吉尔伯特并未深入纽约文人的具体批评中进行分析，过于看重外在
的政治表象。瑟奇·吉尔鲍特（Serge Guilbaut）在《纽约如何盗取了现
代艺术的观念》(*How New York Stole the Idea of Modern Art*) 中也有类似的
看法。综合起来看，早期纽约文人围绕着《党派评论》所展开的文学
批评主要有两个特征：一、它是在无产阶级文艺运动中产生与发展的，
最早对教条马克思主义批评展开批判，并逐渐演变为一支新兴的反斯大
林主义的力量；二、在对苏俄文艺理论的干扰进行清理之后，它发展为
一种美国特色的马克思主义表述，最后又与激进的政治运动日渐疏离。

　　事实上，以菲利浦斯与拉夫为代表的纽约文人批评家，以《党派评
论》为阵地，通过不懈努力，辩证地调和了现代主义文学与无产阶级文
艺的关系，他们冒着从根本上扭曲无产阶级文学意图的危险，在无产阶
级文艺运动中大力提倡借鉴现代主义的文艺经验，他们把自己的努力视
为正在为一种新的、充满活力的艺术奠定基础。诚如伊娃·高德贝克
（Eva Goldbeck）所言："阶级斗争在真实与心理方面打开了一个新的世
界，这便是为什么它是一个伟大的文学主题。资产阶级作家必然先批判
后保守；无产阶级作家必然先破坏后建构。他是一位开拓者，开拓者必
须具有创造性。"① 也就是说，无产阶级文学与现代主义文学内在精神
上有相通之处，纽约文人看到了这一点。所谓无产阶级文学敌视现代主
义的说法，是纽约文人在 30 年代末对这场争论的改写，以及他们后来
对现代主义的再界定。真正在文学历史中评价现代主义那要等到战后
了。美国学者沃尔德认为在整个 30 年代拉夫和菲利浦斯想探寻真正的
马克思主义美学，而此时共产国际和美国的追随者们只会用简单的口号

---

① Barbara Foley, *Radical Representations: Politics and Form in U. S. Proletarian Fiction, 1929—1941*, Durham/ London: Duke University Press, 1993, pp. 62 – 63.

和斯大林主义的术语对革命作家和批评家进行指导。①

综上所述，菲利浦斯与拉夫在《党派评论》中所开展的批评活动的积极意义主要有以下几点：一、在错综复杂的国际政治局势中，纽约文人以左翼文化运动参与者的身份，从内部反思运动，在强调主体经验的基础上提倡政治文化改革，并着手协调各种意识形态问题。这些举措在国际共产主义运动中都是极富开创性的；二、他们拒斥了斯大林主义、官方左翼，突破广泛渗透于运动中的功利主义思维定式，独自探索那些长期困扰美国左翼的理论难题，极大地丰富了美国的马克思主义文学批评；三、纽约文人拒绝与各种官方左翼组织联系，拒斥阶级斗争和社会主义革命，他们的批评观点是在美国文化传统中所展开的进步主义和自由主义相结合的一种文化批评，体现了美国特色的马克思主义批评的形成。② 总体观之，纽约文人对马克思主义局限性的分析，以及对美国社会的分析都极富前瞻性。

第二节 "纽约文人集群"与托洛茨基

"纽约文人集群"与官方左翼分道扬镳之后，他们以《党派评论》为舆论阵地，大肆宣扬托洛茨基的文艺主张，刊登他的文章，进一步明确了反斯大林主义的政治立场。由于得到托洛茨基的充分肯定，纽约文人获得重新评价马克思主义的话语权。他们经常以正宗的马克思列宁主义者自居，批评与谴责官方左翼的各项文化方针。总体上看，纽约文人与官方左翼的分裂可概括为美国左翼文化阵营的第一次自我批判。从积极处着眼，它推动了马克思主义与现代主义在左翼文化运动中的结合，形成了初具美国特色的马克思主义批评。

一

在 30 年代美国的左翼文化阵营中，"纽约文人集群"始终不愿意臣

---

① Alan Wald, *The New York Intellectuals: the Rise and Decline of the Anti—Stalinist Left from the 1930s to the 1980s*, Chapel Hill and London: University of North Carolina Press, 1987, p. 79.

② Harvey M. Teres, *Renewing the Left: Politics, Imagination, and the New York Intellectuals*, New York: Oxford University Press, 1996, pp. 12 – 13.

服于教条马克思主义，他们从托洛茨基的"不断革命论"和"世界革命论"中寻找到思想武器。因为托洛茨基的"不断革命论"之要旨就是把民主革命与社会主义革命毕其功于一役，一步到位，彻底推翻资产阶级。托洛茨基在十月革命之前就提出由工人政府和无产阶级专政的观点，他主张超越历史阶段，提前进行一次性革命。后来他将这一理论系统化，扩展为适用于一切落后国家革命的理论——"不断革命论"。这一激进主张正是那些想速见成效的西方左翼知识分子所渴求的。

"世界革命论"是"不断革命论"的延伸。在托洛茨基看来，在资本主义关系于世界舞台占压倒优势的条件下，社会主义革命将在民族范围内开始，但在世界舞台上结束。他把俄国无产阶级革命视为国际革命运动的一部分，把十月革命看作欧洲革命的序幕，他说："一国的革命并不是一个独立的整体；它只是国际链条中的一个环节。国际革命是一个不断的过程，尽管它有暂时的衰退和低潮。"① 托洛茨基反对任何时候、任何地点与资产阶级联合，把资产阶级统统视为革命的对象，主张国际无产阶级革命。无产阶级在不间断的世界革命中打倒一切反动派，最终实现全世界无产阶级专政。在托洛茨基看来，革命越快越好（一次完成），越大越好（世界革命），越彻底越好（不仅革一切资产阶级的命，还要在社会主义国家继续革命），革命队伍越纯洁越好（工人阶级是革命的先锋队）。这种提法极大地满足了西方知识分子的浪漫欲求。特别是托洛茨基自1928年被流放之后，更激起西方左翼知识分子的普遍同情，"纽约文人集群"中不少人参加了托洛茨基组织和杜威发起的"美国保卫托洛茨基委员会"。他们赞同托洛茨基的文艺思想，尤其是托氏对现代主义文学的推崇与他们一拍即合，并让他们获得反击斯大林主义的理论武器。

具体而言，《党派评论》编辑部与共产党的分裂主要因为政治分歧，文化问题还在其次。1936年，菲利浦斯与拉夫就莫斯科肃反，质疑斯大林集团对季诺维也夫、布哈林的清洗，这最终成为编辑部反对"人民阵线"，指责西班牙内战，挞伐共产党的导火索。对于"人民阵

---

① ［苏］托洛茨基：《"不断革命"论》，柴金如、蔡汉敖等译，生活·读书·新知三联书店1966年版，第87—88页。

线"问题,季米特洛夫在 1935 年的"共产国际第七次代表大会"上已经作了详尽的阐发。他在《法西斯进攻与共产国际在争取工人阶级统一、反法西斯斗争中的任务》的报告中,详细阐述区分英法等资本主义国家与法西斯主义国家的重要性,以及建立"反法西斯统一战线"和"反法西斯人民阵线"的迫切性。季米特洛夫把法西斯主义界定为最反动的、公开的恐怖主义专政,金融资本中的沙文主义和帝国主义,与资本主义民主国家有本质的区别。虽然"反法西斯统一战线"旨在建立工人阶级的统一战线,以维护其政治经济利益,但也要联合那些资产阶级、小资产阶级。概言之,"人民阵线"应该在无产阶级、农民、城市小资产阶级与知识分子之间建立广泛的联合,共同反对法西斯主义。

从历史的角度看,30 年代末的"人民阵线"是当时唯一可以与罗斯福政府及民主党联合的策略,也使共产党在西方民众中的影响有所回升。但是,菲利浦斯与拉夫利用托洛茨基的"不断革命论",从党对革命的承载与理论的连续性角度,指责"人民阵线"朝令夕改、令人无所适从。他们感到共产党对革命的承载已经在西班牙内战与苏联的肃反运动中终结了。当时西方左翼知识分子在颂扬西班牙的反法西斯主义者——共产党派遣的志愿者以及苏联的援助力量的同时,不协调的声音就不绝于耳,人们怀疑苏联援助的实际力度。法雷尔公开指责,苏联与欧洲的"人民阵线"政府都没有欣然投入西班牙的反法西斯斗争,斯大林早已放弃了国际无产阶级革命。[1]

1937 年 6 月,在美共发起的"第二次美国作家代表大会"上,菲利浦斯与拉夫彻底放弃幻想,与德怀特·麦克唐纳(Dwight Macdonald)、弗雷德·杜皮(Fred W. Dupee)、麦卡锡和埃莉诺·克拉克(Eleanor Clark)等人一道,公开挑战共产党的文艺方针。他们在大会上宣讲托洛茨基的文艺观点,竭力把不同政见融入文学批评话语当中。此时,纽约文人与官方左翼的分歧越来越大,二者已无对话的可能性。美共也做出与托洛茨基主义斗争的重大理论决策。

1937 年底,纽约文人自筹经费再办《党派评论》,拉夫、菲利浦

---

① Terry A. Cooney, *The Rise of the New York Intellectuals*: *Partisan Review and Its Circle*, *1934—1945*, Madison: University of Wisconsin Press, 1986, p. 97.

斯、麦克唐纳、杜皮、莫瑞斯、麦卡锡组成新编委。卸载沉重的政治
包袱，纽约文人毫无顾忌地宣扬现代主义的激进美学。他们热衷于欧洲
的文化思想，贬损美国的自然主义文化传统，从反斯大林主义的政治立
场出发，积极倡导现代主义文学。但是，在《党派评论》复刊伊始，
为了向公众表明与原刊物的承接关系，编辑部也做出了再现工人阶级经
验，吸引工人阶级读者的姿态，还开设了"穿越全国"（Cross - Coun-
try）的栏目，专门报道罢工、贫困等社会热点问题。拉夫依然坚持丰富
的无产阶级经验可以成为文学复兴的基础。

　　不久，《党派评论》的编委们就公开转向，彻底否定无产阶级文
学，放弃他们早期承诺的保持同大众的联系，他们声言作为持异见的知
识分子，他们是革命阶级，可以替代大众。菲利浦斯与拉夫在《政治十
年中的文学》（Literature in a Political Decade，1937）一文中，首次公开
承认这一点，并放弃他们一贯持守的文学历史分期，即当代文学分为现
实主义文学、现代主义文学和无产阶级文学三个历史时期，而无产阶级
文学是前两者的综合。① 他们指出，30 年代中期的无产阶级文学把人压
缩成自身的一部分，不过是用文学的政治人替代非政治人，因而无法革
新美国的文学意识。普通的无产阶级小说囿于实用主义模式，与一般的
资产阶级小说没有区别，不过是用集体替代了个人，因而，至今尚无一
部美国的无产阶级作品可以在意识层面上反映新旧文化的斗争。有鉴于
此，纽约文人大力倡导美学革命。

　　1937 年，当《党派评论》复刊的消息一经发布，立刻引来官方左
翼的反应。9 月 14 日，《新群众》刊发了一篇题为《误贴标签的商品》
（Falsely Labeled Goods）的文章，声称公众被所谓的《党派评论》的编
辑蒙蔽了。文章的作者把菲利浦斯与拉夫的言论与早期杂志的声明逐一
进行对照，指责这些编辑毫不在意旧刊物的办刊宗旨，只是沿用原刊名
而已，他们攻击共产党、"人民阵线"、"美国作家联盟"，推崇托洛茨
基，参加"保卫托洛茨基委员会"。尽管他们未来的走向还不明朗，但

---

① William Phillips and Philip Rahv, "Literature in a Political Decade", in *New Letters in Ameri-ca*, ed., Eleanor Clark and Horace Gregory, New York: Norton, 1937, pp. 174 – 175.

有一点很清楚,那就是新旧杂志之间没有任何联系。①

菲利浦斯与拉夫致信《新群众》,重申复刊后的《党派评论》将秉承过去的办刊宗旨,使新旧杂志具有内在的连续性,从而确保了复刊后的《党派评论》沿用原刊名。他们解释说,旧的《党派评论》从始至终也没有遵循相同的方针,而是不断调整办刊方针与编辑队伍,而停刊与复刊是他们始料未及的。他们还说,由于约翰·里德俱乐部的解散,停刊前最后一期的《党派评论》还是由卡尔默、菲利浦斯和拉夫三人出资办的。

《新群众》刊登了他们的来信,《工人日报》立刻登出《托洛茨基主义策划者的曝光》(*Trotakyist Schemers Exposed*) 的文章加以反击。文章这样写道:

> 纽约的菲利浦·拉夫、弗雷德·杜皮作为反革命的托洛茨基分子已经被共产党开除,在去年的作家大会上他们与一伙托洛茨基分子纠结在一起,并为他们投票,现在他们又联合其他知名的托洛茨基分子……阴谋策划玷辱过去的"党派评论",并在这个名称下开办一份托洛茨基主义的文学杂志……他们现在希望在真正的托洛茨基主义的风格中误导以前的"党派评论"的读者与支持者们订阅他们的托洛茨基杂志。他们占用这个刊名,他们允诺尊重旧的《党派评论》。他们的伪装在公众的眼中是站不住脚的。②

《党派评论》的编辑们并不屈服来自美共的指责,批评共产党让文学隶属于政治,缺少雅量容纳异己,使无产阶级文艺运动发展为"真正的文化官僚"。孤立中的《党派评论》联合《日晷》(*The Dial*)、《小评论》(*The Little Review*)、《猎犬与号角》(*The Hound and Horn*) 等小杂志,大张旗鼓地宣扬现代主义的美学反叛,毫不妥协。

1939 年,拉夫在《无产阶级文学:一种政治的剖析》(*Proletarian Literature: A Political Autopsy*) 一文中,再次重申了对无产阶级文学的否

---

① "Falsely Labeled Goods", Editorial, *New Masses* 24, No. 12, September 1937, pp. 9 – 10.

② "Trotzkyist Schemers Exposed", *Daily Worker*, October 1937, p. 3.

定态度。在拉夫看来，共产党是运动的组织者、终极诉讼法庭，大大小小的左翼刊物都是共产党资助的，他们委派政治委员指导文学运动，规范理论发展方向，并让作家在他们的控制中认识苏联——最高的权威。共产党让作家投身到无产阶级运动和"人民阵线"当中，文学成了政治的急就章，"无产阶级文学是一个党派的文学改装为一个阶级的文学"。① 于是，作家把自己对社会主义的希望具体化，即直接反映共产党的利益、立场和需要。② 实事求是地看，拉夫的看法过分夸大了共产党对左翼文化运动的掌控，事实上 30 年代后期共产党并不特别关注文学问题，只关注无产阶级斗争的重大政治问题。《党派评论》能在无产阶级文艺运动中存在，本身就说明共产党允许一定程度的争论，尽管是在有限的范围之内。美国学者阿伦在《左翼作家》一书中就特别指出了这一点，也得到了学术界的认同。

40 年代，《党派评论》朝着肯定美国文化价值的方向发展，去政治化是其明显的标志之一。这期间霍克扮演了重要的角色。在《党派评论》的众多批评家中，霍克既是公认的马克思主义理论大家，也是杂志的政治向导，他直接引导了杂志未来的发展方向。当时霍克应对时局的变化，率先提出认同与回归美国文化。他认为，编辑部应该支持盟国，反对欧洲正在增长的法西斯主义势力，他反对麦克唐纳等人只反对帝国主义战争，而不揭露帝国主义本质的肤浅做法。他认为社会主义在美国可以取得成功，但希特勒必定失败。虽然其他的自由团体与左翼人士也有类似的看法，但是，霍克是《党派评论》阵营中最先提出此看法者。当年拉夫和菲利浦斯像其他的纽约文人一样，并不习惯把美国视为祖国，与美国文化有某种疏离感。自 40 年代起，他们逐渐接受霍克的主张，开始认同美国文化。

另外，霍克的办刊方针也直接推动了战后美国文化批评的发展。在霍克主导编务期间，他大力倡导编辑应在文学批评之外研读经济学、社会学和哲学理论，培养综合人文素养，这是革命所必需的。也正因为有

---

① Philip Rahv, "Proletarian Literature : A Political Autopsy", *Southern Review* 4, No. 3, Winter 1939, p. 623.

② Ibid. .

像霍克这样的马克思主义理论大家的引导，战后的《党派评论》才能在新批评的审美与文本分析的强势话语中保住阵地，并在欧美知识分子中获得了极高的声望，逐渐发展为知识分子群体的理论平台。

综合起来看，复刊后的《党派评论》一面世就处在犹太裔、托洛茨基主义和现代主义文学的三种张力之中，同时又受到官方左翼的打压与孤立。然而，杂志却绝处逢生、柳暗花明。究其原因有几点：一是《党派评论》秉承思想自主与独立的理论追求，使它的编辑和主要撰稿人超然于政治组织和运动之外，潜心发掘马克思主义所内蕴的文化生命力。二是杂志编辑主力在革命的政治视阈中坚持文学的独立性，"任何杂志……渴望在先锋文学上获得一席之地，思想倾向上都将是革命的"。①尽管杂志担负着普遍意义上的革命的职责，但是，文学应该独立于宗派与政党之外。他们重申坚持马克思主义，但它不再是一种普遍意义上的理论或知识体系，也不是一套特殊的价值体系，而仅仅是一种分析与评价文学的方法。《党派评论》本身就是要呈现这一方法的灵活运用。正是这种综合的历史文化批评风格使杂志立于不败之地。三是纽约文人在各种政治势力与文学的自由诉求之间不愿作妥协与让步，他们既不承载组织化的斯大林主义，也不承载有组织的托洛茨基主义，那么，杂志只能吸引那些反斯大林主义的激进知识分子，而这些人正是30年代中后期纽约呼声最高的左翼知识分子群体。杂志也由此获得了坚实可靠的基础力量，成为主要的非官方左翼喉舌。杂志的读者83%是青年人，而且大都居住在大城市，特别是纽约市，他们基本上都是知识分子或者专业人士。② 这样就确保了杂志的知识权威性。

二

我们对托洛茨基的生平稍加梳理，就会发现他主要是一位职业的革命活动家，从事文学批评是他开展建立在自己理解的历史基础之上的政治活动的一个方面。托洛茨基从未宣称过自己在文学批评中的独创性，他只强

---

① "Editorial Statement", *Partisan Review* 4, No. 1, December 1937, p. 3.

② "Results of Partisan Review Questionnaire", *Partisan Review* 8, No. 4, July – August 1941, pp. 344 – 348.

调在更加宽泛和精微处阐发经典马克思主义。波兰学者伊萨克·多伊彻在《被解除武装的先知——托洛茨基：1921—1929》中描述了作为一位革命政治家的托洛茨基对待文学的基本态度，他说："《生活不仅仅是政治……》，这是托洛茨基 1923 年夏季发表于《真理报》上的一篇短文的标题。尤其对他本人来说，生活更不可能仅仅是政治。即使在为权力而斗争的最紧要关头，文学和文化活动仍然占去了他的大部分精力；当他离开军事人民委员部以及党内争论暂时停息下来后，他更是深深地沉浸于其中。这并不是他想逃避政治。他在文学、艺术和教育方面的兴趣在更广泛的意义上来说仍然是他政治活动的延续。但是他不肯停留在公共事务的表面现象上，他要把为争取权力而斗争转为为革命的'灵魂'而斗争；从而把自己卷入其中的冲突推向了新的广度和深度。"① 我们也必须承认，托洛茨基对文艺的看法在西方左翼文化阵营中产生了深远的影响，愈往前追溯，其影响愈明显。因此，我们有必要对托洛茨基的文艺思想进行简要的概述。

青年时期，托洛茨基的文学批评主要运用马克思主义的基本原理分析俄国文学与文艺现象。自 1898 年始，托洛茨基开始在《东方评论报》上发表文艺评论，至 1910 年，他连续不间断地从事文学评论。其中最重要的是他对托尔斯泰的评论，初步展现了他的批评观。他运用 19 世纪西方的美学理论，分析托尔斯泰，把历史唯物主义的精妙分析与对作品的感悟灌注其中，颇能启发人的心智。他推崇现实主义文学，寻求想象和塑造人物的社会基础，并坚持艺术与政治的结合。

中年时期，托洛茨基就文化问题公开发表了大量言论，他在《真理报》上发表《无产阶级文化与无产阶级艺术》、《党的艺术政策》等文章。1922—1923 年，他撰写了一系列的评论文章，并在 1924 年以《文学与革命》成书出版。该书的出版标志着托洛茨基批评理论的形成，也反映了他比其他布尔什维克领导人更加重视文学问题，也更具文学鉴赏力。《文学与革命》全书分两部分：第一部分为"当代文学"。托洛茨基根据十月革命后的苏俄文学现状，划分出"非十月革命"、"同路人"和"无产阶级文化派"三类；第二部分收录了托洛茨基在 1908 年至

---

① ［波］伊萨克·多伊彻：《被解除武装的先知——托洛茨基：1921—1929》，王国龙译，中央编译出版社 1998 年版，第 179—180 页。

1914 年之间所写的文艺评论。总体上看,托洛茨基在书中注重凸显文艺的特殊性问题,他坚持认为艺术有成为艺术作品的内在要素,政治不能代替艺术,他指出:"问题完全在于艺术创作在本质上是比其他表现人的精神的方法更迟出现的,要表现一个阶级的精神更不用说。理解某一事物,并逻辑地表达这一事物是一回事,但是有机地把握这个新事物,重新建立自己的情感境界,并为这个新境界找出艺术表现是另一回事。这第二个过程更为有组织地、更为缓慢地、因而也更困难地跟从意识活动,其结果总是要落后。阶级的政论一往直前地跑在前头,艺术创作拄着拐杖,拖着跛足,在后面跟着。"① 从这段话可以看出,托洛茨基坚持政治具有意识形态性,主要以逻辑的理论形态出现,而艺术的方式重在表现人的精神,二者截然不同,不能混为一谈。

在文学艺术评论中,托洛茨基坚持只有政治的历史批评,无法说明作品的美学品格,而文学与政治的区别就在于,文学可以表达人类的共同感情。他反对把政治与文学的社会作用混淆起来。托洛茨基针对当时无产阶级文化派强调只有以无产阶级作为创作题材的文艺作品才是革命的,他批驳道:"只有谈论工人的艺术才是新的艺术或革命的艺术,这是不对的;似乎我们要求诗人必须描写工厂的烟囱或反对资产阶级的起义,这更是无稽之谈!……新艺术的犁铧决不限于翻耕那些刚刚编了号的土地,——相反,它应该从东到西,从南到北翻耕全部土地。"②他甚至说:"永远不能只凭马克思主义的原则去评判、去否定或接受艺术作品。"③ 托洛茨基认为,党对艺术应该间接领导,他指出:"马克思主义的方法使人们有可能去估量新艺术的发展条件,追溯新艺术的源流并用批判地指明道路的方法促进那些最进步的源流的发展,——但也仅止于此。自己的路应当用自己的腿来走。马克思主义的方法并不是艺术的方法。党领导着无产阶级,却不领导历史的进程。有一些领域党实行直接的和绝对的领导。有一些领域党实行监督和进行协助。有一些领域党只进行协助。有一些领域,党只确定自己的方向。艺术的领域,不是党应

---

① [苏]托洛茨基:《文学与革命》,刘文飞译,外国文学出版社 1992 年版,第 146 页。

② 同上书,第 158 页。

③ 同上书,第 165 页。

当去直接指挥的领域。党能够而且应当保护和协助，只进行间接领导。"① 这段话充分阐明了托洛茨基所理解的政治与文艺的关系，这是对马克思主义的灵活运用。

托洛茨基在《文学与革命》中表达了世界上第一个社会主义国家在建国初期执政党的文学理论思想，也是马克思主义文艺理论战胜无产阶级文化派理论的重要标志。② 以下两点特别值得我们注意：一是托洛茨基对文艺创新持肯定态度。他从社会发展与变迁的角度对未来主义、象征主义和俄国形式主义进行了颇有见地的阐发，既肯定其成就，也指出其不足。他坚持文学个性化立场，对马雅可夫斯基、勃洛克、谢拉皮翁兄弟等先锋艺术家展开评价。他甚至对那些在政治上尚有局限性、不稳定性和不可靠性的"同路人"作家的创作也持鼓励的态度。二是托洛茨基对无产阶级文化的精辟分析，体现了十月革命期间马克思主义文艺思想的最高成就。他坚持把文艺看成一个社会中已有的精神成果的总和，整体性地看待文化问题，辨析它们的阶级由来没有太大的意义。他不赞成在文化问题中引入过多的阶级斗争概念。时至今日，波兰学者多伊彻对《文学与革命》依然赞不绝口，他说："它不仅是俄国文学史上革命狂飙时代的回顾，而且也是预先声讨斯大林主义扼杀艺术创造的檄文，但最主要的是，它是马克思主义文学批评的典范。这本书字里行间洋溢着他对艺术和文学的亲切感情、独到的观察、令人陶醉的神韵和妙语，而且在书的结束语中想象力达到罕有的崇高的诗意的境界。"③上述两点构成了托洛茨基文艺思想的核心内容。

流亡期间（1928—1940 年），托洛茨基更加关注现代主义文学。他力主在现实主义与各种开放的艺术形式之间进行探索，对文学的实验方式与程度持宽容态度。他指出："如果为被压迫阶级和人民的自由而斗争，在人类的地平线上撒播了怀疑主义与悲观主义的阴云，那么，诗人、画家、雕塑家和音乐家可以发现自己的主张与方法。"④ 他又说：

① ［苏］托洛茨基：《文学与革命》，刘文飞译，外国文学出版社 1992 年版，第 204 页。

② 周忠厚：《托洛茨基的文艺思想》，《求是学刊》1989 年第 2 期，第 57 页。

③ ［波］伊萨克·多伊彻：《被解除武装的先知——托洛茨基：1921—1929》，王国龙译，中央编译出版社 1998 年版，第 190 页。

④ Paul N. Siegel, ed., *Leon Trotsky on Literature and Art*, New York: Pathfinder, 1970, p. 114.

"以死的恐怖这样一种起码的生物学感情为例吧。不仅人，而且动物也具有这种感情。对于人来说，这种感情最初是粗略地表达出来的，接着出现了艺术性的表达。在每一时代的每一社会环境中，这种表达都在发生变化，也就是说人以各种不同方式害怕死亡。尽管如此，不论是莎士比亚、拜伦、歌德，还是圣歌咏队所表达的这种感情，都同样打动我们的心。"① 这段话表明，托洛茨基已经意识到思索死亡与生存的对立的哲理意念，质疑历史进步的绝对性并不意味着消极、颓废。

30 年代中叶，法国的超现实主义者和《党派评论》周围的那些持异见的批评家纷纷聚集在托洛茨基的麾下。在这种情况下，托洛茨基发表《宣言：走向一种自由革命的艺术》，把现代主义赞誉为艺术的最高形式——真正的艺术。他说："真正的艺术不会满足于变换现成的模式，而是坚持表达内在的时代需求；真正的艺术不能不是革命的，不可能不渴望对社会进行彻底的重构。"② 他充分肯定了现代主义文学的形式创新，并上升到社会结构的高度加以分析。对托洛茨基而言，现代主义文学是一种对衰败政治的直接反映。这种衰败具体表现为资本主义危机与矛盾的不断加剧、民主制的疲软、法西斯主义的威胁等。他认为现代主义文学代表了变动不居的社会力量与美学力量，如若现代主义文学发展起来，必定与先锋政治携手共进，最终实现无产阶级革命的理想蓝图。对托洛茨基而言，真正的艺术不是满足于在已经就绪的模式上翻新，而是坚持表现当代人的内在需求。故而，真正的艺术必定是革命的，并致力于整个社会结构的激进重建。③

与此同时，托洛茨基广泛阅读了大量的现代主义文学作品，并评论了像《夜尽头之旅》(*Journey to the End of Night*，1933) 之类的作品。他强调通过语言折射民族文化。托洛茨基在流亡期间比任何时候更加强调艺术反叛与政治反叛的契合，他说："如果不撇开官方的传统、正统的观念和感情，如果不抛弃以实用和习惯修饰的形象和表达，那么，富有生命的创作就无法前进。每种新思潮都在探寻词语与思想之间的直接而

① ［苏］托洛茨基：《文学与革命》，刘文飞译，外国文学出版1992年版，第148页。

② Paul N. Siegel, ed., *Leon Trotsky on Literature and Art*, New York: Pathfinder, 1970, p. 117.

③ Andre Breton and Diego Rivera, "Manifesto: Towards A Free Revolutionary Art", *Partisan Review* 6, No. 1, Fall 1938, pp. 50 – 51.

真诚的联系。反对艺术伪饰的努力，总会在某种程度上形成反对人类关系中的非正义的斗争。这种联系是不言而喻的，即丧失社会谎言感的艺术不可避免地被矫饰所击溃，转向风格主义。"① 事实上，他看重的是建立在人类精神自由基础上的艺术创新。他强调艺术的独创性，尊重永恒的、审美的形式创新，为此，就必须保证艺术家不受外界的干扰，有创作的自由和自主性。他认为："在艺术创作领域，想象必须摆脱一切束缚。……我们重申我们真正的意图是支持这样的原则：艺术完全自由。"② 从这段话可以看出，西方传统的启蒙价值理念的科学、真理和进步正是托洛茨基文艺理论的思想基础。

秉承启蒙价值理念，托洛茨基从捍卫人的心性自由出发，维护艺术创作的自身规律，抨击苏联的庸俗马克思主义文艺观。他坚持任何真正的艺术创新都是对传统观念的颠覆，他说："艺术创作有其自身的规律——甚至当它有意识地服务于一种社会运动时也不例外。真正的思想创造与谎言、虚伪和顺从精神是不相容的。艺术只有保持对自己的忠诚，才可能成为坚强的革命同盟。"③ 他继续说："一般说，艺术表达人对和谐与完满生活的需要，也就是说，他对那些被阶级社会剥夺了的主要权利的需要。因此，对现实保持异议，不论有意识还是无意识，积极还是消极，乐观还是悲观，总是构成一部真正具有创造性的作品的一部分。"④ 这些言论显示了托洛茨基始终坚持捍卫艺术的完整性，坚持艺术只有保持对自身的忠实，才能成为革命的强大同盟。托洛茨基所论问题正是纽约文人参加左翼文化运动以来最为纠结之处，他的言论让纽约文人茅塞顿开，醍醐灌顶般大彻大悟。

此外，托洛茨基文艺思想是基于精英史观的。托洛茨基本人具有强烈的精英意识，尽管他没有使用过"精英政治"这个术语，但支配他

---

① Paul N. Siegel, ed., *Leon Trotsky on Literature and Art*, New York: Pathfinder, 1970, p. 201.

② Andre Breton and Diego Rivera, "Manifesto: Towards A Free Revolutionary Art", *Partisan Review* 6, No. 1, Fall 1938, p. 50.

③ Leon Trotsky, "Art and Politics", Partisan Review 5, No. 3, August – September 1938, p. 10.

④ Ibid., p. 3.

头脑的是英雄史观。他对现代主义文学的赞赏颇能说明问题。他在《艺术与政治》中通过阐发艺术革新与群众旨趣之间的差异性，表明了自己的文化精英取向。他指出："许多进步的观念都始于群众基础……当一种艺术思潮穷尽了它的创作源泉时，一些富于创造性的'小派别'就会分离出来，它们能够以新的目光观察世界。先驱者越是大胆地表现自己的思想和行动，他们就越是强烈地反对依靠保守'群众基础'的既定权威，而更墨守成规的人、怀疑论者和势利小人则倾向于把先驱者看作无能的怪人或'贫乏的小派别'。"①在托洛茨基眼里，先锋派艺术家是推动社会文化发展的重要力量，不容忽视。正是由于托洛茨基的文化精英取向，才使他对现代主义文学的独特阐发吸引了众多的纽约文人。

托洛茨基在对"无产阶级文化与文学"的阐发中也展现了其精英旨趣。托洛茨基认为"无产阶级文化"的界定是建立在新的赋予其力量的无产阶级与前几个世纪的上升的资产阶级的虚假的历史相似性基础上的。在他看来，这种虚假的相似性是资产阶级用了几个世纪的时间发展文化，而俄国的无产阶级没有经过如此之长时间的酝酿，而且无产阶级专政也不会长久。托洛茨基反对把"无产阶级文化"与资产阶级文化和一切阶级文化放在一个层面上进行比较。他说："将资产阶级文化和资产阶级艺术与无产阶级文化和无产阶级艺术对立起来，这是完全错误的。根本不会有无产阶级的文化和无产阶级的艺术，因为无产阶级制度是暂时的、过渡的。无产阶级革命的历史意义和精神上的伟大就在于，它将为超阶级的、第一种真正人类的文化奠定基础。"② 显然，这种虚假的历史相似性不能为工人阶级提供更多的机会发展反映自身形象的文化，因为新的文化的出现必定是渐进式的、历史累积的，无产阶级文化一定要充分吸收资产阶级文化的基本要素，才能产生无产阶级知识分子。他认为文艺创作必须有高度文化修养，在工人还不具有高深文化程度的时候，从事文艺创作应当依靠知识分子。在他看来，工人阶级担负着重要的革命任务，"给艺术腾出的人力就很少。在法国大革命时代，直接或间接反映革命的最伟大的作品，都不是由法国艺术家创作的，而

---

① Leon Trotsky, "Art and Politics", *Partisan Review* 5, No. 3, August – September 1938, p. 9.
② ［苏］托洛茨基:《文学与革命》，刘文飞译，外国文学出版社1992年版，第5—6页。

是由德国、英国及其他国家的艺术家创作的。直接完成革命的那一民族的资产阶级，无法抽出足够的力量去再现和描绘这场革命。更何况具有政治文化的无产阶级却很少具有艺术文化"。① 托洛茨基主张把文艺看成是一个社会已有的精神成果的总结，坚持整体性地看待文化问题，尊重知识精英的文化创造作用。

托洛茨基终生都在不妥协地反对政治对文艺的垄断，追求人类的自由，为西方左翼阵营提供了一条解决马克思主义理论与实践相结合的路径。自 1937 年起，托洛茨基多次致信《党派评论》，提醒文学批评不能沉迷于意识形态，应该及时体察现代主义的美学反叛。总体上看，托洛茨基的文学批评具有原创性与政治性两个特征：一是它是在 20 世纪初俄国革命急剧动荡的背景中产生的，缺少任何可资借鉴的现成理论，其原创性尤为突出；二是托洛茨基在 30 年代的极端困苦的政治流亡中，其文学批评活动始终都与反对斯大林主义和建立第四国际的政治目标紧密相连，因此，不可避免地具有较浓厚的政治性。冯宪光在《托洛茨基的政治学文艺思想》一文中也认为托洛茨基文艺思想是带有政治学色彩的，从始至终都是文学与政治并举的，或者说是二元论。②

概括起来看，托洛茨基的文学主张推动了美国左翼文化运动中的马克思主义与现代主义结合的进程，使"红色现代主义"作品竞相出现。甚至他的文艺思想对同一时期的中国左翼文学也产生了相当的影响，中国的鲁迅先生赞誉托洛茨基是一位深解文艺的批评者。③ 一言以蔽之，托洛茨基的文学批评给后世留下未尽的话语。

三

在斯大林主义泛滥之时，纽约文人从左翼文化阵营内部挑战斯大林主义，并对左翼自身进行反思，他们急需理论资源，获得话语权，这正是他们强调重新评价马克思主义的深刻用意。而托洛茨基这位苏联红军

　　① ［苏］托洛茨基：《文学与革命》，刘文飞译，外国文学出版社 1992 年版，第 203 页。
　　② 冯宪光：《托洛茨基的政治学文艺思想》，《马克思主义美学研究》2007 年第 10 辑，第 59 页。
　　③ 鲁迅：《中山先生逝世一周年》，载《鲁迅全集》第 7 卷，人民文学出版社 1981 年版，第 301 页。

的缔造者、十月革命的主要领导者、列宁最信任的战友、肃反运动直接的清洗对象，率先从苏联内部打起反击斯大林集团的大旗。这些光环附加在托洛茨基身上，使他所讲述的列宁主义与十月革命不仅带有权威性，而且更有号召力，直接颠覆了斯大林的权威。托洛茨基正是纽约文人所寻找的不可多得的"精神领袖"。如果《党派评论》能得到托洛茨基的首肯，那么，纽约文人的批评无疑将对斯大林主义构成极大的杀伤力，甚至可以独占鳌头，统领美国左翼文化阵营。

基于上述原因，1937 年在《党派评论》的复刊过程中，编辑部便急不可待地与流亡墨西哥的托洛茨基取得了通信联系，并由麦克唐纳代表编辑部致函托洛茨基约稿。托洛茨基要求进一步了解刊物的性质与政治立场，他对杂志追求独立，不愿沦为机构或"某种原则"的附庸表示理解。[①]接到托洛茨基的回信后，编辑部立刻回复，声称刊物绝对是文化性质的，不介入任何政党或政治组织，也不参与当下的政治纷争。虽然编辑个人的政治主张各异，但他们都反对斯大林而拥护列宁，他们认为有必要组建新的机构，替代已经腐朽的共产国际。[②] 这样的回信，迎合了托洛茨基筹建"第四国际"的现实需要。托洛茨基以革命家的批评口吻回复了编辑部。他说，如果从持守文化价值上看，独立性是正确的选择，《党派评论》就应该利用手中的剑和鞭子来捍卫它。他指出每种新的文学思潮（自然主义、象征主义、未来主义、立体主义、表现主义等）刚开始都蒙受过"污名"，因为它们重挫了已被确立的权威，先锋艺术家和批评家们为了其生存权利不断进行斗争。托洛茨基并没有完全相信他们，甚至怀疑这些编辑想在世界大战即将来临之际，通过怀疑主义、不可知论制造一个文化的世外桃源。

编辑部又写了四页的长信，再次重申自己的办刊宗旨，表示他们非常重视托洛茨基的意见，也婉转抱怨托洛茨基没有理解他们的办刊思想。编辑们认为托洛茨基对杂志的判断有不当之处，没有放在国际历史的背景上分析，而仅仅从当前的政治形势着眼。他们说，杂志从各种激

---

① Leon Trotsky, "Letter to Dwight Macdonald", July 1937 (boms Russian 13.1 [8951], Trotsky Archive, Harvard.

② Dwight Macdonald, "Letter to Leon Trotsky", August 1937 (boms Russian [2838]), Trotsky Archive, Harvard.

进知识团体中独立出来，完全是由于史无前例的客观局势，即由斯大林主义与美国现实的双重压力驱使的，不可避免地处在探索阶段。他们一一解释了各种影响杂志的不利因素：诸如，尚不充分的文学力量、不稳定的读者群、变化莫测的政治形势都在影响着杂志，因此，杂志还将进一步调整，才能凸显文学特征。编辑们表示托洛茨基的来信将会极大地影响杂志的发展方向。

经过沟通，托洛茨基表示理解《党派评论》所持折中主义的办刊策略，他说："目前的问题是处在一个准备阶段。恰恰是在这个准备时期，《党派评论》能够起到非常严肃的作用。"① 随后托洛茨基又给《党派评论》发来一封长信，编辑部以《政治与艺术》(Politics and Art) 的标题发表在 1938 年 8—9 月的杂志上。接着，托洛茨基与安德烈·布勒东 (Andre Breton)、迭戈·里维拉 (Diego Rivera) 合写了《声明：走向一种情怀革命的艺术》(Manifesto：Towards a Free Revolutionary Art)，也刊登在《党派评论》上。这些文章表明了托洛茨基对文艺的看法，同时也显示了杂志与托洛茨基的亲密关系。他们的联系一直持续到 1940 年 8 月托洛茨基遇刺身亡为止。

需要指出的是，以《党派评论》为理论平台的纽约文人与托洛茨基的联系非常复杂，既有逾越初衷之处，也有恪守宗旨的地方；既有政治动因，也不乏文艺思想的共鸣。"声明"表面上看是关于艺术的，实则是号召成立"国际独立革命艺术家联盟"(the International Federation of Independent Revolutionary Artists)，《党派评论》编辑部与托洛茨基的联系不自觉地越出了理论与批评的范畴。托洛茨基、布勒东、里维拉计划通过报刊和通信建立一个国际激进作家与艺术家联盟，《党派评论》编辑部不仅赞同，而且积极响应，他们说："越来越多的作家、艺术家和知识分子逐渐认识到，只有社会主义才能永远摆脱在资本主义社会具有牢固基础的野蛮行径。我们相信，为了自由讨论，为了抵御共同的敌人，迄今分散孤立的这些知识分子的力量应该联合组织起来。因此，我们完全同意'国际独立革命艺术家联盟'的总目

---

① Leon Trotsky, "Letter to Partisan Review", March 1938, Trotsky Archive, Harvard.

标，并准备参与组织该联盟的美国分部。"①纽约文人赞同托洛茨基在《声明》中提出的现代主义文学是一种颠覆力量，暴露与抵抗了病态的资本主义社会和心理的主张。他们与托洛茨基在以下问题上达成共识：反对斯大林，拒绝无产阶级文学，捍卫普适性的国际价值，把马克思主义作为一种分析方法，并在此基础上强调艺术自主。为此，《党派评论》编辑部花费数月时间组织落实，结果却令他们失望。然而，我们也要看纽约文人始终试图保持政治的超然与独立，他们从未与正式的托洛茨基主义机构合作过。

"纽约文人集群"不遗余力地追随托洛茨基，坚决反对斯大林主义，反对美国的左翼文化阵营沦为苏联的附庸。他们厌恶把政治路线强加于文学运动的功利做法，注重探求经济基础与上层建筑的中间环节的重要作用，破除决定论的庸俗批评习气。在这样的历史语境中，纽约文人赞赏现代主义的文学实验，主张马克思主义的革命观念与现代主义的文学革新相结合，因为他们看到了先锋文艺本身所暗含的政治与美学的双重革命因素。战前，"纽约文人集群"以现代主义对抗美国官方左翼所宣扬的带有民粹主义色彩的无产阶级文化；战后，他们继续以现代主义对抗资产阶级工业化和市场化了的大众文化。这样一来，他们的批评思想与法兰克福学派和葛兰西的文化霸权理论都有异曲同工之处，标志着美国特色的马克思主义批评的形成。

四

如果说精英史观是托洛茨基文艺思想的基点，那么，这也是联系纽约文人与托洛茨基的思想纽带，文艺思想的默契与共鸣都是由此衍生的。我们可以从拉夫的《30 年代的曙光》(*Twilight of the Thirties*，1939)一文中看到这种精英意识的明确表述。拉夫把现代主义文学的非政治倾向，看成是对腐朽资本主义社会的一种超越，称其为一种"群体的精神气质"，与托洛茨基的精英史观如出一辙。从当时的历史语境看，拉夫倡导现代主义不过是对左翼知识分子集体"归顺"斯大林主义的一种抗争。在他看来，现代主义的孤芳自赏可以使艺术客体抵御大众文化的

---

① "This Quarter", *Partisan Review* 6, No. 1 (Fall 1938), p. 7.

商业诱惑，保持艺术的主体身份，不致沦为资本主义文化生产的受害者，可谓一箭双雕。① 菲利浦斯与拉夫既积极肯定现代主义；同时也担忧现代主义的发展前景，因此，他们有意识地让《党派评论》担负维护特定价值的重任。他们试图在社会文化批评的丰富资源中激发青年作家的创作热情，确保现代主义文学的顺利发展，这与托洛茨基的看法相吻合。托洛茨基认为无产阶级知识分子的主要任务不是抽象地创建一种新文化，而是承载文化，系统地、有计划地传输给那些落后的文化受众，因为他们构成了现存文化的群众基础。② 在拉夫看来知识分子投身于文化领域，当他们所倚赖的价值遭到践踏时，必须担负起人类精神价值守护者的重任。

　　文化的精英意识必然引申出知识分子的职责问题。这又与葛兰西在《狱中札记》中对知识分子职责的分析不谋而合。葛兰西把知识分子分为体制知识分子与传统知识分子两类：前者与某一社会阶级的决策联系最为密切；后者是几个世纪以来，凭借传统品格、特别实践、传统习俗，坚持与当下的阶级斗争保持距离。如果以葛兰西的观点考量美国社会，就会看到美国缺少了传统知识分子，因此，纽约文人大力倡导美国知识分子应该在国家的熔炉中与多元移民文化融为一体。③ 我们可以扩展为美国知识分子的发展与资产阶级文化的密切联系。葛兰西提倡知识分子与工人阶级的有机联系，而拉夫与《党派评论》却反其道行之，竭力阻隔二者的联系。这样一来，现代主义文学就起了至关重要的决定作用，因为现代派无法走近工人阶级，却又为知识分子提供了把自身构建于传统文化中的路径。

　　菲利浦斯也在《知识分子的传统》(*The Intellectuals' Tradition*，1941) 一文中指出，传统的马克思主义阶级分析无法阐发现代主义文学，应该从知识分子自身寻找直接的艺术动力，因为现代主义文学的特殊内容切合了知识分子的典型气质。传统文学批评过于迷恋作家，而马克思主义批评又过分强调历史背景与作品的联系，他感到只有知识分子才能提出

---

① Philip Rahv, "Twilight of the Thirties", *Partisan Review* 6, No. 4, Summer 1939, p. 12.

② Ibid..

③ 安东尼·葛兰西：《狱中札记》，曹雷雨译，中国社会科学出版社 2000 年版，第 15—16 页。

新的批评范式。因为知识分子对文学的感受最为精微，可以为文学实践提供创造性想象。与欧洲相比，美国缺少一个充分发展的自主的知识分子群体，所以，才导致美国知识分子在归顺与异议、谦逊与自信两极剧烈摇摆。菲利浦斯又指出，无论知识分子与资产阶级合作，还是与工人阶级联合，其结果都将丧失自主性和批评的前卫性。菲利浦斯认为，知识分子与工人阶级结合的危险性，必然以屈服于斯大林主义为代价，因此，知识分子决不能听任其天性，与大众思想同流合污，这必将扼杀其异见性。无论如何，持异见却是欧洲现代主义文艺赖以存身的根基。托洛茨基也认为，由于资产阶级如此痛恨危机，无法容忍文化的批评，故而，现代派要存在下去就必须与激进政治合流。

在现代主义文学发展前景问题上，纽约文人与托洛茨基存有分歧，他们没有托洛茨基那么乐观，他们对现代主义的分析局限于自己所观察到的范围，不相信革命运动本身也可以支持现代主义文学。因此，《党派评论》的批评家们竭力抵制知识分子与工人阶级联合，从而保持其独立性。[1] 特里林在《小杂志的功能》(*The Function of the Little Magazine*)一文中一语中的，他说："要在我们的政治理念与我们的想象之间组成一种新的联合——这是我们所有文化领域当务之急的工作。《党派评论》在这十几年中正是致力于这项工作。"[2]总体上看，在文艺思想方面托洛茨基与纽约文人声应气求、颇为默契。

综上所述，首先是托洛茨基的激进政治理念吸引了美国左翼知识分子，因为西方左翼知识分子在反对资本主义的腐朽体制时，需要一种美好的理论与现实参照，而托洛茨基的"不断革命论"恰好满足了他们的需求。托洛茨基的观点甚至也成为他们反对斯大林主义及"人民阵线"的理论支撑。其次，托洛茨基对现代主义文艺的欣赏除了他本人杰出的艺术鉴赏力之外，也与其精英史观密切相连，二者是一体两面的。总之，托洛茨基的政治激进与美学激进相互联系，构成了他对纽约文人的巨大吸引力，直至成为他们的精神导师。

---

① William Phillips, "The Intellectuals' Tradition", *Partisan Review* 8, No. 6, November—December 1941, pp. 482 –489.

② Lionel Trilling, *The Liberal Imagination*, Garden City / New York: Doubleday & Company, Inc., 1953, p. 103.

第三节　"纽约文人集群"的基本思想特征

　　"纽约文人集群"在 30 年代中叶至 50 年代中叶的美国文化领域异军突起，引人瞩目。由于该群体在文化背景和批评风格上的相似性，所以很早就为公众所认知。早期的纽约文人多为第二代穷苦的欧洲犹太移民，他们在城市学院接受大学教育，学术上不约而同地注重意识形态。30 年代初，他们怀着激进的革命情绪，政治上倾向共产党。那时他们徘徊在美国主流文化之外，政治激情只能宣泄在小小的杂志上。在 1936 年苏联的肃反运动曝光之后，他们的革命热情也由投身左翼运动转变为反对斯大林、反对极权主义，同情托洛茨基。他们自称是独立的激进分子，但被外界称为"托洛茨基分子"。到了 40 年代末，随着冷战格局的出现，他们摆脱激进主义纷扰，渐次回归自由主义思想体系。50 年代初，他们先后在布兰迪斯大学、纽约大学、伯克利大学、哥伦比亚大学等多所知名学府任教，并住进了学村的高级公寓或上西区。他们的杂志也日益引起公众的重视，逐渐跃居知识分子榜首。概括而言，"纽约文人集群"的思想特征无外乎表现在批评风格、政治诉求和文化品位等方面。

一

　　谈到"纽约文人集群"的思想特征，美国学者拉塞尔·雅格比（Russell Jacoby）的研究值得一提。他在《最后的知识分子——学术时代的美国文化》（*The Last Intellectuals*: *American Culture in the Age of Academe*, 1987）一书中，对该群体的思想特征进行了综合分析，并以知识分子的公共性为标尺，把"纽约文人集群"划分为三代。在雅格比看来，第一代"纽约文人集群"出生于 1900—1915 年之间，威尔逊、霍克、菲利浦斯、拉夫、芒福德、特里林、麦克唐纳、夏皮罗、罗森堡、科泽、克莱门恩·格林伯格（Clement Greenberg）、麦卡锡等人都属于此类。他们多为独立的自由撰稿人，思想洒脱、不受拘囿。30 年代，这些人在政治上日渐成熟，在与格林威治村有些瓜葛的同时，接受了充满乌托邦色彩的社会主义学说。这样，他们都拥护苏联的布尔什维克，也是托洛茨基的崇拜者。但是，他们不愿臣服于官方左翼与党组织，对工人阶级敬而远之，厌恶民粹主义和大众文化，却对现代主义的高雅文化充满热情。

第二代"纽约文人集群"出生于 1915—1925 年，对大萧条有着难以磨灭的记忆，50 年代他们跻身知识界，七八十年代其学术研究和社会声誉达到鼎盛。豪、卡津、内森·格莱泽（Nathan Glazer）、丹尼尔·贝尔（Daniel Bell）、欧文·克利斯托尔（Irving Kristol）、西摩·李普赛（Seymour Lipset）、威廉·巴雷特（William Barrett）、诺曼·梅勒（Norman Mailer）等都属于此类。除了继承第一代的批评传统之外，他们更多地沉浸在学院深墙内，对社会进行文化的批评与探究，他们是最后的公共知识分子。在早期的自由撰稿人生涯中，他们掌握了公共话语，从而使其著述出类拔萃，令后继者望尘莫及。这些人在战后的美国知识界影响很大，操纵了知识话语权。

第三代"纽约文人集群"是 30 年代以后出生的，他们在 60 年代初步入文坛，同新左翼运动有着千丝万缕的联系。他们成长在学术是作家唯一宣泄途径的时代，不太留意大学以外的社会公共生活，其批评视野较狭窄、思想偏激。较有代表性的人物有：苏珊·桑塔格（Susan Sontag）、克里斯托弗·拉希（Christopher Lasch）、诺曼·波德霍莱茨（Norman Podhoretz）、迈克尔·沃尔泽（Michael Walzer）、史蒂文·马库斯（Steven Marcus）等人。他们竭力与前两代拉开距离，以反文化的面目出现在文坛上。

雅格比的三代划分法着眼于知识分子的思想属性，一定程度上凸显了纽约文人内在的文化传承关系，这是其合理之处。但笔者认为从研究该群体着眼，划分为两代——老一辈纽约文人和新生代纽约文人更为恰当。依照雅格比的三代划分，这三代纽约文人之间应当有着密切的思想联系，如果说第一代成员不自觉地意识到小群体的存在和他们的刊物——《党派评论》，那么，豪、卡津、贝尔等第二代则是有意识地靠近这个群体，因为四五十年代的《党派评论》已经成为知识分子获取社会名利的重要刊物之一。前两代"纽约文人集群"大都是 30 年代左翼文化运动中的宿将，他们在四五十年代告别激进的过去，专心于文学研究。由于过去激进背景的影响，他们自觉地运用马克思主义综合分析的方法研究文学，其批评表现出明显的"左"倾特征。新生代的"纽约文人集群"秉承该群体所积沉的激进情绪，在新左翼运动中释放能量。这样看来，第一代与第二代之间思想差异性不大，相反他们的群体认同感非常强烈，且能够并肩作战反对共同的"敌人"。然而，他们同新生代的冲突与对立就很明显，甚至有些势不两立，他们之间的思想冲撞正是新旧左翼之间的错综复杂关系的反映。无论如何，作为一个共同的知识分子群体，两代"纽约文人集群"的批评共性还是比较突出的——其批评视野是综合性质的，带有知识的多面性特征，即人们常说的文化批评。因此，笔者在本书中将"纽约文人集群"划分为两代。

<h2 style="text-align:center">二</h2>

　　老一辈纽约文人的文学批评具有鲜明的文化批评特征，此后为新生代所继续，成为该群体突出的思想特征之一。从 20 世纪 20 年代初起，美国批评家就特别关注政治，当时刊发在《新共和》、《民族》和《群众》上的评论文章都呈现出鲜明的政治倾向性。当年，纳什维尔·阿格拉瑞斯（Nashville Agrarians）、威尔逊、考利等人都曾经大力提倡批评家要承担起政治职责，积极推动政治与文学批评的结合。纽约文人中的一些社会经济学家，诸如，弗兰克·赖特（Frank Knight）、亨利·西蒙斯（Henry Simons）、约瑟夫·舒姆皮特（Joseph Schumpeter）等，也不失时机地把政治与社会的旨趣扩展到人文领域，进一步拓展了该群体的文学批评视阈。到了 40 年代末，随着冷战格局的明朗化，菲利浦斯、拉夫、特里林、卡津、豪、莱斯利·费德勒（Leslie Fiedler）等人不断丰富完善批评体系，强调知识分子同政治自由、社会经济结构之间的互动关系，使文化批评特征越发鲜明。

　　除了文化批评特征之外，纽约文人都不遗余力地推崇先锋文艺，呈现出较明显的精英文化倾向。自 1936 年起，菲利浦斯与拉夫就放弃了早期对无产阶级文艺的附和，公开批评美国本土文学中的实用主义、民粹主义、地方主义，把它们归结为一种"反智性的偏见"。他们认为，庞德和艾略特开启了美国文学的国际化进程，而这项工作仍需继续推进。1939 年，格林伯格发表著名的《先锋与垃圾》(*Avant—Garde and Kitsch*) 一文，公开捍卫高雅文化，贬损大众文化，其精英文化旨趣压

倒一切。在他看来，繁盛的资本主义商业制造了不断增长的无处不在的
大众文化，它一方面汲取高雅文化的养分；另一方面又不断腐蚀与损毁
之。格林伯格认为，19 世纪中后期出现的先锋文艺是伴随着新的历史
批评和科学革命思想出现的。换言之，是伴随着马克思主义出现的。激
进的美学诉求赋予先锋文学一种超然性，使它放弃了外在世界的经验，
转向艺术内在媒介与主体自我，以实现对政治革命和资本主义市场的双
重超越。目前先锋派所面临的危机主要来自大众文化所造成的文化精英
的萎缩与困顿。格林伯格的观点受到评论界的热捧。

　　到了 40 年代，菲利浦斯、特里林、格林伯格等人仍意犹未尽地在
《党派评论》上讨论艾略特。通过对艾略特诗歌的不断阐发，表达他们
所向往的杰弗逊式的精英文化诉求。特里林在《所需之要素》(*Elements
That Are Wanted*, 1940) 中探讨艾略特的《基督教社会观念》(*The Idea
of a Christian Society*)，试图以艾略特的"宗教政治"重建左翼。他认为
左翼未能寻找到美好的生活、政治的道德性、人类的精神，因为它过于
专注当下，忽略了对终极意义的叩问。特里林希望从艾略特那里寻找到
解决办法。在特里林看来，艾略特强调建构理想的过程而非理想本身，
从而在诗歌中蓄积了某种社会改革的力量。艾略特以这种方式有意识地
参与了社会改革。对艾略特而言，批评的力量在于文化的精妙阐发，而
非社会的公共宣传。特里林批评左翼生硬地把思想与规则置入复杂的社
会文化之中，使批评搁浅在道德层面上，而艾略特却强化了批评主体的
范畴，值得借鉴。在特里林看来，艾略特所倡导的自由主义反映在诗歌
中就是一种复杂的感觉，即人们在艺术中普遍可以感觉到的一种抽象而
复杂的情感——惊奇、强烈、变化莫测。就此看来，马克思与列宁都犯
了过度倚赖道德的错误。①

　　同一时期，麦克唐纳从电影文化入手，批评大众文化的商业属性。
他在《一种大众文化的理论》(*A Theory of Popular Culture*, 1944) 中指
责好莱坞电影是大众文化的产物，而苏联的所谓社会主义的现实主义电
影不过是斯大林政治的产物。对麦克唐纳而言，大众文化有剧毒，严重

---

① Lionel Trilling, "Elements that Are Wanted", *Partisan Review* 7, No. 5, September – October, 1940, p. 368.

威胁高雅文化。麦克唐纳把资本主义与极权主义进行比对，在他看来资本主义想曲解艺术或许有些困难，但极权主义轻而易举地做到了。他感到极权主义正在美国社会中蔓延，人们却束手无策。像其他纽约文人一样，麦克唐纳认为理想社会的乌托邦价值存在于文学的现代主义而不是大众文化当中。显然，麦克唐纳的思想存在着诸多的二元对立，诸如，高雅与低俗、精英与大众、现代主义与其他流派。他不自觉地把现代主义理想化，又把大众文化妖魔化。

甚至到了 60 年代，特里林还在《信函中的乔伊斯》(*James Joyce in His Letters*, 1968) 一文中剖析《芬尼根守灵夜》所涵纳的"颠覆"价值。他认为小说是对 19 世纪的严肃想象——世界历史形象（黑格尔所表达的世界朝着感性显现的正确轨道运转的想象）——的嘲弄。[1] 在特里林看来，由于乔伊斯本人完全浸透于 19 世纪的价值观念中，使其反抗既冲击了传统社会，也造成自我损毁。特里林认为乔伊斯的反叛与当下反抗自由资本主义之间具有不可通约性，因为 60 年代的激进青年的否定行动来得过于容易，完全没有像乔伊斯那样付出艰辛努力。就此看来，乔伊斯既是自由资本主义的敌人，同时也是它沉重的负担。

不难看出，纽约文人对现代主义文学的兴趣集中于从审美形式方面探究人物的内在品格，即唤起一种前卫的审美体验。在纽约文人看来，现代主义作家所到之处正是道德无法抵达之处，其所叙述的"事实"是理论家所无法言说的，他们不断提醒人们仁慈也许是一种侵害，最高的理想主义也许早已堕落。[2] 一句话，现代主义作家把道德价值彻底变更为问题，读者只需体察其语言与风格，不必看其实际结果。因此，现代主义作家是主导价值的颠覆者，其文学创作的价值在于描绘出主导价值的否定之物。20 世纪上半叶，《党派评论》的编辑们满腔热情地开掘与宣扬现代主义文学，其深刻用意在于抑制美国左翼文化运动中的庸俗化倾向，即剔除苏俄式的文艺观。

战前，纽约文人的上述批评主张捍卫了他们在左翼文化运动中的独

---

① Lionel Trilling, "James Joyce in His Letters", in *The Last Decade*: *Essays and Reviews*, 1965—1975, New York : Harcourt Brace Jovanovich, 1979, p. 33.

② Lionel Trilling, "The America of John Dos Passos", *Partisan Review* 4, No. 5, April 1938, pp. 30 – 31.

立立场，战后他们的批评活动就比较功利了。战后，他们为了巩固自己的学术地位，面对正在兴起的大众文化，常常如专业机构一样行动和讲话，急切地宣称自己的知识权威性，维护正统的专业文化标准，谴责"媚俗劣作"（Kitch）。他们不满意大众轻易就体验到艺术，唯恐会出现知识无用的现象，贬损了知识分子的存在价值。他们坚持艺术的体验必须经过艰苦努力才能获得，竭力谴责大众文化的拍摄和复制，因为这些东西来得过于容易，其目的不过是捍卫他们自己已获得的学术地位。这也是为什么现代主义文学对他们那么重要的原因了。显而易见，纽约文人的精英文化意识正是靠先锋文艺建构的。正因为如此，他们声称知识分子需要不断地推动高雅文艺的形式与需求（一种新的传统）。虽然他们竭力维护自己的文化权威性，但是，60年代等待他们的却是一个去中心的平等话语体系。

我们不难看出，纽约文人长期以《党派评论》为理论平台，试图创建持异见的文学批评，以解决那些长期困扰美国左翼文化阵营的理论问题，但他们没有实现这一初衷。其原因在于作为知识分子的喉舌，杂志的编辑与主要撰稿人均为中产阶级，他们界定不清自己同下层与上层的关系。他们虽然同情工人阶级与普通美国民众，但缺乏深入了解。这样，纽约文人既得不到官方左翼的认同，也逐渐脱离大众。尽管他们为文学的自主性而奋斗，追求超然的文化批评，然而，他们漠视普通美国民众所关心的问题，与60年代的社会变革运动失之交臂。当他们与新左翼、女权运动和黑人运动发生重大分歧时，由于他们早期没有合作与团结的经验可资借鉴，无法应对新形势就不足为奇了。这样，纽约文人与《党派评论》面临着当下西方左翼所遭遇的尴尬问题：知识分子如何在民主政治中履行自己的职责？知识分子在权力壁垒中的价值体现在哪里？为何当政治承载走向简单化之后，独立的知识分子常常导向精英主义？

然而不能否认的是，纽约文人对现代主义文学的推介，在客观上推动了美国文学的国际化进程，既加速了现代主义与马克思主义的结合，也为早期现代主义文学作品的经典化作出了突出贡献。这一点恰好切中了新批评的文学旨趣，这也是二者关系较为密切的原因之一。又因为"纽约文人集群"的批评一定程度上尊重艺术自身的规律，促进了美国本土的文学创作与批评的双向发展，欧洲的萨特、波伏娃、加缪等存在主义大师都是通过他们的译介才为美国人所接受。这种意义上看，他们的批评具有一定的前瞻性，但是，他们缺乏现代主义者本身所具有的颠覆性，因此其批评的思想力度显得不足。另外，他们竭力推崇艾略特、乔伊斯、海明威、马尔罗、叶芝、纪德、托马斯曼、劳伦斯，这些人不过是现代主义文学的一部分，同一时期还有不少其他先锋作家，诸如，迪娜·巴恩斯（Djuna Barnes）、斯特林·布朗（Sterling Brown）、斯泰因 、纳撒内尔·韦斯特（Nathanael West）、路易·朱科夫斯基（Louis Zukofsky）等。这些作家却成了纽约文人的盲区，说明他们未能全方位地把握现代主义文学的发展动向。

三

共同的批评和文化特征，必然建立在相近的政治观上。"纽约文人集群"从 30 年代的左翼文化运动中起家，那时他们以《党派评论》为阵地，自成一个世界，分享小群体的思想。很快他们便与官方左翼决裂，战后逐渐回归自由主义价值体系。其政治属性是先左后右，也从一个侧面反映出美国特色的马克思主义的探索历程。

谈到纽约文人政治立场的移易，人们就会想到"沃尔多夫会议"（Waldorf Conference）。① 1949 年 3 月召开的"沃尔多夫会议"，是纽约文人政治生涯的一道分水岭，他们在此次会议中公开与左翼运动分道扬镳，再次向外界彰显了反斯大林主义的政治立场。"沃尔多夫会议"是在冷战局势剑拔弩张的情况下，两大阵营各怀心事促成的，因此，会议从筹办到召开备受社会各界的关注。"纽约文人集群"认为"沃尔多夫会议"被党派路线干扰了，与会者并不都是真正的知识分子，缺少言论自由的学术氛围，违背知识分子的价值观念。霍克在"沃尔多夫会议"上据理力争，他持守自由主义原则，积极倡导知识分子的职责试图超越

---

① 1949 年 3 月 25 日，"全国艺术、科学及职业协会"（the National Council of the Arts, Sciences and Professions）和"美国知识分子自由协会"（Americans for Intellectual Freedom）就世界和平问题，在纽约召开了"文化与科学研讨会"（the Cultural and Scientific Conference for World Peace）。因为会议在沃尔多夫—阿斯托里亚（Waldorf—Astoria）旅馆召开，故而得名"沃尔多夫会议"。

政治党派。"纽约文人集群"在会议中反击了官方左翼，显示了该群体正在向自由主义体系靠拢。

在冷战的历史非常时期，纽约文人赫然发现自己所反对的西方原来是尊崇知识自由的，诚如菲利浦斯所言："现代历史中的政治对知识分子生活的苛求已经远甚从前。当然，原因是我们知识分子的命运同我们的政治命运捆绑在一起；而且……我们的政治命运已经处在生死攸关之处，现在已是一个非常形势的时代。"① 按照特里林的看法，所谓"自由主义"就是诉诸人类理性的自由发展，允许一切思想观念的自由交锋，相信人类的良知最终会作出正确的抉择，这样一种启蒙传统的深入与继续。对批评家而言，他们的任务就是让世人意识到自由主义充分保证了思想的多样性、可能性。特里林的观点基本上总结了纽约文人的世界观和文学批评原则。

此后，《党派评论》朝着肯定美国文化价值的方向发展，去政治化是其明显的标志之一。也正因为如此，杂志在欧美知识分子中获得很高的声望，成为他们的理论阵地。我们从"纽约文人集群"十年中组织名称的变更也可以看到这一发展轨迹。战前，他们组成了"文化自由委员会"（the Committee for Cultural Freedom）、"文化自由及社会主义团体"（the League for Cultural Freedom and Socialism）；战后，他们组织了"美国知识分子自由协会"（the Americans for Intellectual Freedom）、"美国文化自由委员会"（ the American Committee for Cultural Freedom）。1952 年，《党派评论》召开"我们的国家和我们的文化"研讨会，霍克建议大家进行实用主义的选择，即在危险的制度与可以批评的不太完善的民主制度之间进行选择。显然，他们有意识地归顺美国文化。

促使"纽约文人集群"政治转向还有一些历史原因。他们大都是移民出身，其父辈大都在苏联或欧洲受到过群众运动或纳粹的冲击。作为该群体成员的阿伦特在 1951 年出版的《极权主义的起源》（The Origins of Totalitarianism）一书中，准确地概括出纽约文人对专制极权的愤懑与担忧情绪。阿伦特把反犹主义、帝国主义和种族主义并列为"现代人类的三大羞耻"。作为犹太裔，纽约文人或多或少都深恐美国的反斯大林

---

① 　William Phillips, "The Politics of Desperation", *Partisan Review*, April 1948, p. 449.

运动会演变成群众性盲动，他们在如何抑制斯大林主义而又不丧失激进立场等问题上毅然放弃往昔所选取的社会主义道路。换言之，他们采用实用主义的方式，轻而易举地切入美国社会文化之中，并获得了知识的话语权。更为重要的是，他们坚持把美国文化中的知识分子资源推进到自由多元的层面，逐渐切入主导意识形态。在美国学者尼尔·朱蒙维尔（Neil Jumonville）看来，过着高级报人生活的纽约文人为那些追求学术自由的人们树立了榜样。[①] 事实上，纽约文人忠于自己的知识分子特性强于他们的政治诉求，这一点在"沃尔多夫会议"和对忏悔文学的态度中已经表露无遗。他们并没有把大众文化视为资本主义政治经济问题，而是把它描述成对自由知识分子文化的瓦解，所以，他们不去支持表面上与之达成联盟的劳工阶级，而是与精英文化抱合在一起。他们一以贯之的文化精英主义和非民主地对待大众文化的态度，都表明他们日益增长的保守主义绝非是在五六十年代形成的，早在 30 年代就已经蛰伏了。当年他们表面上容忍大众文化、支持工人运动，但始终处在知识精英的立场上，其内心深处从未认同过大众文化。可以说，自由的保守主义是他们从 30 年代到 80 年代合乎逻辑的发展结果，也是他们的必然归宿。

四

作为一个知识群体，尽管"纽约文人集群"在思想认识和批评风格上有着诸多共同属性，该群体也有较强的内聚力，这并不能说明他们就是铁板一块。事实上，他们是同中有异、合而不同的。早在 30 年代末他们在思想认识上就出现分歧，主要表现为持异议者（Dissenters）和坚守者（Affirmers）两种倾向。战后这两种倾向越发明显，直至发展为对新左翼运动持不同观点。前者以麦克唐纳为核心，带有理想主义色彩，坚持对主流文化和大众文化进行批判；后者以霍克为首，崇尚实用主义，对于永恒的批判持怀疑态度，希望通过认同某种文化，达到重塑世界之目的。

---

① Neil Jumonville, *Critical Crossings: the New York Intellectuals in Postwar American*, Berkeley and Los Angeles: University of California Press, 1991.

50 年代中期，纽约文人内部的分歧越来越大。以豪和科泽为代表的持异议者创办《异议》与坚守派分庭抗争。他们指责《党派评论》和《评论》完全转变成中产阶级立场，欣然投入国家怀抱。豪认为这两份刊物甚至比麦卡锡主义本身更危险，没有必要因为苏联的失误而改变政治诉求。在豪看来，即便顺应时代潮流需要承载社会压力，但也要与主导意识形态保持适度距离，并坚守批判性思考。聚集在《异议》周围的持异议者坚持走第三阵营道路，即一条独立于美苏的路径。坚守派反诘道：第二代移民已经中止文化疏离感，认同所在国的文化和生活方式难道不对吗？

进入新世纪后，在当下美国社会对公共知识分子的呼唤声中，对"纽约文人集群"的再认识就显得尤为重要。纽约文人是 20 世纪美国普遍接受过高等教育的中产阶级读者的最后一个批评家群体，虽然他们不能代表全体知识分子，但是，他们所发挥的作用不容低估。人们对纽约文人的评判应该基于这样的事实——他们是在 30 年代中期受到尊崇的持异见的文化精英，他们自觉守护人类的普适价值，坚持对周围世界的独立而理性的判断，不愿意为某种强权势力所左右，因此，在当今美国批评实践中依然具有现实意义。

综上所述，"纽约文人集群"是从左翼文化运动中脱颖而出，30 年代接受马克思主义，尽管战后他们又选择了自由主义和多元价值观，但是，他们仍不自觉地把马克思主义的综合分析方法运用到美国主流意识形态之中。沿着马克思主义的知识路径，他们经常在文学、哲学、社会学、政治与经济等学科中交流切磋，使他们的批评视野具有综合性。他们反对学术范畴化和专门化，坚持把社会学和历史学的方法融入文学批评之中，甚至当他们都变得相当保守的时候，依然坚持用综合的、跨学科的方法，即一种知识的多样性（通才），打通学科之间的壁垒。作为批评家和评论家，纽约文人把文学刊物与政治刊物作为固定的论坛，强调文学批评的道德诉求，试图在文学与政治之间谋求平衡。为了达到平衡，他们推崇艺术的含混性、复杂性，以此抑制意识形态的干扰。可以说，他们是受到左翼运动浸染的一群批评家、文学家、翻译家、智性的剖析者。

迄今为止，人们也不得不承认，纽约文人的理论与批评著述的数量令人难以置信，远远超出了文学史家所能提供的数据。且看那期间出现的一大批著作：如法雷尔大力倡导文学自主性的《文学批评笔记》；威尔逊的呈现马克思主义批评风格，率先对现代主义文学进行阐发的《阿克瑟尔的城堡》；伯克的从新角度研究马克思主义的《反对声明》（*Counter Statement*，1931）、《文学形式的哲学》（*Philosophy of Literary Form*，1941）；霍克的《走向对马克思主义的理解》（*Toward an Understanding of Karl Marx*，1933）、《从黑格尔到马克思》（*From Hegel to Marx*，1936）、《我为何是一位共产主义者：共产主义没有教条》（*Why I am a Communist：Communism without Dogmas*，1934）；特里林的《马修·阿诺尔德》（*Matthew Arnold*，1936）；詹姆斯·伯纳姆（James Burnham）的在美国文化背景下阐发马克思主义的《捍卫马克思主义》（*In Defense of Marxism*，1941）；弗朗西斯·马西森（Francis O. Matthiessen）的《美国之复兴》（*American Renaissance*，1941）；卡津的《扎根本土》等。这些著作构成了一个文学批评体系，不仅为重新审视与评价马克思主义奠定坚实的理论基础，而且是那个时代任何知识群体所无法企及的，至今仍然令后人望而生畏。

第三章 美国左翼文学思潮的多元发展

左翼文化运动强烈的政治文化诉求必然导向对文学创作方法、文学表达形式的更新，驱使左翼诗歌与现代主义诗歌交互作用。美国特定的国情又决定了其任何社会改革举措都将触及种族问题，所以，左翼文化运动必然会涉及黑人问题。这样一来，黑人左翼文学的消长也成为整个左翼文化运动的一项重要内容。故而，左翼诗歌与现代主义诗歌的交互作用、黑人左翼文学的发展就成为考量美国左翼文学思潮多元发展的两个重要维度。

第一节 左翼诗歌与现代主义诗歌的交互影响

美国的无产阶级诗歌产生于 20 世纪初，最早由产业工人和激进知识分子所创作，反抗压迫，渴望社会平等是其主题。他们的诗歌创作受到惠特曼的强烈影响，带有浓郁的浪漫主义抒情特征。与此同时，现代主义诗人也不失时机地关注工人和利用阶级的"他异性"进行文学实验。30 年代，在美国激进知识分子的推动下，现代主义诗风在左翼文化运动中蔚然成风。概而言之，美国左翼诗歌从源头上受到现代主义的影响，二者交汇作用、相得益彰，共同促进了 20 世纪后半叶美国诗歌的发展。

一

诞生于 20 世纪初的美国左翼诗歌，反抗资本主义的剥削与压迫，抒发无产阶级情感是其主导倾向。其鲜明的政治倾向性与正在发展中的现代主义诗歌大异其趣。1919 年在美国共产党创建时期，一些来自工业生产第一线的工人开始登上诗坛，如，拉尔夫·查普林（Ralph Chap-

lin）、阿图罗·乔范尼蒂（Arturo Giovannitti）、乔·希尔（Joe Hill）等，
这些人是美国最早的无产阶级诗人。他们广泛采用民谣、工人歌谣的艺
术表现手法，抒发劳工大众的情感。产业工人的诗歌受到美国左翼文化
领导者的赞赏。自 1925 年起，美共先后组织出版了三部诗集——曼纽
尔·戈梅斯（Manuel Gomez）主编的《献给工人之歌》(1925)、托马
斯·克拉克（Thomas C. Clark）编辑的诗集《正义之歌》(1929)、马库
斯·格雷厄姆（Marcus Graham）以 Shmuel Marcus 的笔名编辑的《革命
诗歌选集》(1929)。这三部诗集不仅保留了工人阶级诗歌的原貌，而且
具有浓郁的浪漫主义和超验主义的风格特征，其中的《献给工人之歌》
尤为突出。

戈梅斯以英国宪章运动首领欧内斯特·琼斯（Ernest Jones）的一首
《阶级之歌》(*The Song of the Classes*) 开启诗集。琼斯写道：

我们耕种——我们这么、这么低下，
我们在肮脏的泥土中挖掘，
直到我们祝福平原——以金色的谷物，
祝福溪谷，以芬芳的干草。

我们清楚自己的地位——我们这么低下。
低到在地主的脚下：
我们也不太低下——出产面包，
而吃面包才过于低下。①

琼斯的诗句既鼓舞了工人阶级的斗志，也展现出工人阶级语言的力
量。戈梅斯又以惠特曼的"开放的大路上"的无等级的民主诗风，热
情讴歌工人阶级的力量，彰显工人阶级的勃勃生机。戈梅斯收录的诗歌
具有鲜明的反智性的率真，关注社会的经济压迫、社会的统治特征，号
召受压迫者和工人阶级团结起来，为改变现实而斗争。可以说，《献给
工人之歌》倡导了一种传统而明快的诗歌形式，拒斥现代主义的片断

---

① Manuel Gomez, ed., *Poems for Workers*, Chicago: Daily Worker Publishing, 1925, p. 7.

化、非连续性、广博引喻、奇特用语、陌生化等技巧。S. 基特泽斯
(S. Max Kitzes) 的《清醒与行动》、约翰·奈哈特（John G. Neihardt）
的《工人的呐喊》、昂特迈耶的《煤矿中的卡利班》(*Caliban in the Coal
Mines*)①、弗里曼的《奴隶》(*Slaves*) 等，都体现了这种简约诗风。

在《清醒与行动》(*Clarity and Action*) 中，诗人以朴素的语言和铿
锵有力的节奏，喷射出青年工人敢于消除一切人间不平现象的豪情壮
志，呈现出早期工人诗歌的特点：

> 用教育扫清你们的道路；
> 与黑暗斗争：无所畏惧。
> 消灭一切仇恨与迷信；
> 用希望与欢呼迎接黎明。
> 黎明是红色的，我们的旗帜也是。
>
> 起来吧，年轻的工人：主力军！
> 不问等级！联合你们的势力！
> 加强你们的力量，走出富豪策划的困境。②

《工人的呐喊》(*Cry of the Workers*) 同样抒发了工人阶级气吞山河的
豪迈气概：

> 在你们的奴隶面前颤抖吧，
> 策划阴谋的老爷们！
> 我们在全世界战斗，
> 拥有君王的力量！
> 在先哲圣人的指引下，
> 世界的心脏随着战鼓跳动，
> 打碎几百年的锁链，

---

① 卡利班（Caliban），莎士比亚戏剧《暴风雨》中的半人半兽的仆人，比喻邪恶之人。
② *Young Worker*, May 1922, p. 14.

我们冲出黑夜！①

上述工人诗歌立志高远，以拯救社会为己任，并带有鲜明的政治意图，矛头指向资本主义制度。这样一来，在美共的引领下，工人诗歌从思想与艺术两方面大致规定了左翼诗歌的基本范式。

虽然产业工人的诗歌作品与无产阶级生活有直接联系，并且意义重大，但这并不能说明其艺术上的意义就重大。因为产业工人尚未把诗歌视为一门有其自身规律的艺术，只把它当作一种控诉不公平命运和表达革命情绪的方式。因此，产业工人诗歌亟须艺术上的提升。同一时期，美国激进知识分子也及时介入产业工人的诗歌创作活动，他们凭借文化上的优势，从思想与艺术两方面推动了工人诗歌创作与社会文化的发展建立深刻而有机的联系。最终产业工人诗人与激进知识分子互补结合，成为美国左翼诗歌创作的两支重要力量。

从文化源头上看，产业工人诗歌和激进知识分子诗歌都受到美国本土的浪漫主义诗歌传统的影响，因为自 19 世纪末起，在英国浪漫主义诗风的影响下，一种重乡村自然、讴歌劳工大众的诗歌在美国文坛上盛行一时。我们从惠特曼的涵盖大量"下里巴人"内容的诗句中可以感受到这一影响。甚至连当时最擅长描写都市生活的斯蒂芬·克莱门恩（Stephen Crane）也把文学的触角伸向了劳动、工人和阶级的社会。美国诗人韦切尔·林赛（Vachel Lindsay）自 1913 年起，率先创作了吟咏家乡工业城市斯普林菲尔德的颂诗。此后，罗伯特·弗罗斯特（Robert Frost）发表《波士顿的北方》（*North of Boston*，1914）；桑德堡推出吟咏芝加哥生猪屠宰的《芝加哥诗歌》（*Chicago Poems*，1915）；安德森也写出了讴歌劳工的《美国中部颂诗》（*Mid—American Chants*，1918）。这些激进知识分子均把目光投向工厂或工业化的城镇，创作了许多带有浓郁浪漫主义风格的诗作，在艺术上丰富了工人诗歌。

二

1929 年的经济大萧条加速了产业工人诗歌与激进知识分子诗歌互

---

① *Young Worker*, Aug. – Sept., 1922, p. 8.

渗会合的进程，在 30 年代发展为无产阶级诗歌，即一种最充分、最典型的左翼诗歌。1931 年，倡导工人诗歌的杂志《反叛诗人》创刊。著名诗人本·哈格伦德（Ben Hagglund）在杂志中大力倡导自由体诗歌，使工人诗风盛行一时。无产阶级诗人杰克·康洛伊（Jack Conroy）也在《铁砧》上大力倡导，使工人诗风广泛地扩展到乡村。振聋发聩的工人诗歌使激进知识分子纷纷放弃或抑制对现代主义诗歌的兴趣，欣然投身于无产阶级文艺运动。

受此影响，共产党诗人唐·韦斯特（Don West）着力挖掘家乡阿巴拉契亚地区的民俗文化，以方言土语的形式，创作了大量充满泥土芳香的诗歌。这些诗歌既是对商业化的大众文化的抑制，也是对草根民主思想的弘扬。众所周知，阿巴拉契亚地区是美国历史上唯一未遭受过奴隶制染污的地区，她养育了韦斯特的社会福音情怀，让他终生从事农业劳作。韦斯特 1925—1931 年间先后就读于林肯纪念大学和范德比尔大学，受到阿尔瓦·退特（Alva Taylor）的社会福音思想的影响，他接受了社会主义学说，并加入共产党。他擅长以民歌抗争资本主义，这也是 30 年代左翼文化的普遍诉求，即以民间文化对抗精英主义和商业主义，为无产阶级文艺寻找栖身之所。韦斯特坚持以民歌的质相与粗犷形式抑制现代主义的非理性诉求，他在《给诗人的建议》（Advice to the Would - be Poet）中说："如果有话要讲，那就简洁明了，词语意味着通透，不要再把它遮蔽。"[1] 这句话几乎成了诗人创作的法则。

诗人在《乡巴佬》（Clodhopper，1933）中写道："乡巴佬的世界团结！除了你们的乡巴佬，你们什么都没有失去。"[2] 他歌颂那些热爱自由的美国劳动人民——黑人与白人、佐治亚的开垦者；他抒写南方劳动人民的粗手、大脚和坚实的身躯：

　　听……！我是一个鼓动者——

---

① Don West, *In A Land of Plenty*: *A Don West Reader*, Los Angeles: West End Press, 1982, p. 3.

② Don West, Clods of Southern Earth, New York: Boni and Gaer, 1946, p. 45.

> 他们称我"赤色",
> 血的颜色,
> 还是——"布尔什维克"。
>
> 我冲一个被淹没的南方歌唱,
> 而她回应着。
> 苦难的呜咽,
> 她在颤动,
> 愤怒就在她的唇边。
>
> 我在诉说!——听!
> 我,诗人
> 总归是劳动者,
> 山民
> 鼓动者![①]

韦斯特的诗歌主要讴歌南方贫苦的农民,他在《民歌手》(*Ballad Singer*) 中吟咏道:

> 他吟唱自己的生存之歌,
> 坚硬土壤中赋予玉米,
> 那些男男女女赋予生活,
> 以诚实的辛劳。[②]

另外,韦斯特非常关注黑人命运,经常在诗歌中抒发对种族歧视的愤慨。哈蒂·卡洛尔是一家旅馆的黑人女佣,被一个有钱的客人活活打死,诗人愤怒地写下《给哈蒂·卡洛尔之歌》(*Ballad for Hattie Carroll*):

---

① Don West, *Clods of Southern Earth*, New York: *Boni and Gaer*, 1946, p. 24.
② Ibid., p. 136.

　　　所有穷人和诚实的人们都来，

　　　你们这些人愿意弄清楚，

　　　倾听一个悲惨、悲惨的故事，

　　　在这个混乱的世界上发生的事情。①

　　可以看出，韦斯特的诗歌创作受到休斯的影响，但是，他批评休斯诗歌中的 cracker、poor white trash，提倡穷苦白人与黑人团结合作。他主张以劳动和经济界定白人与黑人，渴望在阶级斗争中实现白人与黑人的联合。

　　30 年代，韦斯特经常在《新群众》、《工人日报》上发表诗作。他以饱满的精神面貌，抒发阿巴拉契亚的劳动人民感情，把阶级意识、激进政治和民间文化融为一体，颇能反映民众的草根情绪。正因为如此，他的诗歌被高尔德和弗里曼收录在《美国无产阶级文学》中。更为重要的是，韦斯特坚持用民歌与传统文化变革资本主义的主流文化，从而蕴涵了 60 年代的新激进主义主题。

　　同一时期，埃德温·罗尔夫（Edwin Rolfe）和马克斯韦尔·博登海姆（Maxwell Bodenheim）从不同侧面弘扬了无产阶级诗风。罗尔夫参加过西班牙内战，被加缪誉为战士诗人。虽然罗尔夫推崇艾略特的诗歌力学（verse - mechanics），但是他更多地还是从惠特曼、爱默生和朗费罗等人的诗歌中汲取力量，在 30 年代创作了许多简明晓畅的无产阶级诗歌。他在《新群众》上发表的《革命的人》(*The Men Are Revolution*，1934），集中体现了无产阶级诗歌特点。诗人写道：

　　　来吧兄弟，来吧工人，来吧矿工，来吧朋友——

　　　我们出发！我们要战斗到最后。

　　　没有什么能阻挡我们，大炮不能，牢狱也不能。

　　　嚣张的老板不能，他们的工头和枪手也不能。

---

　　① Don West, *O Mountaineers! A Collection of Poems*, Huntington：Appalachian Movement Press, 1974, p. 35.

　　有一天我们回到书本，

　　回到我们的爱人和朋友，新的亲朋至爱，

　　回到我们的工具，我们的机床，拖拉机和耕犁，

　　那时战斗已经过去——但当前正在战斗！①

　　马克斯韦尔·博登海姆（Maxwell Bodenheim）背叛了自己的阶级，投身无产阶级文艺运动，创作了许多献给劳动阶级姑娘的颂诗。他的《致无产阶级姑娘》(*To A Revolutionary Girl*, 1934)，抒发了诗人浓郁的无产阶级浪漫激情，反映出知识分子价值取向的转变。

　　诗人吟咏道：

　　我们不喜欢罗曼司

　　此时此刻——对我们

　　它在垃圾桶上散发着

　　带花的荧光，甜言蜜语，

　　为每一个骨架

　　带来空虚，而不是肉体。②

诗行中流淌着诗人对无产阶级姑娘的真挚情感，读来令人感动。

　　可以看出，20 世纪初的产业工人诗歌带有强烈的政治反叛色彩，追求没有压迫的乌托邦理想，洋溢着浪漫主义激情，与当时激进知识分子的文化反叛会合在一起，形成美国左翼诗歌的雏形，即艺术上的浪漫主义风格，思想上的革命特征。毋庸讳言，早期左翼诗歌一味强调政治反叛，并不注重形式上的革新，依然停留在直抒胸臆的层面上，与现代主义诗歌开掘深层意识、注重形式创新大相径庭。这一策略使左翼诗歌构建起自己的范式特征。然而，左翼诗歌并不限于形式的浪漫主义，其内容上的激进性和批判性必然驱使它进行形式上的实验和探索。

---

　　① Joseph North, ed., *New Masses: An Anthology of the Rebel Thirties*, New York: International Publisher Co., Inc., 1969, p. 52.

　　② Ibid., pp. 40 – 41.

三

到了 30 年代，美国左翼文化运动发展出政治反叛与文化反叛合流并举的趋势，这就为左翼诗歌吸纳现代主义技法创设了必要的前提条件。所以，在无产阶级文艺发展至鼎盛之时，左翼诗人对现代主义由早期的排斥变为吸纳、兼容，乃至形成了一种"红色现代主义"方兴未艾的局面。除了来自左翼文化阵营的美学创新之外，与此前的现代主义诗人的革新举措也有一定的联系。

20 世纪初，在产业工人跻身文坛之际，现代主义者也试图通过诗歌、小说的创作贯通与劳动阶级的内在联系，充分实践其先锋美学原则。现代主义诗人庞德、艾略特、葛楚德·斯泰因（Gertrude Stein）、威廉·威廉斯（William C. Williams）都进行过这方面的尝试。他们试图深入工人生活中间，探究工人对机械的感受，以挖掘劳动生产中所蕴藏的先锋美学元素，从形式方面进行波德莱尔式的转换、交感和象征的实验。他们采用工人的语言——流动的词汇、不规范的句法；通过民粹主义的策略——暴露贫困、称颂劳动者的健壮体魄，进行文学形式的创新。人们很容易联想到，同一时期的《群众》与《解放者》等左翼杂志不断刊登各种现代主义诗歌，推波助澜。虽然这些作品同共产党的要求相距甚远，但其内在的反叛精神却是一致的。

那时，伊斯特曼主编的《群众》对各种激进、各种反叛持海纳百川的包容态度，从而把社会上的各种激进政治、艺术创新和人生实验归拢在一起。1925 年，吉纳维芙·塔格德（Genevieve Taggard）从《群众》和《解放者》刊登的诗歌中选编了《五一诗选》（*May Day*：*An Anthology of Verse*）。她在前言中指出："《群众》和《解放者》的精神已经逝去——并不是大部分死了，而是离散与分流了。到大战为止，杂志就像一种自我传播花粉的树木，从同一枝条中生长出社会热情与创造之美。现在正在修剪和嫁接，结果我们就有了两棵树，但空气炎热，没有了异花传粉。为《群众》所吸引的那些艺术家们已经走上了一条道路；而那些革命者则走上另外一条路。两个派别之间互相敌视与猜忌，他们都认为自己是独一无二的，并且尽全力坚持下去。"① 塔格德的话形象生动地概括了早期左翼诗歌兼收并包的特征。也正是这种兼容并包，从一开始就勾勒出美国左翼诗歌的基调——政治与美学的双重激进。也就是说，早期左翼诗歌与现代主义诗歌的大异其趣，不过是为下个时期的广泛融合奠定必要的基础。

经济大萧条加速了左翼诗人把无产阶级理想与浪漫主义、现代主义结合的进程，它们相融互补，呈现出政治反叛与美学反叛合流并重的局面。那时许多激进知识分子积极借鉴现代主义艺术手法，抒发无产阶级的豪情壮志，拓展了左翼诗歌的艺术表现空间。这一点在赫尔曼·斯佩克特（Herman Spector）的诗歌中表现得尤为明显。

斯佩克特 1905 年出生在纽约，父亲开办了一家皮带加工厂，但他同家庭脱离了联系，沦为无产者。20 年代末，斯佩克特在左翼文化运动中崭露头角，经常在《新群众》上发表诗作。左翼诗人哈里·罗斯科伦科（Harry Roskolenko）最先发现了斯佩克特的诗歌中的庞德风韵。1928 年，斯佩克特出任《新群众》的特约编辑，并加入约翰·里德俱乐部。50 年代，斯佩克特把自己的手稿结集为《叫我猪排》出版，诗集蕴涵着"垮掉的一代"的风格，与杰克·克如亚克（Jack Kerouac）极为相似。到 1959 年斯佩克特去世为止，他表面上疏远政治，实则同情左翼和共产党。

斯佩克特刊登在《新群众》上的《纽约之夜》（*Night in New York*，1928），从不同角度回应了艾略特的诗歌。艾略特的《荒原》写伦敦，斯佩克特则写纽约，抒发对阶级压迫的愤怒。诗人在阶级关系与社会解决方案之间游移不定，严格意义上讲它算不上无产阶级诗歌。诗人写道：

> 这座城市乱七八糟；
> 混杂着石头和钢铁，
> 无政府的资本主义的滋生。

① Genevieve Taggard, *May Day: An Anthology of Verse*, New York: Boni and Liveright, 1925, p. 13.

现在是夜晚

广场上的时钟指出了时间：

九点。

色情表演，

在街面上喷发

来自污秽的商业之血……

剧烈烧燃的淫荡。

这座城市嘎嘎地大笑。

电车……咔嗒咔嗒地响着，来来往往来回咔嗒响。

出租车悄然地驶过。

光亮雅致的豪华轿车嘟嘟的喇叭声冷笑。

一个警察吹响了刺耳的警哨……

整日在商场里，我的背疼痛，

我的双脚沉重如铅。

我的肚子咕咕噜噜……

我打嗝。①

　　这些干而硬的诗句，借助于意象的叠加与并置，近似于绘画，斯佩克特把读者视为诠释的主体而非倾诉的对象。

　　斯佩克特的《荒凉小屋里的夜莺》(*Night Owl in A Decayed House*，1933) 也很有代表性，诗人写道：

有雪还有些霜，但

外面是白色的大街和寒风。

时钟无力地停了两三次。

---

　　① Bud Johns and Judith Clancy, *Bastard in the Ragged Suit*：*Writings of, with Drawings by Herman Spector*, San Francisco: Synergistic Press, 1977, pp. 33 – 34.

而那个老人的鼾声反复不断

在天花板和楼梯脚下的地板之间

我停下来,

又想到自杀。

衰弱的孤独触摸着死亡的结局,

各种生命在思虑中变得无能。

此时此刻时钟滴滴答

电话一声不响,充满希望

门轻轻地虚掩着。

明天一定使我烦恼。

明天会有人醒着

在房子里咳嗽;

监视我,怀疑。

在我被麻风病人嫉妒的凝视吞噬之前

我会结束我自己。

门随着盗贼的咯吱声打开。

这幢房子因邪恶而衰败

因怀疑而焦虑,

恐惧

风声嗡嗡,一阵又一阵,在外面呼啸。

老人的鼾声是一种剧烈的抱怨。

死亡时刻。①

这里的荒凉"小屋"类似于艾略特对资本主义世界的否定象征——"荒原",它不是由"奸商"主宰,而是由"老人"操纵;"夜莺"是诗人自我的化身。斯佩克特把自我与政治契合为一体,赋予"小屋"以社会结构的象征性。

斯佩克特诗歌的魅力在于,摆脱了左翼诗歌惯用的以工人阶级视野

---

① Bud Johns and Judith Clancy, *Bastard in the Ragged Suit*: *Writings of*, *with Drawings by Herman Spector*, San Francisco: Synergistic Press, 1977, p. 21.

抒发失业者和流浪汉情感的俗套，成功地借鉴了现代主义手法，渲染出都市底层人民的情感。他的成功显示了左翼诗歌与现代主义在相融互补方面存在巨大空间。许多研究者认为，斯佩克特的诗歌创作体现了现代主义与马克思主义的融合，其丰富性远非"现代主义为革命服务"所能涵盖的。美国学者哈罗德·布鲁姆（Harold Bloom）指出，斯佩克特有杰出的潜意识客观化的能力，其诗歌消除了艾略特的个人空间。① 正是由于斯佩克特诗歌的丰富性、复杂性，才成为布鲁姆阐发"影响焦虑"的经典个案。

"红色现代主义"诗歌并非都像斯佩克特那样冷峻苍凉，所罗门·福纳洛夫（Solomon Funaroff）就以乐观的革命姿态回应了艾略特的《荒原》。福纳洛夫把《荒原》中的"雷霆的话"转换成俄国工人阶级的怒吼。在福纳洛夫这里，客观对应就是以日常话语入诗，把都市场景变成摩天大楼、高架桥和飞机场之类。更为重要的是，福纳洛夫反对艾略特的宗教救赎观，在他看来，艾略特皈依宗教恰恰成了他自己所批评的"空心人"。

诗人在《诸神的黄昏》（*Dusk of the Gods*）中写道：

像恋人的双手引起欲望
从他爱人的身体之中，
我也用丰满的手指，
如黄昏的光线漫柔地，
抚摸一个城市，
直到从钢和石头中迸发出电花……
我的双手像铁锤，
我的嘴像铁，
我碾碎山峦，
我消除恐惧，

① Harold Bloom, *The Anxiety of Influence: A Theory of Poetry*, New York: Oxford University Press, 1973.

吞噬黑暗。①

通过浪漫的爱情隐喻和沉浸于自然的形式使现代都市获得复苏，这也是福纳洛夫诗歌的一大特点。他采用相互参照、疾速发展、意象转换等方法，不仅使诗歌的主题具体化，而且营造出美感且富于历史的哲学联想，形成一种辩证的意象。

福纳洛夫 1911 年出生在叙利亚的一个贫苦俄裔移民家庭，中学时代迷恋意大利诗人阿波利奈尔（Guillaume Apollinaire）的诗歌。30 年代，福纳洛夫创办《发电机》(Dynamo) 杂志，在左翼文化阵营中倡导现代主义文学，他认为："我们相信新一代美国诗人正准备发起一场新的'复兴'，即以诗歌之凝练形象和节奏来表达我们周围喧嚣时代的更为深沉的社会与阶级之内涵。"② 这样的办刊宗旨，使《发电机》成为那些追随政治革命与艺术创新的文学青年的杂志。当时福纳洛夫不仅自己办刊，还先后出任《新群众》、《党派评论》和《新戏剧杂志》(New Theatre Magazine) 等杂志的编辑。他先后出版诗集：《我们在蓄积力量》(We Gather Strength，1933)、《蜘蛛与时钟》(The Spider and the Clock，1938)、《从未来时间中放逐：福纳洛夫身后之诗》(Exile from A Future Time: Posthumous Poems of Solfunaraff，1943) 等，在左翼诗坛中享有盛誉。

福纳洛夫出版诗集《我们在蓄积力量》时，年仅 21 岁，高尔德称赞他把抽象的声明和个人情感奇妙地融为一体，是折中的、派生的、爵士与革命的奇妙结合。费林说福纳洛夫的《蜘蛛与时钟》仅标题就显示出智慧与乐观。福纳洛夫擅长从受压迫的生活经验中撷取原生态素材，然后提升为浪漫主义意象，并辅之以乌托邦的未来。这一特点在《凌晨两点被解雇》(Unemployed: 2A. M.) 诗集中最为突出：

城市堆积在坟墓上——
涂了油，

---

① Sololl on Funaroff, *Unemployed*: 2A. M., *Social Poetry of the 1930s*, p. 59.
② Dynamol, No. 2, March – April 1934, p. 21.

有彩带中弯弯曲曲，

包着地铁的钢轨。

随着他在棺材里漫游，

他的生命朝着他的目的溃散

在微粒中。①

福纳洛夫在诗歌中把曼哈顿描绘为具有及特征的坟墓，凸显"地铁是滚动的棺材"。不仅如此，福纳洛夫还热衷于黑人文化历史，大量借鉴黑人民歌的艺术表现手法，常常是梦幻般的书写突然转向"草叶般的人民"，聚集成一支"军队"，摧毁野兽，带给读者神奇的力量。显然，回应艾略特只是福纳洛夫诗歌创作的一部分，他的大部分诗作则采用麦克白式的独白言说，渲染了诗人的梦幻般的预言，完全不同于艾略特式的言说方式。

威廉·菲利浦斯（William Phillips）在《感觉与现代诗歌（Three Radival English Paets）》一文中，精辟地分析了左翼诗歌与现代主义的相融关系。他指出，表面上看现代主义诗歌似乎远离了革命，但它的语言节奏已经打动了美国青年诗人。在菲利浦斯看来，虽然斯佩克特和福纳洛夫的激进诗歌遮蔽了日常生活、惯用习语，以及无产阶级的集体浪漫，但是，他们的感觉已经升华为人性的、复杂细腻的情感，是对一览无余的工人诗歌的超越。② 他们把"机械感觉"与革命视野融合在一起，在客观化与肉感的无产阶级斗争之间保持平衡，极具震撼力。菲利浦斯还认为，韦斯特的"肤浅的个人抒情"，不仅没有深入感觉的纵深处，也缺少"选择的感觉"，而这些都为现代主义诗歌所弥补。③

对于上述问题，福纳洛夫写了《客观如何成为客观主义》一文详加剖析。他通过分析卡尔·拉科西（Carl Rakosi）、乔治·奥本（George Oppen）、路易斯·朱科夫斯基（Louis Zukofsky）等人的诗歌，指出象征主义者正确地回避了感伤，却误把客观化与情感抒发等同起来，从而

---

① Sol Funaroff, *Unemployed*: 2A. M., *Social Poetry of the 1930s*, Salzman, Jacked. , New York: Lenox Hill Rublishing, 1979, p. 51.

② Wallace Phelps, "Sensibility and Modern Poetry", *Dynamo* 1, 3, Summer 1934, p. 25.

③ Dynamo 1, No. 3（Summer 1934）, pp. 0 – 25.

无法组织或协调社会语境中的经验。他认为，诗人应该从孤立事件中脱身，投身到创造新价值和新世界的活动中，把现实主义与现代主义水乳交融地结合为一体。①

大萧条时期，斯佩克特、福纳洛夫、费林、阿尔弗雷德·海斯（Alfred Hayes）、兰斯顿·休斯（Langston Hughes）等左翼诗人都推崇艾略特与庞德的诗作，用怪异的短语和片语节奏，抽取工人的经验感受，渲染革命的前景、抽象的直觉，取得了一定的成就。他们的美学追求表明了左翼诗歌对现代主义的接纳与吸收的能动性。遗憾的是，作为接纳与吸收现代主义成果的"红色现代主义"受到外在因素干扰：诸如福纳洛夫的早逝、斯佩克特的艺术转向、费林转向惊险小说创作等，未能得到充分的发展。

四

20 世纪 30 年代，众多的左翼知识分子、激进学生、工农大众无不受到极富魅力的马克思主义学说的激励，他们用诗歌直抒胸臆。左翼诗歌乘无产阶级文艺运动之势迅猛发展，并与大萧条时期的反失业、反饥饿运动相会合。它一方面受到共产主义思想的浸染；另一方面现代主义也激发和磨砺了左翼诗人的自我意识和表现技巧，使它在现实的政治诉求与艺术形式之间不断磨合与调整。左翼诗人不仅抒发为共产主义事业献身的豪情壮志，也在艺术形式上不断探索，乃至形成了一种"红色现代主义"诗歌。

左翼诗人对现代主义的双重姿态，主要是由其所承载的时代任务所决定的。当时左翼诗人承载着三大任务：一是追寻社会主义的政治乌托邦；二是寻找新信仰的哲学思想；三是寻求表达时代新感受的文学方式和语言。事实上，这三项任务的实现需要政治反叛与文化反叛的结合，并推进到美学反叛，三者是一体的。也正是由于左翼诗人所承载的特殊历史使命，迫使他们吸纳现代主义手法。即便是无产阶级文艺的坚定倡导者高尔德，他对现代主义文学也无法做到完全排斥与拒绝。他与苏联

---

① Charles H. Newman, "How Objective is Objectivism", *Dynamo* 1, No. 3, Summer 1934, pp. 26 – 29.

诗人马雅可夫斯基的相交相知，对"垮掉的一代"的赞赏颇能说明这一点。而且，美国无产阶级文艺的发展必然是马克思主义美国化，诗人、艺术家必须拥有充分的创作自由，可以充分进行形式上的探索。左翼诗人相信文学的精神力量在于把创作视为一种精神创举，诗人是社会变革的先行者、"世俗的牧师"。正因为如此，虽然现代主义文学在30年代的反法西斯主义氛围中显得有些不协调，但是，艾略特的诗歌还是源源不断地刊发在左翼文学刊物中。艾略特的精英诉求和神秘主义倾向，使其诗歌的内容与形式蕴涵了深厚的小说技法，令担负着社会变革重任的左翼诗人耳目一新，备受推崇。海斯在《工人日报》上撰文，提倡无产阶级诗人应当学习艾略特，因为他的诗歌具有戏剧般的力量、散文般的措辞，使生活更加生动和具体。弗里曼提倡以现代主义诗歌教化大众，并在工人集会中朗诵庞德与艾略特的诗作。他认为这样可以抑制左翼文学创作的简单化倾向，以及匡正教条主义的批评之风。

30年代中期，随着"红色现代主义"诗歌的发展，《新群众》编辑部也就浪漫主义、共产主义和现代主义三种诗风的演变发展进行讨论。埃德温·伯古姆（Edwin Burgum）在《三位英国激进诗人》（Three Radical English Poets）一文中，运用托洛茨基的观点阐发了浪漫主义与现代主义的互动关系。[1] 托洛茨基在《文学与革命》中指出，在意大利未来主义与法西斯主义合流，而在苏联则成为无产阶级革命文学的组成部分，这说明资产阶级浪漫的革命依赖于具体的历史环境。[2] 伯古姆看到许多左翼诗人都不乏浪漫主义情怀，即一种前工业时代的乌托邦情怀。他认为，左翼诗歌是在制高点上回归浪漫主义，展现革命的扩张情绪。这就意味着，革命浪漫主义已经成为左翼文化运动中的一项重要内容，甚至可以发展出普适关怀和人性复苏。因此，伯古姆认为有必要保留前资本主义的社会要素，不能简单地与传统一刀两断。

同一时期，卢卡契和布莱希特也就现代主义的形式用途，以及现代主义是对资本主义社会的复制还是超越等问题展开讨论。在布莱希特看来，现代主义是一种实验艺术，虽然它表面上摆脱了特定的政治内容，

---

① Edwin Burgum, Three Radical English Poets, New Masses (3 July 1934), pp. 33—36.
② ［苏］托洛茨基：《文学与革命》，刘文飞等译，外国文学出版社1992年版，第111页。

但其形式本身就潜含着革命因素。他指出，现代主义作家与无产阶级作家处于同时代，面临共同的社会问题，因此有相通之处，可以互相借鉴。卢卡契也在《国际文学》中撰文指出，局部看现代主义虽然提升了主体意识，反映了社会中人的物化境遇，但是，它无力把握人与现实之间的本质联系，更不能揭示物化现实的历史根源。① 这些马克思主义批评大家的讨论，从理论上深化了左翼诗歌与现代主义的借鉴问题。毋庸讳言，现代主义文学从语言刷新、形式创新、深奥的内容等方面，把左翼诗歌提升到较高的艺术层面，二者的相融关系越发明显。

综合起来看，左翼诗歌是从产业工人诗歌和激进知识分子诗歌的基础上发展而来，一方面汲取惠特曼和爱默生的民主思想精华；另一方面又受到现代主义的美学创新的强烈影响，从更高层面上回归浪漫主义传统。同时期的现代主义诗人也急欲从工人的日常工作经验中寻求美学突破，二者互相借鉴、交互作用、相得益彰。这样就赋予了左翼诗歌政治与美学的双重前卫性。洛温费尔斯、阿伦·克雷默（Aaron Kramer）、托马斯·麦格拉恩（Thomas McGrath）、鲁凯泽、休斯的诗歌创作莫不如此。正是由于双重的前卫性，才使上述左翼诗人葆有持久的艺术生命力，即便在 50 年代其左翼传统一度中断的情况下，其诗风也能传承至 60 年代的新左翼运动之中。

第二节　　美国黑人左翼文学的消长

20 世纪 30 年代，美国黑人左翼文学在哈莱姆文艺复兴和左翼文化运动的交互影响、双重挤压下迅速发展起来。这两场运动犹如它的两翼：前者使其焕发出前所未有的民族活力；后者极大地拓展了黑人作家的视野，增强了他们的阶级意识。美国特定的国情决定其任何社会改革举措都将触及种族问题，自然，黑人左翼文学的消长也就成为我们聚焦美国左翼文化运动的一项重要参数。黑人左翼文学消长的历史启示主要体现在两点：一是从其产生的历史机缘上看，它提供了马克思主义阶级斗争理论与美国社会实践相结合的成功范例，即黑人正确运用先进理

---

① ［匈］卢卡契：《卢卡契文学论文集》第 2 卷，中国社会科学出版社 1981 年版，第 17—18 页。

论，消除种族情绪的干扰，把反种族主义引向国际无产阶级革命的方向，集中体现了黑人独特的马克思主义探索；二是从思想内容上看，它从始至终饱蘸着强烈的反抗精神和理想主义诉求，既声讨种族主义制度，又反思左翼阵营内部的族裔问题，甚至把黑人的生存问题普适化，上升到人类命运的高度加以体察，初步具备了与世界文学对话的机制。这样看来，一些美国黑人左翼文学的佳作已经超越了种族与阶级的局限性，从而具有了文学的经典特质，在当今的全球化语境中仍然具有启示弱小民族求生存、求发展的现实意义。

一

20 世纪 20 年代末，黑人左翼作家开始跻身美国文坛，显示了黑人左翼文学力量不容小觑。从历史上看，黑人左翼作家是美国城市化进程的产物之一。在第一次世界大战期间美国黑人开始大规模向城市迁徙，他们摆脱了南方的传统农业经济生活方式，开始城市化生活，被史学家称为黑人的"第二次解放"。① 黑人的城市化进程加速了黑人文化意识和民族意识的觉醒，黑人不断以崭新的精神面貌出现在世人面前。在这样的背景下产生了哈莱姆文艺复兴，并催生了黑人左翼文学。20 世纪 20 年代的哈莱姆文艺复兴为黑人左翼文化运动孕育了激进力量，这些激进知识分子迅速接受马克思主义，形成了美国黑人左翼。当时克劳德·麦凯（Claud McKay）、威廉·杜波伊斯（William Du Bois）、兰斯顿·休斯（Langston Hughes）、理查德·赖特（Richard Wright）等黑人作家受到共产主义思想的感召，纷纷投身左翼文化运动。他们试图用共产主义解决美国黑人问题。尽管他们当时都不同程度地受到哈莱姆文艺复兴运动的激荡，但是，他们已经采用马克思主义理论界定"新黑人"，从而与洛克等人的观念区别开来。

此时期，纽约市的哈莱姆区已经发展为黑人的"文化首府"，它集中了美国产生压迫与贫穷的各种条件，代表了都市的黑人生活。各种黑人的文化机构也都设在哈莱姆，许多黑人报刊相继问世，如杜波伊斯的

---

① 林肯总统在 1862 年颁发《解放黑奴宣言》，使美国黑人从奴隶制下获得解放，此为黑人第一次解放。

《危机》(*The Crisis*)、A. 菲利普·伦道夫 (A. Philip Randolph) 和钱德勒·欧文 (Chandler Owen) 创办的具有社会主义性质的刊物《信使》(*Messenger*)、"城市联盟" (Urban League) 创办的机关刊物《机会》(*Opportunity*) 等。

　　1922 年"共产国际第四次代表大会"确立了美国黑人是受压迫的民族,指出种族主义是民族压迫的工具,强调在殖民地开展社会主义的反帝国主义运动。从此,美国的黑人问题、有色族裔问题被纳入列宁的民族与殖民地理论的框架之中,成为美国左翼文化运动的重要议题。当时正值美国共产党创建之初,民族具有多重意义,既是团结的基础,也是分裂的诱因。那时美国出生的人既参加社会党,也参加共产党,而移民更倾向于激进政治。那些非美国本土出生的、不讲英语的人操控了早期的共产党组织,包括共产党的前身美国共产主义工人党 (the Communist Workers Party)。到 1925 年,全美各地的共产党机构还处于一种语言的联盟状态,即由同一民族或使用同一种语言的成员组成。这样一来,早期的共产党常常因为民族问题而无法达成一致的协议。因而,美共高度重视党员之间的民族团结,为此解散了各种语言联合机构,以党员居住的街区或工作单位划分机构,把成员组织到多民族的社区当中,使不同民族的党员组成了新的机构。其目的就是加强不同民族背景的成员之间的密切合作。在此基础上,美共特别强调非裔美国人是受压迫民族,黑人权利应该成为全党的工作重心。到 20 年代末,此方案加强与统一了美共的组织领导,结束了党内的政治与文化的混乱状态。1928 年美共大力推行"黑人带理论" (the Black Belt Thesis),明确指出黑人工作是党的中心任务。到 1929 年,美共成功地吸收了数百万黑人,并着手培养黑人领导,把他们选派到苏联培训,从而使美共在黑人聚居的芝加哥和纽约两地的力量得到加强。

　　20 世纪 20 年代的哈莱姆文艺复兴与共产党的"黑人带理论"几乎同时出现,绝非偶然的现象,说明当时的各种历史机缘促使的黑人激进主义与马克思主义的碰撞与结合。近年来美国学者的研究也证实了这一点。锡·鲁滨逊在《黑人马克思主义》一书中指出,20 世纪初的各种无法兼容的社会力量促成了马克思主义与黑人激进主义在左翼文化运动中相结合。罗宾·凯利 (Robin Kelley) 在《锤子与锄头:大萧条时期阿拉巴马的共产主义者》(*Hammer and Hoe*：*Alabama Communists during the Great Depression*，1990)和《种族反抗：文化、政治和黑人劳动阶级》(*Race Robels*：*Culture*，*Palitics*，*and the Black Working Class*，1994)中指出，共产主义运动为国际阶级斗争与黑人民族主义的结合提供了广阔的空间。他们的研究从不同角度揭示了黑人激进主义与左翼的抱合联系，让我们看到现代美国黑人作家对马克思主义的独特理解。特别是当有组织的左翼在美国文化中的影响式微之时，此看法不断被强化。

麦凯是第一位参加共产主义运动并赢得国内声誉的黑人左翼作家。他 1889 年出生在牙买加的农民家庭，1915 年来到美国，先后就读于塔斯克基学院和堪萨斯州立大学。那时麦凯积极参加左翼文化运动，接受马克思主义，与黑人社会主义者休伯特·哈里森（Hubert Harrison）、西瑞尔·布里格斯（Cyril Briggs）、理查德·穆尔（Richard B. Moore）、弗里曼等人交往密切。1921 年麦凯来到纽约，担任《解放者》的编辑，同年他出版最重要的诗集《哈莱姆阴影：克劳德·麦凯诗歌》(*Harlem Shadows*：*The Poems of Claude McKay*)，伊斯特曼为其撰写了序言。该诗集主要反映种族问题，其中最著名的一首诗是《倘若我们必死》(*If We Must Die*)。这首激昂的十四行诗是麦凯在 1919 年震撼美国的种族暴力的刺激下写成的。诗人吼道：

> 倘若我们必须死去，切勿像群猪
> 被追闭在一个耻辱之处，
> 任饥饿的疯狗狂吠将我们包围，
> 嘲笑我们不幸的命运。
> 倘若我们必须死去，啊，让我们高贵地死，
> 使我们的宝贵的血不致
> 白流；这样我们虽死
> 我们誓死反抗的恶魔也不得不敬重我们![1]

诗歌概括了黑人激愤的情绪，所以不胫而走，鼓舞了许多黑人为民

---

[1]　王家湘：《20 世纪美国黑人小说史》，译林出版社 2006 年版，第 77 页。

族生存权利而斗争。

1922 年麦凯访问苏联，以作家身份参加了在莫斯科召开的"共产国际第四次代表大会"。麦凯和奥托·休斯伍德（Otto Huiswood）在大会上作报告，陈述美国黑人问题。他批评美共忽视黑人问题，指出种族矛盾是美国工人阶级的潜在危险，黑人问题应该成为阶级斗争的中心问题，为种族平等而斗争是美国劳工自我保护的大事。休斯伍德认为黑人问题是一个被种族问题恶化了的经济问题，与麦凯的看法相似。他们的发言引起与会代表的重视，会议首次就美国黑人问题展开广泛讨论，还成立了一个"黑人委员会"。按照列宁有关民族与殖民地的理论，国际共产主义运动有义务为全世界种族平等而奋斗，而美国黑人正在遭受种族压迫，因此，共产国际应该义不容辞地联合黑人。这样，"共产国际第四次代表大会"把美国黑人同殖民地的民族解放运动联系起来，把美国黑人明确定义为一个为自决而奋斗的民族。由此开启了 1928 年的南方"黑人带"的民族自决运动。

二

如果说麦凯亲历苏联，在共产主义国际运动中凸显黑人问题，那么，阿兰·洛克（Alain Locke）的"新黑人"则集中概括了哈莱姆文艺复兴的精神，直接影响了黑人左翼文学。1925 年，洛克编辑出版的论文集《新黑人：一种阐释》（*The New Negro：An Interpretation*）（以下简称《新黑人》），被认为是哈莱姆文艺复兴的具有里程碑意义的文集，标志着美国新黑人运动的开始。洛克恰当地运用了左翼政治与黑人民族主义的语汇，概括出一种崭新的黑人民族精神——黑人不再为自己的民族文化而羞愧，他们代表着理想的"新黑人"。当时的黑人大众要么对第一次世界大战深感失望，要么受到苏俄革命的影响，提倡黑人民族主义和社会主义，而"新黑人"正是这种思想的凝练表征。如果说"新黑人"理念体现了黑人的民族觉醒和美国社会改革进程的加快，那么，哈莱姆文艺复兴则实践了这一理念，其影响至今尚存。

洛克受到弗朗兹·博厄斯（Franz Boas）的人类学影响，他反对从遗传学或生理学意义上阐发的种族概念，认为应该严格地在社会学范畴中界定"新黑人"。他把种族视为"社会种族"，即一种历史的决定，社会传承的结果，文化条件的延续。换言之，种族可以理解为一种文化产物。洛克在《新黑人》序言中，把种族与民族合并为"自决"，用于激发新黑人的政治文化热情。在洛克看来，黑人的觉醒同中国、印度、波斯尼亚、巴勒斯坦、墨西哥人民的觉醒一样，人们应该从黑人文化中去寻找黑人的特性，发掘黑人的成就和潜力，特别强调黑人文学在增进种族理解方面的作用。《新黑人》无异于一种象征性的政治行动，它力图塑造美国黑人对自身的看法与认识。随着《新黑人》的问世，新黑人文学也脱颖而出。

《新黑人》由"黑人文艺复兴"和"新世界的新黑人"两部分组成，全书收入 20 篇论文、8 个短篇小说和 37 首诗歌。洛克力求在文集中体现黑人的精英文化意识和黑人的正面形象。1916 年，洛克在霍华德大学的一次演讲中说："当人们为种族而自豪时，他们的种族意识并不是血缘种族，而是那种民族的整体和类型——它确切地不属于种族而属于民族。"① 洛克的话旨在告诫世人，他的"种族自豪"是一种"民族"自豪，是建立在与其他民族团结基础上的。培育黑人的民族自豪感，激发新黑人自觉承负实现美国的民主、自由理想的重任，是洛克在《新黑人》中重点表达的思想。

需要注意的是，虽然洛克强调培育黑人的民族自豪感，增进新黑人担负实现美国的民主、自由理想这一责任的意识，但他并不赞同社会主义。洛克无视在当时已成为世界性潮流的左翼共产主义，他认为黑人问题是激进的种族问题，仅限于种族范围内的革命，无须社会革命。他在文集中只字不提"非洲血缘兄弟会"（the African Blood Brotherhood）、共产主义工人党，以及其他的黑人社会主义组织。洛克提醒人们，作为种族的"被迫激进"的新黑人，应该与"真正的激进"有所区别。他并不主张新黑人推翻以种族主义和阶级压迫为基础的美国资本主义制度，而是要把美国的民主真正付诸实践，普及黑人。洛克在《新黑人》中公然删除了无产阶级文学和黑人民族主义文学，小心翼翼地排除了对黑人民族文化和美国精神构成挑战的因素。显然，洛克对"新黑人"

---

① Jeffery C. Stewart, ed., Race Contact and Interracial Relations: Lectures on the Theory and Practice of Race, Washington, D. C.: Howard University Press, 1992, p. 86.

的界定是保守的。

从《新黑人》的第二部分所收录的文章中，我们还会发现洛克与别的黑人思想家在思想认识上的分歧。当时不少黑人学者主张美国黑人应该直接进入主要的文化机构——霍华德大学、汉普顿—塔斯基吉学校（Hampton—Tuskegee）等，以维护黑人的民族利益和全面培养黑人民族文化素质。凯利·米勒（Kelley Miller）推崇霍华德大学通过精英文化教育，提升黑人民族精神的教学理念。杜波伊斯坚持认为，正在发展的反对帝国主义和殖民统治的"泛非运动"，必将发展为美国黑人的主导力量。而洛克却坚持以资产阶级的民族主义，开展种族自决运动，试图把都柏林的经验嫁接到哈莱姆，开展黑人的民族自决运动。在洛克看来，美国从未解决过种族问题，形形色色的黑人运动其本质都是分离主义。表面上看，洛克的资产阶级同化主义与马库斯·加维（Marcus Carvey）所倡导的分离主义——黑人返回非洲的主张相对立，其实洛克的主张中暗含了某些加维主义的思想因素。也就是说，洛克徘徊在社会主义与加维主义之间①，其主张在第一次世界大战之后的背景下颇有市场，但是，稍后必将为黑人左翼所替代。

黑人左翼对"新黑人"的解释与洛克截然不同。黑人左翼批评家钱·欧文和伦道夫认为，"新黑人"首先要提倡社会平等，不能因民族主义而模糊了资本主义制度中的受压迫的黑人的阶级属性。他们对"新黑人"的理解较之洛克更加政治化。布里格斯是民族社会主义者，他把"新黑人"界定为斗士与左翼。按布里格斯的看法，洛克应该属于旧黑人。布里格斯、欧文和伦道夫均认为资本主义本质上既不是种族主义，也不是民族主义，它只关心剥削工人而产生利润。与洛克不同的是，左翼的"新黑人"观是在俄国革命影响下，已经上升到对美国资本主义体制的全面批判的高度，并未简单地限于种族问题。

三

黑人左翼除了在对"新黑人"的界定与理解方面向前推进之外，还

_____

① 美国黑人民族主义者马库斯·加维（Marcus Garvey）提倡黑人与白人分离，在非洲建立由黑人统治的国家。

在"泛非运动"与"泛亚运动"中突出国际无产阶级的革命特征，显示了黑人左翼力量的壮大和思想的成熟。20世纪初，"世界有色阵线"已经从美国扩展到中国、日本和印度，在世界范围内掀起了反压迫、反殖民斗争，即"泛非运动"和"泛亚运动"。所谓"泛非运动"是指，以非洲人与世界各地非洲血统的黑人团结合作，共同反对殖民主义和帝国主义，争取民族独立和振兴为主要内容的黑人民族主义运动。同理，"泛亚运动"则主张亚洲受压迫民族团结起来，共同反对殖民主义列强。杜波伊斯是把泛非思想付诸实践的第一个美国黑人，被誉为"泛非运动"之父。杜波伊斯不仅把美国黑人的命运与非洲命运紧密联系，而且与亚洲联系起来，强调"泛非运动"与"泛亚运动"并举，其思想超越了种族、地域，带有鲜明的马克思主义特征。

　　杜波伊斯是一位杰出的黑人领袖，也是最有影响力的黑人左翼作家，1868年出生在马萨诸塞州的大巴林顿城。他在菲斯克黑人大学接受教育，最终成为哈佛大学首位获得博士学位的黑人。系统良好的精英教育，使杜波伊斯充分认识到自己在种族进步斗争中所担负的重任，也造就了他宏阔的政治视野。他坚持"泛非运动"与"泛亚运动"应该相互支持、彼此声援。他一生都在宣扬亚非国家的解放与独立。1903年杜波伊斯在《黑人的灵魂》中提出了著名的"双重意识"，用以总结黑人的现实境况。他认为黑人戴着面纱出生，具有"双重意识"，他说：

　　　　美国黑人戴着面纱出生，对美国这个世界天生具有超人的眼力——这个世界并不给他真正的自我意识，只允许他通过揭示出的另一个世界来看他自己。这是一种奇特的感觉，这种双重意识，这种永远通过别人的眼睛看自己的感觉，用怀着怜悯与蔑视的、冷眼旁观的世界的尺度来衡量自己的灵魂的感觉。他永远感受到自己的双重性——一个美国人，一个黑人；两个灵魂，两种思想，两种互不妥协的追求；在一个黑色身躯中两个互相战斗着的理想，只有他自己的顽强力量才使他没有被撕碎。

　　　　美国黑人的历史就是这场斗争的历史——这是一种对获得成熟的自我的渴望，希望把他的双重自我融合成一个更完美更真实的自我。在这个融合过程中，他不希望失去两个原来的自我中的任何一个。他不会把美国非洲化，因为非洲和世界可以向美国学习太多的东西。他也不会在美国白人传统的洪流中漂白自己黑人的灵魂，因为他知道黑种人对世界具有自己的使命。他只希望一个人可以既是黑种人对世界具有自己的使命。他只是希望一个人可以既是黑人也是美国人，而不会因此被同伴咒骂，往他脸上吐唾沫，机会之门也不会粗暴地对他关闭。①

按照杜波伊斯的理解，"双重意识"是种族制度的产物，"面纱"比喻在全书中反复出现，指美国种族隔离所造成的障碍。这种障碍使美国黑人处于肤色界限的后面，沦为二等公民。

此外，杜波伊斯还受到社会主义与历史唯物主义的影响，对亚洲和非洲古代性怀有浪漫的向往。他在《打入地狱的妇女》（*The Damnation of Woman*，1919）一文中，提出黑人母亲是历史的黑色英雄之始祖，挑战传统文学中的黑人妇女形象，以反对美国文化中的试图将黑人从其他种族普系中排除的做法。他认为欧洲不过是早熟而勇往直前的儿童，人类的源头在非洲。②他在《世界与非洲》（*The World and Africa*，1947）中继续阐发这一主题，他说："非洲看到了上帝之星；亚洲看到人的灵魂；欧洲看到并且只看到了人的身体，把身体养得肥又胖，它粗壮野蛮。"③杜波伊斯运用历史唯物主义，分析殖民主义，阐发非洲与亚洲的关系，并把亚洲视为美国黑人解放的先驱。

1928 年，杜波伊斯在小说《黑公主》中继续生动形象地演绎他的"双重意识"，以及他所关心的时代激进主题——无产阶级国际主义与民族主义的结合。小说的全名为《黑公主：一种传奇》，它以某印度公主考提尔亚与黑人青年马修·唐斯的感情为主要线索，通过他们的政治活动，描绘了 20 世纪初美国黑人知识分子参与亚洲民族独立运动的生

---

① 王家湘：《20 世纪美国黑人小说史》，译林出版社 2006 年版，第 15—16 页。

② W. E. B. Du Bois, *Darkwater*: *Voices from within the Veil*, 1921, Millwood / New York: Kraus Thomson Organization, Ltd., 1975, p. 165.

③ W. E. B. Du Bois, *The World and Africa*: *An Inquiry into the Part Which Africa Has Played in World History*, 1949, Millwood / New York: Kraus Thomas Organization, Lted., 1976, p. 149.

动画卷，展现出国际共产主义运动从反种族主义的欧洲中心腹地向亚非民族独立运动的扩展过程。25 岁的美国黑人青年马修，因为种族身份未能进入纽约曼哈顿大学助产学专业继续深造，于是他离开美国流亡柏林。考提尔亚，23 岁的印度某土邦主的女儿，是"泛亚运动"的负责人，刚刚拜访过中国的孙中山、印度的甘地，正在策划与"泛非运动"的联盟，开展黑种族反抗白人世界的斗争。黑公主小圈子里的成员主要有：两个中国人、两个印度人、一个日本人、一对埃及夫妇、一个冷漠的阿拉伯人，他们象征着第三世界。作为公主的男友马修则代表美国的劳动阶级、黑人奴隶的后代，也预示着公主后来的走向。这些人近期在苏联接受过培训，正准备把"泛非运动"与"泛亚运动"联合起来。

小说中的黑公主派遣马修策动美国的黑人起义。回国后，马修听从一个叫佩里挂的西印度人指挥，他说服马修协助炸毁三 K 党乘坐的去芝加哥的列车。当马修发现公主也在列车上时，便终止了爆炸计划。马修被判刑入狱后，通过某芝加哥政治要员司各特的营救，又被赦免出狱。马修在司各特办公室工作，并与司各特的黑白混血助理莎拉产生恋情，俩人开始了短暂的政治联姻。与此同时，黑公主也开始寻找自己的感情生活，虽然她内心深爱马修，却担心婚姻将会影响她的皇室继承权，所以她逃避婚姻。最后，当黑公主降格为美国劳动阶级，马修也做了芝加哥地铁工人和工会领导之时，两人前往弗吉尼亚的王子县去见马修的母亲——一位贫苦的佃农，她为了使儿子接受高等教育，卖了家中仅有的40 亩土地。最终男女主人公在弗吉尼亚结婚。在小说的结尾处，黑公主出人意料地抱出了他们的儿子——"所有黑色种族的使者与弥赛亚"，把两个有色民族浪漫地联系在一起，象征着作家理想的世界有色人种大联合。此时正是 1927 年 5 月 1 日太阳初升之时。

与现实的密切联系是小说的突出特征之一。作家在人物形象塑造与故事叙述等方面处处指涉现实，有意识把读者的目光引向现实。黑公主在谈到莫斯科对"黑人问题"的主张时，她对马修说："你们美国黑人并不仅仅是一把散沙。你们是一个民族！"小说中还出现了类似麦凯的诗句，"倘若我们必死，那要高贵地死于打击芝加哥等地的排黑骚乱"。这样的描写很容易使人联想到 1922 年共产国际宣称南方的美国黑人是受压迫民族。读者还能隐约感到共产国际的决议，促使黑公主邀请马修参加柏林的反殖民主义活动。可以看出，黑公主与马修肩负着国际无产阶级任务，作家把人物的阶级意识置于种族意识之中加以考量。显而易见，黑公主考提尔亚的性格发展中贯穿着一条由印度皇室政治转换为国际主义的路径，其中也涵盖了中国、日本和埃及的无产阶级运动。

小说中渲染的有关有色人种大团结的构想，杜波伊斯在 1925 年发表的《黑人与劳工》(*The Black Man and Labor*) 一文中也有明确的阐发，他指出："我们中间发生了两件大事：一是普尔门列车服务员工会；二是芝加哥的有色族裔共产主义大会。"①正是这一年美共在芝加哥召开了"黑人劳工大会"，对共产国际有关黑人劳工的方针作出响应。这些历史事件都隐含在小说中。1928 年的"共产国际第六次代表大会"正式确立了"黑人带理论"，把美国黑人确定为受压迫民族，在南方黑人人口占大多数的地区实行民族自决，而杜波伊斯早已前瞻性地在《黑公主》中进行了描绘。小说在结尾处，公主宣称有色族裔将在 1952 年大获全胜。因此，积极倡导非裔知识分子投身于亚洲独立和亚非团结的事业，敦请马修进入国际无产阶级事业的中心，读者从中真切地感受到杜波伊斯的费边社会主义与国际共产主义的浪漫结合。

《黑公主》蕴涵了强烈的政治性和时代特征，不仅折射了杜波伊斯在 1917 年至 1928 年所构想的"亚非有色阵线"的政治理想，而且也是作家本人在 20 世纪初投身于三场政治运动——印度的民族主义运动、美国的黑人民权运动、亚洲的民族解放运动——的真实写照。就此意义上看，小说开启了美国黑人知识分子参与东方民族解放运动的先河：一方面美国黑人知识分子与国际无产阶级政治相联系；另一方面预示着美国的反种族主义浪潮的到来。事实上，在大萧条来临之前，马克思主义已经逐渐成为黑人知识分子分析国际问题的理论指导，杜波伊斯也在此期间转向了马克思主义。

1959 年杜波伊斯来到中国，并写下了诗歌《我为中国歌唱》(*I Sing to China*)。他认为中国可以帮助唤醒"沉睡"的非洲大陆，实现马克思主义的乌托邦。他在诗中写道：

---

① W. E. B. Du Bois, "The Black Man and Labor", *The Crisis*, December 1925.

帮助她中国！

帮助她，黑肤色的民族，她多半都是奴隶，

她经历了深刻的痛苦与屈辱：

帮助她，不是怜悯，

而是使辉煌复苏之日到来，

那时黑人重新生活

并唱响时代之歌！

慢慢滚动，可爱的凯旋车……

好消息！凯旋车来了……

……公社，公社，上天的选择

伴随着大地母亲，天空和太阳的女儿

诞生于民主，得到共产主义的滋养

那是革命的双亲，世界的建造者！

呐喊，中国！

咆哮，震惊，滚滚的江河：

歌唱，太阳、月亮和大海！

移动山川，改天换地，

歌颂人类，满怀激情！

因为再次从东方，出现了拯救的灵魂！

引导着死者的全部预言——

冥王、佛陀、基督和穆罕默德

抛弃他们的糟粕，珍爱他们的精华；

中国拯救世界！起来，中国！①

　　杜波伊斯先后两次来到中国，1959 年是他第二次，也是最后一次来中国。亚洲对杜波伊斯而言，是他从费边社会主义转向马克思主义的象征地，也是他的黑人知识世界的另一极。

四

　　对黑人民间音乐的挖掘与利用是哈莱姆文艺复兴的主要成就之一，

---

① W. E. B. Du Bois, *I Sing to China*, *China Reconstructs* 8, June 1959, pp. 24 – 26.

借此也拓展了黑人左翼小说和诗歌的艺术表现手法。麦凯的《班卓琴：没有情节的故事》(*Banjo：A Story Without a Plot*，1929) 就是一部以黑人乐器作为故事内核的小说。班卓琴是一种黑人乐器，可以发出尖锐刺耳的声音，在麦凯的小说中它不仅成为黑人艰难生存状况的一种隐喻，而且是黑人民间文化的象征。在麦凯眼里，班卓琴不是来自虚伪的欧洲文明，而是美国黑人民俗艺术最真实的文化表征，象征着黑人的生命律动。

　　著名的左翼诗人休斯也十分推崇黑人音乐。他说："黑人音乐就像大海的波浪，总是后浪推前浪，一浪接一浪，就像地球绕着太阳转，黑夜，白天——黑夜，白天——黑夜，白天——反复无穷；黑人音乐具有潜在的魅力，它独特的节奏犹如人的心脏一般坚强有力，永远不会使你失望；它富有幽默感，又具有深厚的力量。"① 休斯认为黑人民间音乐具有催人奋进的力量，可以为诗歌所借鉴。所以，休斯的诗歌不仅有意识地以黑人身份来写，且都渗透着爵士乐、布鲁斯的节奏和旋律。

　　休斯具有强烈的种族自豪感，他在许多作品中表达了对黑肤色的赞美。他在《黑皮肤》、《我的民族》、《我可爱的人》等诗中，赞美黑人的美丽。他的"黑色而美丽"的诗句颇能鼓舞黑人的民族自信心。休斯在《自由之犁》中号召美国黑人为建设自由、民主的美国而奋斗到底：

> 美国！
> 共同开拓的国土，
> 共同培育的梦想，
> 手握着犁不要放开！坚持！
> 如果大厦尚未建好，
> 不要气馁，建设者们！
> 如果斗争还未取胜，
> 不要沮丧，勇士们！

---

① 〔美〕兰斯顿·休斯：《大海》，吴克明、石勤译，上海译文出版社 1986 年版，第235—236。

规划和样式已获具备

从头编织

美国的经纬纱线。①

自 30 年代起，休斯开始突破种族意识，转向无产阶级革命。他自觉立足于无产阶级立场进行创作，使自己与美国工人保持阶级认同。他的诗歌开始关注下层黑人劳动人民，如，搬运工、厨师、送货员、男侍、妓女等。他满腔热情地描写黑人大众的艰难处境和内心世界，抒发他们的心声，带有鲜明的无产阶级政治特征。但是，休斯的诗歌更多地还是反映种族意识，他坦言："在美国完全接受黑人之前，在种族隔离和种族自身意识完全消失之前，来自黑人艺术家的真正艺术作品，如果要有色彩和独特性的话，必定会反映他的种族背景和所处的种族环境。"② 这也说明黑人左翼作家已经意识到种族意识应该与阶级意识并重。

在 1935 年的"第一次美国作家代表大会"上，休斯要求黑人作家要运用艺术展现美国黑人的生气与率直性格，揭露白人慈善家的伪善和欺骗。他主张黑人作家应该寻求全美黑人与白人的团结，在工人阶级推翻旧的社会制度斗争中携手合作，而不是建立在种族内部的聚会或者宗教式的兄弟联合。会上，尤金·戈登（Eugene Gordon）也提出了黑人作家的社会与政治问题，除了绝对的阶级压迫之外还有特殊的种族压迫。

在 1937 年的"第二次美国作家代表大会"上，尤金·霍姆斯（Eugene Holmes）作了题为《一位美国作家的社会职责》（*A Writer's Social Obligations*）的发言，提出要在法西斯主义的威胁中解决美国黑人的现实处境问题。霍姆斯坚信少数族裔应该得到支持与鼓励，美国黑人作家已经发出了抗议之声。阿纳·邦坦普斯（Arna Bontemps）的小说《黑色霹雳》（*Black Thunder*，1936），休斯的诗歌，斯特林·布朗（Sterling

---

① 转引自黄卫峰《哈莱姆文艺复兴研究》：外语教学与研究出版社 2007 年版，第336—337 页。

② 同上书，第378 页。

Brown)、赖特、欧文·多德森（Owen Dodson）、弗兰克·戴维斯
（Frank M. Davis）等人的创作都凸显了抗议的主题。霍姆斯指出，作家
应该超越狭隘的民族主义和罪恶的沙文主义，树立无产阶级国际意识。
霍姆斯的发言引起反响，罗伯特·格斯纳（Robert Gessner）认为应该
解决目前黑人与犹太人的紧张关系。霍姆斯认为，这种紧张关系属于受
压迫阶级内部矛盾，黑人没有看到资本主义制度是万恶之源，他们只看
见现实生活中的犹太房东和犹太店主的盘剥。

毋庸讳言，30 年代的哈莱姆新黑人文学与黑人左翼运动之间存在
争执。黑人左翼作家批评新黑人文学充满中产阶级旨趣，有地方性和狭
隘性之嫌，缺少无产阶级的眼界与斗志。哈莱姆区的共产党领导人本杰
明·戴维斯（Benjamin Davis）建议赖特把多萝西·韦斯特（Dorothy
West）主编的杂志《挑战》（Challenge）改为亲共产党的《新挑战》
（New Challenge）。多萝西·韦斯特创办《挑战》的初衷是把老一代黑
人作家与青年激进诗人联系起来。在此关键时刻，她响应左翼阵营的倡
议，积极配合赖特，在 1937 年成功地把杂志更名为《新挑战》（New
Challenge）。赖特在创刊号上发表题为《黑人写作的蓝图》（Blue—Print
for Negro Writing）的文章，批评"新黑人艺术"充斥着杂乱而低级的黑
人才气，杂糅了白人波希民的玩意儿，呼唤无产阶级的黑人文学。

在赖特等人的积极推动下，从 30 年代末到 40 年代初黑人左翼文学
发展迅速，新人辈出。邦坦普斯出版小说《黑色霹雳》，讲述了 19 世纪
加百利·普罗塞（Gabriel Prosser）领导奴隶起义的故事，从内容到形式
为黑人左翼文学的抗议主题奠定了基调。赖特的《土生子》（Native Son,
1940）是最具代表性的黑人左翼小说，标志着黑人文学进入一个新的发
展阶段。赖特提倡文学的政治功用性，以文学为斗争武器，发展出黑人
文学的抗议主题。拉尔夫·埃里森（Ralph Ellison）也从黑人左翼文坛
中崭露头角，在《新群众》、《方向》等左翼刊物上发表作品。从身份
上看，埃里森属于美共的同路人作家。

与此同时，黑人左翼诗歌也得到长足发展。弗兰克·戴维斯是一位
激进诗人，30 年代他先后出版诗集：《黑人之歌》（Black Man's Verse,
1935）、《我是美国黑人》（I Am the American Negro, 1937）、《透过乌贼
的眼睛》（Through Sepia Eyes, 1938）；40 年代他接近共产党，出版诗集

《四十七街：诗歌》(47 th Street：Poems，1948)。他的诗歌发展了革命时尚中的"新黑人"主题。玛格丽特·沃克（Margaret Walker）是一位黑人左翼女诗人，在芝加哥参加左翼运动，并接受了马克思主义，她经常参加赖特的聚会，出版诗集《为了我的人民》(For My People)，1942 年获"耶鲁大学青年诗歌奖"。

出身于黑人中产阶级家庭的诗人斯特林·布朗从黑人左翼诗坛中脱颖而出，他的《南方之路》(Southern Road，1936) 热衷于收集黑人民间传说，受到批评界与美共的高度赞誉。1934 年 6 月，尤金·克莱（Eugene Clay）率先发表文章《斯特林·布朗：美国人民的诗人》(Sterling Brown：American People's Poet)，评论斯特林·布朗的诗歌。霍姆斯认为，斯特林·布朗是黑人马克思主义文艺复兴中的先锋者，"他的诗歌展示了他深谙社会、心理、生物和经济的纷争。更为重要的是，他的创作扎根于自己所熟悉的社会生活土壤之中，来自经验的各种知识令他的诗歌更加敏锐，更接近他的对象……也更贴近我们的阶层"。[①] 1934 年，洛克在《斯特林·布朗：新黑人民间诗人》(Sterling Brown：the New Negro Folk Poet) 一文中，回顾与总结了黑人诗歌的发展与成就，并对麦凯、休斯、赖特、弗兰克·戴维斯等人的创作进行认真梳理与阐发。洛克认为他们的诗歌融合了阶级意识与激进反叛，并以地道的黑人歌谣谚语的形式抒发无产阶级的炽热情感。其真挚的感情发自黑人生机勃勃的内心，不仅打动了无数人，也开启了一个新时代。洛克反对无产阶级诗歌不应该激进的观点，主张在民族意识与阶级意识之间寻求平衡。同时，他也批评了那些对莫斯科的鹦鹉学舌式的诗歌。

五

如果说 30 年代末 40 年代初的黑人左翼作家主要渲染"新黑人"精神和社会抗议主题，那么，自 40 年代中叶起他们的创作则开始关注党内的种族问题，同时也出现淡化左翼的倾向。切斯特·海姆斯（Chester Himes）30 年代加入共产党，40 年代退出左翼。他 1945 年出版的小说《他要是大喊就让他走》(If He Hollers Let Him Go)，最早反映了战时洛杉

---

① International Literature 8，June 1934，p. 122.

矿工厂中的紧张的种族关系。1947 年出版的代表作《孤独讨伐》(*The Lonely Crusade*)，则集中描绘了共产主义运动中的黑人与犹太人关系问题，其主题预示了克鲁斯的《黑人知识分子的危机》的出现，二者共同关注了黑人马克思主义与犹太激进主义的联盟问题。

《孤独讨伐》是一部大胆的自我展露的小说，呈现出心理剖析与传记般的坦率特征，对种族、性、族裔关系作了全面的社会政治分析，挑战了赖特的《土生子》的社会哲学式叙述。小说由两条平行的线索构成：一条是黑人主人公李·戈登的故事；另外一条是犹太裔共产党领导人罗西的故事。主人公戈登的形象是以作家本人的经历为蓝本塑造的。戈登是一个社会学系的大学毕业生，被工会招聘做组织工作。他很快就赢得工人的信任，并获得黑人工友的选票。麦格雷戈是一名普通的黑人党员，很有工作能力和发展前途，党派他接近戈登，以便引导工会活动。麦格雷戈杀死白人警官，拿走了钱，戈登被捕入狱。戈登面对警方的诬陷，跌入绝望的泥淖，罗西挺身而出，把他保释出狱。在这个过程中，罗西不断给他灌输革命的马克思主义哲学，并以独特的方式付诸行动中。罗西为了搭救戈登，不惜挑战党的权威，结果遭到驱逐。最后，戈登超越了企图通过征服白种女人，以显示自己男子气概的念头，从而获得了精神上的飞跃，最后成长为武装阶级斗争的先锋战士。在小说的结尾处，一群工人对抗警察，他们团结起来，保护戈登。小说的深刻性在于从左翼内部揭露了种族主义的危害性与顽固性。

海姆斯透过种族与阶级问题，关注党内的族裔纷争，标志着黑人左翼小说开始从抗议走向思想探索。海姆斯在小说中所关注的问题，被克鲁斯加以理论化阐述，写成理论著作《黑人知识分子的危机》。克鲁斯认为，犹太族裔虽然仅是美国的一个人数不多的族裔，却在政治上占有绝对优势，他们的理论与组织力量非常强大。尽管黑人是美国最大的少数族裔，但其政治影响力远远比不上犹太族裔，因此，党内的犹太人从意识形态上掌控了黑人。其结果是，左翼阵营的所有政治文化标准都由犹太人而不是黑人制定的。学术界普遍认为美共的衰落主要由于沦为苏联的附庸，而克鲁斯却认为是加勒比出生的黑人党员造成的，因为这些黑人党员的心理障碍阻碍他们成长为党的领导，这就为犹太人的掌控铺平了道路。克鲁斯的观点被学术界指责为反犹言论。

在克鲁斯之前，内森·格雷泽（Nathan Glazer）在《美国共产主义的社会基础》（*The Social Basis of American Communism*，1961）一书中，也论述了左翼阵营中的犹太人与黑人的关系问题。格雷泽指出，虽然党内的犹太人在数量上占绝对优势，但是，必须认识到犹太裔党员的多样性，任何企图简单解释犹太人与共产党关系的努力都是行不通的。格雷泽所反对的"简单化"却被克鲁斯采用了。克鲁斯说，犹太人带着自己的族裔的扩张性，越出了纽约东区（犹太区）。他们通过马克思主义，把知识的优越性凌驾于盎格鲁－撒克逊非犹太裔之上。事实上，犹太裔党员无法使马克思主义理论与美国的现实相结合，只是顺应了他们自己族裔的社会野心，必然导致黑人激进分子在拒绝资本主义的同时，不得不接受犹太知识分子的理论主张。因为马克思主义本身就是犹太白人创建的理论，它是要"教化"黑人。

克鲁斯认为共产党最失去人心的时候是转向"人民阵线"。这主要是犹太裔党员驱使共产党在30年代末开展反法西斯主义，致使在1936年至1939年西班牙内战中牺牲了许多黑人志愿者。为着犹太人讨伐希特勒，美国黑人的鲜血洒在了西班牙大地上，奉献在犹太民族主义的祭坛上。为了说明这一点，他援引休斯的话——"美国诸多尚未解决的问题，我不明白为什么让一个黑人到西班牙去帮助解决西班牙问题——或许用他宝贵的生命。我不知道，所以我奇怪，我还要思忖"。[①] 克鲁斯是断章取义，因为休斯接着又说他对黑人的国际主义表示敬意，他的"不明白"更多的是表示对黑人英雄主义选择的敬畏，是敬畏多于怀疑。

埃里森1952年出版的小说《无形人》（*Invisible Man*）也是黑人左翼文学中的一部重要小说。埃里森受存在主义影响，试图通过"探索自我"改善美国黑人的处境，从而摆脱了抗议文学模式，把种族压迫升华为社会压抑。有必要指出的是，埃里森在三四十年代是美共的同路人作家，但是，他成名后竭力掩饰过去同左翼的联系，甚至在后期的写作中有意识地与共产党保持距离。他明确表示自己对左翼政治持怀疑态度，《无形人》中的兄弟会与美共没有任何关系。这种前后矛盾的态度，在冷战背景下也是可以理解的。美国学者芭拉·弗莱在美国国会图书馆查寻《无形人》最原始的手稿，试图寻觅埃

---

① Langston Hughes, *I Wonder as I Wander*, New York: Rinehart, 1956, p. 354.

里森放弃或是淡化左翼的线索。弗莱从小说中的反面人物诺顿、杰克兄弟的分析入手，又联系主要人物所涉及的"兄弟会"，发现小说由最初的"红—黑"关系的描写转移至对"兄弟会"叛徒的渲染。弗莱认为从"兄弟会"部分尤其可以看出作家态度的移绎。埃里森在出版小说时，削减了共产主义人物，并把他们漫画为斯大林极权主义的典型人物。比如，"无形人"的理论导师汉布罗，他最初的名字为"Stein"，意思为"三颗蓝星……其左手背面有图腾"，无意把他塑造成"冷战的勇士"，而是要展现哈莱姆左翼的状况，这也是作家本人最为熟悉的生活。埃里森在最初的手稿中把主人公与有组织的左翼联系在一起，他希望哈莱姆的黑人成为历史的见证人。但在 1952 年的手稿中，"兄弟会"放弃了哈莱姆，希望不要发生骚乱，甚至出版后的小说中还充满了对美共的嘲讽。从草稿修改的句子、断落和事件等各种迹象中可以清楚地看到作家构思的变化。弗莱的研究不仅还原出埃里森与左翼的隐秘关系，还提醒人们要关注《无形人》的政治复杂性，历史地看待这部小说，深入体察黑人左翼文学的跌宕起伏。[①]

六

50 年代末，随着美国废除种族隔离和冷战气氛的日益加重，哈莱姆的民族主义开始退潮，黑人左翼运动也跌入低谷。战时成立的黑人组织："民权大会"（the Civil Rights Congress）、"全国黑人劳工委员会"（the National Negro Labor Council）、《人民之声》（People's Voice）等，到 50 年代中期都不复存在了。而那些曾经与左翼联系密切的人，如马克斯·耶甘（Max Yergan）、亚当·鲍威尔（Adam C. Powell）、博斯华·怀特（Boshua White）、卡纳达·李（Canada Lee）都与共产党拉开了距离。有的甚至成了反共分子，如耶甘·怀特（Yergan White）。休斯虽然与左翼保持联系，但很谨慎。

除了外部压力，哈莱姆内部的分歧也加剧了黑人左翼的分化。40 年代末 50 年代初，美共开展的反对白人沙文主义和黑人民族主义运动给许多普

---

① Barbara Foley, *From Communism to Brotherhood: the Drafts of Invisible Man*, Left of The Color Line, eds., Bill V. Mullen and James Smethurst, Chapel Hill / London: the University of North Carolina Press, 2003, pp. 163 - 167.

通黑人党员造成混乱，挫伤了许多黑人政治活动家的情感，党的黑人领导——阿布纳·贝里（Abner Berry）、哈里·海伍德（Harry Haywood）、多克西·威尔克森（Doxey Wilkerson）相继辞职。另有许多黑人遭受麦卡锡主义的迫害，中断了哈莱姆区的黑人党员与左翼组织的正常联系。

历史辩证地看，即便是在低谷时期，还有许多黑人作家与左翼保持联系，如杜波伊斯、保罗·罗伯逊（Paul Robeson）、约翰·基伦斯（John O. Killens）、洛兰·汉斯贝里（Lorraine Hansberry）、奥西·戴维斯（Ossie Davis）、鲁吉·迪伊（Rugy Dee）、埃丝特·杰克逊（Esther C. Jackson）、本杰明·戴维斯（Benjamin Davis）、尤尔特·吉尼尔（Ewart Guinier）、欧内斯特·凯泽（Ernest Kaiser）、艾丽斯·恰尔德里斯（Alice Childress）、理查德·莫尔（Richard Moore）等。有的黑人作家虽然离开了美共，但与左翼机构和那些留守左翼的朋友来往不断，依然钟情于马克思主义对当代资本主义的政治批判，向往社会的公正公平等。另有一些黑人左翼作家由纽约迁往别的地方，但他们顽强地持守纽约的黑人左翼乌托邦理想，此影响一直延续到50年代末的民权运动。

许多旧左翼的文化机构不复存在了，但是左翼的出版业还在，如美共的"国际出版社"（International Publishers），社会工人党的"开拓出版社"（Pathfinder Press），美共与社会工人党的书店，美共影响下的杂志《群众与主流》（*Masses and Mainstream*）（后来的《主流》）、《美国对话》（*American Dialog*），美共的报纸《工人》（*Worker*）、社会工人党的《战斗》（*Militant*）都还集中在纽约。罗伯逊的《自由》（*Freedom*）杂志在50年代继续发挥作用，显示了公共领域中的美国黑人左翼文化力量的存在。冷战期间中央情报局成立的"美国社会的非洲文化"（the American Society for African Culture），其初衷是要从共产主义左翼阵营中分化出黑人力量。而黑人左翼知识分子巧妙地利用"美国社会的非洲文化"，在1959年发起"黑人作家协会"（Conference of Negro Writers），继续开展左翼活动。

即便是在最严酷的时期，一些黑人作家仍然坚持在左翼的思想视阈中继续创作。如劳埃德·布朗（Lloyd Brown）的小说《铁城》（*Iron City*, 1951）就通过两大阶级与民族主义的主题，表现对黑人工人阶级的热爱与忠诚。希克斯认为，如果小说早出版15年，将会产生更大的影响。基伦斯的小说《扬布拉德一家》(*Young Blood*, 1954) 依然带有黑人马克思主义特征。杜波伊斯、汉斯贝里、恰尔德里斯、锡德尼·普瓦提埃 (Sidney Poitier)、哈里·贝拉方特 (Harry Belafonte)、约翰·克拉克 (John H. Clarke)、朱利安·梅菲尔德 (Julian Mayfield)、玛格丽特·伯勒斯 (Margaret Burroughs) 等人在 50 年代仍然坚持创作,并产生巨大的社会影响。

1961 年路易斯·伯纳姆 (Louis Burnham)、爱德华·斯特朗 (Edward Strong)、杜波伊斯等人创办《自由道路》(*Freedomways*, 1961—1985),秉承民族主义与社会主义相结合的办刊宗旨,大力倡导黑人的自决主张。杂志大量刊登玛格丽特·沃克 (Margaret Walker)、麦凯、莫米·马奇特 (Moami L. Madgett)、斯特林·布朗等旧左翼作家的作品;同时也刊登玛丽·埃文斯 (Mari Evans)、尼基·乔维瓦尼 (Nikki Giovanni)、大卫·亨德森 (David Henderson)、卡尔文·赫恩顿 (Calvin Hernto)、奥德丽·洛德 (Audre Lorde)、哈基·马达休布提 (Haki Madhubuti)、阿斯基亚·图尔 (Askia Toure)、艾丽斯·沃克 (Alice Walker) 等新左翼作家的作品。可以说,《自由道路》是一座连接旧左翼与新左翼的桥梁。

综上所述,在哈莱姆文艺复兴与美国左翼文化运动的激荡和叠加中诞生的黑人左翼文学,既扎根于黑人民族文化,又充分汲取先进的思想理论,把反抗种族压迫的政治倾向升华为对理想的人类生存状态的审美追求,从而葆有了旺盛的艺术生命力,其影响一直延伸至 60 年代的新左翼运动和当代美国"学院左翼"的研究当中。总体上看,黑人左翼文学消长的历史启示意义在于它深刻地改变了美国主流文学的发展方向,也强烈地影响了主流意识形态。因为黑人左翼作家对美国种族制度的揭露与批判都是史无前例的,他们把最不受重视的黑人作品堂而皇之地引入文学的圣殿,使反种族主义、反霸权意识深入人心、牢不可破。今天美国少数族裔文学创作与研究的繁荣;后殖民主义、女权主义和新历史主义等各种文化批评一味强调种族、性别和权力的政治话语体系,追根溯源我们都可以从黑人左翼文学这里找到其思想源头。它甚至还直接启示了弱小民族如何在全球化的不对称关系中争取到公正平等的发展与对话权利。这种意义上看,黑人左翼文学消长的历史依然具有一定的学术价值和认识价值。

第四章　女权主义背景下的左翼女性文学

美国左翼女性文学由无产阶级女性文学与左翼知识女性文学两部分构成，是在第一次女权主义浪潮的大背景下产生的。它同 20 世纪初的格林威治村的激进文化，以及美共领导的左翼妇女运动休戚相关：前者促使其形成独特的女性叙述风格；后者进一步深化其理论基础——经典马克思主义的妇女理论，从而获得强有力的理论支撑。此后，美国左翼女性文学在文坛中的影响一直延伸至 60 年代的女权主义批评和当代的少数族裔文学研究当中。

第一节　无产阶级女性文学

本节所谈的无产阶级女性文学是指在美国无产阶级文艺运动中产生的，主要由女作家所创作，描写无产阶级妇女生活，塑造劳动阶级妇女形象的文学作品，特别关注阶级斗争中的性别冲突。作为左翼女性文学的一个重要组成部分，无产阶级女性文学直接受到波希民文化的影响。20 世纪初，格林威治村的波希民释放出三种激进：艺术激进、政治激进、性激进，前两种激进广泛弥漫于左翼文化运动中，表现为对先锋艺术的追求；而后者则表现为在弗洛伊德主义的影响下，重新审视两性关系、婚姻和一夫一妻制，由此带来性革命。[①] 这场性激进为左翼女性文学的出现奠定了思想基础。作为 20 年代初的先锋文艺和女权主义的继承者，这些女作家在 30 年代投身无产阶级运动时，并未放弃从女性角度对阶级斗争中的性别差异、性别歧视进行独立的思考与艺术表达。但

---

① James Gilbert, *Writers and Partisans: A History of Literary Radicalism in America*, New York: Columbia University Press, 1992, pp. 55 – 56.

是，她们既要同左翼政治话语保持一致，又要具有女性作家独特的创作意识，因此，性别成为她们心头的一道看不见的伤痕（invisible scar）。①然而，在无产阶级女性文学的活动空间和话语场中始终激荡着这些桀骜不驯的女作家的创作激情，她们在不懈探索。

一

20 年代，随着物质的繁荣，消费主义和个人主义开始盛行，女权主义运动缺乏新的目标应对变化了的时局，因而失去了对青年女性的吸引力，逐渐走向消沉。在新政期间，经济压倒一切，成为社会的中心问题，妇女问题不受重视。当时社会普遍认为妇女的位置在家庭，甚至连一些激进妇女也这么认为。左翼作家丽莲·赫尔曼（Lillian Hellman）曾经说过："到我成年时，诸如妇女解放啦，妇女在法律上、办公室里和床上的权利啦，都已成为陈词滥调。我们这一代并不考虑许多有关妇女地位的问题，也没有感觉到自己还正处在这个形成过程中。"②比赫尔曼年少几岁的麦卡锡擅长描写新政时期的女性生活，她的小说所反映的情况与赫尔曼的概括完全一致。麦卡锡本人也带有新政时期的女性特征，虽积极进取，最大限度地实现自我价值，仍然看重婚姻，回避女权主义。

1929 年的经济大萧条为无产阶级女性文学的发展创设了必要的前提条件，时代迫使女作家投身历史、经济和政治的革命，把女性的主体意识铭刻于历史。赫布斯特说大萧条使她自己的历史切入时代③；佩吉·丹尼斯（Peggy Dennis）也认为那时抽象的马克思主义理论融入日常生活当中。④史沫特莱也是在这个时候认识到亚洲的贫困，她在 1929 年来到中国，开始关注上海。虽然此时期美共大力倡导妇女参加无产阶级革命斗争，由于理论上的束缚，而无法解决左翼阵营内部的性别歧视，致使女作家遭遇了被遮蔽在无产阶级文艺运动中的强大的男性霸

---

① Paula Rabinowitz, *Labor and Desire*: *Women's Revolutionary Fiction in Depression America*, Chapel Hill / London: The University of North Carolina Press, p. 38.

② 周莉萍:《美国妇女与妇女运动》，中国社会科学出版社 2009 年版，第 439 页。

③ Josephine Herbst, "Yesterday's Road", *New American Review* 3, 1968, pp. 84 – 104.

④ Peggy Dennis, *The Autobiography of An American Communist*: *A Personal View of a Political Life, 1925—1975*, Westport, Conn. : Lawrence Hill, 1977, p. 71.

权中。

福纳洛夫的诗歌《美国工人》(*American Worker*) 是对当时无产阶级男性话语霸权的一个极好注解，最能说明无产阶级的性别特征。诗人写道：

> 肖然不动的新英格兰岩石：
> 高挺着头颅，坚定有力，
> 洛基山高高的山岳，
> 耸入朝阳红色的区域。
> 他的心脏是驱动这个国家的马达：
> 广袤开阔的平原国土……
> 背负千吨的水牛，
> 迈着雷霆的步伐，
> 他的坚实肌肉宛如钢轨，
> 充满 20 世纪到来的活力。
> 胳膊、双手、拳头，被机器变成
> 快速推进的力量，犹如 20 世纪的冲击。[①]

在福纳洛夫看来，无产阶级就要"高挺着头颅，坚定有力"，他不自觉地把男性的强劲与土地的传统、先进技术的前景联系起来。诗歌暗示社会主义的改革就是解放生产力，从本质上讲是阳刚性质的。当时高尔德也用非常男性化的词汇描述无产阶级文学，如"狂野的青年"、"工人阶级父母的儿子"、"工人阶级的美国是我的父亲"，等等。总之，无产阶级文学是阳刚的、属于男性的，湮没了妇女的声音。

对 30 年代的左翼刊物稍加浏览，我们就会发现当时文学作品中的革命工人形象几乎都是男性。《新群众》上刊登的文学作品，大都把政敌女性化，让他们穿上女人的衣服，女里女气地讲话，以示嘲讽。在左翼文学批评中，也常常把败笔归咎为女性特征过重，缺少阳刚之气。哈·刘易斯在《来自莫斯科的人》(*The Man from Moscow*, 1932) 一诗中

---

① Solomon Funaroff, *American Worker*, Left 1, Summer – Autumn 1931, p. 82.

就把政敌写成与布尔什维克相反的男性力量的丧失。哈·刘易斯的诗歌反映了左翼文学中的一个重要审美问题,即无产阶级刻意追求阳刚之美,其对立面则是中产阶级文化的女人味。就连左翼女作家在塑造女性形象时,也让她们穿上工人的白衬衫,把袖子卷起来,像男人一样工作和生活。当时的约翰·里德俱乐部、《新群众》等主要左翼文学刊物均由男性所掌控。这不仅反映了无产阶级文化运动中的男权意识,而且也与那时的女权主义运动走向沉寂相吻合。

有必要指出的是,左翼文化阵营中普遍存在的男权意识与共产国际的妇女方针也不无关系。当时共产国际大力号召妇女投身无产阶级的全部斗争,"只有千百万的劳动妇女参加到斗争中来,无产阶级革命才能取得胜利"①,但是在理论上仍然沿袭经典马克思主义的妇女论,侧重从经济层面解释妇女受压迫的原因,对妇女的认识也较为肤浅。因此,共产国际在具体的文化工作中并不重视妇女的作用。例如,1930 年 11 月,在苏联召开的"哈尔科夫大会"提出 6 项主张,诸如,反对革命作家中的白人沙文主义和中产阶级意识等,但只字不提有关妇女解放的问题。总部设在苏联的"革命作家国际联盟",在对《新群众》的 13 项严厉批评中,绝口不提妇女参加者的贡献。受此影响,"中西部劳动者文化联盟"提出 7 项策略,也没有提到妇女问题,包括约翰·里德俱乐部的很多倡议都忽略了妇女问题。1935 年召开的"第一次美国作家代表大会",只有拉苏尔一位女作家参会。由此可见,美国的无产阶级文艺运动是男性中心主义的产物,它不鼓励妇女在社会主义革命实现之前谈论妇女自身的利益。

美国学者尼柯拉对 30 年代《新群众》上发表的文学作品的作者性别进行过统计,她发现 1929 年在《新群众》上发表诗歌的 36 位诗人中只有埃伦·凯(Ellen Caye)、德福特(M. A. de Ford)、海伦·科佩尔(Helen Koppel)、莉莉丝·洛兰(Lilith Lorraine)、盖尔·威廉(Gale Wilhelm)5 位女诗人。1930 年,27 位诗人发表诗歌,只有

① 《共产党在劳动妇女中的工作》,见《共产国际第五次代表大会》,载贝拉·库恩编,中国人民大学编译室译《共产国际文件汇编》第 2 册,生活·读书·新知三联书店 1965 年版,第 87—88 页。

玛格丽特·拉金（Margaret Larkin）、里贾纳·佩德罗森（Regina Pe-
droso）两位女诗人。1931 年，20 位诗人发表诗作，仅有唐·洛夫莱
斯（Dawn Lovelace）一位女诗人。1932 年，18 位诗人发表作品，全
部为男性。1933 年，17 位诗人发表作品，其中只有安妮·布朗伯格
（Anne Bromberger）、莉莲·斯潘塞（Lillian W. Spencer）、罗斯·斯
托克斯（Rose P. Stokes）3 位女诗人。① 显然，男性作者的用稿量大
大超过女性作者。

　　30 年代出版的左翼文集也颇能反映这种性别失调的状况。1935 年，
希克斯等人编辑的《美国无产阶级文学》收录了 29 位诗人的作品，仅
有塔格德和鲁凯泽两位女诗人的作品入选。在 1937 年出版的《论坛》
（Forum）中，格雷戈里介绍了 15 位新诗人，只提到 4 位女诗人。1938
年，国际出版社出版的《欢呼！美国作家笔下的西班牙诗歌、故事和梗
概》（Salud! Poems Stories and Sketches of Spain by American Writers）收录
13 位男诗人的作品，只在结尾处提到了鲁凯泽、塔格德、埃德娜·米
雷（Edna V. Millay）、戴维曼等女诗人。1939 年以《战斗檄文》（Fight-
ing Words）标题编辑的"美国作家联盟纪要"中提到的 40 位突出贡献
的作家，仅有霍尔·黑尔（Hope Hale）、多萝西·帕克（Dorothy Par-
ker）、西尔维亚·沃纳（Sylvia T. Warner）3 位女作家。同年，乔治·
安德森（George K. Anderson）和埃达·沃尔顿（Eda L. Walton）编辑
的《这一代》（This Generation），收录百余页的激进诗歌，仅选了鲁凯泽
的诗歌。

　　我们从主要左翼刊物的编辑部成员的构成中也可以看到性别不平等
现象。1934 年《新群众》改为周刊，刊登了一张编辑部成员的合影，
只有玛格丽特·杨（Marguerite Young）、赫布斯特、埃拉·温特（Ella
Winter）、安娜·罗彻斯特（Anna Rochester）4 位女编辑，而男性编辑
却占了 16 人。另一张照片是《新群众》的核心人物，清一色的男性。
虽然妇女参加了左翼文化运动，但只是一个配角。

　　然而，我们也要看到左翼文化阵营中妇女力量不断壮大的乐观景

---

① Charlotte Nekola and Paula Rabinowitz, eds., *Writing Red: An Anthology of American Women Writers, 1930—1940*, New York: The Feminist Press at the City University of New York, 1987, p. 131.

象。"美国作家联盟"中妇女的力量持续增长：1935年的"第一次美国作家代表大会"选举的16名执行委员中只有赫布斯特和塔格德两位女委员；1937年的"第二次美国作家代表大会"选举了13位执行委员，女委员的人数已经增加到4位。她们是多萝西·布鲁斯特（Dorothy Brewster）、马乔里·费希尔（Marjorie Fischer）、塔格德、琼·昂特迈耶（Jean S. Untermeyer）。1939年，"第三次美国作家代表大会"执行委员会改组后，选举了诺拉·本杰明（Nora Benjamin）、艾琳·伯恩斯坦（Aline Bernstein）、布鲁斯特、马莎·多德（Martha Dodd）、费希尔、赫尔曼、唐·鲍威尔（Dawn Powell）、塔格德、琼·昂特迈耶8位女委员与17位男委员。1941年，"第四次美国作家代表大会"选举出乔治亚·巴克斯（Georgia Backus）、布鲁斯特、戴维曼、缪里尔·德雷珀（Muriel Draper）、埃莉诺·弗莱克斯纳（Eleanor Flexner）、莉莲·吉尔克斯（Lillian B. Gilkes）、琼·卡萨维娜（Jean Karsavina）、鲁斯·麦肯尼（Ruth Mckenney）、迈拉·佩奇、维奥拉·肖尔（Viola B. Shore）、克里斯蒂娜·斯特德（Christina Stead）、斯莱辛格、多德、塔格德等15位女委员（男委员有23位）。

美国各地的约翰·里德俱乐部办的杂志或出版物也陆续登载一些女性作品：如《红色星火：克里夫兰约翰·里德俱乐部简报》（*The Red Spark：Bulletin of the John Reed Club of Cleveland*）第1卷第1期，刊登了简·斯蒂尔（Jane Steele）的长诗。底特律的约翰·里德俱乐部出版的《约翰·里德俱乐部简报》（*The John Reed Club Bulletin*）第1卷第1期，有埃塞尔·罗兰（Ethel Roland）的诗歌《雇佣劳动》（*Wage Slave*）。由帕特森和新泽西约翰·里德俱乐部出版的《反叛》（*Revolt*）第1卷第2期，收录了女作家的作品。由西北约翰·里德俱乐部出版的《无产阶级文艺运动》（*Proletcult*），收录了唐·洛夫莱斯（Dawn Lovelace）的短篇小说。《左翼：激进与实验艺术季刊》（*The Left：A Quarterly Review of Radical and Experimental Art*）刊登了洛拉·里奇（Lola Ridge）的作品；《红色波士顿》（*Red Boston*）第1卷第1期，有里夫卡·甘兹（Rivka Ganz）撰写的报道。像底特律的《新力量》（New Force）这样的左翼小刊物也经常刊登女作家的作品。

尽管左翼文化阵营开始重视妇女的作用，但是无产阶级文艺运动笼罩在男性话语霸权当中。以高尔德为代表的无产阶级作家，提倡建立在阶级斗争基础上的无产阶级现实主义创作模式，即渲染无产阶级的阳刚之气。许多女作家也不自觉地把女性人物塑造成充溢阳刚之气的革命者形象。然而，作为女性的创作，无产阶级女性小说不可能完全认同像高尔德、希克斯、考利这样的男性批评家所框定的叙述模式，即通过否定妇女的主体性，达到凸显工人阶级整体的阳刚之美。现实迫使拉苏尔、斯莱辛格等人不得不把性别的话语隐藏在阶级的话语之中，逐渐形成左翼女性文学的独特叙述风格。

二

我们可以从 30 年代最具代表性的一些无产阶级女性文学作品中，深入具体地理解上述提及的一些相关问题。拉苏尔的《女孩》(*The Girl*，1978) 和奥尔森的《约侬迪俄：来自 1930 年代》(*Yonnodio*：*From the Thirties*，1975) 是 30 年代最具代表性的无产阶级女性文学作品。她们把种族、性别、性欲和阶级交织在一起，描绘处于生命挣扎中的女性破碎的心灵，以悲悯的情怀书写女性的脆弱与无奈，在无产阶级文学创作中保持了女性独特的文学追求和女性叙述特征。

拉苏尔的长篇小说《女孩》在 30 年代没有出版，直到 1978 年被女权主义者重新发现，由西部出版社出版。《女孩》写于大萧条时期，拉苏尔有意识地以女性化的无产阶级小说建构劳动阶级的女性主体。在《女孩》中，她通过强调女性和母性的力量，使女性的历史进入无产阶级现实主义的叙述中。正因为小说充满激进意识，描写也过于惨烈，所以在当时无法出版。早在 30 年代初，钱伯斯就批评拉苏尔把《领救济的妇女》写得过于凄凉。30 年代中期，尽管美共需要像拉苏尔和奥尔森这样的女作家颠覆正统的无产阶级教义，但是，《女孩》完稿后，无产阶级小说已经时过境迁。拉苏尔受到斯大林阵营和托洛茨基两大阵营的双重否定，处境尴尬。

拉苏尔出生在一个左翼家庭，自幼父母就教她认识德布斯、约翰·里德、桑德堡、玛格丽特·桑格 (Margaret Sanger)、德莱塞式的反抗。20 年代中期，拉苏尔以中西部激进的波希民风格步入文坛，并参加共产党。1927 年，拉苏尔在营救无政府主义者萨科、范齐蒂运动中被捕入狱。拉苏尔在艺术上受到戴维·劳伦斯（David H. Lawrence）的影响，擅长在异性意象的组合中探寻男人的"理性"和女人的"情感"力量。大萧条时期，拉苏尔对共产主义充满信心，为《工人日报》和《新群众》撰稿。她从中西部文学中汲取养料，丰富了左翼文学。1935年，拉苏尔作为唯一的女代表，参加"第一次美国作家代表大会"。冷战期间，她被列入黑名单，并遭受众叛亲离的痛苦，她转入儿童文学创作，继续抒发左翼政治激情。60 年代拉苏尔恢复创作活力，陆续发表《玉米村庄》（Corn Village，1970）、《古代成人礼》（Rites of Ancient Ripening，1975）等作品。西部出版社（West End Press）对左翼文化运动心存敬意，出版了拉苏尔的《收获》（Harvest，1977）、《讴歌时代》（Song for My Time，1977）、《领救济的妇女》（Women on the Breadlines，1977）、《女孩》、《日趋成熟》（Ripening，1982）。拉苏尔的一生是当代左翼妇女运动的见证，她热衷于美国本土文化，为工人阶级奋斗终生，被誉为女权主义的楷模。拉苏尔在 1996 年去世时，人们发现她的床头上张贴着惠特曼的诗句，并一直保持共产党员身份。

　　《女孩》是以大萧条时期，作家在明尼苏达州圣保罗的一段生活经历为基础创作的。当时拉苏尔作为工联成员，与女工们生活在仓库中，从她们那里搜集到许多素材。女孩是小说中的叙述者，一个穷人家的乡下姑娘。她来到城里，在一家非法酒吧——"德国村"做招待。在这里，女孩耳闻目睹的都是男人对女人的蹂躏和从女人身上寻找快乐。女人如果怀孕了，就得去做危险的流产，独自承受肉体的伤痛。女孩与布奇相爱，但她拒绝布奇让她流产的要求，被布奇暴打。这是她第一次被父亲之外的男人暴打。现实的经历增强了女孩对性别压迫的认识。

　　布奇死后，女孩与朋友克拉拉住在圣保罗的仓库里，两人互相帮助、相依为命。克拉拉是个妓女，一直梦想有朝一日嫁个有钱人，不料却身染重病。阿米莉亚坚信妇女的群体力量，她积极开展各种活动保护妇女身体、关心怀孕、医治需要救助的妇女。在这个妇女群体中，女孩开始从工人阶级与性别意识中萌发了主体意识。小说在结尾处，几百名妇女上街游行示威，女孩和克拉拉待在仓库里。当游行的妇女返回仓库时，她们目睹了克拉拉的死亡和新生命的诞生。新生婴儿也取名克拉拉。在拉苏尔看来，妇女的异性恋包含着女性的欲望，即其潜在的成为母亲的愿望，而妇女进入历史则是通过母性获取的。因此，欲望与母性是构建妇女主体性和政治性的内在驱动力。

拉苏尔把一个女招待（女孩）的发展的社会意识与其性欲、怀孕联系起来，随着女孩性格的不断成长——既是胎儿的成长也是故事的延展，无产阶级的故事情节也在发展。作家没有刻画妇女身体的劳作，而是描述了从旧生命的死亡到新生命的诞生，经母亲联系过去与未来，成为共产主义革命转换的隐喻。拉苏尔的小说从性别意识切入，将欲望的叙述融入历史叙述，即把妇女工人阶级的历史性置入妇女生产的身体，而不是由男性劳动所构成的传统。女孩在欲望的母性身体中聚集了阶级意识。拉苏尔有意凸显女性个体意识，从家庭扩展到女孩生活的妇女群体当中。这样，小说中的妓女、男性的暴力、非法流产、孩子的出生等经历都成为熔铸意识的历史瞬间。就此看来，阿米莉亚这一人物形象的出现绝非偶然，她既是工人联合会的组织者，也是助产士，体现了女性的自我意识和群体意识的增长。

小说深刻地具现了劳动力再生的矛盾，突出了欲望与政治的关系，也发展了这样的思想——阶级解放是在个人自由的前提下实现的，但阶级斗争不是必需条件。拉苏尔反对自我繁殖和女性自治的幻想，《女孩》中的女性工人阶级主体性消融在男性主宰的社会结构中，驱使异性恋和母性改变了工人阶级妇女的身体，远甚于劳动与饥饿。这样，《女孩》呈现出与无产阶级男性作家迥然不同的叙述风格，使无产阶级故事情节焕发了活力，在性别描写上超越了一般的左翼小说。

三

被女权主义者誉为30年代无产阶级文化运动佳作的奥尔森的《约侬迪俄——来自30年代》（以下简称《约侬迪俄》），则标志着无产阶级女性文学中工人阶级女性题材的发展。奥尔森小说的标题"约侬迪俄"取自惠特曼的诗篇"约侬迪俄！约侬迪俄！——他们无声无影地消失了"。[1] 惠特曼的"约侬迪俄"是对消失的印第安部落的悼念，而小说中这个题目既是对霍尔布卢克一家人的悲惨生活的哀悼，也是对奥尔森

---

[1]　[美] 惠特曼：《草叶集》（下），楚图南译，人民文学出版社1987年版，第911页。

难以持续写作的一种哀悼。奥尔森有意识地在社会与家庭的关联处——女性主体性与社会的经济构成中铺叙故事、塑造人物，使小说超越了讲述一个女子成长的故事模式，凸显了由劳动阶级妇女题材支撑的现实主义的性别和阶级内涵。通过设置在工人阶级家庭内的叙述，奥尔森回避了把工人阶级对象化的现实主义技法，颠覆了无产阶级的男权意识，传达出妇女的声音。这样，小说中的各种零散的、分裂的元素聚合在一起，大大削弱了无产阶级的男权思想。奥尔森把男权资本主义制度中的阶级和性别的冲突揭示得淋漓尽致。多重压抑和疏离源自于主体的地位，奥尔森一再表示小说涉及妇女创造的欲望与阻碍这种欲望的社会力量之间的紧张。正是这种紧张使奥尔森无法在 30 年代完成这部小说。

小说受到史沫特莱的《大地女儿》的影响，集中体现了工人阶级妇女主体性建构在童年记忆之外的主题思想。《约侬迪俄》描绘的 20 年代工人阶级家庭生活，与爵士乐时代的那种灯红酒绿的生活截然相反。吉姆和妻子安娜含辛茹苦，就是为了寻求理想的栖身之所，实现他们的美国梦。吉姆开始在矿区工作，井下暗无天日的劳动使他们决定离开矿区，来到南达科他州的一个农场。那里美好的自然风光，让他们误以为找到了伊甸园。不料农场一年的劳动却让他们背负沉重债务。最终一家人又搬到中西部的一个屠宰场所在的小镇，那里到处弥漫着恶臭。小说结尾处，霍尔布卢克一家人生活每况愈下，更加贫困。

奥尔森出身于工人阶级，父母都是俄裔犹太人，因为参加 1905 年反对沙皇统治的革命而逃亡美国的内布拉斯加州的奥马哈。到美国后，其父继续参加政治斗争，成为奥马哈地区的社会党活跃分子。父亲的政治热情与社会参与意识让奥尔森很早就接触到左翼政治。由于家庭贫困，奥尔森中学毕业后，就开始打零工贴补家用，30 年代中期她加入共产党。所以，她的小说始终未能走出童年的经历——工人阶级母亲沉默而苦难的生存状况，这一点深受史沫特莱的《大地女儿》的影响。

在小说《约侬迪俄》中，家庭把玛吉团团围住，因为她是家里的长女，必须分担母亲的家务，却从母亲那里得不到任何回报。如果说工人阶级男性的危险在于恶劣的工作环境所造成的人身伤害，那么，妇女就是家庭中在社会中受到不公平待遇的男人的出气筒。玛吉与她母亲都得承受来自父亲——吉姆的打骂，他把煤矿老板对工人的暴虐延伸到家庭，施加在妻儿身上。当玛吉向母亲抱怨弟弟可以到河边玩耍，自己却要做家务时，母亲告诫她男孩跟女孩是不一样的。因为性别的缘故，玛吉的行动被限制在家里。她没有参加家里的国庆节庆祝，因为女孩不能燃放鞭炮。夜晚是玛吉最为放松的时刻，她拥有自己的梦乡——她唯一的私人空间。家庭日常的生活让玛吉感到窒息，她见证了工人阶级母亲身体遭受的折磨、强暴、怀孕和语言侮辱。婚内强奸导致母亲流产，令玛吉胆战心惊。小说中的工人阶级妇女的身体由劳动与欲望的双重结构所铭刻，虽然母性的隐喻指涉解放，但依然带有传统家庭小说中的资产阶级母亲身份的痕迹。小说在结尾处，小女儿贝丝玩弄一个水果罐头瓶子盖，她突然把瓶盖抛起又抛落，她欣喜若狂，一遍遍重复这个动作。小说写道："我会做了；我用我的力量了；我！我！"① 这段描写隐喻了女性身上与生俱来的巨大潜力与创造力，以及实现的可能性。

拉苏尔、奥尔森都因挑战了左翼阵营内部的男权意识，逾越了阶级斗争的话语而遭受挫折。她们的作品揭露了妇女问题的复杂性，不能简单地归属于阶级斗争。那种认为只要推翻资本主义制度，在这一制度下存在的压迫妇女的问题便会迎刃而解，未免过于乐观。这也使她们的创作呈现出与同一时期无产阶级男性作家迥异的风格。《女孩》与《约依迪俄》之所以重要，原因有三点：一是小说之所以在30年代被拒绝，或者无法完成，就是因为它们突破了惯例。也正因为如此，它们才能在70年代成为女权主义的经典之作。二是小说展现了一种全新的无产阶级女性小说的叙述风格，使工人阶级的女性主体性较之情节故事更为重要，而不是停留在次要地位。三是小说把女性身体和欲望的语言联系在一起，通过母性融入历史。换言之，两部小说在无产阶级男性作家未占领的领域发现了女性的历史性，从而摆脱了叙述和历史的两难处境。更为重要的是，它们冲击了无产阶级男性的政治意识。

四

同样出身于工人家庭的劳伦·吉尔菲兰（Lauren Gilfillan），在她唯一的一部长篇小说《我去上煤矿学院》中以强烈的社会文件和个人记

---

① Tillie Olsen, *Yonnondio: From the Thirties*, New York: Dell, 1975, p. 153.

录形式，描绘了 30 年代的矿工生活。吉尔菲兰用知识女性的视野观察矿工生活，凸显政治与性别的紧张关系，呈现从无产阶级女性小说到左翼知识女性小说的过渡特征。

吉尔菲兰原名为哈里雅特·吉尔菲兰（Harriet W. Gillfillan），1909年出身于华盛顿市的一个工人家庭，后全家迁往密歇根的卡拉马祖。1926 年，吉尔菲兰以优异成绩获奖学金，升入史密斯学院学习。受家庭影响，她思想激进，特别向往格林威治村的波希民文化生活。1931年大学毕业后，她前往纽约寻找工作。在书商的建议下，她开始构思以宾夕法尼亚矿工悲惨生活的第一手素材为基础的小说。22 岁的吉尔菲兰只身前往匹茨堡附近的阿维拉矿区收集素材，她详细记录了共产主义者领导的"全国矿工协会"（National Miners Union）的活动情况。1934年她以"劳伦·吉尔菲兰"的名字出版《我去上煤矿学院》，以示参加左翼文化运动获得新生之意。小说出版后，立刻引起左翼作家和批评家的关注，吉尔菲兰多次被邀请在美共所举办的文学会议上发言，不少左翼刊物也前来约稿。正当吉尔菲兰雄心勃勃，计划要写第二部小说和出版青年时代的日记之时，她患上了严重的精神分裂症。自 1935 年起，吉尔菲兰住进精神病院，直到 1978 年去世为止。

吉尔菲兰的《我去上煤矿学院》讲述了怀有自我抱负的中产阶级女作家劳里，为了创作一部反映煤矿工人生活的小说，深入宾夕法尼亚的阿维洛尼亚煤矿小镇搜集素材的故事。小说带有纪实报道特征。为了突出小说的真实性和半自传性，吉尔菲兰有意把主人公取名为劳里（Laurie）与作家的名字劳伦（Lauren）近似，并把现实中的阿维拉矿区（Avella）写成阿维洛尼亚（Avelonia）煤矿小镇。吉尔菲兰采用第一人称叙述，塑造了像无畏的民俗学家那样，只身走进男性主宰的矿区的女作家劳里的形象。30 年代的无产阶级小说反映知识女性的生活，经常在传统女性小说的形式中赋予其男性内容，展现激进女性的尴尬。吉尔菲兰却以无产阶级现实主义关注了中产阶级女性的生存状况。

劳里从匹茨堡乘出租车来到阿维洛尼亚煤矿小镇，尽管她热切希望矿工们对她敞开心扉，而她自己却隐瞒身份与动机。煤矿小镇跟纽约不同，矿工同作家也不一样，所以，劳里不停地把自己所观察到的矿工生活转换成文学与美学的语汇，为的是让资产阶级读者阅读。通过使用不同的语言，作家彰显了劳里的阶级差异性。矿工的服饰在她看来就像是化装舞会的服装，穿上它是为了显得本地化，以便接近矿工和他们的家庭。她就像民俗学家和人类学家那样，详细记录每首矿工歌曲的歌词。在矿区里，劳里是一位亲切的"外人"，受到客气的接待，但从未真诚过。她进入阿维洛尼亚矿区是为自己的小说搜集素材，她的主体性与工人的客体性通过文学语言调和在一起。她感到矿工的笑容和语言创造了一道域外风景画———一场化装舞会。这也加剧了劳里内心的主客分离，以及她的姿态与叙述的分裂。

　　矿区的每个人物都成了劳里在小说中嘲笑的对象。共产党员被讥讽为自高自大，约翰尼的无产阶级故事被摘录进"霍雷肖·阿尔杰的故事"中，并对之大加挞伐；被救济的工人不是酗酒就是小偷小摸；警察、牧师、医生和法官都被描绘为虚伪的人。只有阿奇在矿井里的工作和利奥的工会工作，没有遭到揶揄，是劳里正面描写的工人阶级形象。最后，当劳里毁掉手稿，抢救出来的只有工人歌曲的歌词。劳里的身份暴露后，她独自游荡了好几天，身无分文，饥饿、疾病伴随着她。

　　小说中的劳里是一位主动走进工人阶级生活的单身中产阶级女性，她的性别带来的紧张与其阶级所培养的优越感密切相连。来自家庭教养的"孩子气的脸庞和大胆举止"，使她轻易就进入矿工家庭。当她在阿维洛尼亚救济站看到男人们抽烟，她也抽，并主动与陌生人搭讪。她的举止挑战了矿区的妇女标准——矿区严格区分良家女子与坏女孩。尽管劳里的野性头发、无拘无束的生活方式与矿区格格不入，但是，她的性别很有诱惑力。矿工们对她不像对待进入矿区的男性新闻工作者那么严厉，男人们被她所吸引，让她参加各种会议，进入坑道，一些不对外人披露的秘密也告诉她。虽然矿区的妇女无法识破劳里，但是来自纽约的共产主义组织者雪莉看穿了她的把戏。雪莉第一次见到劳里，就作为她的对立面出现。雪莉在政治上蔑视劳里的自我利益，而劳里则喜欢雪莉的美貌和族裔。最终由于劳里与约翰尼的亲近引起雪莉的嫉妒，雪莉直面劳里的动机和艺术家的自负，谴责劳里的波希民生活态度和她的"为艺术而艺术"的追求。劳里则以女权主义的战斗姿态回击雪莉，说共产党主张男女平等。这两个不同于阿维洛尼亚的女人，由于各自的阶级与政治承载的不同，她们彼此间也大相径庭。最终劳里因为自己的阶级背景得不到工会的信任，她的轻浮也招来"国际劳动保护协会"代表吉姆的调查。他搜查了她的手稿和物品——象牙镜子、丝绸衣服、粉饼和口红等。虽然劳里在矿区看似高傲，是令人无法接近，其实不过是个脆弱的中产阶级知识女性，她被怀疑为政治间谍。

小说中的"我"既是叙述者，也是参与者。"我"观察矿工生活，矿工的集体行动都是通过劳里的观察展现的；"我"也积极参与矿工的活动。小说一开始就把"我"定位在集体的主体位置上，而非简单的客体，使女性的主体性在阶级与性别中被建构起来。双重语言让"我"游移在观察者与参与者、资产阶级与无产阶级、匹茨堡大学与煤矿学院、女性与男性之间。这种建构凸显了无产阶级美学中的性别与阶级的疏离，以及它所产生的女性的边缘化。某种意义上，这是一部成长小说，即一个承载作家成长的故事。劳里携带构成其资产阶级女性的物品——口红、粉饼和丝绸衣服，观察自己和别人——以镜子与相机；记录他们的言行——以她的打字机。一旦发现她是个可以撰写无产阶级"文件式"的知识女性，又是极其危险的，因为她既沉湎又拒绝建立在自己的阶级、年龄、教育、性别和性欲基础上的互相矛盾的优越性。劳里因缺乏坦率而无比脆弱，她的一系列面具令她的叙述不真诚。吉尔菲兰故意混淆性别、阶级和类别的界限，使小说带有纪实报道的特征。但是，作为一种虚构的纪实，吉尔菲兰又凸显了报道与激进知识女性书写之间的冲突。

吉尔菲兰在《我去上煤矿学院》中，有意识地把纪实与虚构、传记与小说交融为一体，寻找属于女性自我的叙述角度。小说不仅给读者一种虚实难辨的感觉，而且在艺术上突破了同时期的无产阶级小说，带有元小说特征。表面上看，小说描写矿区工人生活，但大量的篇幅用来描绘中产阶级出身的劳里卷入了男性主宰的阶级斗争的旋涡，凸显劳里的性别、自我与矿工格格不入，一定程度上逾越了以暴露和批判为主的无产阶级小说的程式，带有左翼知识女性小说的特征。

综上所述，拉苏尔、奥尔森、吉尔菲兰在30年代的小说创作中深刻展现了无产阶级革命中的性别与阶级斗争的矛盾冲突，从而逾越了无产阶级文学在整体上追求阳刚之气的审美倾向，其独特的女性叙述揭露了无产阶级的男性霸权。她们塑造了栩栩如生的工人阶级妇女和激进知识女性形象，通过这些共产主义妇女的视阈，揭示特定情境中的女性主体性，反映阶级斗争中的女性的自觉。她们的创作在一定程度上反映了20世纪上半叶女性马克思主义者所面临的性别与左翼阵营的不协调。正因为如此，她们的作品才能经得起时间的检验，在第二次女权主义浪潮中重放光彩。

第二节　左翼知识女性文学

本节所讨论的左翼知识女性文学指，成长于新政新时期的那些中产阶级出身的左翼女作家所创作的作品，主要反映知识女性在左翼背景中或左翼文化运动中的生活，集中渲染她们的政治焦虑与情感困惑，以及萦绕心头的女性的自我意识。左翼知识女性的文学创作与无产阶级女性小说不同之处在于没有党派间的阶级斗争与性别的冲突，代之以女性自我意识与普遍的男权意识的紧张。如果说吉尔菲兰的创作呈现出过渡特征，那么，斯莱辛格、麦卡锡、伊丽莎白·哈德威克（Elizabeth Hardwick）等则是左翼知识女性文学的代表作家。

一

斯莱辛格的《无归属者》(*The Unpossessed*，1934)聚焦了纽约左翼知识分子的性别政治，漠视传统的男性无产阶级文学。从男性与女性的本质特征入手，斯莱辛格廓清了性别的差异。她关注知识分子，虽然采用无产阶级文学形式，却没有其内容。麦卡锡的《她的交际圈》则彰显了性别意识，把女性知识分子视为政治主体。她们两人的创作与无产阶级女性文学迥然不同。

斯莱辛格出生在纽约市的一个富裕且适应新文化的犹太人家庭。父亲安东尼·斯莱辛格（Anthony Slesinger）来自匈牙利，1889年毕业于纽约城市学院，又到哥伦比亚大学学习法律。他娶了犹太富商的女儿，婚后接手岳父的服装生意。母亲奥古斯塔·斯莱辛格（Augusta S. Slesinger）热心社会福利事业，创办过各种社会研究机构。斯莱辛格在纽约的伦理文化社会学校读中学，她先后就读于斯沃思莫学院（Swarthmore College）和哥伦比亚大学，并获学士学位。她先到《纽约先驱论坛》(*New York Herald Tribune*) 做助理编辑,又在《纽约邮报》(*New York Post*) 担任文学助理编辑,并撰写书评。1928 年,她与同学赫伯特·索娄 (Herbert Solow) 结婚,在《烛台杂志》(*Menorah Journal*) 做助理编辑。《烛台杂志》是一份较有影响的左翼刊物,由哥伦比亚大学教授艾略特·科恩 (Elliot Cohen) 创办,索娄负责编务工作。杂志凭借深刻的思想性,吸引了众多犹太知识分子,诸如,特里林夫妇、克利夫顿·法迪曼 (Clifton Fadiman)、费尔克斯·莫曼 (Felix Morrow)、阿尼塔·布伦纳 (Anita Brenner)、亨利·罗森塔尔 (Henry Rosenthal)、哈尔珀、霍克、伊斯特曼、芒福德。自 1930 年起,斯莱辛格在《烛台杂志》、《美国精神》(*American Mercury*)、《论坛》(*Forum*)、《现代季刊》、《纽约客》、《浮华世界》(*Vanity Fair*) 等刊物上发表短篇小说。1932 年,她的短篇小说《弗琳德斯太太》(*Missis Flinders*) 触及了当时美国公众中尚未广泛讨论的流产问题,引来一片骂声。她又把这个故事扩展为一部长篇小说——《无归属者》,集中展现左翼知识分子的性别政治,受到批评界的关注。她的第二部长篇《一家好莱坞画廊》(*A Hollywood Gallery*),试图从普通的好莱坞艺术家和专业人员的角度展现好莱坞生活,小说没有写完。

1932 年,斯莱辛格与索娄离婚,她一直保持自己的姓氏。离婚后,斯莱辛格移居好莱坞从事电影剧本创作。1937 年她把赛珍珠的《大地》(*The Good Earth*) 改编为电影剧本。同年她与电影制作人弗兰克·戴维斯 (Frank Davis) 结婚,二人合写了许多电影剧本,如《跳舞,姑娘,跳舞》(*Dance, Girl, Dance*, 1940)、《记住这一天》(*Remember the Day*, 1941)、《非得有丈夫吗?》(*Are Husbands Necessary?* 1942)、《一棵长在布鲁克林的树》(*A Tree Grows in Brooklyn*, 1945) 等。

斯莱辛格在政治上非常活跃,参加过营救汤姆·穆尼 (Tom Mooney) 和斯科茨伯勒男孩 (Scottsboro Boys) 的活动;为"亚伯拉罕·林肯旅"的利益而奔忙;她还参加了"好莱坞反纳粹联盟",支持进步电影。苏联的肃反运动与苏德协议曝光之后,她对共产主义感到幻灭,但并未像其他的纽约文人那样向右转,而是积极投身反法西斯斗争,并同美共保持联系。60 年代的新左翼女权主义者开始研究她的小说与电影剧本,阐发文本中蕴涵的左翼政治运动与女性个人生活的紧张与冲撞。

斯莱辛格的《无归属者》描写了一群左翼知识分子所经历的生活磨难。小说讲述了三位大学同学，在他们 30 多岁的时候，创建一份左翼文艺刊物。每个男人与一个女人相联系；这三个女人都程度不同地因男人的需求而改变自己的性格。她们组成了围绕男人的亚群体。围绕着三对夫妻，还有另外两个群体——由布鲁诺的学生组成的一个小群体和愿意为杂志提供经费的富有的米德尔顿家族成员。伊丽莎白是一位艺术家，参加过某欧洲艺术小团体，刚从欧洲归来。她独立而洒脱，爱恋自己的远房堂哥布鲁诺。布鲁诺是一位英语教授，也是某个左翼知识团体的小头目，但他与工人阶级毫无联系，除了自己那点扭曲的智慧和情感之外，他什么也不能给伊丽莎白（布鲁诺影射了艾略特·柯恩）。布鲁诺的雄心壮志和自我意识日趋麻木，当面临重大的政治或个人问题时，他无力领导任何人。诺拉和杰弗里是小说中较为平静的一对夫妻（影射了伊斯特曼），诺拉非常关心那位自恋且有些花心的丈夫。玛格丽特和迈尔斯（影射作家本人与索娄）的婚姻在脆弱的新英格兰道德束缚下勉强维持。迈尔斯对自己的职业感到失望，他意识到自己的政治责任。在小说的最后一章，郁郁寡欢的玛格丽特，为了投身政治运动，流掉了孩子。这说明左翼知识分子不考虑个人、家庭和情感的需求。诚如布鲁诺所宣称的那样："我们没有父母，也不能有后代；我们没有性；我们是骡子……简言之，我们是杂种、弃儿、假货，不属于也不占有这个世界，是真正的少数。"①

小说的叙述主要围绕着布鲁诺、杰弗里和迈尔斯三人展开，但其结构的重心却在玛格丽特这里，她的声音相伴小说始终，直到伊丽莎白从欧洲归来才打乱了叙述的平衡。伊丽莎白的出现是由另外一种联系，即建立在家庭和种族记忆中的近似乱伦的关系。这种变幻的叙述策略，作为一种性的嫉妒开始，侵入群体，结果导致灾难。所以，小说最终没有实现无产阶级小说故事中的乌托邦前景。当这个小群体开始分裂时，叙述转向另外一对夫妻——玛格丽特和迈尔斯，聚焦他们的痛苦、流产和离异。

小说在结构上带有无产阶级集体小说的特征，读者可以看到来自不

---

① Tess Slesinger, *The Unpossessed*, New York: Simon and Schuster, 1934, p. 327.

同背景的各色人物，为着一个共同的目标聚集在一起。作家把各种分散的元素缝合在一起，所有的声音也都在一个高潮点汇聚在一起。无产阶级现实主义否定自我意识，在小说中却是不和谐、杂乱无章，非但没产生集体的群众，而且小集体也分崩离析。当小说中所有的人物在同一时刻进入同一空间时，那不是一次游行示威而是一场聚会。一群人同时来到富裕的米德尔顿家里，为杂志募捐。而此刻饥饿的工人却在遥远的地方，对这群人来说工人只是一个抽象的概念。此刻所有眼睛都盯在艾米莉身上，她的丈夫因为挪用公款而被捕入狱。与描写苦难的工人阶级妻子不同，艾米丽成为勇敢的上流社会的象征，在大萧条时期，无论什么行为都是生存下去所必需的。

《无归属者》与陀思妥耶夫斯基的小说《群魔》有互文性。陀氏小说写了一群虚无主义的知识分子，像被恶魔缠绕般投身政治运动。在陀氏看来，与俄国传统的神性宇宙观相背离，必然导致灾难性后果。陀氏反对不是社会主义的宗教，也拒绝不是宗教的社会主义，他希望二者最大限度地取其广义，即以真正的宗教与真正的社会主义驱逐人们内心的"恶魔"。在斯莱辛格这里，失败正是由于缺失了信仰，因为布鲁诺的任何一种思想都能培育出对立面。他充满了恒定的怀疑，是斯宾诺莎的传人，而不是马克思主义者。他是一个局外人，被犹太劳动阶级的文化所同化，对精英学术有抵触。他的清教成长背景使他神经质，脱离活生生的现实世界。杰弗里认为自己是小群体里的核心人物，联结资产阶级、共产党和无产阶级，他自称为马克思主义知识分子，让理论替代行动。然而，这种错误的看法是建立在托洛茨基主义之上的。一切事情都可以转化为理论，对他们而言，性、革命都是抽象的。上述人物性格并没有受到由阶级斗争所引发的社会变化和经济关系的影响，他们的性格在各自的家庭成长中就已经定型，诚如布鲁诺所说："真正的阶级斗争是两性之间的斗争，并且是从家庭的反叛开始的。"①

30 年代的无产阶级小说关注公共政治，诸如，罢工、集会、反抗等，而斯莱辛格的小说却聚焦了男女性欲、性别构成、家庭关系、感觉和无意识等。她以游动的视角处理这些题材，让读者进入人物内心，呈

---

① Tess Slesinger, *The Unpossessed*, New York：Simon and Schuster, 1934, p. 23.

现他们的内在活动。斯莱辛格把人物的逃避、理性、幻觉和不确定性统统以反讽的方式呈现出来，对他们的内在意识进行深度开掘。

《无归属者》的创新之处有三点：一是它突破了无产阶级现实主义的题材限制，不是在给定的形式中修订其内容，而是把知识女性融入左翼政治当中；二是虽然小说沿袭无产阶级小说的叙述程式，但是，小说中的人物均为知识分子与纽约上流人士；三是斯莱辛格采用无产阶级的集体小说的叙述模式，把叙述建构在六个主要人物的平行故事中，在美学形式的探索中呈现了她们的复杂政治观念。正是这三点使小说呈现出左翼知识女性小说的突出特征，与无产阶级女性小说迥然不同。

《无归属者》出版后，不到一个月就印刷了四次，立刻引起批评界的关注。格雷戈里发表评论文章，认为斯莱辛格毫无疑问是很有潜力的作家。①罗伯特·坎特韦尔（Robert Cantwell）宣称该小说是近年来美国小说中的杰作。②T. S. 马修斯（T. S. Matthews）认为小说极有前景，在意识的忧思、自我揶揄等方面堪称大胆而真实。③ 约翰·张伯伦（John Chamberlain）称小说是当今纽约市所能读到的最好的小说。④ 默里·肯普顿（Murray Kempton）在 1950 年还重提这部作品。⑤

《无归属者》在 1966 年再版时，特里林写了题为"30 年代的一部小说"（A Novel of the Thirties）的后记，他认为斯莱辛格是一位值得读者认真阅读的作家。特里林为一个尚未进入美国经典文学行列的女作家写后记，实属罕见。虽然特里林与索娄、斯莱辛格都是《烛台杂志》的成员，但他所看重的还是小说本身的价值。特里林聚焦了《无归属者》中呈现的那个激进时代所缺失的道德生活。特里林指出，小说并没有把重心放在政治群体上，而是展现了生活与欲望、本能与精神之间的辩证关系，让人们重新审视那个时代。特里林感到小说还有更加广阔的意图，作家意识到当人们有意识地承载道德之时，结果导致一种绝对或

---

① Horace Gregory, "Review of The Unpossessed", *Books* 10, 36, May 1934, p. 2.

② Robert Cantwell, "Review of The Unpossessed", *New Outlook* 163, 6 June 1934, p. 53.

③ T. S. Matthews, "Review of The Unpossessed", *New Republic* 79, May 23, 1934 p. 52.

④ John Chamberlain, "Review of The Unpossessed", *New York Times*, May 1934, p. 17.

⑤ Murray Kempton, *Part of Our Time*, New York : Simon and Schuster, 1955, pp. 121 – 123.

抽象，有效地否定了生活的本能冲动，使生活未能如其所应该的那样美好。①沃尔德也在《烛台群体向左转》(*The Menorah Group Moves Left*) 一文中，特别分析斯莱辛格在"烛台"群体的独特作用。他又在《纽约文人》一书中探寻了《无归属者》中的主要人物与该群体的关系，指出小说的缺憾是未能成功地捕捉到该群体的动态而世故的性格特征。

如果说男性批评者关心斯莱辛格是否精确地描绘了左翼政治，而雪莉·比亚吉 (Shirley Biagi)、珍妮特·沙里斯塔尼安 (Janet Sharistanian)、拉比诺维茨等女性研究者则关注小说中的妇女的性欲、性别建构、男女间的权力角逐等问题。拉比诺维茨认为小说带有"文件"性质，是一部关于30年代革命妇女再产生的"文件"。因为斯莱辛格为作为叙述主体的阶级化与性别化的知识女性开启了新视阈。此外，斯莱辛格的电影剧作家的身份，以及她在好莱坞时期的政治行动，也是上述学者所关注的。比亚吉在80年代反复强调斯莱辛格被忽略了，应该引起学界的重视。

二

斯莱辛格关注左翼知识女性的主题被麦卡锡所继承，她沿着斯莱辛格的道路不断拓展。麦卡锡成长于罗斯福新政时期，擅长描绘此时期的女性生活。她经常以纽约文人为蓝本进行创作，热衷于探讨性别政治、女性特征，塑造新政女性人物形象，鲜明地体现了左翼知识女性小说的特征。新政的改革不仅使美国的经济走出大萧条，而且也带来女性意识的变化，促使妇女积极参与社会历史进程，释放出巨大潜能，从而获得独立的生存能力。

麦卡锡1912年生于西雅图，1933年毕业于瓦萨学院英文系，同年在《新共和》上发表作品，从此走上文学创作道路。1942年，麦卡锡出版第一部短篇小说集《她的交际圈》，收入《残酷与野蛮的待遇》、《穿布鲁克斯兄弟衬衫的男人》、《无赖画廊》、《一位耶鲁知识分子的画像》、《神父，我忏悔》等六个短篇。在这个集子中，麦卡锡以大量性暴露的描写，挑战传统价值观念，引起批评界的注意。

---

① Lionel Trilling, *The Last Decade*, New York: Harcourt Brace Jovanovich, 1981, pp. 3 – 24.

《残酷与野蛮的待遇》(*Cruel and Barbarous Treatment*) 写女主人公对婚外情浅尝辄止之后的内心挣扎：一方面她对婚姻失去热情，成为潜在的离婚者；另一方面她又认为婚姻是为大众设立的某种规约，它既是情感伤痛的医生，又是制造伤痛的武器，还是缓解的香料。小说像谈话一样娓娓道来，以别开生面的方式，让读者置身于某种社会诱因之中，颇有些像《达朗卫夫人》(*Mrs Dalloway*, 1925) 的叙述风格。达朗卫夫人筹办聚会和外出购物的社会性格，缓缓出现在读者面前，并不干扰读者，相反读者却可以追踪她一天的生活。麦卡锡剔除了达朗卫夫人的漫步感，代之以电影的视觉震惊。在小说中，麦卡锡强调读者的参与作用，人物性格更多的是一种存在。

《穿布鲁克斯兄弟衬衫的男人》(*The Man in the Brooks Brothers Shirt*) 最初由《南方评论》的主编罗伯特·沃伦 (Robert P. Warren) 推荐到《党派评论》发表。沃伦非常欣赏麦卡锡闪电般的智慧。小说讲述了某钢铁厂经理布林先生在火车上的一次艳遇。布林先生参军打过仗，养成了穿布鲁克斯兄弟衬衫的习惯。他是一位典型的上流社会的中年男子，有毕业于瓦萨名校之妻和可爱的女儿，他什么都不缺，然而他感到自己日渐衰老，特别害怕孤独。为此，他常常跑到乡下俱乐部去掷骰子，或者大肆购买布鲁克斯兄弟服饰，但更多的时间是花在火车上与旅伴聊天。他喜欢倾听他们的奇闻轶事，这成了他驱逐孤寂的一种宣泄方式。所以，他从不搭乘飞机。在火车上，他邂逅了一位带有波希民性格的姑娘。那个可怕的夜晚醒来，姑娘发现自己睡在布林的卧铺上，成了他的女人，她内心沉重。面对布林的期许，她反复吟诵杰弗雷·乔叟 (Geoffrey Chaucer) 的箴言——"我是我自己的轻松愉快的女人"。她顽强地保持了精神的独立，小说鲜明地展现了新政时期的女性意识。

在《神父，我忏悔》(*Ghostly Father I Confess*) 中，麦卡锡采取片断的写法，行文像散文一样随意，带有弗洛伊德自由联想的特点。主人公梅格在接受心理医生治疗的过程中，诉说自己不幸的童年、失和的夫妻关系。麦卡锡采用现代派写法，行文中出现大段大段的回忆，多为下意识与意识的交混，并融入了作家本人的经历——孤儿意识、童年的伤痛，同时也暴露了她与威尔逊婚姻的失败。"你父亲死了，你自由地缔结了婚约。你立即嫁给弗雷德里克，就像一个成年女人一样，事实上你的处境还是孩子。你再一次把自己封闭起来，疏远了从前的朋友，辞掉工作，你完全切断自己与外界的联系。你甚至把自己的钱也存入他的银行账户。你孤独，你的哭泣无人知道，你的辩解无人相信。……其实，他对你是不公正的，就像你的阿姨，也像你的父亲。医生来了，你父亲不是也领医生进过你的房间吗？"①叙述者的声音与人物的声音交织在一起，忽强忽弱、若隐若现，凸显女主人公内心的意识波动。

弗里德里克总是居高临下指点妻子，梅格感到处处受奴役。梅格不想抑制自己的女性意识，从丈夫的餐桌上拾点面包屑。她第一次看到了自己的极端，也看到自己的自恋，她强迫自己盲目地抓住他人之爱，通过他们达到爱自己的目的。然而，他们的情感就像月亮的反射一样，她自己则是一颗不发光的星辰。小说以梅格向神父忏悔的方式，倾诉了女主人公内心的感受。梅格是典型的新政女性形象，虽然她从未正面反抗男权社会，却竭力追求女性的思想独立、性自由，在社会的各种限制中踽踽独行，希望与男性一道在新政提供的历史舞台上一比高低。

麦卡锡擅长描绘新政时期的女性生活，塑造新政女性人物形象。在历史非常时期的新政改革不仅使美国的经济走出大萧条，而且也带来女性意识的变化，促使妇女积极参与社会历史进程，释放出她们身上的巨大潜能，从而获得独立的生存能力。麦卡锡在《她的交际圈》中首次塑造了新政时期的女性集体形象，她在第二部长篇小说《女研究生群体》(*The Group*, 1963) 中继续深化了这一集体形象。

短篇小说集发表后，立刻引起评论界的瞩目。考利认为《穿布鲁克斯衬衫的男人》是其中最精彩的一篇，女主人公以激进的姿态出现，诚实救赎了她，因为她发现了自己的过失。威廉·巴雷特（William Barrett）指出，小说中的戏剧性人物反复吟诵的——"我是我自己的轻松愉快的女人"，以反讽的方式运用了乔叟的箴言，折射出作家本人的波希民性格。②卡津在《30 年代初露端倪》(*Starting Out in the Thirties*) 中也指出，麦卡锡的小说以反讽的方式展示了人性的暗淡、冷酷和怀

---

① Mary McCarthy, *The Company She Keeps*, San Diego / New York：Harcourt Brack & Company, 1942, p. 298.

② Carol Brightman, *Mary McCarthy and Her World*, New York：Clarkson N. Potter, Inc., 1992, p. 206.

疑——这本是被反动派所津津乐道的，因为它可以让底层人民有极少反叛的理由。① 威尔逊认为，柔韧似钢的行文用来评价这部短篇小说集最为恰当。应该说，短集标志着麦卡锡艺术风格的形成，她以女性的独特视角开创了美国文学中的新声音和对性的坦诚描写。因此，青年时代的梅勒把麦卡锡称为"引领之光"。② 就这个意义上看，麦卡锡的创作在扎根左翼文化运动的同时，不仅改写了左翼文学的男性传统，也更新了美国现实主义小说中的女性传统，成为那个时期彰显女性主体意识的典范。

卡罗尔·格尔德曼（Carol Gelderman）在《玛丽·麦卡锡：一种生活》（*Mary McCarthy*：*A life*，1988）的传记中这样写道："自玛丽·麦卡锡在 30 年代中叶从《新共和》脱颖于文坛到目前为止，她一直招致评论者的怨愤。约翰·奥尔德里奇（John Aldridge）把她描绘为尖刻暴躁，说她的小说'充斥着思虑与怒火'。保罗·施吕特（Paul Schlueter）则把'她的写作方式视为现代美国泼妇的反应'。梅勒虽然没有怎么公开敌视麦卡锡，却公开评论她的一部小说，把她描绘成悍妇……卡津在《30 年代初露端倪》中批评麦卡锡语言尖刻且势利。有位博士研究生试图写一篇有关麦卡锡的毕业论文，他感到近百年来有关美国文学教科书中所用到的尖刻词语都用来讨论麦卡锡了。"③ 格尔德曼所罗列的这些尖酸的评论，除了反映社会对女作家的性别歧视之外，也从一个侧面折射出麦卡锡在女权主义运动第二次浪潮来临前夕的美国文坛中的地位，即由于她对左翼知识女性境遇的生动描绘才招致批评界的"震动"。

在纽约文人中，斯莱辛格、麦卡锡、哈德威克都没有表明对女权主义的态度，只有桑塔格旗帜鲜明地支持女权主义运动。甚至麦卡锡还有意识地逃避女作家的名单，讥讽为"某大写 W 的某类女作家"。④ 尽管麦卡锡对女权主义运动不屑一顾，但是，她无疑又是思想解放的现代女

① Alfred Kazin, *Starting Out in the Thirties*, Boston：Little, Brown, 1965, p. 156.

② Carol Brightman, Mary McCarthy and Her World, New York：Clarkson N. Potter, Inc., 1992, p. 283.

③ Carol Gelderman, *Mary McCarthy*：*A Life*, New York：St. Martin's Press, 1988, p. xi.

④ "Interview with Mary McCarthy", in *Women Writer at Work：The Paris Review Interviews*, ed., George Plimpton, New York：Viking Penguin, 1989, p. 189.

性，她的解放不仅表现在性领域，在职场和名望上也都超越了社会对于女性的传统局限。① 这恰恰是新政女性的特点。虽然她们的女性意识不断觉醒，但并没有重大突破。直到 60 年代女权主义运动第二次浪潮兴起才出现根本性转变。

综上所述，三四十年代左翼女作家的性别意识非常敏锐，但在男权当政的左翼文化阵营中，女作家要在性别与阶级的结合处发出自己的声音是异常艰难的。她们感到共产主义运动是由男性掌控的，妇女隶属于劳动阶级的解放和反法西斯斗争。事实上，30 年代美共大力提倡革命的阶级意识，忽视妇女的权益要求，迫使那些选择左翼的妇女不得不放弃女权主义，因为党的方针路线压倒了性别。当时的左翼阵营弘扬妇女的传统美德，走传统的男女互补的道路，他们简单地把妇女受压迫解释为经济原因。左翼妇女也仅从母亲与家庭的角度界定自己的利益，维持传统女性特征，与女权主义的追求大相径庭，助长了左翼阵营内部的男权意识。总之，左翼文化阵营看似推动了女权主义运动，实则还是在步早期女权主义者的后尘。苏珊·安东尼（Susan B. Anthony Ⅱ）②、格尔达·勒纳（Gerda Lerner）、伊芙·梅里亚姆（Eve Merriam）、埃莉诺·弗莱克斯纳（Eleanor Flexner）等人，都从 20 世纪初妇女争取选举权运动中汲取思想资源，她们沿用夏洛特·吉尔曼（Charlotte P. Gilman）、亨里埃塔·罗德曼（Henrietta Rodman）、克里斯特尔·伊斯曼（Crystal Eastman）等人的理论，直到 40 年代中期情况才有所改变。

第三节　美共领导的左翼妇女运动

在冷战气氛日益紧张的四五十年代，轰轰烈烈的左翼文化运动逐渐式微，而美共领导的左翼妇女运动却成绩卓越。它一方面继承了第一次女权主义浪潮的思想传统；另一方面继续深化与拓展了经典马克思主义的妇女理论，特别关注了黑人妇女的特殊命运，为第二次女权主义浪潮

---

① 金莉：《20 世纪美国女性小说研究》，北京大学出版社 2010 年版，第 143 页。

② 在 19 世纪末美国妇女争取选举权运动中，涌现出一位激进妇女领袖 Susan B. Anthony，她发起"全国妇女选举权协会"（the national women suffrage Association）。因此，参加 40 年代红色妇女运动的同名同姓的安东尼为第二。

的到来奠定了坚实的理论与实践基础。

一

随着左翼妇女运动的不断发展，到 30 年代经典马克思主义的妇女理论已经显得捉襟见肘。马克思的《共产党宣言》、恩格斯的《家庭、私有制和国家的起源》、倍倍尔的《妇女与社会主义》、列宁的《妇女与社会》，都认为性别对阶级而言是次要的、第二位的。他们把妇女受压迫界定为经济现象，认为通过社会主义革命就可以自然而然地得到改善。这些看法不断遭到左翼妇女运动实践的质疑。

1930 年 12 月，美共黑人领导人本·埃米斯（Ben Amis）在《工人日报》上撰文，批评白人党员的民族沙文主义思想与行为。他的文章引起讨论，并带来一个意想不到的收获，那就是激进妇女从黑人党员反对民族沙文主义中受到启发，发起维护妇女利益的反对性别歧视运动。因为妇女与黑人在受压迫的形式上有相似之处，两者都被白人男权社会视为二等公民，黑人因为自己的肤色，而妇女则因为自己的性别。白人男权社会以人的生理特征判断优劣，这既非造物主之本意，也非人类道德之举措，所以，它必然是一种社会偏见。此时期，以玛丽·英曼（Mary Inman）为代表的左翼妇女，在开展反对白人沙文主义的同时，严厉抨击党内的大男子主义。

当时左翼阵营内部大男子主义的盛行与美国的妇女方针有一定的联系。1922 年共产国际催促美共成立妇女局，把妇女纳入社会劳动与政治活动之中，美共最低限度地执行了，却拒绝支持家庭中的革命。直到"人民阵线"时期，美共才真正认识到妇女的作用与力量。英曼等人抓住时机，沿用党的黑人方针，分析妇女受压迫的深层原因。1940 年，她出版《妇女的防御》(In Woman's Defense) 一书。同时期，"美国妇女大会"（the Congress of American Woman）和其他妇女组织也纷纷从不同角度探讨妇女受压迫的社会文化原因，在种族与阶级的框架中讨论妇女问题，突破了仅从经济角度分析妇女问题的局限。人们普遍认识到妇女问题就是政治问题。1945 年，威廉·福斯特（William Z. Foster）重组共产党，公开检讨党的妇女工作，并高度赞誉妇女在反法西斯战争中的突出贡献。

英曼的《妇女的防御》集中体现了左翼妇女运动在 40 年代所取得的主要理论成果。英曼 1894 年出生在得克萨斯州的泰勒县，后随家人迁往俄克拉荷马。1910 年，年仅 16 岁的英曼加入社会党，接受马克思主义，成为一名社会主义者。同年，她结识 J. 弗兰克·瑞安（J. Frank Ryan）。他是塔尔萨石油工人协会秘书，后来成为她的丈夫。英曼 30 年代积极参加共产党的活动，热衷妇女工作，并开始撰写《妇女的防御》。

英曼在《妇女的防御》中主要阐发了这样的思想：工厂劳动是生产性劳动，而家务劳动同样也是生产性质的，因为妇女从事家务、养育孩子也是参加社会生产活动，为社会生产未来的劳动者。家庭主妇不仅仅是在为丈夫和孩子劳作，也是为资本家劳动，社会通过她们丈夫的工资支付了她们的劳动。妇女不像恩格斯认为的那样是寄生的、依附丈夫而存在的，而是直接参与了社会生产过程，创造了利润。英曼认为普遍存在的贬低家务劳动和抚育孩子，无视此项工作本身的经济功能，这才是造成妇女受压迫的根本原因。即便实现了社会主义，家庭妇女也要像产业工人那样，为争取优厚的工资和改善工作条件而奋斗。特别是要组织家庭主妇协会，以协会的方式改变人们对妇女的看法，教育妇女懂得自己受压迫的原因，让她们在社会改革的斗争中发挥重要作用。她说："家庭主妇在家中的操劳必须给予赞誉，家庭中的工作对目前的机器生产方式是必不可少的……重新认识家庭主妇的重要性将会提高她们自己及社会中的评价。允许她们积极参加对社会有用的工作者的合适行列，壮大她们的队伍并向人们释放她们的政治能量。"[①] 她坚信，家务劳动是妇女力量之源泉，家庭主妇如生产者一样，在反对资本主义的斗争中扮演重要角色。

在英曼之前，尚未有人讨论家务劳动的生产性与经济性。虽然马克思的《资本论》和恩格斯的《家庭、私有制和国家的起源》触及了这个问题，但是，他们没有对家务劳动作出经济分析。当然，马克思明确指出资本主义让妇女摆脱孤立的社会状态，投入社会化生产当中，这也是一种进步。但是，马克思认为妇女在生产中遭受的伤害比男人更大。

---

① 周莉萍：《美国妇女与妇女运动》，中国社会科学出版社 2009 年版，第 431 页。

他也承认在社会化大生产中妇女的作用，如果没有妇女的参加，巨大的社会变革也不可能实现。

恩格斯在《家庭、私有制和国家的起源》中指出私有财产的发展和阶级社会的出现，导致家长制独断的婚姻的产生，把妇女限制在家庭里。这种婚姻制度把妇女排除在社会生产之外，让她们丧失独立性，造成她们普遍受压迫的状况。但他也认为，社会化的资本主义工业为妇女摆脱封闭的家务劳动创造了条件，加速她们参与社会生产的进程。他认为，妇女为自己的合法平等权而斗争，最终参加阶级斗争，通过无产阶级变革社会获得彻底解放。美共正是借此分析妇女问题的。但是，英曼在《妇女的防御》中谴责美共领导人拒绝承认家务劳动的经济性质。英曼坚持认为，虽然大男子主义是从统治阶级当中散发出来的，却渗透于社会的方方面面，直至劳动阶级。她认为，解决妇女问题不是通过"性别大战"，而是要开展进步妇女运动，即正确继承第一次女权主义浪潮的传统，只有这样才能克服妇女的落后意识，走出封闭的家庭。妇女只有在家庭之外的独立生活中才能获得社会的平等权利。同时，她坚持要同党内的男性沙文主义作斗争，把性别歧视与种族歧视相提并论。

《妇女的防御》出版后，英曼名声大振，成了40年代左翼妇女运动的首领人物。英曼的书所揭露的普遍存在的妇女受压迫的问题，在得到美共肯定的同时，也有人提出不同的看法。他们并不反对英曼的反男权思想，而是反对她所提出的家务劳动的经济价值，认为这种提法是危险的，可能会上了反动派的当，把妇女束缚在家庭中，阻碍她们参加社会进步运动。

但是，英曼的主张得到许多激进妇女的支持。1942年，安东尼首先热烈回应，积极支持妇女家务劳动的经济价值理论。1943年，安东尼出版《走出厨房——进行战斗：民族戏剧中妇女胜利的角色》(Out of the Kitchen Into the War：Woman's Winning Role in the Nation's Drama) 一书，多处引用英曼的观点分析妇女的从属性。1946年，安东尼与英曼一起组织"美国妇女协会"，把这一理论主张贯穿于妇女工作的实践中。1948年，贝蒂·米勒德（Betty Millard）在《新群众》中发表《妇女反对神话》(Woman Against Myth) 一文，多处引用英曼的观点，再次引起党内关于妇女问题的讨论。

1941 年秋英曼脱离共产党之后，继续坚持她的关于家务劳动的生产性的看法。1946 年之后，英曼不再参加左翼妇女运动，批评共产党在妇女问题上的错误做法。实事求是地看，英曼当时有些狭隘，她没有看到党在许多方面已经接受和采纳了她的主张，并未否认她对妇女工作所作的建设性贡献。英曼却带着个人情绪，认为自己是党内男权的受害者。实际上，美共在 30 年代中期鼓励进步人士反思妇女问题，所以，英曼才有机会撰写《妇女的防御》。英曼对妇女受压迫的社会原因的深刻剖析，也加深了党对妇女问题的认识。1945 年许多左翼妇女接受了英曼的观点。1946 年，不少人把她的理论引入跨阶级的妇女运动之中，"美国妇女大会"（the Congress of American Women）就以英曼的理论为基础，迫使共产党反思男性中心主义。

二

美国妇女运动最棘手的就是黑人妇女问题。美共自觉担负起阶级与种族的重任，从主流妇女运动的薄弱处入手开展工作。1946 年，安东尼最先在《委员会关于妇女状况的报告》(*Report of the Commission on the Status of Women*) 中，把对妇女的性别歧视与黑人遭受的种族歧视联系起来，强调黑人妇女受到性别与阶级的双重压迫。安东尼的文章使人认识到黑人妇女问题的特殊性与重要性。

从历史上看，黑人妇女问题从未引起社会的重视。19 世纪末的美国宪法第 15 修正案规定选举投票者为男性，保护黑人男性而非黑人妇女的权益。虽然妇女在第一次女权主义浪潮中争得了选举权，但是，它只眷顾了中产阶级白人妇女，并没有改变黑人妇女的境遇。当时的"全美妇女选举协会"（the National American Women Suffrage Association）带有种族主义与本土主义的偏见，她们认为白人妇女需要投票，以便抵消那些文盲和"低劣种族"的政治影响。直到 20 世纪四五十年代，"全国妇女党"继续维护自己在种族与阶级方面的特权，无视南方黑人妇女的存在。40 年代中期，美共摒弃只有劳动阶级妇女受压迫的认识，认为性别压迫了所有妇女，无论其阶级与肤色如何。共产党特别分析了黑人妇女受到种族、阶级和性别的三重压迫。这项工作主要是由黑人妇女克劳迪娅·琼斯（Claudia Jones）开展的。

黑人妇女在 20 年代的左翼政治运动中力量不大,当时美共只强调反对白人沙文主义,对妇女受压迫关注有限,致使黑人妇女问题同种族主义、性别歧视混淆不清,令许多左翼人士感到困惑。30 年代初,不少黑人妇女党员抱怨党内只有黑人男性与白人妇女有地位,而黑人妇女很难找到政治伙伴。当时的文学作品也只强调黑人妇女在工作场所遭受的种族歧视、其自身的脆弱性、遭白人强奸,等等,几乎没有触及美共内部的黑人妇女状况。

1949 年 6 月,琼斯在《政治时势》(*Political Affairs*)上发表题为《对黑人妇女问题忽视的终结》(*An End to the Neglect of the Problems of the Negro Woman*)的文章,分析了社会与罗曼司关系中的白人沙文主义,指出黑人妇女是其受害者。她通过反种族与反大男子主义,把黑人妇女经验引入左翼妇女运动中心。琼斯认为黑人妇女不仅需要特别关注,而且是在政治与个人生活方面都值得尊敬的渴望进步的群体。妇女族裔的差异性促使美共认识到资本主义社会中妇女所受压迫的错综复杂性,其社会状况不能一概而论,平权与同酬更不能一劳永逸地解决所有的妇女问题。此后,美共努力探寻黑人妇女为自由而斗争的历史,以及种族主义与性别歧视之间的关系,并着手解决这些问题。

琼斯 1915 年 2 月出生在特立尼达,1923 年随家人移居美国,定居纽约市的哈莱姆区,受反种族主义的吸引而参加左翼政治。她 1931 年参加"国际劳工防卫"(the International Labor Defense)组织的营救斯科茨伯勒的九个黑人男孩的活动。1934 年,琼斯加入共产主义青年团,第二次世界大战期间成长为共产党的领导。琼斯 1945 年出任"全国妇女协会"秘书,在纽约市开展黑人斗争,逐渐成长为黑人妇女领袖。

琼斯在妇女运动的实践中开展广泛的理论讨论。她积极发起营救黑人妇女罗斯·英格拉姆(Rose L. Ingram)的活动,敦请全体共产党员参加签名请愿,支持英格拉姆的正当防卫行动。英格拉姆是佐治亚的一位中年黑人妇女,她和两个儿子因反击持枪攻击她的白人男子而被捕入狱,遂成为 40 年代全美黑人妇女受迫害的典型个案。琼斯认为事件反映了当今黑人妇女卑微的社会地位,可以想象每天公共场所都有侮辱黑人妇女的事件发生。琼斯等人的活动一方面引导党内的进步白人体察黑人妇女问题的本质,并发现其潜力;另一方面也启发黑人妇女体察党渴望她们，并支持她们开展反种族主义和反大男子主义。琼斯还要求美共重视黑人妇女的组织才干，把她们选拔到各级领导岗位上来，只有这样才能使黑人妇女意识到自己在为社会主义美国而奋斗。琼斯坚持只有黑人妇女的积极介入，共产党才能真正解放妇女。

50 年代，在琼斯的努力下，少数族裔妇女受压迫的问题成了热门话题。著名黑人左翼女作家恰尔德里斯以文学创作的形式回应了琼斯的倡导。恰尔德里斯在自己的第一部剧本《弗洛伦斯》(Florence, 1950)中，把女人的故事置于中心，挑战哈莱姆左翼的性别歧视。她的长篇小说《就像一家人》(Like One of the Family, 1956) 由 62 个独白构成，每个独白都是由主人公米尔德里德向好友玛吉讲述的故事构成。小说在冷战背景下展开，虽然米尔德里德只是一位黑人女佣，但富有政治远见和反抗性。她凭借丰富的社会政治经验，组织民权运动，参加各种非裔会议。小说中的米尔德里德敢于维护自己的尊严，当 C 太太在客人面前说自己对待米尔德里德就像一家人一样，从来不把她当成仆人。米尔德里德忍无可忍，揭露她的谎言与虚伪，让主人最好还是别把自己当成一家人。作家试图把米尔德里德塑造成哈莱姆左翼妇女，由于人物形象较多地展现了作家本人的政治理念，不可避免地带有较浓厚的中产阶级知识特征，甚至成了作家的传声筒，有简单化倾向。

恰尔德里斯在小说中，让米尔德里德参与妇女问题讨论，其实是对琼斯关于黑人妇女问题的回应。琼斯在《对黑人妇女问题忽视的终结》中指责左翼阵营忽视黑人妇女的特殊性，在党内点燃了一把火，也把黑人妇女问题置于左翼的中心。高尔德记忆中的黑人女共产党员就像在梦境中起舞一般，而琼斯说黑人妇女只拿着一张空舞票，为党的工作翩翩起舞的是白人和黑人男性，黑人妇女则完全被忽略了。恰尔德里斯把这些讨论拓展到《就像一家人》中，米尔德里德的内心独白正是琼斯所提问题的形象生动的文学再现。小说中的米尔德里德不过是现实中左翼黑人妇女形象的缩影。通过这样一位社会正义的福音人物，作家传载出劳动者的高贵性和重要性。恰尔德里斯在小说中称颂劳动人民，提倡妇女的选举权、最低工资、失业保障、社会保险、公立学校和洗衣机，她赋予了琼斯的文章文学的血肉。

我们虽然找不到有力的证据表明二者在这一问题上的联系，但在四五十年代，她们经常在一起参加哈莱姆的左翼活动，并且两人都出生于南卡罗来纳州的特立尼达拉岛，成长于哈莱姆。如此相近的文化背景，极易达成思想的共鸣。1951 年，美国当局以违反"史密斯条例"为由逮捕了琼斯，恰尔德里斯则组织"废除史密斯条例哈莱姆委员会"，营救琼斯。故而，我们推测二人相互熟识，恰尔德里斯用虚构小说人物的声音回应了琼斯所关心的黑人妇女问题绝非巧合。

同时期的左翼黑人妇女作家汉斯贝里以《自由》杂志为平台，也开展了建立在哈莱姆左翼妇女运动基础之上的创作。汉斯贝里以妇女解放为主题进行文学创作，写过埃及、阿根廷、中国、朝鲜、牙买加的妇女运动，聚焦妇女为和平和争取平等权利的斗争。1951 年 10 月，她在华盛顿聚集了上百名黑人妇女——种族仇恨的妻子、母亲和受害者，自称为"真理与正义的羁旅者"的集会。这是一个由左翼妇女领导的组织，恰尔德里斯也参加了活动。当时《自由》整版刊发"羁旅者"的文章，汉斯贝里成为首领人物。此时琼斯因违反"史密斯条例"被关进监狱。

汉斯贝里关注黑人妇女问题，宣扬男女平等，聚焦国际妇女运动，从而加强了杂志对妇女的报道。以今天的视角打量，《自由》中的女权主义观点不免有些含混，缺乏对男权的深刻批判。但是，她们倡导有色族裔妇女的国际团结意识，强调黑人劳动阶级妇女的重要性，在那个受压抑的年代，为黑人妇女做了大量的工作。从这种意义上看，汉斯贝里的《自由》不仅是一份激进的左翼刊物，而且凭借反种族主义和反殖民主义两大支撑，赋予杂志浓厚的女权主义特征。1955 年，《群众与主流》(*Masses and Mainstream*) 的编辑塞缪尔·西伦 (Samuel Sillen) 出版《妇女反奴役》(*Women against Slavery*) 一书，专辟一章描写黑人妇女的废奴先驱——索杰纳·特鲁思 (Sojourner Truth)、哈丽雅特·塔布曼 (Harriet Tubman)、萨拉·雷蒙德 (Sarah P. Redmond)，强调黑人妇女的光荣传统。

安东尼、琼斯和恰尔德里斯等人所开展的黑人妇女运动极大地挑战了左翼阵营内部的男性霸权，促使美共在种族与阶级的视阈中分析黑人妇女问题，认识到种族与性别的不可分离性。美共统一认识，坚信只有维护黑人妇女和其他少数裔妇女的权利，才能实现全体妇女的解放。而同时期的"全国妇女党"还坚持种族与阶级相隔离的观点，仍然囿于

19 世纪末的女权主义传统，美共则指向了多元化的妇女运动，其先进性可见一斑。

人们越来越清楚地看到，美共对妇女运动的贡献不是在共产主义高峰的 30 年代，而是在其低谷的 1945—1956 年。美共在极其困难的四五十年代依然开展了卓有成效的妇女工作，不仅丰富与完善了美国左翼历史和女权主义运动史，而且启发人们以全新的视角探讨麦卡锡主义时期左翼的生存空间。美国青年学者韦甘德在《红色女权主义》一书中提出了颇富建设性的看法，她认为肇始于 30 年代的红色女权主义运动，在四五十年代继续向纵深发展，在两次女权主义浪潮之间起承上启下的传承作用。①

三

1946 年 6 月，几位妇女从旧金山致信《工人》（Worker）新开辟的妇女栏目，批评共产党否认妇女成员的权利与职责，声称她们受到阶级与性别的双重压迫。她们要求结束党内的政治生活与私人生活相分离的状况，给予妇女特殊的关照。编辑部公开发表了来信。1946 年，《工人》刊登了琼·加森（Joan Garson）的来信。她在信中说，作为一名地方党组织的领导，她也是一位家庭主妇和一个新生儿子的母亲，她想积极参加党的活动，但沉重的家务让她心有余而力不足。她的来信在妇女中引起强烈共鸣。② 许多妇女来信说，她们与加森同在一条船上。在此之前，英曼、安东尼、米勒德等人也提出过类似的要求，主张反对一切形式的性别歧视，但没有受到重视。当时在美共缺少群众基础的情况下，为了发展女党员，她开始调整妇女工作策略。

1948 年，美共放弃了妇女受压迫的经济解释，接受性别问题即政治问题的主张。美共对妇女问题的认识，较之十年前有很大进步。1945 年白劳德被免职后，美共希望弥补白劳德期间的妇女工作的缺失，开始在全美各地建立各级妇女委员会，较之以前工作更加扎实。各级委员认

---

① Kate Weigand, *Red Feminism: American Communism and the Making of Women's Liberation*, Baltimore/London: the Johns Hopkins University Press, 2000.

② Joan Garson, "Can A House Wife Be Politically Active", *Worker*, April 1946, p. 11.

识到妇女受压迫是文化、经济和政治等多种社会因素造成的，也认识到反对男权主义的重要性。这些政治举措让美共领导的左翼妇女运动远远走在时代的前面。

1948 年是美共对妇女问题认识的转折点，党不仅公开接受激进妇女的各项主张，而且广泛开展大规模的反男权斗争。米勒德时任《新群众》编辑，她的《妇女反对神话》一文成为共产党分析妇女在资本主义制度下从属性的理论基础。虽然英曼最先提出此问题，但是，米勒德成功地让共产党采纳了她的观点。米勒德把马克思主义与女权主义结合起来讨论问题，在以下几个方面刷新了党的妇女工作：一是她批驳了阶级剥削是妇女受压迫的唯一原因；二是修正了有关随着阶级斗争的发展，妇女问题可以自然得到解决的看法，凸显妇女问题的复杂性和长期性；三是强调反抗阶级剥削与反对男权主义相提并论的重要性。

在 1948 年国际妇女节来临之际，美共比任何时候都重视妇女问题。当时的劳工阶级逐渐远离党，美共积极寻找新的群众力量——妇女与黑人。同年 2 月，美共总书记尤金·丹尼斯（Eugene Dennis）和其他领导人因违反史密斯条例被逮捕，党认识到法西斯主义正威胁着美国的民主，有必要组织妇女进行反击。那时琼斯刚刚被保释出狱，弗林则利用国际妇女节，倡导妇女加入共产党，抑制正在增长的法西斯主义，并在近期的大选中为进步党候选人投票。在历史的关键时刻，美共不再把反对男权视为危险的资产阶级观念，而是从党的政治路线的高度反对男权，承认反对男权斗争的必要性与迫切性。

同一时期，露西尔·高尔德（Lucille Gold）撰文倡议在党内开展反男权活动，她认为全党都要承担起解放妇女的重任，这是为着妇女自身利益，也是为了男人，更是为了每一个人。露西尔的看法引起了洛杉矶妇女的反响，她们要求结束妇女的边缘化，吸引妇女进入党的领导岗位，这关系到全党的利益。《工人》相继刊登了许多妇女的来函，表明共产党决心要解决妇女受压迫与男权中心主义等问题。为了更加妥善地解决妇女问题，美共国家局（the CP National Board）成立了"关于妇女工作理论事务委员分会"（the Subcommittee on the Theoretical Aspects of Work among Women），认真反思妇女问题和全面审视共产党公开出版过的相关书籍。

　　10 月，《政治形势》刊登美共主席福斯特的《关于促进党的妇女工作》(*On Improving the Party's Work among Women*) 的文章。福斯特分析了隐藏在左翼阵营内部的男性中心主义，指出争取妇女平等的斗争就像工人运动与黑人民权运动一样是长期而艰巨的。福斯特批评那种认为妇女在身体、智力、心理和性等方面低劣的观点，主张妇女与男子性别虽然不同，但绝对平等；完全赞同米勒德的主张，向独断专横的男性中心主义开战，这是共产主义争取妇女平等的重要内容之一。福斯特承认向男权中心主义作斗争是党的工作的中心，旨在妇女问题上彰显共产党人的先进性。同时，他主张深化与完善经典马克思主义的妇女理论，以便加强党的凝聚力。这是自英曼的《妇女的防御》出版之后，美共领导人首次打破妇女问题的沉默。福斯特的文章标志着党公开反对男权中心主义，妇女们坚信未来任何彰显男性特权的意识形态都将被涤除。

　　随之，美共开展了一系列文化活动，促进妇女工作。1949 年，"妇女委员会"(the Women's Commission) 和"全国委员会"(the National Committee) 刊发了教育材料，推出反映妇女问题的文学作品，在普通党员中开展有关妇女问题的讲座。1953 年 3 月，"全国委员会"发行"三八"国际妇女节发言指南，指导本地读者加深对马克思列宁主义有关妇女问题的理解。为了提高党员的认识，《工人》增设"今日妇女"栏目。琼斯和佩吉·丹尼斯负责栏目的编辑工作。她们不再刊登服装款式、温馨家庭的图片，代之以白人妇女与黑人妇女灿烂的微笑。许多读者致信编辑部，称赞"今日妇女"栏目。

　　此外，美共还大力提倡妇女写作，开设研讨班，组织大家讨论妇女受压迫和妇女解放等问题。1949 年春，"全国委员会"先后组织了 9 场妇女研讨会，并建立两所地区学校培养妇女干部。6 月，美共在纽约市的杰斐逊社会科学院 (the Jefferson School of Social Science) 召开"马克思主义与妇女问题"研讨会，600 人参加了第一场会议。琼斯、米勒德、梅里亚姆、伊丽莎白·弗林 (Elizabeth G. Flynn) 等人就工业社会的家庭、妇女、男子优越论、黑人妇女等问题作了精彩发言。50 年代初，杰斐逊社会科学院还开设固定的妇女问题研讨班：第一期学习班由小说家迈拉·佩奇主持，讲解妇女受压迫的原因、男子优越论之根源，以及改变家庭结构等。佩奇指出，男子作为男性优越论的传输者，有责任参加学习班，自觉同男性中心主义作斗争。后期的学习班由弗莱克斯纳主持，题目包括了波多黎各的黑人妇女的特殊角色。1953 年，学院还出版了弗莱克斯纳和多克西·威尔克森（Doxey Wilkerson）撰写的《关于妇女问题的问答》(Questions and Answers on the Woman Question)，汇总了学习班的研讨成果。尽管学院面临经费短缺、人员短缺的困难，还是继续开设相关的理论研讨班、晚间讲座，一直坚持到 1956 年。

1949 年 12 月 25 日，著名诗人洛温费尔斯在《工人》上发表一篇题为《圣诞老人还是某个同志?》(Santa or Comrade X?) 的小故事，讲述了一个男人与妻子和四个女儿的故事。故事中的五个女人只懂得缝缝补补、烫洗衣服，整日操心自己的服饰与容貌。[1] 有读者给编辑部写信，批评洛温费尔斯对女性的描绘；许多女党员也要求洛温费尔斯承认错误，公开道歉。洛温费尔斯也认为应该审慎地对待性别问题。1950 年 4 月 16 日，他接受采访，并公开致歉。[2] 此期间，美共开始教育那些不驯服的大男子主义者。在明尼苏达州，有的男性党员对妇女问题不屑一顾，妇女委员会公开批评所有男性党员，责令他们认真学习党的妇女工作条例，使他们改变了看法。1954 年，洛杉矶的党组织以邮件和电话的形式教育男性党员，指导他们参加妇女工作。1955 年，美共把男性优越论与反共产主义联系在一起，上升到对党的背叛的高度，加大了反男权主义的力度。

遗憾的是，在 40 年代末的大肆逮捕进步人士的恐怖氛围中，美共很难推出一项长期的妇女工作计划，"关于妇女工作理论事务委员分会"也难以开展工作。但是，总体上看美共在 1945 年至 1956 年间做了大量的工作，冲击了党内外的男性霸权，一定程度上深化了全党对妇女问题的认识。然而，并未达到妇女的期待，妇女问题依然从属于黑人问题与阶级斗争。妇女继续发出不满意的声音，她们反对党对家庭主妇、母亲角色的赞美，认为这将阻碍妇女投身政治运动。1954 年，琼斯和弗林被逮捕，党缺失了两位优秀的妇女骨干，妇女工作遭受重挫。

此时期，美共领导的妇女运动主要取得了以下成就：一是美共充分认识到妇女问题就是政治问题，深化了党的妇女工作；二是美共要求全

---

[1] Walter Lowenfels, "Santa Claus or Comrade X?", *Worker*, December 1949, p. 7.

[2] "Lowenfel, Interviewed", *Worker*, April 1950, p. 11.

党重视妇女问题，广泛开展反男权运动，确立妇女斗争的法理性；三是美共从种族与阶级的框架中探寻妇女受压迫的深层原因，提出黑人妇女的特殊性问题；四是美共加速建立一种可变更的激进文化和家庭生活模式，以变革堕落的资产阶级家庭结构、颠覆性别结构。他们希望通过阶级斗争和社会主义革命实现理想的性别关系，提高妇女的社会地位。总之，美共在极端严酷的时代，为妇女运动作出了不可磨灭的贡献。

四

美共在 40 年代就已经充分认识到资本主义不仅操控了社会经济和政治体制，而且还握有文化霸权。于是，她着手开创新的文化生活风尚，从文学、音乐、艺术等各个方面展现妇女的才智，要求作家与艺术家积极参与共产主义妇女运动，塑造新的妇女形象。左翼知识分子认为，美国垄断资本主义反人类的罪行之一就是贬低与歧视妇女。整个资产阶级的文化力量——电影、书籍、杂志、电台、学校、教堂都在攻击妇女，尤其是劳动阶级妇女，摧毁了她们的思想和创造才能。毫不夸张地说，资产阶级的出版物的每一幅画、每个字都让妇女接受其从属地位。《工人》和《工人日报》等左翼报刊大量刊登塑造新型妇女形象的作品，拉苏尔、梅里亚姆等人纷纷发表反映妇女生活的文学作品。

1951 年 4 月，在纽约的"樱桃巷剧院"（Cherry Lane Theatre）首次公演了勒纳和梅里亚姆合写的两幕音乐剧《妇女颂》（*Singing of Women*）。歌剧追溯了美国妇女斗争的历史，把早期殖民地时期的妇女反抗、纺织女工的罢工、妇女争取选举权运动、为 8 小时工作日而斗争、为国际妇女节而斗争等可歌可泣的历史事件一一展现在舞台上，呈现了一个积极而正面的妇女群体形象。歌剧渲染了妇女在废奴运动、争取选举权运动中的英勇行动，歌颂妇女在国际反法西斯主义战争中的不可替代的作用。同时，歌剧也抨击大男子主义，指出妇女受到阶级与性别的双重压迫，而黑人妇女又多了种族压迫。歌剧既感人至深、回肠荡气，又发人深省。弗莱克斯纳在《工人日报》上撰文，称赞歌剧取得了开创性成就。①

① Eleanor Flexner, "Important Achievement in People's Theatre", *Daily Worker*, April 1951, p. 11.

1953 年，左翼艺术家迈克尔·威尔逊（Michael Wilson）、赫伯特·比伯曼（Herbert Biberman）、保罗·贾里科（Paul Jarrico）拍摄了进步电影《社会中坚》(*Salt of the Earth*)。影片讲述了矿山工人、面粉厂工人和冶炼工人反对新墨西哥的辛帝国（Empire Zinc）的罢工。影片围绕着昆特罗一家开展故事叙述，丈夫拉蒙限制妻子埃思珀兰扎参加罢工，摆出一家之主的派头，但妻子出人意料地成了罢工斗争的领导。在这场由少数族裔工人发起的罢工斗争中，妇女施展了潜在的组织能力。影片让墨裔美国矿工演绎自己的生活，当工人们为薪水和争取安全工作条件而准备罢工时，他们忽视妻子们的建议——在工作单位添加卫生的自来水。他们半夜接到禁止男人纠察的命令，妇女不失时机地突破男人的束缚，在纠察线上找到了自己的战斗位置，从而赢得了尊重。在影片结束时，妇女继续坚持罢工斗争，而男人们则在家里照看孩子，颠倒了传统的男女分工模式，把左翼政治理念扩展至私人生活领域。

影片采用共产党的抗议文化策略，塑造出富有时代气息和现实意义的新女性形象——坚持罢工的女英雄。影片从始至终贯穿着共产党企图变革男女关系的意图。也就是说，美共已经认识到颠覆性别结构是推翻资本主义的一项重要内容，而阶级斗争和社会主义革命的最终目标不过是实现理想的性别关系和提高妇女的社会地位。从今天的视角看，《社会中坚》是 50 年代女权主义的力作，显示了共产党及其支持者从个人与社会文化两方面审视妇女问题的深远意图。所以，当新左翼女权主义者在 70 年代观看这部影片时，她们无不惊讶"老"影片竟然展现了前卫的女权主义、少数族裔和阶级意识的冲突。

通过进步电影，美共努力把左翼的性别理念贯彻到私人生活领域，注重文化与个人的联系，帮助妇女从个人心理方面涤除男权意识形态。他们努力提倡左翼文化，以对抗主流文化的性别歧视。在美共的引导下，很多进步妇女开始讨伐文学与电影中的传统妇女形象，推出与之相对立的、富有时代感的新妇女形象。《妇女颂》集中展现了美共的这一文化意图。美共号召进步男士在家庭与政治生活中自觉抵制大男子主义，使党的决策深入个人的情感领域。在 50 年代公共政治活动受到极大限制的情况下，美共开展的"私人革命"具有深远的历史意义。

综合起来看，自 20 世纪 30 年代起，美共领导的左翼妇女运动，影响了成千上万的妇女，造就了许多杰出的妇女人才。难能可贵的是，美共在面临麦卡锡主义的迫害，以及缺乏群众基础的情况下，排除苏联干扰，在妇女运动的实践中更新马克思主义理论，独自探索妇女解放的新路径。美共在妇女运动中所取得的理论成果，后来都成为当代女权主义文学批评的理论源头。美共对黑人妇女问题的特别关注，被女权主义学者深化为族裔、阶级、性别。故而，诞生于 60 年代的少数族裔文学研究、女性文学研究，都与美共领导的红色妇女运动有着千丝万缕的联系。因此，我们有理由认为 60—70 年代的第二次女权主义浪潮是在战后左翼妇女运动的基础上发展起来的，如果没有旧左翼的前期铺垫和积累，不可能一夜之间爆发新左翼女权主义运动（此看法将在第六章详加阐发）。

第五章   美国新左翼运动的衍生

　　20世纪60年代，一场声势浩大的思想文化运动席卷了欧美发达资本主义国家，因其参与者主要为知识分子和青年学生，而有别于30年前的那场由工人阶级参加的以政治、经济为主题的左翼运动。它集中对资本主义社会展开文化批判，强调文化干预，经常被称做新左翼运动或新左派运动。这场运动把"垮掉的一代"与青年学生紧密地联系在一起，不仅提出反映时代精神的文学批评理论，也极大地促进了后现代主义文学在美国的发展。

第一节   新左翼运动的发端

　　"新左翼"这一术语最早源自塞纳河畔，由《法国观察》(France - Observateur) 的主编克劳德·布尔代（Claude Bourdet）提出。1956年，一些英国马克思主义知识分子酝酿建立一个影响整个欧洲的左翼组织——"国际社会主义协会"，推行所谓"更加实际的新社会主义思想"。他们试图从两个方面进行超越：一是既拒绝苏联的极权主义，又反对西方的社会民主制度；二是坚持马克思主义，但与西欧共产党与社会民主党拉开距离。他们的想法与布尔代的政治主张不谋而合。为了区别各国共产党、社会民主党和托洛茨基分子，布尔代用"新左翼"称呼他们。1960年，美国社会学家赖特·米尔斯（Wright Mills）发表《致新左翼的信》(The Letter to the New Left)，批评旧左翼背离了自由与公正的理想，呼唤时代的新左翼。以后"新左翼"的名称不胫而走，被广泛沿用。

一

　　第二次世界大战结束后，旧左翼运动在经过剧烈的分化与整合之后，终于在 50 年代末偃旗息鼓，究其原因主要有三点：一是麦卡锡主义的政治高压，构成了巨大的外在压力；二是左翼运动面临自身的困境，无法切中肯綮地解释战后资本主义世界的新发展；三是中产阶级政治热情的消退使左翼丧失了群众基础。有鉴于此，米尔斯在《白领：美国中产阶级》(White Collar: the American Middle Classes，1951) 一书中对中产阶级的政治冷漠表示担忧。但是，就在 60 年代美国的经济与政治出现相对稳定与繁荣之时，青年学生突然群起而造反，令人始料不及。英国史学家艾瑞克·霍布斯鲍姆（Eric Hobsbawm）困惑地说："60 年代末对于预言家来说，是一个特别不顺的时期。在当时许多出乎意料的事件中，法国 1968 年的'五月风暴'是最令人惊奇的，而对于左翼知识分子来说，它大概也是最令人激动的。这场运动让所有的激进分子（包括毛泽东和卡斯特罗在内）都不敢相信的事是：在和平、繁荣以及政治相对稳定的条件下，在一个发达的工业国家，是有可能发生革命的。这场革命并没有成功，而且正如我们所见，对于它是否曾有一丝成功的可能性还大有争议。"①霍布斯鲍姆的话生动地概括了当时人们的普遍困惑情绪。

　　同 30 年代的旧左翼激进分子相比，新左翼知识分子有如下"新"特征：一是其成员的构成和思想面貌迥然不同。前者以当时各国共产党的党员为主，他们在枪林弹雨中领导革命，或在流亡中伏案疾书，他们主要关心劳工集体的权利和经济斗争。后者更注重个体性和马克思主义中的人道主义，重新阐释世界，强调文化斗争，崇尚非理性主义，其中不少人是从共产党中分化出来的。二是在国内问题上，新左翼知识分子坚持底层民众的民主权利，维护社会的公正，主张非暴力性质的社会斗争。三是在国际问题上，新左翼知识分子反对帝国主义和殖民主义，在两大阵营对峙的冷战格局中，倡导和平主义，反对军事竞赛，支持第三世界革命，主张建立非斯大林式的社会主义。总之，正是由于新左翼知

---

① ［英］艾瑞克·霍布斯鲍姆：《非凡的小人物》，王翔新译，新华出版社 2001 年版，第 323 页。

识分子崇尚非理性的反叛，才使他们与工人阶级的关系日渐疏远，最终导致美国工人阶级转而支持较为保守的共和党。

　　新左翼运动的参与者主要为知识分子与青年学生。1960 年，美国激进青年学生成立了"民主同盟"（Students for a Democratic Society），到 1968 年它拥有十万会员和五百多个地区分支机构，显示出新左翼强大的阵容。当时美国青年教师也组成了"新大学联合会"（the New University Conference），由 40 岁的副教授路易·坎普（Louis Kampf）担任主席。在他的策动下，像《学院英文》（College English）和《文学政治性》（Politics of Literature）这样的激进刊物争相提出学术变革的主张。一大批优秀的学术著作相继出版，如坎普主编的《文学中的政治：关于英语教学的异见》（The Politics of Literature：Dissenting Essays on the Teaching of English，1972）、理查德·欧曼（Richard Ohmann）的《美国的英语教学》（English in America，1976）、诺曼·鲁迪奇（Norman Rudich）编辑的《批评的武器：美国的马克思主义与文学传统》（Weapons of Criticism：Marxism in America and Literary Tradition，1976），等等。它们构成了新左翼著作体系，其影响力一直持续到当代。

　　新左翼知识分子在制度批判之余，积极寻求方法上的突破。他们厌恶庸俗马克思主义的经济决定论，转向文化批判。他们所标榜和身体力行的政治已经不再是早期的推翻资本主义制度的政治经济革命，而是批判当代资本主义社会，塑造激进的社会意识的文化革命。所以，新左翼运动的突出贡献体现在文化领域，他们更为关注人的自由和平等。此外，新左翼知识分子所受的人文主义教育，使他们具有更加敏锐的道德感和更加细腻的美感，但他们并不仅仅想以一场道德运动或文艺运动来表达自己的要求，而是要把一切政治化。

　　泛政治化并不能否认新左翼运动的强烈道德与正义诉求。激进青年借此追求一种跨越种族、阶级和国家的"人"的平等权利，表达对个人自由的渴望。正是这样的道德诉求使他们成为反越战的主体力量。同时，新左翼知识分子也把反抗的矛头指向美国清教主义的既定道德秩序。这种道德的普适主义正是启蒙时代的资产阶级理想。尽管早期资产阶级允诺了这个理想，但资本主义社会的发展似乎并没有完全兑现它。诸如技术的进步虽然使人们的生活更加便利，但另一方面又造成人的异化。虽然美国宪法赋予了每个美国公民以自由平等的权利，但现实中又把黑人、少数族裔、妇女的权利排除在外。此外，宪法虽然原则上承认每个美国人有按照自己的方式生活的权利，但一般法律条文又排斥、贬损甚至惩罚同性恋、波希民、吸毒、性开放等非传统方式。总而言之，既定的统治或体制虽然打着自由、平等和博爱的旗号，其实只允许一种道德观、一种文化和一种生活方式，那就是清教主义的、白人男性的中产阶级的道德、文化和生活方式，并把它们视为一种压倒性的秩序力量。对于美国这个种族和文化庞杂，并因此带来不同生活方式的移民国家来说，以一种特定的属于盎格鲁－撒克逊中产阶级传统的文化价值观、宗教观和生活方式，来压制其他种族和阶层，无疑与美国所标榜的自由民主的宪制精神相背离。

从历史上看，美国资产阶级完成了政治革命（独立战争、南北战争）和经济革命（自由市场和工业革命），但是，这些革命还没有触及文化领域。故而，有人称新左翼运动为"第二次美国革命"。恰如青年人自己总结的那样："资产阶级革命是司法革命；无产阶级革命是经济革命；我们的革命将是社会和文化革命，其目的是使人能够实现自我。"[1] 这说明新左翼运动是一场生活方式和文化的革命，其目的是实现宪政许诺的个人的自由和平等，是为了颠覆某种特定的文化价值和生活方式的统治，代之以多元化的文化和生活方式。60 年代的造反大学生并不是要反对传统文化，而是反对传统文化的统治地位，不使其成为其他文化和生活方式的价值评判标准。

就此意义上看，新左翼运动是一场资本主义内部的革命，是资产阶级未完成的革命，即从政治经济领域向文化生活领域的延伸，其目标是使资本主义体制的各个领域（政治、经济和文化）达到同质。唯有这样，才能解决贝尔所提出的资本主义的政治、经济和文化相互掣肘、逆向运转的问题，才能使三者在同一个轴线上运转。尽管新左翼以激进的姿态在政治文化领域全面发起进攻，但是，他们所持守的非理性主张使反叛本身具有了自我消解的隐患，在运动中逐渐丧失其"先锋"的根

① Morris Dickstein, *Gates of Eden: American Culture in the Sixties*, Cambridge: Harvard University Press, 1977, p. 267.

基是必然的。并且，他们所标举的反中心、反美学、反文化、反体系等激进主张具有极大的虚妄性，终将局限于学院高墙之内。显然，资本主义体制并没有在这场革命中受到打击，而是获得了文化特征，即通过瓦解传统文化中的非资本主义因素，使之适应后工业化时代的经济与政治状况，从而拓展并强化了资本主义体制的容忍空间。正如新左翼代表人物格拉夫所说："激进美学用以界定革命英雄主义和解放的术语，使得激进美学和消费社会的许多因素一拍即合，因为摆脱传统的制约正是扩大消费的基本条件。"① 70 年代以后的文化发展状况也证实了这一点。"反文化"以"后工业文化"之名，堂而皇之地进入既定体制。当初的激进分子纷纷放弃嬉皮士立场，回归到中产阶级传统之中，成为缺乏激情的、自我中心主义的雅皮士，坐在比他们父辈更考究、更舒适的办公室里。

到 70 年代末，西方资本主义国家的社会形势出现逆转，保守主义回归，社会开始急剧向右转，新左翼的社会影响渐趋式微。新左翼知识分子不得不退守象牙之塔，感慨："我们拥有正确的理论和广大的群众，但我们还是失败了。"他们在晦涩高深的理论探讨中继续追问这些困惑他们的问题，在讲台与著述中抒发壮志未酬的遗憾。20 世纪七八十年代以来，文学、史学、社会学等领域无不受到新左翼思想的冲击或改造，当今欧美众多著名的文学理论家大都与当年的新左翼运动有着千丝万缕的联系。

一般认为，新左翼运动的发展经历了四个时期：1956—1962 年为第一时期，是新左翼产生时期。1956 年苏军入侵匈牙利和英法联军入侵苏伊士运河事件直接引发了新左翼政治运动。这两大事件对西方左翼知识分子造成巨大的思想冲击，使他们对西方资本主义民主制和苏联的社会主义产生双重幻灭，于是一场大规模的思想文化运动开始勃兴。

1963—1969 年是新左翼运动深入发展时期，即第二时期。欧美遥相呼应，连成一片。此一时期，英国的爱德华·汤普森（Edward P. Thompson）和佩里·安德森（Perry Anderson）看到战后资本主义的

---

① ［美］杰拉尔德·格拉夫：《自我作对的文学》，陈慧译，河北人民出版社 2004 年版，第 113 页。

新变化——消费主义膨胀、阶级意识淡化，要求适应新的时代需要，更新社会主义理论和实践，创设民主社会主义的政治制度。他们以《新左派评论》(*New Left Review*) 为阵地，着力挖掘民族历史中的反抗传统，产生一批极有影响的著作：理查德·霍加特（Richard Hoggart）的《识字的用途》(*The Uses of Literacy*, 1958)，雷蒙·威廉斯（Raymond Williams）的《文化与社会》(*Culture and Society*, 1958)、《漫长的革命》(*The Long Revolution*, 1961)，汤普森的《英国工人阶级的形成》(*The Making of the English Working Class*, 1963) 等。

1970—1979 年为第三时期，他们以《新左派评论》和新左翼书局（New Left Books, Verso 出版社的前身）为基地，大规模移译欧陆的马克思主义理论，继续发扬光大马克思主义学术传统。通过强调阶级意识和文化构成的主体力量，他们超越经济决定论，理论上取得突破性进展。1971 年，美国学者詹姆逊出版《马克思主义与形式》(*Marxism And Form*) 一书，提倡从西方文化传统中对马克思主义进行新的阐发，与苏联的马克思主义相对立，标志着新马克思主义批评在美国的出现。

1980 年至今为第四时期。经过前期政治风暴的冲击，西方马克思主义从德语和拉丁语区域向英美地区扩散。詹姆逊的《政治无意识》(*The Political Unconscious*, 1981) 与威廉斯的《唯物主义与文化问题》(*Problem in Materialism and Culture*, 1980) 是该时期最有影响的著作，显示了新马克思主义批评在英美的深入发展。1983 年，美国的《社会人文科学》(*Sciences and Humanities*) 杂志出版"马克思主义与大学"的专号，使马克思主义在英语区更加引人瞩目，剑桥和杜克等著名大学也相继开设马克思主义研究课程。从此，马克思主义成了英美人文社会科学的显学，其研究人员超过万余人，成为美国有史以来由左翼学者组成的最大、最重要的阵容。① 1993 年 4 月，美国加州大学"思想与社会中心"召开题为"全球化语境中马克思主义的位置与命运"的学术研讨会。会上，雅克·德里达（Jacques Derrida）作了题为《马克思的幽灵》(*Specters of Marx*) 的演讲，号召人们在全球化进程中接受马克思主义的

---

① Vincent B. Leitch, *American Literary Criticism from the Thirties to the Eighties*, New York: Columbia University Press, 1989, pp. 370 – 371.

文化遗产。在新保守主义和新帝国主义重建世界格局中，特别是经历了"9·11"和2008年的美国金融危机，人们对资本主义世界秩序普遍失去了安全感，于是更加急切地叩问最基本的人权表现在哪里？哪里才是我们的生存空间？这些新问题都为当代左翼阵营开拓出巨大的话语空间。

二

自1959年始，新左翼运动开始在美国出现。如果说30年代的旧左翼运动是由工人阶级领导，青年人参加的，那么，时下青年人首次为了改革社会，摆脱中产阶级的生活方式，自主领导了一场激进运动。由于经典马克思主义所强调的工人阶级、先进政党、社会主义经济等理论与社会现实脱节，他们便深挖青年马克思著作中蕴涵的人道主义思想，经过赫伯特·马尔库塞（Herbert Marcuse）、保罗·古德曼（Paul Goodman）、瑟奇·马利特（Serge Mallet）、米尔斯、安德烈·戈尔兹（Andre Gorz）等人的深入阐发，再次激活了马克思主义的学术生命力。

确切地说，美国的新左翼运动在50年代中后期已初露端倪。当时美国的繁荣是建立在垄断组织的经济实力基础上的。垄断集团和金融寡头对美国社会的影响和控制不仅仅局限于经济领域，它们还利用手中的权力，向公众兜售和灌输它们的价值观念。这些集团最希望社会成员都变成"组织的人"，效忠公司、泯灭创新精神和个人责任感。上述美国耀眼的经济成就在60年代初褪去了光环。虽然国民收入远远高于1929年，但用于公共事务的开支却相当少，可以说是私人富足，公共贫乏；黑人、少数族裔、弱势群体均无法分享美国的富庶。贫富悬殊在50年代末逐渐凸显出来。此外，美国的霸权主义也遭到第三世界人民的反对；种族歧视虽然在50年代有所缓解，但依然是美国社会的痼疾。

在这样的历史语境中，青年人中间广泛弥漫着一股强烈的改革意识。他们对美国社会进行广泛的批评，揭露美国社会的虚假意识，极欲以猛烈的方式加以变革。罗伯特·希尔（Robert Scheer）是早期的新左翼青年，他认为苦恼青年人的是生活的质量与方式，以及无处不在的压抑。

当时古德曼为《解放》（*Liberation*）撰稿，陆续发表一些充满异见思想的文章。1959 年，他在《评论》(*Commentary*) 上发表《荒唐的成长》(*Growing up Absurd*)，从人与社会的关系切入，透彻分析战后美国社会的荒唐性。他明确指出美国社会的物质繁荣带来深刻的异化，特别是青年人的异化。美国在崇拜科学技术、陶醉于现代化高效率时，没有产生一套与之相适应的价值体系。相反，它恣意损伤人的尊严，竭力贬低人的价值，致使人们在高度组织化的工业社会中无所适从、惘然若失。为了阻止人性的彻底泯灭，古德曼大声呼吁："集聚起来，如果可能的话，全体青年聚合在一起。"① 美国无法为青年人提供有意义的生活，美国人没有理由如此自满。他的文章触动了知识青年的敏感神经，他后来把文章扩充为书。

历史学家威廉·威廉斯（William A. Williams）也提出类似的看法。威廉斯认为美国能够躲避严重的社会问题，只是因为其辽阔的疆域和丰富的资源，但现在这些逃避的应急口都被堵死了，非得进行一场社会改革不可。威廉斯认为，美国必须放弃对外扩张的外交政策和对内的经济增长原则，把注意点转向人民。1957 年，威廉斯在威斯康星大学讲授历史，他同左翼持异见者建立了广泛的联系，他的观点影响了历史系的研究生。这些学生信奉他的合作的激进主义，并以此分析美国的现实问题。1959 年，他的学生劳埃德·加德纳（Lloyd Gardner）、李·巴克森德尔（Lee Baxendall）、索尔·兰多（Saul Landau）、詹姆斯·温斯坦（James Weinstein）成立"左翼研究"（Studies of the Left），逐渐发展为批评与评价美国历史和社会的论坛。古德曼和威廉斯也由此成为美国新左翼运动的精神导师。

诺曼·布朗（Norman O. Brown）从心理学角度丰富了上述理论。他在《生死之争》(*Life Against Death*，1959) 与《爱的躯体》(*Love's Body*，1966) 两书中，运用弗洛伊德的"性欲本能"和"死亡本能"，分析工业社会中人的心理状态。他的结论是，随着现代人的"性欲本能"日益受到压制，其"死亡本能"不断被强化。为了改变这种局面，布朗提出，既然人之痛苦乃自我压抑所致，人之解脱自然在于"性欲本能"的自由释放，回到性欲情结形成前的自由状态，即一种完全由本能驱策

---

①　William O'Neill, *Coming Apart*, Chicago: Quadragle Books, 1971, p. 258.

的、无拘无束的生活。布朗还认为，要摆脱西方现代工业文明束缚，恢复人的自然本色，"性欲本能"的满足是最基本的条件。只有实现这一要求，人才能进入狂欢的自我，使人性得到升华。他的这些思想为反正统文化宣扬性自由、性革命提供了心理学依据。

米尔斯是新左翼运动的另一位导师。1948 年，米尔斯出版《权力新人》（The New Men of Power），指责美国劳工领导背叛了工人阶级。1951 年米尔斯出版《白领：美国的中产阶级》，严厉批评战后美国人的自鸣得意。1960 年米尔斯在考察苏联东欧途中来到伦敦，与《新左翼评论》编辑部会晤。回国后他写了《致新左翼的信》，点燃起英美学生运动之火。他在信中指出，自第二次世界大战结束以来，沾沾自喜的保守主义、疲惫的自由主义和幻灭的激进主义曾进行过对话，但对话的内容已遭玷污，潜在的争论早已缄默，因为自鸣得意的病态已经占据了主导，共和与民主两党的平庸甚嚣尘上。米尔斯既批判保守主义，也指责新自由主义，尤其是贝尔的意识形态终结论。他认为这些学者所假定的自由价值的社会科学其实是保守主义的、反革命的偏见，意识形态终结论暗含着对社会主义的否定。他认为美国工人阶级已被权力所收买，白领阶层也被社会的虚假现象所迷惑。与马克思的预言相反，西方资本主义国家的工人阶级心满意足，而中下层阶级则看不到利益所在。有鉴于此，米尔斯认为激进变革的力量在于青年知识分子，有必要加强意识形态的分析。

为什么只有青年人不满呢？他们受剥削吗？他们合法获取财富与权力的途径遭拒斥了吗？如果大多数人生活在发达资本主义国家感到相对满意，那么，青年人有何权利揭露这个社会的痛苦根源呢？他们又怎能破坏这个大部分人感到满足与舒适的社会呢？

米尔斯无法解决这些问题。马尔库塞用异化学说解决了他的困惑。马尔库塞重温马克思的《1844 年经济学—哲学手稿》，发现它不仅关注经济事实，而且描述人的异化、生命贬值和人性丧失。马尔库塞指出，青年马克思剖析资本主义社会的不公正，不是经济剥削而是异化，即人与人、人与自然的不和谐，这是资本主义反人道的本质所在。马尔库塞又借鉴弗洛伊德的"压抑"理论补充马克思的异化说。如果说社会需要一定的服从才能正常运转，那么，这种"压抑"或许是尚可容忍的，不足以使人产生异化。然而,资本主义社会的"过剩压抑",即严厉地拒绝人的本能,扭曲与摧毁了人自身,不可避免地出现了异化。资本主义发达工业社会所提供的物质让人发呆,被剥削的人们开始喜欢这座监狱,这种异化不单单是经济问题,也涉及文化、美学和性欲。马尔库塞提出两种解决办法:一是由于异化是一种心理现象,所以,现代人需要进行"心理革命",确信满足性欲本能是可能的;二是由于"过剩压抑"是人为的社会现象,因此,人们应当采取必要的社会变革行动。两者的结合,构成了马尔库塞为反正统文化所提供的内外结合,向主流文化挑战的基本理论框架。如果说布朗从心理学角度探索现代人的个性自由,古德曼从社会学视野寻找人性复归,那么,马尔库塞则试图将两者的观点结合起来。人们在资本主义体制内备感痛苦而不知其原因,西方知识分子敌视资产阶级文化和物质主义的价值观,从卢梭那里就开始出现了,现在新左翼又回到老话题上来。

青年学生从上述思想家的文章中感受到一种新的声音,而《左翼研究》(Studies on the Left) 的面世更令他们振奋。那时的青年学生普遍感到压抑与沮丧,渴望自由与变革,从而使新左翼运动呈现出理论先于实践的特征,其思想直接发端于 50 年代末的那些离经叛道的著作。但是,美国新左翼运动的出现并非简单地释放不满情绪,单凭马尔库塞、米尔斯、古德曼等人的力量也无法呼唤出新左翼运动,是青年人在新的历史境遇中接受了这些异见思想,并把它们付诸实践,使运动得以产生。因此,新左翼运动是上述思想家的理论与社会现实相互撞击的结果。确切地说,是中产阶级青年人对自己社会产生新的认识所引发的一场声势浩大的社会激进运动。故而,新左翼运动的显著特征之一就是其青年性。

为什么 60 年代的中产阶级青年学生被新左翼运动所吸引?因为只有中产阶级能够提出激进主义。罗纳德·阿伦森(Ronald Aronson)(马尔库塞的学生)以自己的亲身经历说明了这一点。他说,他们这代人不仅生活在运转的资本主义的机器上,而且也成为机器的一部分,为着他们尚不了解的巨大利益。随着这架机器的运转,他们的能量被引向了"优越生活"——专业工作、结婚、度假,生一个优秀的孩子。他明白这种生活的本质充满着绝望、沉闷、冷酷,这是社会的需要,并不是他们的需要。阿伦森后来明白,要想自由自在地生活就意味着挑战非人性

的美国社会。阿伦森的经历在 50 年代末的青年人中间很普遍，表明新
左翼青年追求一种有意义、有目的性的生活，试图从精神层面上超越个
人的辉煌与物质的舒适。与旧左翼不同的是，新左翼青年借鉴了嬉皮士
的做法，在毒品、公社生活、性放纵中寻找出路。

第二节　美国新左翼运动的文学先导：“垮掉的一代”

　　每个时代都会造就自己衰败的原则和孕育最终颠覆它的精神力量。
以艾伦·金斯堡（Allen Ginsberg）为代表的“垮掉的一代”是当时美
国社会制度中的裂缝，是一种连他们自己也无法预见的新的精神的先
导。他们以文学创作与他们的身体力行，揭穿了战后美国青年人彷徨无
依、矛盾丛生、焦躁不安的生活状况，使一切造反与叛逆的本能得到宣
泄。在人们患上集体恐惧症的 50 年代，他们的离经叛道看似只是一股
出人意料的“逆流”，不曾想这股支流却演变成主流，改变了整个时代
精神，直至成为新左翼运动的文学先导。

一

　　金斯堡作为“垮掉的一代”的代表人物，出身在一个左翼家庭，其
父路易斯·金斯堡（Louis Ginsberg）是一位社会主义诗人，30 年代经
常在《新群众》与《解放者》上发表诗作；母亲系俄裔移民，早年参
加美共。孩提时代，金斯堡经常跟随母亲参加左翼聚会，学唱《红旗之
歌》。1943 年，他进入哥伦比亚大学英语系读书，相继结识杰克·克如
亚克（Jack Kerouac）、威廉·巴勒斯（William Burroghs）、尼尔·卡萨
迪（Neal Cassady）、格雷戈里·科瑟（Gregory Corso）等人，他们志趣
相投，共同催生了 50 年代的“垮掉的一代”。
　　在大学学习期间，金斯堡选修了特里林和马克·多恩（Mark
V. Doren）执教的文学课程。他在哥伦比亚大学的学习时断时续。1945
年他曾离开学校做过各种短工和几个月的水手。1946 年他重返哥伦比
亚大学英语系，1947 年再次中断学习前往丹佛。1948 年，金斯堡从哥
伦比亚大学毕业后，做了商船水手，在加利福尼亚湾区居住下来。他又
认识了加里·斯奈德（Gary Snyder）、菲利普·瓦伦（Phillip Whalem）、

罗伯特·邓肯（Robert Duncan）、肯尼思·雷克斯罗思（Keneth Rexoth）、彼得·奥洛夫斯基（Peter Orlorsky）等作家，他们共同发起"旧金山文艺复兴"（San Francisco Renaissance）。1955 年 5 月，金斯堡在旧金山"六画廊"（Six Gallery）声情并茂地朗诵长诗《嚎叫》（Howl）。诗歌迸发出冷战期间被压抑的真挚情感，震撼了在场的所有人。"城市之光"出版社的老板劳伦斯·费林格蒂（Lawrence Ferlinghetti）当即与金斯堡签约，决定出版《嚎叫》。斯奈德称这次朗诵是美国诗歌史上一个崭新的转折点。

金斯堡的《嚎叫》一夜之间把人们从 50 年代带进了 60 年代。然而，读者能及时感受新的时代气息，首先得感谢这位独具慧眼的出版商费林格蒂。1919 年费林格蒂生于纽约，在哥伦比亚大学获英国文学硕士学位，1947 年赴巴黎专攻绘画，以《现代诗歌中作为象征的城市》的论文获索邦大学的博士学位。1951 年他定居旧金山，并创办"城市之光书店和出版社"（City Lights Booksellers & Publishers）。这家书店系北美首家平装书店。费林格蒂凭借敏锐的艺术鉴赏力，捕捉到"垮掉"诗歌内蕴的时代激情。他不仅成为金斯堡等人的坚定支持者，而且还是这些"异端者"的朋友。"城市之光"也成了"垮掉"分子的聚会处，后来又发展成新左翼学生的大本营。现在，该书店以"垮掉的一代"的作品为品牌，吸引了世界各地对"垮掉"文学和新左翼运动感兴趣的人们，俨然成了一道历史文化的景观。这里有让人充满激进的文化遐想，人们来这里凭吊"垮掉"诗人和作家留下的足迹，缅怀当年激进的学生运动。

此外，金斯堡等人的诗歌创作也得到了旧左翼前辈的支持与肯定。1955 年的一个烈日炎炎的下午，弗里曼走进了格林威治村，经科瑟介绍，认识金斯堡。弗里曼发现眼前这位小伙子正是老朋友路易斯·金斯堡的儿子。看过科瑟的诗歌之后，弗里曼说如果在过去他和高尔德肯定会刊发这样的诗歌。这样一来，弗里曼经常与金斯堡和科瑟谈诗论文。弗里曼认为科瑟的诗歌力量在于想象力，而金斯堡则在"感觉"，他建议二人去找高尔德（在旧金山），因为他们的诗风与高尔德在精神气质上很相投。几天后，弗里曼写信告诉高尔德这件事情，那时他们已经有九年没有联系，此后又恢复了联系。

随后，高尔德也同"垮掉的一代"建立了联系。过去高尔德一直同法国超现实主义诗人保罗·艾吕雅（Paul Eluard）交往密切，他欣赏艾吕雅诗歌的"义愤与博爱"的简约抒发。看过金斯堡的《嚎叫》后，高尔德认为这是他所读过的最令人心碎绝望的时代之诗。当时金斯堡的诗歌并没有被广泛接受，虽然他追随惠特曼的脚步，却背负着放浪形骸的恶名。在高尔德看来，"垮掉的一代"体现着时代的激情与活力，与马雅可夫斯基的诗歌相类似。高尔德在 20 年代曾以极大的热情接触未来主义文学，使他与马雅可夫斯基结下深厚友谊。1925 年马氏出访美国，高尔德与弗里曼在纽约为他举办酒会，席间马氏饮了很多酒，说自己也是波希民，只是把过去的波希民全部燃烧，达到了涅槃重生的革命境界。对于先锋文学，高尔德始终保持着热情，他理解并支持"垮掉的一代"，同情 60 年代的新左翼运动，但无法理解吸毒与同性恋。

在艺术上，金斯堡继承惠特曼的自由诗体，并加以革新，形成自己独特的自由诗格式，他按自然的呼吸为单元直抒胸臆，一气呵成，且诗句的长短不一，但更多的是长句，不拘泥于传统诗歌的格律。他用固定开端引起不规则的变化的长句，可以任由诗人思绪的流动，并达到直抒胸臆的艺术效果。金斯堡的《嚎叫》具有强烈的节奏感，表面上凌乱不堪，什么吸毒、酗酒、同性恋、生殖器等都被诗人写进诗中，但全诗内在涌动着诗人不可遏制的青春激情。时至今日，当人们重温它时，仍然能感受到诗歌的冲击力量。它不过是一群放荡不羁的青年人，以"极乐"的方式在 50 年代末美国的享乐主义、金钱至上的"死寂"生活中掀起波澜。

集中起来看，《嚎叫》集中抒发了诗人强烈的愤世嫉俗的绝望感，无助的反抗只能借助于"疯狂"——内在的疯狂与诗歌形式上的疯狂。诗人用古代传说中的火神"摩洛克"（Moloch），暗示美国社会的黑暗与邪恶。"摩洛克的脑袋是纯粹的机械！摩洛克的血液流淌着金钱！摩洛克的手指是十支大军！摩洛克的胸膛是一架屠杀生灵的发电机！摩洛克的耳朵是一座冒烟的坟地……摩洛克的灵魂是电力和银行！摩洛克的贫穷是天才精英的幽灵！摩洛克的命运是一朵没有爱欲无性的氢气云！摩洛克的名字是上帝！"① 诗人决心将摩洛克的阴影驱逐出去，以便获得灵魂的再生，"我要抛弃摩洛克！在摩洛克中苏醒！让光明从天空中流泻！"② 最后诗人在幻觉中战胜了摩洛克，让自己的灵魂获得解脱。

结合诗人的同一时期的另外一首诗《美国》，我们更好读懂《嚎叫》：

> 美国，我给了你一切可我却一无所有。
> ……
> 美国，什么时候我们才能停止人类间的战争？
> 用你自己的原子弹去揍你自己吧。
> ……
> 美国，什么时候你才能天使般的可爱？
> ……
> 美国你的图书馆为何泪水汪汪？③

这几行诗其实是诗人自己对《嚎叫》的解释，也是他们苦闷彷徨的根本原因。

二

克如亚克是"垮掉的一代"中另一位重要的作家。他 1940 年进入哥伦比亚大学读书，喜欢惠特曼的诗歌，尤其喜爱自由奔放、不拘一格的爵士音乐，这直接影响他日后的自发式写作。1942 年，克如亚克到商船上干活，稍后又返回哥伦比亚大学学习。这种时断时续的大学生活与金斯堡相似。1957 年，克如亚克出版小说《在路上》(On the Road)。他受到爱默生的影响，追求自发性写作，强调语言具有依赖自然，把外部现象转化为人类生活的能力。小说以萨尔作为第一人称叙述者，讲述

---

① [美]艾伦·金斯堡：《金斯堡诗选》，文楚安译，四川文艺出版社 2009 年版，第 124—125 页。

② 同上书，第 125 页。

③ 同上书，第 138 页。

故事。小说共分五部分：第一部分讲述 1947 年萨尔同狄恩在纽约相识，他们第一次开始从东到西横穿美国大陆的旅行。小说主要叙述他一路上的经历，并插入萨尔与异性的恋情。第二部分，萨尔回到纽约姑妈家中。1948 年圣诞节，狄恩开着破车带着女友突然来访，他们结伴再次前往西部，又返回纽约。第三部分，1949 年，萨尔再次到达丹佛，同狄恩的友情渐至高潮。他们又一同横越大陆回到西部。第四部分，记述狄恩和萨尔前往"旅途终点"——墨西哥的"伟大旅程"。第五部分，狄恩把萨尔留在墨西哥，然后萨尔独自返回纽约，回忆同狄恩的最后一次见面，以深情的话语结束故事。

《在路上》充分体现了克如亚克的自发性的即兴写作手法。他任凭思绪喷涌而至，使小说的整个情节、事件不清晰、破碎零散、带有随意性。如果我们顺着"在路上"这个线索，小说的基本情节还是有的，那就是三次从东到西再回到出发地的旅程，人物、事件都是在他们的旅途中展开的。首先，克如亚克借助于"在路上"，给人一种空间上的纵横交错、飘忽不定的感觉，人物像影子一样在旅途中若隐若现，你永远不知道前面等待你的是什么。其次，空间上的疾速变化，实则是暗示人物内在心灵的骚动不安、变幻莫测，给人一种无法把握自己命运的悲凉感。再次，萨尔、狄恩等人"在路上"不仅逃避了都市生活的压抑，而且建立了朋友间的温暖联系。他们不刻意留恋过去，也不幻想未来，只在意每一个瞬间，并敢于面对未知生活。

《在路上》昭示了萨尔、狄恩等人寻求与探索一种新的生存方式，青春的激情造成他们敢于追求与社会准则相对立的全新的生存体验。萨尔自己的解释是："我只喜欢这一类人，他们的生活狂放不羁，说起话来热情洋溢，对生活十分苛求，希望拥有一切，他们对平凡的事物不屑一顾，但他们渴望燃烧，像神话中巨型的黄色罗马蜡烛那样燃烧，渴望爆炸渴望燃烧，像行星撞击那样在爆炸声中发出蓝色的光，令人惊叹不已。"[①] 萨尔对狄恩的议论是在告诉读者，狄恩等人生活中的疯狂反常行径——纵酒、吸毒、性滥交、信奉禅宗，都出于一种精神目的，不单纯是在逃避世界，因为不给青

---

① ［美］杰克·克如亚克：《在路上》，何晓丽译，漓江出版社 1990 年版，第 8 页。

年一代成长余地的社会现实就显得"荒诞"而毫无意义……他们是在用实际行动对一个有组织的体制进行批判，而这种批判在某种意义上得到了所有的支持。① 狄恩和萨尔等青年象征着一种新的时代精神，预示新左翼运动的来临。

三

巴勒斯是"垮掉的一代"中的又一位重要作家。1914 年出生于名门望族的巴勒斯，他年长于金斯堡和克如亚克，既是他们的朋友又是兄长和老师。他毕业于哈佛大学，学习文学、语言学和人类学。1943 年，他来到纽约，相继结识克如亚克和金斯堡。巴勒斯本可以平步青云，但他厌恶贵族的情趣和生活方式，青年时代染上毒瘾。尽管有稳定的家庭接济，他却喜欢浪迹天涯。他曾经在墨西哥长住，广交社会的三教九流，并失手枪杀自己的妻子。小说《裸露的午餐》（*Naked Lunch*，1959）奠定了他在文学史中的地位。他把自己的吸毒体验、同性恋经历用超现实主义的拼贴手法统统写进小说中，开毒品小说之先河。

巴勒斯的知识面非常广，他结合科幻小说和犯罪小说的技法创作了《裸露的午餐》，每章自成体系，各章节之间缺乏内在逻辑联系，没有统一的主题。但是，小说由同一叙述者以及相同意义的情节重复出现，使小说有一定的内在联系性。小说以威廉·李为叙事者，详细描述了如何判断毒品质量，如何注射毒品，以及吸食毒品的幻觉体验，目的在于实现"自我解放"。然而，威廉·李就像从地狱归来的拉撒路一样，他的自我解放总是发生在生与死的边缘。小说的深刻意义在于揭示了吸毒者在获得"自我解放"的同时，又严重地残害了自己的身体；挑战社会却付出了沉重的代价。为了加大批判力度，小说中的"液化党"主张将人体蛋白液化后，注入另一个人的体内；"分裂党"则主张从自己身上取出一部分肌肉进行复制，让地球布满数以万计的同一性别的生物；"传输党"认为通过单向传心法，向民众发布行动指令，以便消除异己之见，达到统一思想的目的。各种荒诞的思想和疯狂的行为渗透到

---

① Paul Goodman, *Growing up Absurd*: *Problems of Youth in the Organized Society*, New York: Radom House, Inc., 1960, pp. 11 - 12.

人类的每一种关系之中，足见人类生存现状之危机。从这种意义上看，小说的思想性和严肃性就凸显出来了。

通过对上述三位"垮掉"作家的简单梳理，我们可以看到前两人的大学教育是在时断时续的情况下完成的，而且中间都做过水手。水手的生活是放纵的，他们俩人也因此而沾染上放纵本能的恶习。年长的巴勒斯虽未做过水手，但他长期沉迷于墨西哥底层社会的放纵生活，与金斯堡和克如亚克殊途同归。他们三人都没有局限于校园之内，总是与社会底层联系密切，所以，他们身上散发着浓郁的嬉皮士生活习气。往前看，这是20世纪初格林威治村的波希民放浪不羁传统的延续；往后看，则是新左翼青年的先导。这一点与纯粹从校园造反起家的青年学生不尽相同。

欧文·昂格尔（Irwin Unger）在《运动：1959年—1972年美国新左翼的历史》（*The Movement: A History of New Left 1959—1972*）一书中指出，激进青年学生与嬉皮士是两种类型，新左翼运动就在二者之间来来回回地运转。① 嬉皮士运动旨在通过毒品、摇滚乐、性自由和公社等形式挑战、颠覆基于理性主义和技术治理的美国主流文化价值观，代之以非理性的价值观和另类生活方式。英文hippie指"一个知道发生什么事情的人"，或者"一个知道的人"。中文"嬉皮士"是取自谐音之译。这种意义上看，嬉皮士对主流社会的价值观有着清醒的认识，他们意识到自己正在"创建一个新世界"。他们看到战后美国社会在理性主义与技术治理下变得日益压抑人性，正是基于这样的认识，他们决定以"遁世"的方式，反对主流文化。鉴于嬉皮士认为理性主义及其衍生物的技术治理观念是现代"病态社会"的根源，他们便把非理性主义作为对抗正统文化的批判武器，希冀通过一系列的非理性"革命"震撼正统文化。具体说，通过毒品引起的"幻觉革命"、"摇滚革命"、"性革命"和"公社革命"，达到反文化的目的。

嬉皮士运动有其自身的传统，它承袭20世纪初的波希民遗风，与产生于校园内的学生运动既有区别又有联系。区别在于最初的学生运动

---

① Irwin Unger, *The Movement: A History of New Left 1959—1972*, New York: Dodd, Mead & Company, Inc., 1974, pp. 38 - 39.

仅限于校园内，学生们主要反对学校的行政机构和呆板的课程体系，但是，当学生运动发展到一定程度时，就与校外的嬉皮士运动相互交融、合流会聚在一起。学生运动因为嬉皮士的加盟，拓展了反叛视野，加剧了反叛力度；嬉皮士也因应学生的响应，长驱直入校园，从边缘走向文化的中心。无论是学生还是嬉皮士，他们都认为中产阶级意识形态与青年人实际生活感受的对立，造成他们的疯狂；社会环境与他们内心体验之间的冲突、不相应，带来了他们的疯狂，这是二者抱合的思想基础。

"垮掉的一代"集中体现出嬉皮士精神，他们也从波希民那里汲取养料，又结合存在主义思想，在资本主义的太平盛世中追寻放荡不羁的生活。他们憎恶朝九晚五的激烈竞争的工作，蔑视性压抑、文化胆怯，一切中产阶级的生活方式、价值观念和文化品位，甚至是句法，都让他们感到厌烦。同时，"垮掉的一代"也借鉴了都市黑人文化、东方的神秘主义和禅宗的某些思想，主张人的身心自由，追求物我两忘的境界。这一切都渗透于金斯堡、克如亚克、巴勒斯、科瑟等人的作品中。他们认为人的内在心性比外在东西更重要，外在世界是不真实的、虚幻的。这些思想情绪都是校园里的青年学生所崇尚与追求的，因此迅速风靡校园。

从文学上看，"垮掉的一代"不仅成为新左翼运动的文学先导，而且直接开启美国的后现代主义文学。它集中展现从沉闷的 50 年代走向反叛的 60 年代的特定时期青年人对现实生活的普遍感受，因此才能由支流发展为主流。它在文学形式上也进行了诸多创新，这些都被后现代主义文学所吸纳。

第三节　美国新左翼运动的蓬勃发展

从 1959 年至 1968 年，美国的新左翼运动存在不过十年，但是，青年人所标举的反文化主张对美国社会造成了强烈的冲击。激进青年试图以这样的"对手文化"彻底颠覆美国的主流文化价值观，改变美国文学的发展方向。它不仅催生许多文学新秀，而且产生重要的文学理论流派，也推动了亚太文学、女性文学的发展。这些都积淀为美国后现代主义文学的主要内容。这场运动对于研究 20 世纪的美国左翼文学思潮无疑具有重要意义，因此，我们有必要对它的发展概况进行一番梳理与透视。

一

50 年代末，一场富有生气的学生激进运动开始在加州大学的伯克利分校酝酿。旧金山及海湾区不仅有着悠久的左翼文化运动的历史传统，而且富有劳工组织的战斗经验。战后，"帕西菲卡"（Pacifica）在该地区开展了卓有成效的反战和平运动，奠定出伯克利的激进群众基础，为即将来临的学生运动准备了策源地。50 年代后期，"垮掉"分子已经把北滩（North Beach）和"城市之光"书店发展为反正统文化的大本营。隔海相望，北滩正好处在旧金山与伯克利校园的交会处，这里学生密集、交通便利，很容易引发学生运动。1959 年的反对"非美活动调查委员会"的游行和 1960 年为卡里尔·切斯曼（Caryl Chessman）案件的静坐活动，让海湾区的学生在新左翼运动来临之前作了演练。①

1960 年 4 月黑人青年学生成立"学生非暴力协调委员会"（the Student Nonviolent Coordinating Committee），致力于黑人民权运动。"学生非暴力协调委员会"的成立表明，青年学生可以在脱离美国社会民主党和旧左翼的情况下，独立"闹革命"。虽然"学生非暴力协调委员会"旨在为黑人的种族权利而奋斗，但客观上推动了新左翼运动的发展，成为运动发展初期的主要推动力量之一。在西方发达工业国家遍地开花的新左翼运动，在美国却与种族问题纠结在一起。

另外，学生的校园亚文化也为新左翼运动的爆发，在社会与心理两方面预先作了铺垫。50 年代末，学生对校园生活深感失望，教室空旷人稀，教授难以接近——因为他们埋首自己的研究。这样，学生联谊

---

①　1959 年"非美活动调查委员会"（HUAC），要到加州调查共产主义在公立学校的影响，就在北加州发出 40 张传票，结果他们取消计划，到西部去了。被传唤者的名字漏露于报端，许多人因此而丢掉工作。伯克利的学生趁机发动一场声势浩大的取消"非美活动调查委员会"的游行，迅速波及哈佛大学、芝加哥大学、明尼苏达大学、密歇根大学、哥伦比亚大学。

卡里尔·切斯曼（Caryl Chessman）案件再次引起学生群体抗议。1960 年 5 月，切斯曼因为绑架罪，被判处死刑，他的律师却让案件悬而未决。切斯曼在监狱中著述为自己辩护，经过洛杉矶与旧金山电台的播报，在海湾区掀起波澜。成千上万的青年学生、市民纷纷涌上街头，抗议死刑，静坐示威。

会、校际间的运动会为学生交友提供了平台，成了他们温暖的家园。学生热衷于自己的"家园"活动，于是一种独立的亚文化开始在校园里蔓延。学生的亚文化倡导波希民生活方式，追求另类的穿着打扮——女孩子喜欢穿乡下衣服、宽裙子、脑后梳一根马尾辫；男孩子则穿军装或灯芯绒裤子，开始留胡子。他们喜欢乡村音乐、巴洛克音乐、印象画派和后印象画派、"垮掉"的诗歌和小说。由于志趣相投，学生的亚文化又跟校园外的嬉皮士文化暗通款曲，校园内外互通声息、连成一片。

二

"学生民主同盟"（SDS）在整个新左翼运动中发挥重要的组织与领导作用。该组织与旧左翼运动有着一定的历史渊源关系。1930 年杰克·伦敦和厄·辛克莱组建"工业民主学生同盟"（the Student League for Industrial Democracy），这是一个社会主义组织，其成员为左翼分子与工会会员。1935 年，"工业民主学生同盟"与另外一个学生组织合并为"美国学生联合会"（the American Student Union）。1945 年，"工业民主学生同盟"又恢复早期的名字。1959 年，当校园的新激进主义崭露头角之时，"工业民主学生同盟"组建为"学生民主同盟"，其成员为社会主义者、自由主义者、无党派的激进分子，他们追求个体最大限度的自由。1960 年，密歇根大学的罗伯特·哈伯（Robert A. Haber）当选为"学生民主同盟"的主席，他激情澎湃地发动学生运动，汤姆·海登（Tom Hayden）成了他的支持者与协助者。他们把"学生民主同盟"界定为青年人的组织，致力于团结自由主义、激进主义的学生与教师。

1962 年 6 月 11 日，"学生民主同盟"在密歇根休伦港召开年会，会上通过了著名的《休伦港宣言》(*The Port Huron Statement*)，正式掀起美国的新左翼运动。这份宣言是由海登起草的，并由许多人加以润色，它承袭"垮掉的一代"的超验式话语，触及美国社会改革的根本问题。《休伦港宣言》的深刻用意在于把学生运动引入文化领域，并非简单地号召青年人起来造反。

《休伦港宣言》洋洋洒洒写了 60 页，主要包括三个部分：一是对当时美国社会进行全方位分析，指出 50 年代以来美国社会缺乏政治活力，人们满足于物质生活的享受，精神空虚。政府—军队—工业联合体趁机勾结，形成三足鼎立的权力中枢，独揽美国内外政策大权。二是提出改革方案。他们认为美国社会中的贫困、种族歧视等矛盾是美国的冷战理论所导致的。美国政府应该把军备扩张费用转用于国内问题，以便消除贫困，结束种族歧视。三是探讨实现社会改革的方法。在"学生民主同盟"看来，政府—军事—工业联合体是既得利益者，不会心甘情愿地变革社会现状；那些纳入"美国生活方式"的中产阶级贪图安逸，对社会变革冷淡麻木；工人阶级则缺乏热忱，为统治者所收买。因此，只有青年学生才能担负起恢复美国社会青春活力的重任，他们是让自由民主重放光彩的中坚力量。

青年学生的反独裁，崇尚个人主义，秉承美国的杰弗逊传统与无政府主义传统。新左翼人士厌恶体制与官僚主义，竭力与官僚化的旧左翼相区别。青年学生回避直接导向革命的先锋政党，只想在自己的改革事业中扮演角色。显然，他们不想重蹈美共的覆辙，他们认为苏联正是由于忠于一个等级森严的政党才导向了斯大林极权。所以，学生们纷纷提出自己的独到见解。1963 年，迈克尔·哈林顿（Michael Harrington）在《另一个美国》(*The Other America*) 一书中揭露美国的持续贫困。同年缪特·H. 斯图特·休斯（H. Stuart Hughes）、莱纳斯·波林（Linus Pauling）、冈纳·迈达尔（Gunnar Myrdal）、托德·吉特林（Todd Gitlin）等人合写的《三重革命》(*The Triple Revolution*)，指出当今世界面临着三重革命——第三世界革命、黑人造反、自发革命，警告世人危险即将来临。同年理查德·弗拉克斯（Richard Flacks）在《美国与新时代》(*America and the New Era*) 一文中指出，工业技术伴随着巨大的劳动压力，使失业率不断攀升，使美国穷人的境况更加恶化。

60 年代初，"学生民主同盟"主要在校园开展活动，把大学作为新左翼运动的"大本营"。在青年人看来，大学是一个畅所欲言的场所，他们有能力推动全国展开美国社会问题的探讨。"学生民主同盟"在 1965 年的全国大会中放弃了反共产主义的字眼，对所有左翼开放门户。时任"学生民主同盟"主席的卡尔·奥格尔斯比（Carl Oglesby）认为宗派主义才是美国左翼的暗礁，而新左翼的原则是忠于人民和自发的民主参与意识。

"学生民主同盟"的成员多为非马克思主义的持异见者。他们从美国自由主义中分离出来，试图在正统的马克思列宁主义意识形态之外寻找路径。这样的政治诉求使他们转向第三世界革命，中国显示出比苏联更大的吸引力。青年学生在 60 年代中期向往古巴革命、越南民族解放阵线和形形色色的第三世界革命。毛泽东、卡斯特罗、乔莫·肯牙塔（Jomo Kenyatta）、胡志明、切·格瓦拉、弗朗茨·范农（Frantz Fanon）纷纷成为青年人竞相膜拜的偶像。

米尔斯始终坚信学生、知识分子、专业人员可以引领变革运动。《休伦港宣言》也体现了这一精神。此时青年人开始关注陆欧的新马克思主义者戈尔兹、瑟奇·马利特（Serge Mallet）、欧内斯特·曼德尔（Ernest Mandel）等人的理论。新马克思主义者的著述揭露战后中产阶级生活的窘况，也指出未来革命的主力军。美国新左翼学者格雷格·卡尔弗特（Greg Calvert）从研究欧洲历史切入，提出以"新工人阶级"变革现代工业社会结构的理论主张。卡尔弗特看到中产阶级并非旧马克思主义意义上的有产阶级，而是新的劳动阶级，他们在新的剥削体制中以"技术"谋生。这些人并不贫困，与其他阶层相比，他们很"兴旺"。但是，他们处在人类自由的潜在要求与现实受压迫的矛盾之中，使其具有了潜在的革命性。卡尔弗特的观点很快就被运用到"学生民主同盟"的实践之中，青年学生广泛开展了许多下基层的活动，如"激进教育项目"、"经济研究与行动计划"等。

按照新左翼学者的看法，大学生受到阶级、规则和官僚体制的三重压迫，所以，学生有理由为社会正义而战斗。学生们愤怒地谴责大学的行政机构，指出："当时，（大学）机器的运转变得非常可憎，令人感到恶心，你们不可能参与，甚至不可能默默地参与。因此，你们必须把自身置于齿轮上，置于轮子上，把握操纵杆，控制所有装置，你们必须使它停下来。你们必须向操纵机器的人，向拥有机器的人表明，除非你们是自由的，否则将完全阻止机器的运转。"①这样一来，校园就成了一个激进、异见的滋生地，随时可以点燃激进的烈火。除了校园内的反抗，自 1962 年起，"学生民主同盟"、"学生和平联合会"（the Student

① Irwin Unger, *The Movement: A History of the American New Left, 1959—1972*, New York: Dodd, Mead & Company, 1974, pp. 71-72.

Peace Union）、"托洛茨基青年社会主义联盟"（the Trotskyite Young Socialist Alliance）和"红色中国东方进步劳动党"（the Red Chinese – Oriented Progressive Labor Party）还组织了反对美国入侵越南、反对美国的外交政策、反对核试验，要求结束冷战等一系列活动。

三

海湾区的文化与政治的结合比任何地方都充分，成为酝酿学生运动的最佳场所。1962 年，"伯克利自由言论运动"（the Berkeley Free Speech Movement）最先在海湾区的校园中出现，成为美国新左翼运动的一个重要里程碑。参加"伯克利自由言论运动"的学生后来回忆道，这场自发运动最激动人心的是直接面对影响自己生活的事物，摆脱了那些纠缠你的事情，摆脱了你存在的根基，使你明白什么才是自己的生活。"伯克利自由言论运动"以公开的群众性会议、吉他、歌曲、胡子、长发的形式挑战学校的行政机构。此时，一直被边缘化的学生在运动中彰显极富激情的政治文化个性，而正统的世界却显得毫无生气。传统意义上的大学一直被视为学生的天堂，他们不仅可以徜徉在知识的海洋中，而且可以抨击社会的不公正、指点江山。然而，"伯克利自由言论运动"却让学生看到大学呆板的规则和傲慢的行政机构，打破了学生对大学的信任，使他们认识到大学是社会进步的阻碍，学生是被压迫者。

与此同时，东海岸的哥伦比亚大学的学生运动也如火如荼地开展起来。如果说伯克利的"伯克利自由言论运动"是一场大规模的学生自发性的运动，那么哥伦比亚大学的学运是在"学生民主同盟"领导下，挑战大学行政机构的有组织的活动。哥伦比亚大学是一所私立大学，坐落在寸土寸金的曼哈顿区，学校为了将来的发展，买下了晨边高地（Morningside Heights）附近的一片旧建筑。这里紧邻哈莱姆区，居民混杂、情况复杂，拆迁工作困难重重。在学校与哈莱姆区之间有一块空地，属于晨边公园（Morningside Park）的领地，平时当地居民也很少到这里来。学校想在这里修建体育馆，引起哈莱姆黑人的不满，他们认为这是侵占。于是，修建体育馆演变成一场政治风波。

哥伦比亚大学设有"防御分析研究所"（the Institute of Defense Analysis)。该研究所与军事工业有联系，甚至与越战也有干系。1967 年，学生要求校方任命一个委员，考察他们与研究机构的关系。体育馆事件和研究所事件引发冲突。学生占领洛图书馆（Low library）和汉弥尔顿楼。最后由学生代表、教师代表和行政机构三方进行协商，寻求解决方案。海登也特地赶来参加谈判。结果是，学校放弃修建体育馆的计划，并承诺与"防御分析研究所"不再联系。在这场冲突中，众多的学生与教师看到大学已经沦为权力机构的帮凶，其兴趣根本不在教育上。1968 年的哥伦比亚大学的学生抗议体现了"学生民主同盟"和学生左翼的最高政治水平。据统计，1968 年全美有 3000 多个校园发生抗议活动，矛头指向越战和大学改革，"学生民主同盟"经常活跃其中。到1968 年秋，"学生民主同盟"有 10 万会员，500 多个分支机构，还创办了名为《新左翼笔记》(New Left Notes) 的刊物。

四

1967 年，新左翼运动越出校园向社会漫延，教师群体、专业艺术家、知识分子和大众传媒人员纷纷加入，妇女成员的人数急剧增长。当时美国民众被轰炸越南的惨状所激怒，全国各地不断掀起各种反战运动。同年 10 月，几百名教师、作家、新闻记者组成声势浩大的反战签名活动。菲利浦·贝里根（Philip Berrigan）、罗伯特·布朗（Robert M. Brown）、威廉·科芬（William S. Coffin）、金斯堡、伦斯、波林、奥格尔斯比、斯波克博士、霍华德·津恩（Howard Zinn）、古德曼、麦克唐纳、桑塔格、马尔库塞都在《号召抵制非法当局》(A Call to Resist Il-legitimate Authoring) 上签名。

1968 年 3 月成立于芝加哥的"新大学联合会"，把工作重心放在大学教师、研究生身上，其目的旨在改造大学的管理，探讨各个学科的发展前景。它成功地开展各种学术活动，把激进的青年教师、研究生推到许多学科领域的核心位置。1968 年夏各种反战势力聚集在芝加哥，酝酿更大规模的抗议活动，这就是著名的"芝加哥民主集会"(the Chica-go Democratic Convention)。让·热奈特（Jean Genet）、巴勒斯、金斯堡、梅勒都参加过"芝加哥民主集会"。

此期间，许多激进刊物如雨后春笋般出现，使新左翼运动愈演愈烈。《壁垒》(*Ramparts*)、《村之声》(*Village Voice*)、《现实主义者》(*The Realist*)、《新左翼记录》(*New Left Notes*)、《保卫者》(*The Guardian*)、《洛杉矶自由报道》(*The Los Angeles Free Press*)、《老鼹鼠》(*Old Mole*)、《第二城市》(*Second City*)、《摇滚乐》(*Rolling Stone*)、《破衣烂衫》(*Rays*)、《大桌子》(*Big Table*) 等刊物，大肆刊登新左翼人士的学术文章，对运动起到推波助澜的作用。此外，旧左翼的刊物《每月评论》(*The Monthly Review*)、《民族》、《解放》等，也经常刊登新左翼人士的文章。《专业激进通讯》(*Radicals in the Professions News Letter*) 从 1968 年至 1969 年，事无巨细地报道各种新成立的激进组织与成员。

第三世界学生也成为校园里的一股激进力量。1969 年来自第三世界的学生在旧金山发动学运；芝加哥的东方学生联合"学生民主同盟"与警察对垒；加州大学伯克利分校的"亚裔美国政治联盟"(the Asian American Political Alliance) 接受"亚裔美国人"的提法。随后学生们组织了全国性的组织，如"亚洲学生会"(Asian Student Union)、"亚裔美国学生协会"(Asian American Students Association)。70 年代末，在西海岸成立的"亚太学生会"(Asian Pacific Students Union) 和"东海岸亚裔学生会"(the East Coast Asian Students Union)，从佛罗里达扩展到缅因州。一方面学生在自己办的报刊上发表诗歌、戏剧、艺术作品，催生了亚太文学的发展；另一方面新左翼学者因势利导，在许多大学创建亚太研究课程、研究项目和系院设置，对亚太文学展开研究。在这样的氛围中，华裔作家相继涌现，如赵健秀 (Frank Chin)、徐忠雄 (Shawn H. Wong)、林永得 (Wing Tek Lum)、费伊江 (Fay Chiang)、汤姆·李 (Thom Lee)、林小琴 (Genny Lim)，等等。

夏威夷是亚太美国人聚居处，此期间夏威夷的本土文学与亚太文学也登台亮相，有时二者抱合在一起。"竹桥出版社"(Bamboo Ridge Press)、"海藻与建筑"(Seaweeds and Constructions) 都开始关注亚太文学，推出不少作家，如林洪业 (Darrell Lum)、林永得、朱丽叶·科诺 (Juliet Kono)、加里·佩克 (Gary Paik)。他们的创作侧重反映岛上的亚太裔生活，凸显了夏威夷亚太文学的独特感觉与经验。菲裔诗人与作家也跻身文坛，如塞拉芬·西奎亚 (Serafin Syquia)、洛·西奎亚 (Lou Syquia)、阿尔·罗比斯 (AL Robes)、弗吉尼亚·塞伦里欧 (Virginia

Cerrenio)、西恩·扎科（Cyn Zarco）、杰西卡·哈格多恩（Jessica Hage-dorn），等等。到 70 年代，不断增长的亚太作家开始在美国主流报刊上发表作品，如汤亭亭（Maxine H. Kingston）、谭恩美（Amy Tan）、黄哲伦（David H. Hwang）、大卫·木拉（David Mura）、卡西·达文波特（Cathy S. Davenport）、加勒特·杭格（Garrett Hongo）、哈格多恩、洛伊丝·哈曼纳卡（Lois A. Hamanaka）。不少作家开始获奖，逐渐引起美国文坛的瞩目。

新左翼运动的第二个成果是掀起美国的第二次女权主义浪潮。1967—1968 年，美国的女权主义运动开始大规模出现。1963 年，贝蒂·弗里登（Betty Friedan）的《女性的奥秘》（*The Feminine Mystique*）风行一时，成为畅销书。她在书中指出，自 19 世纪末妇女解放运动以来，女权主义运动已经偃旗息鼓，早期的女性飞行员、学者、政治家、艺术家和企业家在二战之后都很罕见。令人窒息的家庭生活取代了一切，许多妇女局限于家庭、丈夫和孩子。弗里登的书打动了中产阶级妇女的心弦，把战后刮起的妇女回家之风一扫而净，极大地推动了女性文学的发展。

五

自 1968 年始，美国新左翼运动赖以存在的外部环境开始悄然发生变化。同年 11 月，理查德·尼克松当选为美国总统，他立刻调整越战策略，开始边谈边打，减少国内征兵。1971 年，他又缓和与中国的关系。这些外交举措改变了新左翼赖以生存的反战局势，因为新左翼运动的壮大与反战运动密切相关。随着越战的收缩降温，新左翼运动失去了动力源泉。

到 1969 年底新左翼运动已经溃不成军。从"学生民主同盟"中分离出来的"气象员"（Weatherman）虽然强调武力冲突，此时已是强弩之末。尼克松政府对公众的恐惧与不满加以政治化疏导，对激进分子采取强硬态度。这位来自加利福尼亚的国会议员，在麦卡锡时代曾经把美共领导人阿尔杰·希斯（Alger Hiss）送进监狱，即便在 70 年代，尼克松也毫不同情左翼。1970 年春天，肯特州立大学再次发生骚乱，但这次仅限于校园内。新左翼青年蓦然回首，发现自己身后已经没有美国公众的响应。

如果说外在的政治压制只是学生运动消退的原因之一，那么，学生组织内部的纷争才是导致新左翼运动瓦解的主要原因。"学生民主同盟"越来越趋向列宁主义道路，忽略了社会公众的现实需要。如果"学生民主同盟"的领导人更多地关心学生与公众的不满，争取黑豹党的支持，而不是攻击进步劳工，或许它还能够存活。事实上，新左翼运动溃散主要在于学生组织自身的宗派斗争。

此外，新左翼运动后期崇尚暴力也是其消沉的又一个原因。1968年以后的新左翼运动变得愈益激进和暴力化。从外部看，"学生民主同盟"的战友"学生非暴力协调委员会"已经放弃非暴力主张，演变为以暴力为主的黑豹党。从内部看，新左翼领导人开始信奉枪杆子里面出政权的硬道理。从社会心态上看，越战本身的残忍和非理性使许多人逐渐失去应有的理智与耐心。从国际环境上看，法国1968年的"五月风暴"和中国的红卫兵造反似乎也在向美国新左翼阵营昭示，暴力能够产生更加迅速的效果。上述诸因素的聚合把新左翼运动推上了暴力之路。

尼克松政府与中国关系的缓和是对新左翼运动的一次沉重打击。新左翼青年在整个60年代以一个或多个社会主义国家为偶像，寄托他们的政治理想。中国、古巴、北越、北朝鲜、阿尔巴尼亚等第三世界国家都成为他们用来替代资本主义制度的理想国度。诚如吉特林所说："美国左派为几代人把善良具体化了：我们需要把我们的命运与世界上某个地方的某个抓住人类社会机遇的人联系在一起。"[1]尼克松政府与中国关系的缓解无疑击碎新左翼的政治梦想，感到中国的"背叛"是对第三世界潜在革命性的否定。

1969—1972年美国经济的衰退，也对新左翼运动构成巨大的威胁。在60年代的美国经济发展平稳时期，学生很好找工作，但到了70年代，专业技术人员求职异常艰难，学生们突然关心起自己的学业和分数，头发也弄短了。当革命的狂欢过后，昔日那些承载革命，蔑视消费社会，愿意生活在革命贫困之中的青年人相继返回属于自己的社会阶层当中，开始寻找工作。

新左翼阵营的最后一次喘息是在1972年的支持乔治·麦高文

---

① Todd Gitlin, "Cuba and the American Movement", *Liberation*, November 1968.

（George McGovern）的总统选战中。麦高文虽然不是激进分子，但他郑重承诺结束越战，他身上散发着 60 年代末的激进情绪。他之所以能在迈阿密获得初选成功，也正是由于新左翼运动在该地区近十年的宣传和鼓动所积淀的群众基础。某种意义上看，麦高文是新左翼运动的产物，值得新左翼阵营支持。《壁垒》杂志号召激进人士不要拒绝麦高文。然而，新左翼阵营在麦高文的选战中大势已去，无力回天。麦高文的败选标志着新左翼运动的终结。此后，"学生民主同盟"的创始人伦尼·戴维斯（Rennie Davis）去了印度，回国后沉迷于邪教；阿比·霍夫曼（Abbie Hoffman）被捕，其他的新左翼首领也相继淡出了人们的视线。有一位新左翼首领在《华盛顿邮报》上说："革命结束了，孩子!"到 1972 年新左翼运动全线消退。

新左翼运动最突出的贡献是迫使美国从越南撤军，让反战思想深入人心；同时也使各种社会问题得到深化，比如，继续发扬旧左翼的反贫穷、结束种族歧视、争取黑人权利与妇女解放的思想。正如吉特林所说，运动无所不在，一种超越现实的理想、历史的幽灵迟早要实现。① 正是这种精神向世人彰显出新旧左翼运动之间的深刻的关联性。新左翼运动对文学的贡献在于：一、它使马克思主义重新获得学术生命力，为新马克思主义批评在美国的出现提供了历史契机；二、运动为文学新秀的崭露头角提供了不可多得的时代机遇，一些体现新左翼精神的文学理论相继问世；三、运动加速了政治激进与美学激进的相互贯通，使后现代主义文学在美国获得充分的发展。

第四节　桑塔格与美国新左翼文学批评

美国新左翼运动对后现代主义文学的形成和发展起了推波助澜的作用：一方面许多学者在运动中获得灵感，使新左翼理论迅速滑向后现代主义理论；另一方面西方马克思主义对资本主义的工具理性和启蒙神话所展开的文化批判，对后现代主义构成吸引力。后现代主义者赞赏西方马克思主义对现代性的批判与质疑，特别是西奥多·阿多诺（Theodor

① Todd Gitlin, "Toward A New Left", *Partisan Review*, Summer 1972, p. 458.

W. Adorno）的"否定的辩证法"给后现代主义以直接启迪。由此，新左翼运动与后现代主义在理论诉求上有许多重叠、交合之处。恰如美国学者所评论的那样："尽管当时的政治希望旋即就破灭了，但当时那种天启式的冲动却转化成了宣扬历史已发生根本性断裂、新时代已经来临的后现代理论。"① 从这种意义上看，新左翼首领人物桑塔格的批评理论既是新左翼文艺思想的集中体现，同时又预示了后现代主义文学在美国的登陆。

一

1968 年，桑塔格在《壁垒》杂志上发表文章，公开宣布自己隶属新左翼。出生于 1933 年的桑塔格，虽然未能赶上如火如荼的"红色 30 年代"，却在 60 年代的反文化运动中以脱缰纵横、桀骜不驯的姿态出现在文坛上。桑塔格提出的"反对释义"的批评主张，集中概括了 60 年代的美国激进的社会情绪，即以萨特为代表的存在主义思想同美国的文化激进主义的结合，具有反理性、反文化、反美学、反体制和反元话语等特征。

1966 年，桑塔格出版批评文集《反对释义》（Against Interpretation），该书收录了她在 1961 年至 1965 年间所写的批评文章，代表着她早期的激进批评理论成果。期间，桑塔格住在格林威治村，出入纽约的各种先锋文化圈子，并刻意与老一代"纽约文人集群"拉开距离、分道扬镳。桑塔格系统地审视美国文学批评的发展，全面质疑传统的重内容轻形式的批评习性。特别是对美国文学批评中的庸俗的简单化倾向，即用社会学、心理学和精神分析学阐发文学，把艺术解释成非艺术的做法表示不满。人们很容易联想到"纽约文人集群"的文化批评风格。所以，无论是当初还是 30 年之后，桑塔格都声称自己并不反对广义的"释义"，而是反对那种依靠阐释确立人类主观意识的行为，即把"解释"作为批评的根本法则的做法。很明显，桑塔格的批评矛头直指老一辈"纽约文人集群"，她所诟病的阐释的现代风格——挖掘式、毁坏式、黑格尔

① ［美］斯蒂文·贝斯特：《后现代理论——批判性的质疑》，张志斌译，中央编译出版社 1999 年版，第 22 页。

式，都是针对他们而言的。

桑塔格的批评理论主要从两个方面展开：一是对传统"释义"批评模式的颠覆与瓦解；二是积极倡导时代的"新感觉"，以此领略文学作品。"反对释义"与"新感觉"是相辅相成、不可或缺的，它们互为表里，共同构成了桑塔格批评理论的基石。

在《反对释义》一文中，桑塔格首先从存在主义思想出发，对传统文学批评中的那种只注重作品内容的分析，而忽略对文学自身的审美特性的品鉴，阅读作品就是为了阐释的陈旧观念提出质疑。她指出："需要的是更讲究技术形式，如果过分着重于内容引起骄横的解释，那么，更深入地分析形式会把这种气焰打下去。我们需要的是一套分析形式的词汇——描述性的词汇，而不是规定性的词汇。最优秀的批评是把内容的分析化入形式的分析中去，但这种批评很少。"① 不同于传统形式主义批评之处是，桑塔格立于存在主义的本体怀疑论，所以内容就成了"浮光掠影、稍纵即逝的东西"，而世界的神秘变得可视可见，它就浓缩在形式之中。桑塔格大声疾呼："释义这种工作绝大部分是反动的，就好像是污染城市的汽车和重工业强烈的油烟臭气，如今艺术释义的流弊正毒害着我们的感受力。在一种业已成为经典的文化中，在消耗体能的过程中使智力膨胀，使文化陷入困境，释义正是对这种凌驾于艺术之上的理性的报复……释义就是枯竭世界，就是耗尽世界，其目的是建立一个阴暗的'意思'，无论如何艺术必须从它们所遭受的捕捉中逃离出来。"② 桑塔格以激进目光重新打量这个世界，坚决捍卫文学自身的品质与趣味，拒绝庸俗与市侩，成为一位好战的唯美主义者。但是我们也看到，她在指控传统文学批评的简单化阐释倾向时，不自觉地重复了新批评的"释义误说"。那么，她的先锋性又体现在哪里呢？

桑塔格所提出的"反对释义"不是单纯的一种美学观问题，而是带有浓厚的政治色彩，或者她的批评本身就是政治。她的怀疑与批判精神

① Susan Sontag, *Against Interpretation*, *Against Interpretation and Other Essays*, New York: Farrar Straus Giroux, 1966, p. 12.

② Susan Sontag, *One Culture and the New Sensibility*, Against Interpretation and Other Essays, New York: Farrar Straus Giroux, 1966, p. 295.

不仅锋芒毕露，而且咄咄逼人，时刻让人感到其新左翼的激进主义思想在批评领域的扩展。在桑塔格看来，无论是黑格尔的现象与本质，马克思的生产关系与生产力，弗洛伊德的意识与潜意识，还是存在主义的真实性与非真实性，这一切均源自罗格斯中心主义的文化逻辑，由此确立了批评的恒定的法则——在文本之下挖掘潜文本。桑塔格从文化根基上逼视西方文学批评，其理论的前卫性也正体现于此。

剔除了"义"之后，桑塔格指出品味艺术只能倚赖于"新感觉"。桑塔格在先锋文艺的多样性场景中，在多元形式与类型的结合处发现了自由洒脱的感官性、美感性是如此令人激动。于是，她把尼采、王尔德、加塞特等唯美派的观点引申进来，提出艺术是对感觉的拓展与分析。桑塔格在《一种文化与新感觉》(*One Culture and the New Sensibility*) 中，对何谓"新感觉"详加阐发。首先，桑塔格指出随着工业革命的来临，文化分为了科学文化与文学—艺术文化两类，与此相关的人类的感觉也呈现出科学与艺术两种倾向。在工业技术日益加剧的情况下，科学感受力不断膨胀，使"有个性的艺术家在创造独一无二的艺术品以愉悦他人、培养其良知和感受力方面的作用，再次受到质疑"。[1] 其次，"两种文化"之间的冲突是一种幻觉，其实是新的感觉的诞生。这是一种对历史与时代的全新体验，也是艺术功能的一种转换，即对传统的科学与艺术、艺术与非艺术、高雅与大众之间界限的突破，拓展了艺术视野与范围。再次，传统的文学批评肩负内容的重荷，引向了道德、社会和政治的评判，出色表达这一观念者当数马修·阿诺尔德（Mathew Arnold）。"新感觉"便是要突破阿诺尔的批评视阈，把文学理解为对生活的一种拓展，一种活力的再现，她指出："这种新感觉是挑战性的、多元性的，它致力于一种痛苦的受磨难的严肃性，又致力于诙谐、机智与怀旧。"[2]

"新感觉"对先锋文学的主要贡献就在于它成功地消除了艺术与生

---

① Ibid. .

② Susan Sontag, *One Culture and the New Sensibility*, *Against Interpretation and Other Essays*, New York: Farrar Straus Giroux, 1966, p. 304.

活之间的界限，填平了高雅艺术与大众文化之间的鸿沟，把感受力从狭隘的正统思想中解放出来。桑塔格认为："起作用的是感觉、感悟和感应能力的抽象形式和风格。当代艺术正在致力于这些方面的努力……我们就自己所能看到（听到、尝到、闻到、感觉到）的东西，比我们填塞在头脑里的思想内容所代表的我们更加有力、更加深刻。"① 对此，贝尔指出："如果审美体验本身就足以证实生活的意义，那么道德就会被搁置起来，欲望也就没有了任何限制。在这种自我探索与感知的关系活动中，任何事情都成为可能。"② 贝尔一语中的，他看到了桑塔格"新感觉"背后的虚无主义情绪。

与桑塔格遥相呼应的还有马尔库塞、费德勒和理查德·沃森（Richard Wasson）。马尔库塞明确表示："非写实的、抽象的绘画和雕塑，意识流和形式主义文学，十二调乐曲、蓝调歌曲和爵士乐，这些不仅仅是新的观念模式的调整和旧有模式的强化，而且也是消解特有的观念结构以便腾出位置，给什么腾出位置呢？艺术的新客体尚未'给定'，但是我们熟稔的客观性已经成为不可能的和虚假的。从幻觉、模仿到与现实相和谐，尽管现实尚未'给定'；它们再也不是'现实主义'的一个客体。现实必定由我们来发现和规划。我们再也不能通过塑造我们感官的法则和秩序来看待事物；我们必须打碎使我们的感觉条理化的那种糟糕的功能主义。"③ 那么，在艺术领域，"每一句话，每一种颜色，每一种声音都是'新的'、不同的，即打破了感知与理解的语域，打破了使人和自然皆禁锢于中的僵化的感知和理性"。④ 这些主张对新左翼的批评理论无疑起到了推波助澜的作用。

费德勒强调最新的批评在形式和内容上都必须是美学的、诗性的。⑤沃森相信，60 年代的文化离开其神圣的隐居地，走到世界中来，参与

---

① Susan Sontag, *One Culture and the New Sensibility*, *Against Interpretation and Other Essays*, New York: Farrar Straus Giroux, 1966, p. 304.

② ［美］丹尼尔·贝尔:《资本主义文化矛盾》，赵一凡译，生活·读书·新知三联书店 1989 版，第 97 页。

③ Herbert Marcuse, *An Essay on Liberation*, Boston: Beacon Press, 1969, pp. 38 – 39.

④ Herbert Marcuse, *Counterrevolution and Revolt*, Boston: Beacon Press, 1972, p. 98.

⑤ Leslie Fiedler, *Cross the Border—Close the Gap*, New York: Stein & Day Publish, 1972, p. 64.

人类社会的欢乐和悲哀，并为拯救人类社会而努力。高雅文化与大众文化的结合，象征着长期使知识分子处于无生气的孤立之境地的行为和思维二分法的结束。沃森说："'富于想象力的文化'超越了传统差异；促进了爱欲、自由和解放的事业；它不是一种精神的戒律，不是内在抑制，不是针对大众和通俗艺术的敌对力量，而是解放的手段。"①

经过他们的解释，"新感觉"笼罩在神秘的光环之中。事实上，"新感觉"不过是一种体现着时代精神的新型感受力，即人类对生命意义的瞬间感悟能力。从艺术本身来看，这种感受力常常以突如其来的力量切入日常生活，在一瞬间唤醒人们的自我意识，呈现出超越常规、超脱日常经验的特征。这里既有直接体验，又渗透着大量的理性因素。然而，桑塔格所推崇的感受力与我们的理解是有一定差异的，她拒绝思想与理性，排斥传统的权威性和同质化的总体性，追求多元性和新异性，对诸多另类文学，以及一些不可通约的异质文化持欣赏态度。故而，这种"新感觉"与其说是批评的取向，不如说是一种新的价值取向，甚至本身就是政治问题。

批评始于距离，欧洲的思想正是因为有了一定的距离，才会成为美国本土文学的一面透视镜和参照物。桑塔格成功地利用欧洲文化思想，高屋建瓴地概括了 60 年代美国文化的巨变，并成功地引领了时代潮流。对于桑塔格来说，"反对释义"的形式主义恰好体现了这种新的感受力，即对任何建立体系的企图保持充分的警觉。时至今日，人们越发看到"反对释义"的重要性并不在于观点的标新立异，而是以新的分析与批评方式传送出 60 年代的"新感觉"。它以直率的鄙夷态度对待传统的精英与大众、形式与内容、理智与情感二分法的等级文化秩序。在激进主义者眼里，这种文化传统不外乎是政治强权的一种体现。桑塔格希望通过对世界的多元化的解释，瓦解对世界的单一化的解释，这里充满着怀疑与批判的精神。正如桑塔格自己总结的那样："我把自己看做一场非常古老战役中一位披挂着一身簇新铠甲登场的武士；这是一场对抗

---

①　Richard Wasson, "The Priest to Prometheus: From the Period of Postmodern Culture and Criticism", *Modern Literature*, Vol. 3, No. 5, 1974.

平庸、对抗伦理上和美学上的浅薄和冷漠的战斗。"① 可以看出，桑塔格对"艺术情色"的呼吁，并不意味着要抹杀批评智力的作用；称赞大众文化的作品，也不意味着否定精英文化，而是倡导一种多元的、多形态的文化。1980 年，桑塔格在接受《纽约时报》(*New York Times*) 记者采访时说："在 60 年代整整十年中，伴随着道德和政治激进的讨论执着地转变为'风格'，已经让我确信过分的概念化对世界审美的种种危害。"② 就这种意义上，桑塔格一直不曾放弃她在《反对释义》和《一种文化与新感觉》中所呼唤的批判立场，因为她当初反对的那些东西依然存在，不过是更加隐蔽罢了。

如果说旧左翼革命是以马克思主义的政治—经济基础的模式理解革命，那么，以马尔库塞为代表的新左翼批评者则把马克思主义弗洛伊德化，把左翼革命从街头对垒的政治斗争转向意识形态的文化领域。这种转移只是一种暂时的后撤，因为它的目的是为未来的社会主义革命积累生物学基础。因此，他们强调的是感觉革命，希望借此塑造人们的新的感觉习惯。马尔库塞坚持，新感觉已经成为一种政治因素，美学本身就是革命。从这种意义上看，特里林、豪等老一代"纽约文人集群"继承的依然是传统资产阶级的文化遗产。在新左翼批评者看来，"纽约文人集群"的评判标准是建立在高级与低级、崇高与庸俗、好与坏等一系列二元对立的价值评判基础上的，这种评判体系本身就体现着意识形态性。它不过是某种特定的社会阶层的文化意愿，表达的正是这个阶级特定的伦理模式、审美旨趣和权力意志，却以普世性面目出现。所以，新左翼批评家们坚持要在文化领域进行一场彻底的革命。

"反对释义"的出发点就是搁置一切价值判断，保持中立。在桑塔格的大力倡导下，先锋艺术、同性恋文艺及其他各种不能见容于精英文化和传统生活方式的价值观，堂而皇之地进入了文化和生活领域，从纵深处震撼了等级秩序所依赖的基础。因此，桑塔格的批评理论一经提出便立刻引来热烈的呼应。伊哈布·哈桑 (Ihab Hassan) 认为桑塔格有必

---

① Susan Sontag, *Afterward*: *Thirty Years Later*, *Against Interpretation and Other Essays*, New york: Farrar Straus Giroux, 2001, p. 308.

② Susan Sontag, "Interview with Michiko Kakutani, For Susan Sontag the Illusions of the 60s Have Been Dissipated", *The New York Times*, 11, November 1980.

要且有权利对那种"公然的掠夺，一种外在形式的公开的欲求，颠覆了艺术自身目的的阐释"保持警惕。同时哈桑也指出，"反对释义"拒绝了时间与陈腐，反对对世界的解释与占有，这种人类永恒的冲动，特别有意义。① 1966 年夏，杰克·贝哈（Jack Behar）在《哈得孙评论》（*Hudson Review*）上发表文章，坚信桑塔格的"反对释义"是欧洲先锋理论为美国文化所充分吸收的积极结果，将会产生深远的影响。② 巴勒斯认为，桑塔格的批评理论让世人看到 60 年代不是文学终结的时代，而是以另外一种激动人心的形式存在着，所以，她试图摆脱战后美国文学狭隘性的创新欲求是大有前景的。③

与此同时，批评之声也此起彼伏。1966 年 6 月，艾丽西亚·奥斯特克（Alicia Ostriker）在《反批评》（*Anti‐Critic*）一文中，指责桑塔格从始至终拒绝任何推理。④ 彼得·布鲁克斯（Peter Brooks）悲叹桑塔格的逻辑、语言和历史理解方面的失败，他感到"纽约文人集群"被市侩主义所把持，粗俗的大众文化替代了格林伯格和哈德威尔。⑤ 1968年，豪在《评论》上撰写长文，为"纽约文人集群"被以桑塔格为代表的新左翼所替代表示担忧。豪把他们描绘为一群野心勃勃、自信傲慢，在极权主义年代受到创伤，迷恋权力的新生代。同时，豪坚信，建立在严肃的旨趣之上的老一代"纽约文人集群"的批评活动充分理解与尊重文艺的社会道德功用，而桑塔格等人的形式主义的"新感觉"不仅是反文化的，而且十分陈旧。往前追溯，人们可以在康德、席勒和黑格尔那里找到其思想源头；回眸当下，人们也可以看到桑塔格从马尔库塞和诺曼·布朗那里"搬运"了很多东西。一句话，不过是"从老祖母的补丁里寻找来的精美拼贴"。⑥

---

①　Carl Rollyson and Lisa Paddock, *Susan Sontag the Making of An Icon*, New York /London: W. W. Nortion & Company, Inc., 2000, p. 98.

②　Jack Behar, "Against the Self", *Hudson Review* 19, Summer 1966.

③　Victor Bockris, *With William Burroughs: A Report from the Bunker*, New York: Seaver Books, 1981.

④　Alicia Ostriker, "Anti‐Critic", *Commentary*, June 1966.

⑤　Peter Brooks, "Parti Pris", *Partisan Review* 33, Summer 1966.

⑥　Liam Kennedy, *Susan Sontag Mind As Passion*, Manchester /New York: Manchester University Press, 1995, p. 16.

　　1979 年，格拉夫在《自我作对的文学》一书中，从纵深处审视以马尔库塞和桑塔格为代表的新左翼批评，并对形式主义批评作了最深入、最有力的剖析。格拉夫从左翼内部揭示新左翼批评所面临的深刻矛盾性，因为他本人也是新左翼运动的参与者。他参加过大学师生的游行示威和辩论会，并广泛阅读过马克思、卢卡契和葛兰西的著作，自认为是一位民主社会主义者。但是，格拉夫的"左"倾更多地体现在思想理论方面，他反对新左翼的反文化姿态，钟情于老一辈"纽约文人集群"和旧左翼批评家，认为他们从事的传统道德和政治文化方面的文学批评传统值得发扬光大。正是凭借亲历新左翼运动的经验，格拉夫成功地从左翼内部对各种先锋批评作了冷峻的质询，深刻揭露了文化激进主义的虚妄性与空想性。

　　在格拉夫看来，以形式主义作为武器，对资产阶级现实原则的认识论进行瓦解与颠覆，把文学描述成一个"别样的世界"本身就流露出一种政治意图。他犀利地洞察到，激进主义者通过把想象、爱欲与快乐原则及解放相联系，把理性认识等同于压抑与精英认识论，使激进美学滑向了感性的技术性分裂，而这正是他所反对的。同时，他也指出资产阶级文化的解体是当代资本主义的内驱力所促成的，即文化为了适应当代资本主义的消费逻辑之需而不断进行自我调整的结果。新左翼的文化革命目的旨在瓦解资产阶级文化，然而，这种反叛正和资产阶级对文化的调整和重新定义不自觉地走到了一起。说得直白一点，那就是激进美学与商业逻辑之间有一种暗通款曲的联系。

　　类似的看法，人们在马尔库塞后期的著述中也可以看到。马尔库塞自 70 年代开始不断修正自己早期对激进主义文化的同情，他指责阿尔托的残酷剧、现场戏剧和摇滚文化中的新感觉与其说是对"单向度社会"的否定，不如说是反映了这种"单向度社会"。马尔库塞一针见血地指出，形式主义的美学是自我肯定的自足反映，激进艺术已经成为自己所反叛的混乱世界的一个组成部分。由此，新感觉丧失了使艺术和既定秩序相对立的超越性。① 这样的看法与格拉夫不谋而合。

　　实事求是地看，这种过度推崇与神化艺术的各种言说——自足的创

---

① Herbert Marcuse, *Counterrevolution and Revolt*, Boston: Beacon Press, 1972, p. 85.

造性想象可以建构在外在于人类的自然界中，注定无法寻绎到秩序、意义和价值，这已经蕴涵着自我否定的前提。激进文化的形式主义倾向终将使新左翼批评的"先锋性"蜕化为空想，因为形式主义的形式关怀在较大程度上指向一个自我封闭的形式结构，它排斥了文学与外在世界的关联。然而，新左翼批评与生俱来的反叛性又要求它与文学艺术以外的世界发生某种否定性联系，从而赋予自身一种社会先锋使命。表面上看，新左翼文学批评者们似乎赋予文学以极高的价值，但是，他们对形式的热衷和对内容的漠视，使艺术丧失了反叛力量。有目共睹的是，自解构主义以来，整个西方文化好像都要土崩瓦解、灰飞烟灭，激进美学似乎要引发一场人文学科的革命，可是，当他们说完做完之后，一切照旧，甚至社会结构比过去更加稳固。这正是资本主义消费结构所需要的——既为人们找到了对社会不满情绪的发泄口，又暗中确保不对社会造成实际的危害。消费社会需要追逐时髦、稍纵即逝的新奇破坏连续性，而激进美学及其艺术实践恰好迎合了这种需求。先锋文艺的致命伤是新左翼激进分子所无法解决的悖论。无论如何，我们必须承认新左翼的"反对释义"与"新感觉"的提出，一定程度上抑制了在美国文学批评中持续了 20 多年的心理分析与传记式批评的庸俗化倾向，也宣告老一代"纽约文人集群"批评时代的终结。

二

　　"沉寂"的美学与"情色"的艺术是桑塔格批评理论的另一个重要组成部分。桑塔格在 1967 年发表的《沉寂的美学》(The Aesthetics of Silence) 一文中，剖析现代主义文学毁灭与自我吞噬的过程，并深入阐发了时代的"沉寂"文学。《情色的想象》(The Pornographic Imagination) 一文是在马尔库塞的"爱欲的解放"广为流行的背景下撰写的，桑塔格着力为那些不入流的"情色"文学正名，仅标题就可展现其激进色彩。

　　在《沉寂的美学》中，桑塔格对战后欧美文学审美风格的把握与表述日臻成熟圆通，她认为现代主义文学衰退的原因在于背负着过于沉重的历史意识，而"沉寂"的文学将是一种新的向标，她说："每个时代必须发明自己的'精神'规划，精神是一种特殊的计划，并不削弱感受力。此种精神是人类处境中所固有的，旨在解决痛苦的结构性矛盾，完成并超越人类的意识等各种观念行为。"① 桑塔格对资产阶级理性文化所建构的"意义"不屑一顾，她坚信只有"沉寂"才是文学的根本存在方式，这是她对前一阶段批评思想的深化与继续。

所谓"沉寂"的美学是指，通过破除现成的一切文艺观念的限制，尤其是摒弃历史的重荷，实现文艺对生活真切而直接的感受。这不是外界所强加的，而是由文艺自身渴望感性与净化的冲动所驱策的。事实上，"沉寂"强调的不外乎是在文艺中恢复人类的原初纯真感觉，因此，"沉寂"的目的是净化，是摆脱各种受干扰的幻觉隐喻。

在桑塔格看来，文艺作品独立于鉴赏活动之外，人们的阅读不能侵扰它的本质。比如，一幅风景绘画的存在不需要观众的理解，而观众的焦虑、赞赏或缺席丝毫不会影响它的存在，也就是说在鉴赏活动中观众无法渗入他们的思想。在桑塔格看来，"沉寂"具有不可言说的灵韵与玄妙，存在于超越性的形式当中，它只凝视历史。从这个意义上看，"沉寂"的文艺旨在消弭主体意识。

"沉寂"的美学也展示了一种激进的语言观。在传统的文艺观念中，语言在表现与传载作品思想意义与展现艺术风格方面具有突出的作用。在桑塔格看来，语言既是一种非物质的媒介——人类远离孤独的偶然性的交流工具，同时语言又是一种最含混、最易受污染、最容易使内容枯竭的因素。很多人仍然没有认识到这一点，依然迷失在语言的迷宫中，无法返回到纯真的原初状态。但在 60 年代，语言所积淀的历史重荷正在经历着某种衰颓，当代艺术家们为了抑制历史的奴役，正通过非历史感的梦幻升华自我。恰如约翰·济慈（John Keats）所言，一只沉默的希腊古瓮就是一种艺术滋养的会聚；而一种无声的忧伤的笛声的持续，正是针对悟性耳朵所展现的无声音乐。于是，"沉寂"不仅凝固了时间，而且沉默的形式也把人们引出了思想的界面。

虽然语言是诗歌的媒介，但是，马拉美（Stephane Mallarme）主张诗歌通过沉默消除语词的障碍。诺瓦利斯（Novalis）也说过："人们经

---

① Susan Sontag, *The Aesthetics of Silence*, *Styles of Radical Will*, New York: Farrar Straus Giroux, 1969, p. 1.

常犯一些荒唐的错误，这是他们相信词语与事物之间的指涉关系。我们并未认识到语言的本质——它是它自己的和它所关涉的，它是使自己丰富而灿烂的秘密"①，除此之外什么都不是。这番话无疑昭示了一种新的语言观念，这一点对"沉寂"美学特别重要。作家是否有必要以"沉寂"的美学挑战语言呢？桑塔格认为这是绝对必要的，因为"沉寂"的文学促使人们沉入幻觉，进入一种无历史的美妙境界。

桑塔格在卡夫卡、萨缪尔·贝克特（Samuel Beckett）和巴勒斯等人的小说中发现了"沉寂"的审美意向。表面上看，他们的作品是在引导读者寻找象征与隐喻，实际上行文的叙述却是一览无余地"直白"，抗拒读者的"探寻"，一定程度上维护了语言的自足性。这也是对传统资产阶级的理性主义文化所建立的"意义"的蔑视，宣告了传统"释义"的衰落。故而，"沉寂"的背后是对认识论与历史文学的超越，也是一种彻底的解放，即艺术家摆脱自身的束缚；艺术超越艺术作品的限制，获得精神摆脱物质桎梏的飞跃。

桑塔格从语言学角度论述了"沉寂"在当代西方文学中的审美功用。人们习惯上认为语言可以使世界的万事万物像被一面镜子那样照得清清楚楚，而现代语言学以极其翔实的论据否定了这种观点。桑塔格注意到，现代主义作家对语言的指责并没有针对语言本身，而是指涉书面语。他们认为口语是第一性的、透明的，而书面语则是第二性的。这样，乔伊斯、巴勒斯和卡夫卡等人都大量使用口语，用亲切的第一人称口吻叙述。然而，他们的作品还是为读者提供了高难度的象征与寓意，制造了文字的焦虑。故而，桑塔格坚信必须突破现代主义文学的窠臼，拥有语言的"自由游戏"，把意义消解为一片"沉寂"。

桑塔格探寻"沉寂"文学，其目的是要解除文学所受到的诸多桎梏。她指出："这种新的神话来源于意识的后心理学概念，它使艺术活动在追求伟大的宗教神秘者所描述的绝对状态的过程中出现许多谬误。既然这种神秘的活动必须以否定的形式终结——在上帝的缺失中结束，在一种对超越智性范畴的不可知的疑惑的渴求中，以及在远离语言的缄

①　Susan Sontag, *The Aesthetics of Silence*, *Styles of Radical Will*, New York：Farrar Straus Giroux, 1969, p. 26.

默中结束，那么，艺术必定走向反艺术，转向消解'主体'（或'客体'和'意象'），以偶然性替代意图和追寻沉寂。"① 就此看来，先锋作家们选择"沉寂"，根本不会出现简单化或概念化的后果，因为他们是绝对沉默的，虽然他们还在言说，却是以一种读者听不到的独特方式进行。这些先锋作品有限度地和有选择地诱使读者进入沉默状态，着实经历了一番痛苦与挫败。因此，"沉寂"是当代美学中的一项严肃的艺术指标。

"沉寂"的美学又是一种否定的文艺观。理想的"沉寂"是一种矛盾的参与形式：一方面艺术家需要不断地进行创作；另一方面他们又不能使作品与读者隔绝开来，文艺如果拒绝读者无异于消解了自身。在这两难的选择中，终于"艺术的力量存在于否定当中，在同观众的时断时续的斗争中，艺术家的终极武器便是走近再走近沉寂"。②"沉寂"美学本身所具有的否定性力量，成功地协调了当代艺术家与观众、文艺作品与读者之间的关系。桑塔格坚持文艺的力量在于它的否定性，而这一美学思想最先在先锋影视艺术中取得了成功。所以，她说真正能逃脱释义的作品只能存在于影视中，"这就是为什么现在电影院是最活泼、最激动，并处于所有艺术形式中的最重要位置"。③ 有必要指出的是，只要文艺的价值仍然被认为是绝对精英文化的产物，那么，"沉寂"的美学效用就无法完全实现。

60 年代，文艺所笼罩的神秘光环开始消退，经历着去神秘化。当文艺无缘无故地摘去了神秘的面纱后，自然它所倚赖的语言就成了陷阱。当文学拒绝作家对现实的超越时，作家的创作活动则被贬斥为传媒，文学本身也成了作家的敌人。在此种情况下，时代的新要素大量渗入文艺创作当中，艺术就以公开的"沉寂"方式呼唤废黜自身。桑塔格敏锐地指出，文艺正朝着内省的危险之途发展，那将不再是"人类意

---

① Susan Sontag, *The Aesthetics of Silence*, *Styles of Radical Will*, New York: Farrar Straus Giroux, 1969, pp. 4 – 5.

② Ibid., p. 8.

③ Susan Sontag, *Against Interpretation*, *Against Interpretation and Other Essays*, New York: Farrar Straus Giroux, 1966, pp. 10 – 11.

识”的展现，而是一种与自我相疏离的形式。她说：“我们时代的文艺一窝蜂地被沉寂所吸引，这是市侩习气。绝对必要的沉寂便是什么都可以说。艺术家无法真正地投入沉寂之中，修辞学的沉寂只会使他们的行动较之从前更为过火。总之，沉默、空虚和简约的各种理念为文艺提供了视听的新方法，它要么增进直接文艺感觉经验，要么，让文艺面临着更加意识化和概念化的深渊。”① 看来，桑塔格对“沉寂”美学的态度是矛盾的，既为它欢呼，又担心矫枉过正。

桑塔格在小说与电影剧本的创作中也成功地实践了“沉寂”的美学原则。长篇小说《恩人》(*The Benefactor*, 1963) 里的主人公希波莱特漫无边际的叙述，从一个侧面反映了他无法言说的苦涩。《棺材》(*Death Kit*, 1967) 中的迪迪对死亡长期思索，从始至终都是缄默无语的。在电影剧本《食人者二重奏》(*Duet for Cannibals*, 1970) 与《卡尔兄弟》(*Brother Carl*, 1974) 中，桑塔格塑造了弗兰茜斯卡、卡尔、安娜等拒绝讲话的“志愿沉默者”(voluntary mutism)。② 桑塔格坚持艺术家保持完整统一性的唯一途径就是保持沉默，因为词语是一种潜在的背叛、误读和变形，也是对艺术的一种掳掠。这就是她极力推崇贝克特的戏剧的缘由。塞尔斯·索恩亚 (Sayre Sohnya) 在《桑塔格：忧郁的现代主义者》(*Susan Sontag: the Elegiac Modernist*) 中指出：“时代正迫使桑塔格寻找一种激进的意志——当喜剧、‘坎普’、反讽、折中主义拓宽了意志与审美快感之间的鸿沟时，用尼采的形而上的对应物回应政治。对桑塔格而言，真正严肃的艺术是否定性的。她自己的创作也是一种技巧性的沉寂。”③ 这样的评述是很中肯的。

三

在 60 年代的欧美文学批评界，情色问题仍然是其所回避的话题。受到“爱欲解放”与“身体解放”的反叛大潮的鼓舞，桑塔格撰写了

---

① Susan Sontag, *The Aesthetics of Silence*, *Styles of Radical Will*, New York: Farrar Straus Giroux, 1969, pp. 12 – 13.

② Susan Sontag, *Brother Carl*, New York: Farrar Straus Giroux, 1974, p. 5.

③ Sayres Sohnya, *Susan Sontag: the Elegiac Modernist*, New York: Routledge, Chapman and Hall, Inc., 1990, p. 94.

《情色的想象》一文。她通过对法国作家乔治·巴塔伊（Georges Ba-
taille）的《艾德瓦夫人》(*Madame Edwarda*) 和《眼睛的故事》(*Histoire
de l'oeil*) 以及波利娜·雷阿日（Pauline Reage）的小说《O 的故事》
(*Story of O*) 和《意象》(*The Image*) 的剖析，集中探讨了情色文学所独
有的艺术价值及社会功用等问题。

　　桑塔格看到情色长期被排斥在文学批评的大门之外，批评者们对此
讳莫如深，把它限定在心理学、社会学、历史学和法学的研究范畴之
内。由此，情色作品也背负着病理学的重荷，人们把它视为文化的"疾
病"。批评家们想当然地认为情色只能唤起人类的情欲，与文学的社会
功用相抵牾。战后，随着西方社会经济的不断繁荣，情色文学也大量涌
现，加之宗教在整合社会道德方面力量的日渐式微，人们逐渐对情色文
学所独有的社会功用有所体察。人们发现，从乔叟到戴维·劳伦斯的小
说都呈现出一种净化情欲，宣泄内心重压，抚慰心灵的作用。这样一
来，情色也引起新左翼批评家的重视。

　　尽管批评界和学术界从未真正研究过情色，但是，它经常以这样或
那样的形式出现在文学作品中，俨然成为文学的重要组成部分。然而，
社会的偏见积重难返，批评者视其如大敌，竭力从文学中加以剔除。桑
塔格看到批评界对情色文学的判定主要依据以下四项标准：一是情色作
品热衷于渲染情欲，充满了撩拨性与诱惑性，只能唤起读者的性冲动，
与文学的社会功用相对立；二是以阿多诺为代表的理论家们认为情色作
品缺乏人物性格应该具备的起始、发展与结尾的完整过程，常常以粗俗
开头，辅之以煽动性的内容，然后草草收尾；三是情色文学从未注意过
内容的叙述方式，而是刻意营造非语言的性幻想；四是文学的主题在于
表现人物的相互关系和错综复杂的感情纠葛，而情色文学则蔑视人物形
象的塑造，忽略了动机与可信性等问题，只专注于再现非动机性、非个
性的身体器官，因而无法完成文学的特殊使命。因此，批评家们判定情
色文学的艺术价值和社会价值归于零。在桑塔格看来，上述四项标准都
是从精神病学和社会学着眼的，而不是艺术本身。有鉴于此，桑塔格选
取较有代表性的法国作家的作品进行具体剖析，揭示出情色小说所独有
的艺术性与丰富性远非这四项标准所能涵盖的。

　　首先，桑塔格指责批评家的观念过于陈旧，认为他们对情色文学的

分析仍然囿于 19 世纪的现实主义原则，远远滞后于文学的发展现实。
20 世纪以降，现代主义文学早已变更了文学与世界的关系，批评的焦
点也不再是文本与现实的关系问题，而是文本与复杂意识之间的关系问
题。作为散文叙述主体的人类情感与意识的剧烈变动、恣情纵欲、骇世
惊俗，都与具体的个体密切相连。早在 1924 年，雅克·里维埃瑞
（Jacques Riviere）就说过，"我们见证了文学观念的严重危机"，艺术愈
来愈成为非人的行为，具有了超越感觉的功能。如今的批评家无视现代
主义对传统文学的颠覆的现实，仍然以陈腐的观念看待情色文学，让人
感到匪夷所思。桑塔格感到有必要对情色文学进行深入的研究，彻底变
更保守的文学观念。

　　其次，桑塔格从文学隶属于意识形态切入，用逻辑推理的方式论证
情色是文学的一个组成部分。一般而言，物质的艺术都具有某种意识形
态的属性。从非美学的角度看，物质的艺术概念被确认为排除了极端意
识形态，即剔除了超越社会与心理个性的形式。现代主义者求新求异的
创作实践是对自我经验的大胆冒险，那么，作为精神历险的文学批评是
以参与游戏为代价而制造出的一套被修正过的标准。这些标准不是"现
实主义"的，而是"幻想"和"超现实"的。自从现实主义从文学批
评中消退之后，一种适用于情色的标准就被确立了。在许多当代的共时
态、非历史的小说中，男女主人公相继投入短暂而剧烈的性冲动当中，
他们在情色中尽情享受嬉戏。面对这样的文学现状，批评界又怎能熟视
无睹呢？

　　确切地说，现在人们已经认识到情色作品中的素材是属于文学性质
的——一种激进的人类意识形态，但是，习惯上人们还是把情色归于心
理学和社会学范畴之中，尚未进行艺术的考量。实际上，情色与意识纠
缠在一起，无法脱离文学艺术的范畴。从艺术角度看，那种独一无二的
意识往往表现在情色当中，它既不异常，也非反文学，而是有效地解决
诸多人类的情感深层次问题。如此说来，情色所发挥的作用是多方面
的，甚至直接激发了读者的性意识，涤荡着传统的宗教观念。因此，情
色不仅隶属文学，而且是一种严肃的文学，肩负着更新与调整人类意识
的重任。

　　情色作品毫无疑问是艺术的，它以艺术的形式展现了人类的特别

想象，并拓展了人类的经验范围。人们习惯上认为，情色作品肮脏不堪，是对纯洁道德的一种野蛮摧残，桑塔格质疑这种观点。在她看来，正是人类的整个知识结构出了问题，处在危险的边缘上。如果没有敏锐而充分的心理准备，对大多数人来说，任何经验与意识的扩展都将是毁灭性质的。正如古德曼所言："不是情色的问题，而是情色的品质问题。"桑塔格把这一话题引申到知识与意识中来，引发了对主体的深刻反思。

通过对萨德（Marquis de Sade）、劳特摩特（Comte de Lautreamout）、巴塔伊和雷阿日等人的作品分析，桑塔格指出："他们的作品提供的'猥亵'是人类意识中的一个原初概念，有些事情比对病态社会的厌恶更为深远。撇开基督教的各种压抑不论，人类的性欲存在着严重的问题，至少它潜在地是一种极端形式，而非普通经验。即使它可以被驯服，但是性意识依然是人类意识中的强大力量之一，它驱策我们不时地接近禁忌和各种危险的欲望：从对他人突然施加任意的暴力冲动到消泯个人意识，及对死亡本身的淫逸的渴求。即使在简单的生理感觉和情绪层面，做爱肯定与癫痫症状极为相似。至少也要胜过吃一顿饭，或与某人的一次交谈。人人都感到（至少在想象中）生理虐待的色情魅力，以及令人作呕与厌恶的事物中的性诱惑。这些现象就构成了性的真正范畴，如果这些现象能作为畸形的精神立即被书写下来，那么，情况就与经过文明化的公众观念所提升的东西大相径庭，也更加复杂。"① 桑塔格在这段论述中揭露性在文明社会中所遭受的诸多排挤与打压，以及它所不屈不挠地发挥的不可替代的作用。

再次，桑塔格立足于后现代，对情色与情色想象进行审视与分析，深刻揭示出它所具有的否定性、破坏性和超越性，大胆推断它可以使人类从压抑中获得全面解放。在巴塔伊那里，淫秽不仅是一种极度的情色体验和生命能量的始基，同时也可以自发地恢复作家的痛苦经验，并战胜痛苦。巴塔伊在《艾德瓦夫人》中展示了一副人类的超越状态——死亡的敞开与极致的快乐。很明显，他所要超越的不过是

---

① Susan Sontag, *The Pornographic Imagination*, *Styles of Radical Will*, New York：Farrar Straus Giroux, 1969, p. 57.

功利主义的理性律令。桑塔格对此大加赞赏，她认为情色的想象是"特殊的通向真理的道路，即关于感觉和限制的真理——当把它们构建到艺术中时是可以分享的。至少每个人都曾经在睡梦中驻足过情色的世界……把这种偶像、战利品转移到艺术中。那种被称做超越的诗性话语也是知识的"。① 也可以说，情色的想象为"沉寂"美学中的超越神话铺展了必要的社会政治背景。

不难看出，桑塔格是把情色置于现代与传统的冲突与对峙中加以讨论的，在她看来情色既不是恶疾，也非单纯的生理现象，而是西方文化结构中所内蕴的一股解放力量，即彻底的解码产物。作为一种受压抑的精神力量，情色使主体逃脱了传统的重轭，进而从纵深处对资本主义社会的稳定性与再生产构成巨大的威胁。换言之，情色是通向后现代解放的必要前提条件，即个体从现代性的规范主体中获得解放的必要准备，它是资本主义社会中的颠覆性力量。情色可以使人的欲望摆脱社会的等级结构和强制的行动轨迹，而革命的典范便是情色的主体抗拒资本主义文明，拆解社会符码，直至瓦解整个资本主义秩序。在文章结尾处，桑塔格呼吁："现代资本主义社会可怕的失败使它未能为人类长期狂热地迷恋幻象提供真正的出路，未能满足对高度超越自我的集中和严肃的模式的欲求。人类超越'个人'的需求和做一个人，一个个体的需求一样的深远。然而，社会对这种需求漠不关心，它主要提供的恶魔般的词汇只适合那种需求，即开启了行动与构建行为礼仪的需要。"② 桑塔格坚信，作为辩证的否定力量的情色，在超越权力—知识体系中起到了积极作用。至此，桑塔格的激进政治与激进美学契合为一体。

显而易见，桑塔格对情色文学的分析与洞见，与马尔库塞所倡导的"身体革命"和"爱欲解放"密切相连。马尔库塞把弗洛伊德的精神分析理论与马克思主义嫁接在一起，提出了生命、自由和美三位一体的爱欲理论。他认为这种爱欲体现着人类文明的最高理想与楷

---

① Susan Sontag, *The Pornographic Imagination*, *Styles of Radical Will*, New York: Farrar Straus Giroux, 1969, pp. 70 – 71.

② Iibd, 1969, p. 57.

模，故而，人的解放就是爱欲的解放。并且，幸福是在以个人快乐为目的的爱欲中实现的，爱欲正是对工具理性的否定。马尔库塞认为，艺术作品按照其结构来看，就是造反，想和它所描述的世界调和是不可能的。艺术革命主要是通过艺术的审美进行的一场人的心理、本能的革命，它需要消除异化，造就"新感觉"，最终达到解放人的目的。艺术能单独用感情来表达它的真理，艺术的特殊使命就在于把人从异化的单向度中解放出来，使人获得感性解放。这些极富煽动性的言论，犹如一枚重磅炸弹投向了西方文化思想界，新左翼批评者对情色文学的阐发也是受此影响。但是，桑塔格只把情色的想象压缩在审美范畴之中进行阐发，巧妙地回避了道德问题，正如詹姆逊所指出的那样："一个具体的快感，一个肉体潜在的具体的享受——如果要继续存在，如果要真正具有政治性，如果要避免自鸣得意的享乐主义——它有权必须以这种或那种方式并且能够作为整个社会关系转变的一种形象。"① 尽管桑塔格十分清楚情色想象终归是一个社会政治问题，但是，她从始至终都没有越出美学范围。总体观之，桑塔格的批评理论与创作实践，展现了那个时代特有的"大拒绝"、"否定辩证法"和"大反叛"，宣泄出一种后现代主义的文化情绪。

---

① ［美］弗·詹姆逊：《快感：文化与政治》，王逢振译，中国社会科学出版社 1998年版，第 150 页。

第六章 美国新旧左翼文学的更迭与互动

新旧左翼文学之间虽有相互更迭，但更有特殊的互动关系。30 年代发展至全盛的旧左翼文学与 60 年代的"反文化"是 20 世纪美国左翼文学思潮中的两个关键点，两者之间的联系也是学术界研究的热点。莫里斯·狄克斯坦（Morris Dickstein）在《伊甸园之门——60 年代美国文化》（*Gates of Eden—American Culture in the Sixities*，1977）一书中指出，50 年代为 60 年代的激进文化搭建了平台；莫里斯·艾泽曼（Maurice Isserman）在《如果我有一把斧子》（*If I Had A Hammer*，1987）中，从激进组织方面切入，指出旧左翼直接开启了 60 年代的新左翼运动；沃尔德也在《从未来时间中放逐》一书中指出，"红色 30 年代"为 20 世纪后半叶美国激进文学奠定了基础，新左翼的崛起并不意味着旧左翼的消亡，而是其深入与继续。上述学者的研究提醒人们，30 年代的左翼文化运动不容小觑，它塑造了整整一代美国知识分子的世界观，其影响一直延伸至新左翼运动。本章主要从"纽约文人集群"与新左翼运动、旧左翼作家的生存转向、新旧左翼妇女运动的契合三个方面，探究建立在肯定、涵纳基础上的两代左翼的文学亲和性、传承性和互动性。

第一节 "纽约文人集群"与新左翼运动

"纽约文人集群"从 30 年代的左翼文化运动中脱颖而出，无论其后来的发展演变如何，它本身便是左翼文化运动的产物，与生俱来带有深刻的左翼思想的烙印。因此，在 20 世纪 60 年代，该群体对新左翼运动的认识一定程度上也反映了新旧左翼在文艺思想上的撞碰、分化、合流。具体说，"纽约文人集群"与新左翼运动的关系体现在两个方面：

一、从外部看，表现在该群体对整个新左翼运动的理性认识、对峙与交锋；二、从群体内部看，表现为代表激进主义的新生代与老一辈之间的批评传承与自觉分歧。有时这两个方面又相互交织、相互涵纳，使其关系更加扑朔迷离、错综复杂。

一

考察"纽约文人集群"与新左翼运动的外部关系，我们有必要上溯到该群体的批评活动的源头，分析其价值取向，寻找症结点。30 年代在"纽约文人集群"崛起之初，他们表面上容忍工人运动和大众文化，很快其精英文化诉求就展露无遗。从价值取向上看，他们倾向于自由民主，为了排除社会主义或直接的大众民主的干扰，他们不遗余力地推崇现代主义，主张文化的发展应当由精英引领。这样一来，他们的文学诉求与整个左翼文化运动暗含某种断裂。战后，他们的精英文化旨趣压倒往日的政治选择，开始抨击大众文化。这种政治与文学观念上的矛盾，表明他们在价值取向上从始至终都是拒斥民主主义的。因此，他们在50 年代转向杰弗逊式的精英文化诉求，是其早期思想合乎逻辑发展的必然结果。之后，他们对大众文化的抨击愈来愈激烈。

这样的价值取向必然促成"纽约文人集群"抵制对他们的理性批评构成挑战的任何文学。50 年代，他们对正在兴起中的"垮掉的一代"大加挞伐，指责垮掉文学是浪漫的"媚俗劣作"，具有反智性的危害性。在他们看来，垮掉分子太年轻、不谙世事，会降低艺术水准。古德曼虽然没有像其他纽约文人那样否定"垮掉的一代"，但也认为垮掉文学的语言、句法贫乏无力，必然会降低或破坏文明与知识的标准。1957年，卡津撰文批评克如亚克的小说《在路上》迷恋暴力。卡津非常担忧"垮掉的一代"的反体制的破坏性，他认为垮掉分子对自己所反对的原则没有正确的认识，只会对困扰他们的社会作出混乱的反应，必然陷入中产阶级反叛的泥淖。豪坚信"垮掉的一代"所代表的激进主义正是他们自己所反对的中产阶级社会的一部分。当时的激进青年崇尚浪漫、直觉、非理性，在反对资产阶级的同时，也反对文化本身；而纽约文人则是理性的知识分子，坚持实用主义原则，主张严肃地对待政治与激进主义。这样一来，二者大有水火难容之势。

1958 年，年仅 28 岁的波德霍莱茨发表题为《一无所知的波希民》（*The Know - Nothing Bohemians*）的犀利文章，对克如亚克的《在路上》展开评论。波德霍莱茨指出，早期的波希民酷爱郊区生活，而新波希民则敌视文明，崇尚原始主义，充分体现在"垮掉的一代"对爵士音乐的推崇中。他们在诗行中刻意模仿爵士乐的节奏，推崇它所蕴涵的原始生命力。克如亚克对边缘群体——黑人、墨西哥裔、妓女、流浪汉的迷恋，对男女乱交赋予重要的形而上意义，不过是其原始崇拜的具体表征。波德霍莱茨一针见血地指出，克如亚克的原始主义必然走向反智性。

然而，无论"纽约文人集群"如何厌恶"垮掉的一代"，青年人还是通过大众传媒，掀起一股反文化狂潮。于是，纽约文人就有了两大劲敌——大众文化和"垮掉的一代"。"纽约文人集群"与"垮掉的一代"的分歧预示着稍后他们对新左翼运动的敌视。

二

新老两代"纽约文人集群"的碰撞与互动，从内部反映出纽约文人与新左翼运动的关系，它肇始于 60 年代。1963 年是美国文化史上重要的年份，纽约的格林威治村出现了以先锋表演为中心的文艺现象，深受青年人的喜爱，并迅速向社会蔓延。格林威治村中的先锋艺术家们从欧洲汲取激进的思想资源，他们以"外外百老汇"实验剧、事件剧、并置艺术、嚎叫派诗歌、视觉艺术等冲击了美国文化。正如萨利·贝恩斯（Sally Banes）在《1963 年格林威治村》一书中所指出的那样："1963 年的纽约格林威治村，另一种历史与政治也在创造中……因为不仅有华盛顿的决策者们在塑造着战后的美国文化，而且重要的是，个人团体也为一代人的日常生活建立了模式——他们借助于弥合私人生活与公众生活、工作与娱乐、艺术与日常经验的界限，逐渐松动了社会与文化的结构。"①正是这些形形色色的先锋文艺的会聚推动了后现代主义文艺思想在美国的传播与接受，也呼唤着新生代纽约文人的出现。

此时期，以桑塔格为代表的新生代纽约文人脱颖而出，他们在文学

---

① ［美］萨利·贝恩斯：《1963 年格林威治村——先锋派表演和欢乐的身体》，华明译，广西师范大学出版社 2001 年版，第 1 页。

的本质和对大众文化的认识等方面，提出与老一辈纽约文人截然相反的文艺主张。桑塔格 1933 年出生在纽约，父母双方都是犹太裔。她自幼喜爱文学，16 岁升入芝加哥大学英文系学习。罗伯特·哈钦斯（Robert Hutchins）校长要把芝加哥大学打造成伟大思想家温暖的家，让学生徜徉在自由文化氛围中，这种办学理念吸引了包括桑塔格在内的众多莘莘学子。1954 年，桑塔格赴哈佛攻读英文与哲学两专业的硕士研究生。1957 年，通过保罗·蒂利希（Paul Tillich）的推荐，桑塔格赴欧洲深造。这期间她完全沉浸在法国文化和法国先锋电影的研究当中。

1964 年桑塔格以《"坎普"手记》(Notes on "Camp") 一炮打响，替代长期由麦卡锡主持的《党派评论》的戏剧栏目，表面上的更替实则反映了一种特殊的文学传承关系：首先，它表现为新老两代纽约文人之间的批评更迭。以桑塔格为代表的新生代纽约文人，感到特里林等人的文化批评已经庸俗化了，远远滞后于时代的发展。而理查德·蔡斯（Richard Chase）等人拒绝在感觉与思想方面采取中间道路，同格林伯格与麦克唐纳坚持把先锋与大众截然分开，在本质上是一致的，都是特定意识形态的产物。桑塔格认为有必要提出体现时代精神的批评理论。她凭借深谙欧洲先锋文艺，以及对法国超现实主义、存在主义和现象学文艺思想的深刻理解，敏锐地把握了 60 年代的美国文化的时代脉搏，成为新左翼文学批评的代言人。

桑塔格的《"坎普"手记》表明了同老一辈纽约文人对大众文化迥然不同的态度。她指出，并非所有的大众文化或"媚俗劣作"都是糟糕的，有些则寄寓严肃的思想，它们应该受到重视。桑塔格不自觉地吸收纽约文人关于高雅艺术的精英意识，"坎普"对她而言，显得有些混乱，因为她并不清楚"坎普"应该是什么样子。值得肯定的是，桑塔格把现代性的精英意识带入大众文化研究中的思路，破除了以特里林为首的老一代"纽约文人集群"的政治激进与文化保守的被动局面，把波普艺术、同性恋文化等不能见容于传统生活方式的价值和行为堂而皇之地引入文化生活领域，从纵深处瓦解资本主义等级秩序所依赖的基础。

在对文艺本质的看法方面，桑塔格在《反对释义》中集中表达了与老一辈纽约文人截然相反的文艺观点。她认为文艺的本质在于形式，呼吁形式高于内容，与罗兰·巴特（Roland Barthes）的结构主义同声相应。以桑塔格和拉希为代表的新生代纽约文人，在文学、哲学和历史三个领域都受到法国结构主义人类学和语言激进主义的冲击，呈现出后现代主义式的对内容的贬损态度。他们质疑全部既定的文化权威，认为所有的语言都是对自由思想和行动的压制，历史成了人们挑战自由和责任的重轭，致使他们对文艺本质的看法同老一代大相径庭。

其次，这也是新旧左翼文学的更迭与递进。麦卡锡与桑塔格分别代表着新旧左翼两场激进文化运动，当新左翼运动兴起之后，麦卡锡积极与激进青年进行对话、沟通。尽管她并不完全赞同青年人的反文化观点，也未必欣赏后现代主义文艺，但她并没有全盘否定青年人的看法。麦卡锡感到两代人在激烈的思想交锋与碰撞中潜含着文化的转换与传递，因为他们具有心灵的相似性。可以看到，虽然激进青年比以往任何时候都急于摆脱传统文学的束缚，而旧左翼文学所蓄积的力量又迫使他们难以与之割舍联系。

有目共睹的是，桑塔格的文学路径与麦卡锡极其相似，甚至达到了亦步亦趋的程度。显然，前者的文学创作经验深刻地启发与影响了后者。她们都是在批评与创作两个维度中开展文学著述活动，并体现出跨学科的对话特征，这也是"纽约文人集群"所推崇的"通才"，即打通学科之间的壁垒，进行综合性研究的特征。不仅如此，两人还具有极其相似的性格特征——据理力争、擅于雄辩，其内心的激情都源自于理想主义，即一种乌托邦的冲动与追求。这种性格在男人算不了什么，而在女性批评者身上就尤其刺目。① 桑塔格在 1989 年接受理查德·伯恩斯坦（Richard Bernstein）采访时，深情回忆自己在 20 年前邂逅麦卡锡的情景，并坦然承认她有意模仿麦卡锡。这两位杰出的文学女性在 30 年代和 60 年代的美国文学激进主义的发展中成就斐然，试想如果没有这两场激进的文化运动，她们都将黯然失色，正是时代成就与拣选了她们。因此，二者的关系一定程度上折射出新旧左翼文学的更新与嬗变。

众多的研究者认为桑塔格受欧洲文化思想的影响强于"纽约文人集

---

① Richard Bernstein, *Susan Sontag, as Image and as Herself*, New York Times, January 26, 1989, C17.

群",但是,我们必须承认《党派评论》周围的那些中坚人物在青年桑塔格成长过程中的批评示范作用。这些批评大师为桑塔格提供了"一代独立的通才"批评家的典范。哈德威克说,桑塔格的自由与独立的智性是与纽约联系在一起的,除了纽约这个"家"之外,再也找不到更适合她的了。① 这句评语极好地概括了桑塔格的纽约文人属性。所不同的是,老一辈纽约文人都是以自由撰稿人的身份参与公共文化政治讨论的,最终他们又转入学术领域,而桑塔格却反其道而行之,自觉选择远离学院,以保持其自由独立的批评身份。在学术日益专业化的后工业社会中,桑塔格衣带渐宽终不悔的行动近乎一种神话。显然,桑塔格在继承早期"纽约文人集群"的公共人文关怀和思想独立的批评传统的基础上,形成了美国化的后现代主义批评观,二者之间的传承与更迭关系十分明显。

总之,新生代在这场文化大反叛运动中,迅速突破老一辈"纽约文人集群"所划定的精英文化与大众文化的樊篱,加速了精英与大众、欧洲与美国之间的文化交融与合流。他们意识到后现代文艺必须以易于为大众所接受的形式出现,这就需要艺术家们投身于波普文化,把"垮掉的一代"的反叛精神推向极致。这预示着现代主义文艺的终结和后现代主义文艺的粉墨登场。

三

波德霍莱茨是新生代纽约文人中的重要代表人物之一,他的批评思想忽左忽右、变化不定,但也反映了该群中新老两代人之间的独特互补关系:既有自觉扬弃,又有肯定的亲和性。波德霍莱茨 1930 年 1 月出生在纽约市布鲁克林区,肄业于哥伦比亚大学英文系。他比霍克小 27岁,比豪小 10 岁。在哥伦比亚大学学习期间,波德霍莱茨阅读了赖特编辑的文集《失败的上帝》(*The God That Failed*,1949),并接受"纽约文人集群"的反斯大林主义观点。他又陆续读到阿伦特的《极权主义的起源》和钱伯斯的《见证》(*Witness*,1952),心灵受到震撼。杜皮曾

① Elizabeth Hardwick, *Introduction to A Susan Sontag Reader*, New York: Random House, 1982, p. xi.

是 1937 年《党派评论》复刊后的六位编委之一，当时也在哥伦比亚大学任教。波德霍莱茨选了特里林和杜皮的课程，二位教授是他心目中的榜样。他决定放弃诗歌创作，转向文学批评，于是加入特里林的学术圈子。如果想做诗人的话，他可以参加金斯堡、克如亚克的圈子。从哥伦比亚大学肄业后，波德霍莱茨获得奖学金赴剑桥大学深造。

1960 年波德霍莱茨出任《评论》的总编辑。当他控制杂志后，态度逐渐左转。最明显的标志是他经常援引古德曼的《荒唐的成长》，反对美国的对越政策。在新左翼运动发展之初，他持同情态度，在《评论》上转载新左翼教授斯托顿·林德（Staughton Lynd）的文章，并刊发《休伦港宣言》，号召青年人参与社会决策，决定自己生活的质量与方向。激进青年倡导过激的反文化，强烈地冲击了波德霍莱茨，所以，他很快调整方向。他反对桑塔格、菲德勒等人倡导的感觉革命，认为感觉革命必然反对美国的政治制度和社会秩序。波德霍莱茨对运动的"过激"行为的指责，使他开始反思资本主义的现存秩序：他支持尼克松从越南撤军的主张，但又不愿意看到美国的战败；他反对美国对越政策，但又赞同尼克松对反文化的批评。波德霍莱茨的批评主张颇为复杂，在"纽约文人集群"中显得非常独特。也正是这种独特才真实地反映了二代纽约文人之间的思想传承性，更是新旧左翼之间的思想碰撞与交融的真实展现。

面对反文化思潮的全面兴起，波德霍莱茨在 1967 年出版《有意为之》（Making It）一书，对反文化现象进行全面剖析。这也是第一部探寻"纽约文人集群"缘起和思想演变的学术著作，他在书中提出了一系列令人深思的问题：诸如，倘若波希民式的反文化占据了主导，那么，持中产阶级价值观念的批评家将如何走向成功？如果美国屈居于苏联之下，那又如何充引领国际知识分子呢？如果公众批评美国的民主政治，又怎么能感觉到美国实施它的意义？他清楚要解决上述问题，必须讨伐"反文化"。更为重要的是，波德霍莱茨把"纽约文人集群"中的知识女性也纳入研究的视野。他笔下的麦卡锡、斯莱辛格、阿伦特、戴安娜·特里林、哈德威克、克拉克、赫尔曼和桑塔格等人都各具风采。他称这些人为"鬼女人"（Dark Lady），他说这些神秘可怕的女人，以其出众的才华学识、勇气胆略调弄了整整一代男性知识分子。他认为，每个时代都可以挑出一个这样的 "鬼女人"，他自己这个时代是桑塔格，他的父辈那代则是麦卡锡。

1970 年 6 月，波德霍莱茨在《评论》上开辟专栏，就上述问题展开讨论。他批评《纽约书评》周围的那些犹太知识分子过于关心自己的激进主义和对美国的质疑，谴责反文化运动，并解释自己的新保守主义立场。过去波德霍莱茨曾积极参加新左翼运动，目的是激活知识分子的处于休眠状态的批评精神。然而，当他看到激进青年敌视思想自由，把各种复杂的现实问题化简为政治时，便对新左翼运动失去热情。70 年代中期，波德霍莱茨和坚守者一同走向新保守主义。他们认为远离政治权力，坚守人类经验的自由最为重要，为此他们大力倡导 "去激进化"。

克里斯托弗・拉希（Christopher Lash）是另一位影响较大的新生代纽约文人。他从历史学角度展开批评，既批评新左翼，也抨击旧左翼，并试图在两者之间寻找另外一条独立的路径。拉希毕业于哥伦比亚大学，是理查德・霍夫施塔特（Richard Hofstadter）的研究生，受到哥伦比亚大学根深蒂固的心理学与社会学理论的系统教育。六七十年代，拉希又受到菲利浦・瑞夫（Philip Rieff）的弗洛伊德主义的影响，热衷于 "治疗文化"（Therapeutic Culture），反对现代性，以及由此带来的社会文化的变化。拉希崇尚民间文化，对亲缘、社团、神话、家族以及前工业传统感兴趣，并以此逃避现代化。七八十年代，拉希出任《党派评论》的顾问编辑，他的反现代主义同老一辈纽约文人的亲现代主义发生冲突。拉希认为，前辈对大众文化的偏见有致命的缺陷，因为他们并不理解大众文化，其看法倚赖于阶级结构的假设，并不符合实际。而且，他们错误地以精英文化对抗大众文化，并未看到美国通俗文化和民间文化已经成功地抵制了现代化和大众化。拉希指出，民间文化犹如一块金子，完全可以使美国文化摆脱现代主义、资本主义和大众文化的重轭。

虽然拉希同老一辈 "纽约文人集群" 在大众文化的看法上存在分歧，但在 80 年代他感到有必要重新审视大众文化，因为大众市场限制了顾客的选择范围，竞争性生产已经毫无特色。拉希在同大众文化的支持者——霍克和里斯曼的争论中，发现一个严肃的问题：当人们探讨大众文化时，令人熟识的大都市影响——对金融权力的强化、产品的标准化、抑制手工艺等，全都消失在民粹主义的聒噪中。此后，拉希不断修正自己的观点，对大众文化采取更加辩证的看法。

四

老一辈纽约文人对新左翼运动的态度也因人而异、不尽相同。在新左翼运动之初，豪和科泽这些持异议者与激进青年的联系较为密切，因为美国校园几十年来从未有过重大的学生运动，他们感到很新鲜。1962年春，豪主持《异议》编辑部专门召开"青年激进"研讨会，并组织"学生民主同盟"参观编辑部。保罗·波特（Paul Potter）、保罗·布思（Paul Booth）、海登在参观《异议》编辑部时，毫不掩饰对卡斯特罗超凡魅力的膜拜之情，这令豪愤慨。他甚至在 1982 年出版的《希望的边缘》(*A Margin of Hope*) 的回忆录中也提到此事，可见其印象之深刻。很快，科泽等人就担心纽约文人的批评传统无法传承，青年人不再关心民主和文化批评，只关注浪漫的第三世界革命。他们指责新左翼运动过于本能化，同他们对"垮掉的一代"的批评如出一辙。

豪又在《纽约文人》(*The New York Intellectuals*，1968) 一文中批评青年人的反文化，他指出新左翼运动不过是一种政治文化品格——"新感受"，其矛头是指向纽约文人的。在豪看来，新左翼运动所倡导的革命不过是感觉上的革命。虽然"新感受"与新左翼政治相联系，但它已经越出政治范畴，在知识领域里播撒了反智性的污渍。[①] 60 年代初，豪尚能比较谨慎地支持新左翼运动，稍后其批评多于肯定。在《左翼的独裁》(*Authoritarians of the Left*) 一文中，豪指出，有的左翼看似支持社会主义，实则是一群独裁分子。豪从社会结构与政治体制方面透视官僚化的资本主义社会和世界左翼运动，他认为正式的民主革命时代尚未到来，就此抹杀反对帝国主义的一切革命成就。这样一来，当新左翼支持为大多数穷人带来显著社会效益的古巴革命，支持越南人民自行决定国家的未来时，豪的批评就失去了客观性。豪放逐了古巴革命和"越南解放阵线"：前者因其革命的非民主性；后者带有斯大林主义特征，致使他丧失与新左翼的对话空间。60 年代末，豪发表《新的"对抗政治"

---

① Irving Howe, "The New York Intellectuals", *Commentary* 46, No. 4, October 1968.

是一种危险的游戏》(*The New "Confrontation Politics" Is a Dangerous Game*) 和《政治恐怖主义：左翼的歇斯底里》(*Political Terrorism：Hysteria on the Left*) 等文章，批评新左翼迷恋个人反叛，美化第三世界领导人，过高地估计美国的革命前景，必将成为自己策略的受害者。虽然豪早已放弃革命的马克思主义，但他仍然沿用无产阶级话语批评青年学生的中产阶级背景，指责他们没有遵循列宁主义。豪的文章内容空洞，就像父亲教训儿子。

在越战问题上，豪的观点却是极右的。豪对女权主义运动的看法也显得陈旧，他声称自己的劳动阶级的母亲并不比无产阶级的父亲承受更大的压力。1976 年，豪出版《我们父辈们的世界》(*World of Our Fathers*) 一书，竭力在自由主义范畴中抵制新保守主义，成为家喻户晓的人物。此时，他对女权主义的微词逐渐消失了，也能较平和地对待激进青年，并开始批评以色列。80 年代以降，豪开始撰写回忆录，他对历史的书写特别逼真、坦率，比其他纽约文人都显得真诚。在豪的批评生涯中，由于各种原因冲淡了他的社会主义诉求，但无人能像他那样把社会主义思想化入自由主义的学术话语中。战后，他依然饶有趣味地畅谈不再时髦的列宁主义和工人阶级之类的话题，他最大的失误是以反斯大林的社会主义替代了反对资本主义秩序。80 年代，虽然豪不再标榜"社会主义"或"激进"，但依然持守民主左翼的立场。

贝尔是豪的老同学，20 世纪 50 年代提出著名的"意识形态终结论"，名噪一时。面对新左翼运动的兴起，贝尔担心引发社会动乱和暴力冲突，他告诫青年人勿将反文化当成世俗的宗教。贝尔批评青年人过度依赖欧陆的葛兰西、威廉斯等人的新马克思主义理论，推崇社会的一致性。贝尔的言论遭到青年人的反击，他们认为社会是由不对称力量构成的，强势群体总是压迫弱势群体，这些不平等又不断被语言所强化。青年人质疑"意识形态终结论"，指责贝尔排斥理想主义。然而，贝尔仍坚持"理性变革"，反对政治乌托邦。自 60 年代起，贝尔处在思想精英与文化监护人的立场上，对大众文化、平民"解放"运动采取审慎态度，并不断进行自由主义的反思。在学运和反文化浪潮的冲击下，贝尔逐步形成自己深沉冷静的"文化保守主义"理论，即在"意识形态终结论"、"后工业社会论"和对资本主义文化矛盾的批判中构建起一个融政治、社会与文化为一体的综合理论体系。贝尔的保守意识与其说是一种立场迁移，不如说是深化与补充了他原有的多向批判和"有选择的反叛"立场。

在老一辈纽约文人中，只有费德勒对新左翼运动持赞赏态度。1965年他发表《新突变体》（*The New Mutants*）的文章，批评他的同辈们敌视文化的"新突变体"，并试图沟通新感受。费德勒不同于其他纽约文人之处，在于他为新感受和后现代主义文学的绝对反叛（反理性、反男子气、反白人，反对一切传统的人文精神）寻找充分的理由。他对新左翼运动持观望、走近和理解的态度。与梅勒对新感受的冲动热情不一样，费德勒的解释侧重于接受并理解新感受，而不是盲目地称赞。他的态度跟拉夫、斯坦利·海曼（Stanley E. Hyman）的拒斥不同，他比这些人更理解新感受。《新突变体》不仅表明费德勒对"垮掉的一代"和反文化青年的拥抱态度，而且也展现了他的后现代主义文艺观。

1968年4月，学生占领了哥伦比亚大学，运动使校园失控，这让纽约文人备感忧虑。他们感到来自激进青年的冲击甚于大众文化的威胁。这时他们极力维护大学的权威，主张消除民主政治中的非理性冲动，同时也希望美国能抑制苏联而统领世界。在学运期间，霍夫施塔特、特里林、贝尔、麦克唐纳等人强调以理性主义抑制行动主义，这是他们过去思想的延续。此时的许多纽约文人已经是各大学的知名学者，他们努力捍卫自己的学术权威地位。在他们看来，这种权威仅仅代表着大学的自由与开放，并不承载特别的政治使命。实事求是地讲，纽约文人对新左翼青年的全盘否定，有失学术权威之风范，正如美国学者哈维·特里斯（Harvey M. Teres）所指出的，纽约文人对新左翼青年的批评缺乏包容、大度与理解，与他们所一贯倡导的心性自由不相符。①

此外，纽约文人对黑人文学的长期漠视也与新左翼运动构成强烈的冲突。20世纪二三十年代黑人文学的成就令世人瞩目，唯独纽约文人反应冷漠。直到50年代，詹姆斯·鲍德温（James Baldwin）和埃里森的文学成就触动了纽约文人，才迫使他们关注黑人文学。1952年，《党

---

① Harvey M. Teres, *Renewing the Left: Politics, Imagination, and the New York Intellectuals*, New York / Oxford: Oxford University Press, 1996, pp. 241 – 242.

派评论》刊登德尔莫尔·施瓦茨（Delmore Schwartz）撰写的评论《看不见的人》的文章；《评论》在 60 年代才开始讨论种族问题，特别是黑人与犹太人的关系问题。这让人想到《党派评论》在 1934 年的创刊声明中曾明确表示反对种族压迫，但在 1937 年的复刊发刊词上就缺了这一条。某种意义上暗示了纽约人文对种族问题的冷漠态度。

　　第二次世界大战期间，只有格林伯格与麦克唐纳公开表示支持黑人民权运动。麦克唐纳曾在自己的《政治》的创刊号上撰文写道："美国黑人是伟大的无产阶级。白人工人可能梦想升迁到中产阶级的位置，而黑人则是一个穿了制服的工人，打个比喻，穿了一套他脱不掉的制服，即他的肤色。"① 他认为压在社会底层的黑人如果被激怒，整个社会将为之震动。麦克唐纳已经认识到在美国任何组织或个人凡想谋求社会改革就必然会触及种族问题。然而，大部分纽约文人内心深处惧怕大的社会变革，不愿触及种族问题。战后，纽约文人以成功的知识分子自居，在种族与阶级等问题上更多的是认同美国的主导价值观，所以，他们在巴以冲突、南非的种族隔离等问题上与黑人发生激烈冲突。可以说，从 30 年代到 60 年代黑人文学始终是《党派评论》的一个盲区。

　　新生代纽约文人崛起之后，才改变上述被动局面。60 年代，波德霍莱茨在《我的黑人问题——及我们的问题》（*My Negro Problem and Ours*，1963）一文中坦承黑人问题让他困惑不已。1967 年，桑塔格在《党派评论》上撰文指出："我认为美国白人没有担负起给予美国黑人平等的权利。只有一少部分慷慨大度，受过良好教育且家境富裕的美国白人致力于此，而他们中鲜有与黑人有过长期的社会接触。"② 她甚至说"白人文明是人类历史的痼疾"，这是当时对美国种族主义最激烈的抨击言论，也常常为研究者所引用。桑塔格立足于新左翼立场，对美国的清教白人文化道德观念进行全面否定，从而映衬出老一辈纽约文人的保守性。

---

　　① Dwight Macdonald, "Free & Equal", *Politics* 1, No. 1, February 1944, p. 23.

　　② Susan Sontag, "What's Happening to American", *Partisan Review* 34, No. 1, Winter 1967, p. 54.

五

　　"纽约文人集群"与激进青年的矛盾还集中体现在对西方马克思主义理论的认识方面。60 年代的激进青年受到葛兰西和威廉斯的理论影响，强调文化变革社会的作用，即思想意识和价值观念的变化对于社会的巨大影响。与经典马克思主义强调政治、经济斗争，忽略文化斗争形成鲜明对比。威廉斯认为，作为一种生活方式的文化是智性和艺术活动的成果与实践，远非审美发展所能囊括的，需要研究文化生产与消费，包括主流与边缘群体在内的一切文化活动。然而，"纽约文人集群"并不认同威廉斯的观点，他们反对把文化界定为生活的全部构成，更不愿意承认美国文化中的大众属性。因此，当激进青年推崇神秘主义、非理性主义和虚无主义时，他们感到自由价值体系受到威胁。他们坚持认为，反文化是大众文化自我放纵的产物。可见，60 年代纽约文人与新左翼运动的冲突正是他们"沃尔多夫会议"传统的延续。此时，与青年人的对抗替代了他们对大众文化的敌视，他们感到难以保持原有的知识霸权地位。

　　可以看出，纽约文人是在受到新左翼运动的冲击时开始消退的，他们同激进青年的矛盾使他们再次处在了选择的十字路口，最终他们选择知识分子身份而非政治。他们对激进青年的反智性、反文化的批评，与昔日对旧左翼文化运动中存在的机械唯物论的批评是一脉相承的。

　　新左翼运动加速了新马克思主义批评在美国的发展，这也是运动的突出贡献之一。当时激进青年对传统的马克思主义文学批评不屑一顾，他们认为希克斯、高尔德都是庸俗而简单的批评家，"纽约文人集群"不过是一群精英分子。因此，他们在运动中把马克思主义从极富创造性的文化实践——无产阶级和反种族主义相结合的社会实践中引向学术领域，视自己的批评为新马克思主义批评。学术界普遍认为 1971 年詹姆逊出版《马克思主义与形式》，标志着新马克思主义批评在美国的出现。詹姆逊本人成长于新左翼运动中，他的听众与读者都是大学校园里的精英而非社会大众和劳工，大学取代了劳动阶级，新马克思主义批评反映的是中产阶级的学术旨趣。由于英国的文化研究广泛弥漫于美国学术界，对新生代产生影响，为青年人提供一种通俗的马克思主义人类学的视野，改变了他们对大众文化的否定态度。毫无疑问，前期纽约文人对美国特色的马克思主义批评体系的创建，为激进青年在新左翼运动中催生新马克思主义批评奠定了理论基础；如果缺失了前者，后者也是难以出现的。

七八十年代随着老一辈成员的相继辞世（拉夫死于 1973 年，特里林死于 1975 年，罗森堡死于 1978 年，麦克唐纳死于 1982 年，霍克和麦卡锡死于 1989 年），纽约文人开始震惊并思索身后之事，对大众文化的声讨消散在撰写自己的回忆录中。许多纽约文人在回忆录中都记载了他们如何从犹太人聚居区（布鲁克林区）走向普适性的现代主义。诸如，菲利浦斯的《党派观察》（*A Partisan View*，1983）、卡津的《30 年代初露端倪》和《纽约犹太人》（*New York Jew*，1978）、豪的《希望的边缘》（*Margin of Hope*，1969）、霍克的《不合拍》（*Out of Step*，1987）、莱昂纳尔·埃布尔（Lionel Abel）的《知识的愚蠢》（*The Intellectual Follies*，1984）等回忆录，都印证了波德霍莱茨的那句话——"从布鲁克林走向曼哈顿的旅程是世界上最漫长的旅程之一"。①

实事求是地讲，在 30 年代的官方左翼机械决定论嚣尘之际，纽约文人坚持以《党派评论》为理论阵地，对教条马克思主义批评作了比较彻底的清理，并建构起初具美国特色的马克思主义批评体系，这样才不至于盲目跟随苏俄到丧失自我的境地。在这种意义上看，他们是官方左翼弊端的最早的批判者和抗衡者。正因为如此，他们批评的痕迹在今日的美国学术界依然随处可见，甚至当下一些较为保守的学者，诸如，罗塞尔·雅格比、理查德·罗蒂（Richard Rorty）、乔伊斯·阿普尔比（Joyce Appleby）、康奈尔·韦斯特（Cornel West）、迪克斯坦、迪金斯，在批评"学院左翼"缺乏自我批评之时，他们的思想路径依然沿用纽约文人的传统。就此看来，纽约文人留下的批评遗产既不激进也非保守，而是一份思想独立的自由知识分子的文化遗产，其弥足珍贵性也体现于此。

综上所述，"纽约文人集群"与新左翼运动的关系错综复杂：一方面他们是过去的激进分子，当看到自己的堡垒遭到新激进主义攻击时，

---

① Norman Podhoretz, *Making It*, New York: Harper and Row, 1967, p. 3.

感到有责任维护社会秩序；另一方面，新生代纽约文人在新左翼运动中大显身手，与老一辈的自由观相冲突。由于老一辈纽约文人固守理性主义、多元主义、实用主义，所以，他们无法理解新生代的反文化追求。他们坚持认为反文化是大众文化自我放纵的产物。然而，在矛盾冲突的背后，新老两代人也有着千丝万缕的联系：二者都是激进文化运动的产物，都具有强烈的政治乌托邦诉求。这是一种矛盾冲突强于认同的关系，也是一种不断向前更迭的关系。

第二节　生存转向与左翼儿童文学的勃兴

20 世纪 50 年代的美国左翼作家的生存转向是我们探究新左翼文学思潮的更迭与互动，需要特别关注的一个问题。目前国外学者对美国左翼文学的研究逐渐摆脱"红色 30 年代"和"人民阵线"等特定时代的束缚，不断发掘新史料，拓展跨学科研究的视阈。美国学者拉比诺维茨在从阶级与性别角度解读旧左翼女性文学之时，触及了这些女作家在冷战期间的生存状况。朱莉娅·米肯伯格（Julia L. Mickenberg）继续向前推进，从儿童文学入手，追踪左翼作家在麦卡锡主义肆虐时期的分化与走向。她们的研究揭开了冷战期间旧左翼作家的生存转向问题，让世人从一个侧面看到了新旧左翼文学之间的思想传承关系。

一

50 年代美国进入最为严酷的麦卡锡主义时期，持续到"人民阵线"期间的左翼文学全线消退，左翼作家也遭受最为严重的冲击。1952 年底，美国大部分州相继通过了类似于纽约州的费恩堡（the Feinberg Law）法案，要求教师宣誓效忠，严禁反美言论。当局还列出"颠覆"组织名单，解雇那些曾经参加这些组织的教师。一时间，全美各地许多教师失去了工作。而一些著名的左翼作家在失去工作之后，却在儿童身上找到了他们表达思想的广阔疆域和施展才华的文学空间，即使在"红色恐怖"的时代，也创造了儿童文学蓬勃发展的奇迹。这是一个很值得人们探讨的文学现象。

左翼儿童文学是 20 世纪美国左翼文学思潮的一部分。虽然它的蓬

勃发展是在冷战的特殊年代，其思想的渊源和发展轨迹却可以上溯到
20 世纪初。人们从美共领导的旧左翼运动到 60 年代以学生为主体的新
左翼运动中，都可以看到左翼儿童文学贯穿于 20 世纪的美国左翼文学
思潮之始末，承载着新旧左翼文学的传承重任。

　　1919 年，左翼批评家德尔在《你也曾是个孩子吗?》（*Were You Ever
a Child?*）一书中指出，儿童在学校所需要的不是一大堆新父母，而是
自由与友谊的课程，成人要平等地对待儿童。① 同一时期的左翼作家克
罗克特·约翰逊（Crockett Johnson）、鲁斯·克劳斯（Ruth Krauss）、菲
利浦·伊斯特曼（Philip D. Eastman）、西德·霍夫（Syd Hoff）、利奥·
莱昂尼（Leo Lionni）、莉莲·穆尔（Lilian Moore）、威廉·斯泰格
（William Steig）等人，都在自己的小说与插图中大肆渲染儿童的想象世
界。桑德堡的《萝卜故事集》（*Rootabaga Stories*，1922）鼓励儿童追求
乌托邦理想，贬损现存的社会秩序，提倡为了共同利益进行合作的思
想，与当时强化主导价值观念的传统童话大相径庭。克兰伯格在《搞笑
胡同》（*Funnybone Alley*，1927）中描绘了一幅比利布的蜿蜒小街的生动
画面，宣扬适合儿童天性的教育。1934 年，考利在《流放者归来》中
提出了由儿童拯救世界的思想，他说："我们每个人在出生时都有各种
特殊的潜力，这些潜力让清一色的社会和机械化的教育方法慢慢地破
坏、消灭。如果能实施一种新的教育制度，鼓励儿童发展各自的个性，
像花朵一样地自由绽放，那么这一代自由的新人将能拯救世界。"② 1956
年，古德曼告诫正在成长中的新左翼青年，社会中的成长之所以荒唐，
是因为它提供不了任何有意义的工作机会。③ 由此可见，新旧左翼一贯
倡导儿童在成长过程中应该保持想象、艺术性和创造性的童真童趣。

　　20 年代到 30 年代初，在美共的领导下，左翼作家一方面认为贫困
儿童、劳动儿童是值得关注的社会群体；另一方面他们也把儿童视为腐
败的成人世界的救赎者，强调儿童的主体力量——自身蕴涵的激进因
素。同时，他们突出在阶级背景下培养儿童的反叛精神。基于这种理

---

① Floyd Dell, *Were You Ever a Child?* New York: Knopf, 1919, p. 116.

② ［美］马尔科姆·考利：《流放者归来》，张承谟译，重庆出版集团图书发行公司 2006
年版，第 54—55 页。

③ Paul Goodman, *Growing up Absurd*, New York: Random House, Inc., 1960, p. 70.

念，他们创办了"社会主义周日学校"和"现代学校"，利用文学、歌谣、戏剧，教授儿童以逻辑与科学的态度思索社会，鼓励他们质疑权威，倡导国际无产阶级的团结精神。他们普遍认为："如果我们能让我们的青年人领悟这两项重要原则——道理和同志友谊，我们就无须担心主人还能欺骗他们。"①

30 年代初，高尔德撰写《无产阶级儿童》(*The Proletarian Child*) 一文，提出共产主义者要关注无产阶级儿童文学，关心贫困儿童，他指出："无产阶级儿童文学要摆脱基督教的奴隶反叛情绪；俄国正在这么做，别的地方也必须这么做。"他又说："我们必须教育无产阶级儿童，他们要成为这个世界的集体主人，现代生活中的宏大的机器正是他们的玩具。"② 高尔德认为苏联儿童文学作为左翼文化的一种范式，应该受到教育工作者的重视，这在大萧条时代特别有感召力。1935 年琼·西蒙 (Jean Simon) 在《新群众》上发表题为《哪些是你孩子的书?》(*Which Books for Your Children*?) 的文章，呼吁文学创作要关照所有的儿童，不仅仅是工人阶级和失业者的孩子，不要把青少年读者拒之门外。③

30 年代中后期，随着法西斯势力的不断扩张，越来越多的家长和教育工作者开始意识到对儿童进行进步思想教育的重要性。那时美国儿童教育家斯波克博士 (Dr. Spock) 和作家瑟斯博士 (Dr. Seuss) 所撰写的充满革命思想的儿童书籍家喻户晓，很受欢迎。④ 他们的著述充满了丰富的想象、合作和献身社会正义的激情，大力提倡包容和进步，弱化

---

① William F. Kruse, "Socialist Education for Children", *Young Socialists Magazine* 11, No. 3, March 1917, pp. 9 – 10.

② Michael Gold, "Review of Fairy Tales for Workers' Children by Hermynia Zur Muhlen", *Workers Monthly* 4, No. 12, October 1925.

③ Jean Simon, "Which Books for Your Children", *New Messes* 17, December 24, 1935, p. 24.

④ 斯波克博士 (Dr. Spock), 全名为 Benjamin Mclane Spock (1903—1998), 美国教育家, 1946 年出版《关心幼儿与儿童》(*Baby and Child Care*), 向母亲们提出新的教育理念，成为当时的销畅书。

瑟斯博士 (Dr. Seuss), 全名为 Theodor Seuss Geisel (1904—1991), 美国作家、卡通画家。他经常使用笔名——瑟斯博士发表作品，他创作了大量儿童喜闻乐见的文学作品。

家长的权威性，成为当时美国儿童图书的一大亮点。同时期，"进步教育协会"（the Progressive Education Association）和"儿童研究协会"（the Child Study Association）也积极扩展左翼思想在儿童文学中的影响，抑制了流行的少儿探险故事——业余侦探南希·德鲁（Nancy Drew）和"哈迪男孩"（Hardy Boys）之类的虚构作品。①

1941 年 6 月，在美共组织召开的"第四次美国作家代表大会"上，许多作家提出发挥儿童文学在反法西斯斗争中的作用，集中讨论儿童文学的社会建构问题。玛丽·拉普斯利（Mary Lapsley）指出："我们的问题是这样，我们如何教育我们的儿童使其成为反法西斯主义者。"②

重要的是，成人如何积极推动儿童开展反法西斯斗争。鲁思·肯耐尔（Ruth Kennell）主张左翼作家应该成为儿童的指导，把社会进步思想及时传递给儿童。会上许多作家、插图画家和编辑都参与了儿童文学的讨论。他们意识到儿童书籍是写给两类读者——成人与儿童，前者为父母、图书馆员和教师，他们监管孩子，为他们挑选书籍；后者则是儿童本人。第二次世界大战期间，作家们更加关注儿童文学的政治教化作用，把美国精神界定为反法西斯主义、反帝国主义、反独裁。

到 40 年代中叶，美共组织出版了相当数量的儿童文学作品，如拉维尼娅·戴维斯（Lavinia Davis）的《钢厂历险记》(Adventures in Steel，1938)、亨利·费尔森（Henry G. Felsen）的《工具属于公司》(The Company Owns the Tools，1942) 和《斗争是我们的兄弟》(Struggle Is Our Brother，1943)、埃玛·斯特恩（Emma G. Sterne）的《约克城事件》(Incident in Yorkville，1943)、欧文·夏皮罗（Irwin Shapiro）的《约翰·亨利和双节蒸汽钻机》(John Henry and the Double - Jointed Steam Drill，1945)、玛丽·埃尔廷（Mary Elting）的《冰棍儿厂和许多其他故事》(Lollipop Factory and Lots of Others，1946) 等。纵观 20—50 年代

---

① 南希·德鲁（Nancy Drew）是儿童文学中的虚构人物，她是一位聪明机灵的业余侦探。最早出现在 Edward Stratemeyer 1930 年创作的儿童文学中，以后这一形象不胫而走，在许多儿童文学作品中反复出现。"哈迪男孩"（Hardy Boys）指弗兰克·哈迪（Frank Hardy）和乔·哈迪 Joe Hardy 兄弟两人，最早出现在 1927 年的儿童文学中，他们也是业余小侦探。

② Julia L. Mickenberg, *Learning From the Left*, New York：Oxford University Press, Inc., 2006, p. 12.

的左翼儿童文学，可以看出以下几个重要特点：一是美共积极引导，把儿童文学纳入"无产阶级文艺运动"之中，所以政治色彩比较浓厚。二是儿童文学是左翼作家创作的副产品，许多作家并非完全从事儿童文学创作，而是随兴所致，偶尔为之。三是从题材上看，它关注种族和儿童贫困问题；描写工厂大机械生产，刻意宣传工人阶级的集体合作精神；呼唤儿童开展反法西斯斗争，展现人类美好的未来。

二

在麦卡锡时期，恰恰因为左翼作家受到社会的强烈冲击，迫使他们不得不改变生存方式，把创作儿童文学、编写儿童课外读物，作为主要谋生手段。他们进入美国儿童图书的整个流通领域：写作、插图、编辑、发行，一条龙地传播了 20 世纪后半叶最畅销的儿童文学读物。这些儿童读物大都通过固定的商业渠道发行到各大书店、图书馆和学校，传播面相当广泛。人们可以从万达·盖奇（Wanda Gag）的《数百万只猫》（*Millions of Cats*，1928）、约翰逊的《哈洛尔德与紫色的蜡笔》（*Harold and the Purple Crayon*，1955）、斯泰格的《西尔威斯特与神奇的卵石》（*Sylvester and the Magic Pebble*，1970）、罗斯·怀勒（Rose Wyler）和杰拉尔德·埃姆斯（Gerald Ames）的《天文学的黄金书》（*Golden Book of Astronomy*，1960）的创作与发行中略见一斑。

在儿童文学领域有两个组织值得研究者关注：一个是"目标一致的临时组织"是（The Loose Enders）；另一个是"多种族儿童图书委员会"（the Council on Interracial Books for Children）。"目标一致的临时组织"是由居住在纽约的作家、插图画家、编辑组成的一个非正式组织，主要有：玛丽·福尔瑟姆（Mary E. Folsom）、瑟斯博士、玛格丽特·布朗（Margaret W. Brown）等人。他们经常聚会，探讨文学问题，深感自己处在时代的"收场"时期。他们在儿童文学创作领域通力密切合作，自觉承载进步与激进之观念，逐渐发展为该领域的一支强劲队伍，引人瞩目。他们中有不少人也在麦卡锡时代失去了教职，才跻身于儿童文学创作的。因此，他们比一般人更为激进，他们反对朝鲜战争、反对越战、反对种族歧视。

"多种族儿童图书委员会"是 60 年代初由旧左翼知识分子创建的

一个很有影响的组织，其主要成员有：休斯、多萝西·斯特林（Doro-thy Sterling）、米利森特·塞尔萨姆（Millicent Selsam）、迷尔顿·梅尔策（Milton Meltzer）、阿纳·邦当（Arna Bontemps）、洛伦茨·格雷厄姆（Lorenz Graham）等。他们倡导多种族友谊，反对种族歧视。他们的聚会逐渐演变为民权运动，他们笔下的反种族歧视直接启迪了60年代大学校园里的激进青年。60年代之前在美国出版反映种族问题的作品是相当困难的，凡涉及此类题材的作品多为左翼作家所写。斯特林的《玛丽·简》（*Mary Jane*，1959）和格雷厄姆的《南城》（*South Town*，1958）都是"多种族儿童图书委员会"推出的作品。60年代，在北卡罗来纳州的格林斯博罗参加静坐的一个学生告诉记者说，他之所以参加静坐是因为童年时期读了《一部美国黑人的图片历史》（*A Pictorial History of the Negro in America*，1956），特别憎恨种族隔离政策。此书是旧左翼作家梅尔策和休斯合写的，他们的创作初衷就是要让饱受压抑的青少年面对种族歧视等现实问题，自己决定该做些什么。

60年代的新左翼青年，在四五十年代刚好处在孩童时期，他们大都阅读过旧左翼作家撰写的儿童书籍，左翼思想点点滴滴渗入了他们的心田，直至塑造了他们的人生观。南希·米科尔森（Nancy Mikkelson）是个"红尿片孩子"，她回忆说，她在孩提时代就阅读了杰罗尔德·贝姆（Jerrold Beim）和洛兰·贝姆（Lorraine Beim）合写的题为《两个人是一组》（*Two is a Team*，1945）的儿童故事。它讲述了多种族之间的友谊，令米科尔森终生难忘。像米科尔森这代人，虽然他们成长的背景是归顺与抑制异见，但是，他们都读过《小小金色丛书》（*Little Golden Books*，1942）、《丹尼与恐龙》（*Danny and the Dinosaur*，1958）、《划时代丛书》（*Landmark Books*，1952）、《哈洛尔德与紫色的蜡笔》等。正是这些书籍培养了他们拒斥既定权威和挑战根深蒂固的社会体制的叛逆精神。

左翼作家在麦卡锡时期尚能在儿童文学领域寻找到栖身之所，原因有几点：一是儿童图书比起成人图书来不受重视，经常被忽略，而且从业者多为妇女。所以，人们常常说儿童图书是操纵在女人手中的。一个妇女可以立足于多个行业，比如，她开始是教师或图书馆员，然后做编辑，最后自己撰写儿童书籍。这样，她就熟悉了儿童图书生产与流通的各个环节，并建立起关系网络。二是由于儿童图书的生产与发行圈子比较小，所以，从业人员不仅相互熟悉，而且保持较为密切的合作。通常情况下他们不太过问合作者个人的政治倾向。如此看来，职业妇女凭借在儿童图书市场中的从业经验和关系网络，她们几乎垄断了这一行业。这种操作方式也使这一领域处于低能见度的流通状态。三是儿童图书由于受到家庭和学校的双重监护，也使文化猎犬放松了警惕。一般当某些书籍普遍认为对孩子有益时，就避开了与商业文化有关的恶名。比如，一些非常大众化的标题——《你在吗上帝?》(Are You There God?)、《是我，玛格丽特》(It's Me, Margaret) 就不大引人注意。四是图书馆与学校所购置的图书虽然数量很大，但图书的品种比较单一。一家图书馆可能购置了几百本或几千本书，但只有一两种，因此，引不起当局的注意。综合上述诸种因素，左翼作家即便在麦卡锡时代，依然能够在儿童图书的生产与流通中存活下来。

三

如果说转入儿童文学创作是左翼作家的生存策略，还不足以概括他们存在的价值，那么，他们其实是在一种特殊的生存方式和表述方式中，继续表述他们的左翼思想。他们经常把传统美国知识分子的反资本主义情绪与共产主义左翼思想加以调和，让儿童在潜移默化中接受教育。

霍华德·法斯特 (Howard Fast) 30 年代从事文学创作，1943 年加入共产党，是著名的左翼作家。1950 年法斯特受到"非美活动调查委员会"传讯，并被监禁三个月。当法斯特的小说从图书馆下架之时，他悄然转入儿童文学创作，继续抒发其左翼乌托邦激情。法斯特说，当时许多作家都转向了儿童文学创作，因为他们的路被堵死了，而儿童图书是一个较成人书籍更为自由的空间。当时儿童书籍没有遭到严格查禁，鲜有儿童书籍被指责为浅粉色。

法斯特的小说《托尼与奇妙之门》(Tony and the Wonderful Door, 1952) 不仅体现作家本人潜在的左翼激情，而且也呈现出当时左翼作家韬晦写作的基本特点。小说栩栩如生地描绘了一个工人阶级家庭出身的男孩托尼的成长故事。托尼成长于 20 年代纽约的布鲁克林区，他家后院有一扇奇妙之门，可以让他任意倒回过去的时光当中。这样，他便与生活在 1654 年的荷兰男孩彼得成了朋友，由此托尼也回顾了往昔的纽约。当托尼在学校讲述这段神奇的经历时，他的故事令老师和父母气恼，他们慌忙带他去看医生。福布斯医生相信托尼的神奇故事。一旦成人们认真对待托尼的故事，他便不再需要那扇"奇妙之门"了，他感到现实生活中的斗争比梦幻世界更重要。从此，这扇"奇妙之门"成了托尼通向未来生活的符号。托尼长大之后，在他为医生的人生理想而不断奋斗的过程中，他逐渐认识到生活中有许许多多的"神奇之门"。因此，它成为一种隐喻，指在不完善的社会中积极为个人和社会理想而斗争。

法斯特小说中的托尼可以退回到过去的时光中去，作家借此把几代人与其所支撑的文化与政治的感觉联系起来。表面上看，托尼似乎是无时间性的，然而，我们也可以把他解读为麦卡锡时期为左翼思想所吸引的孩子。虽然托尼的故事发生在 1924 年，那时作者本人正好是托尼的年龄，但它折射出许多 50 年代被压抑的左翼思想：诸如，托尼的工人阶级家庭出身、多种族背景、他的叛逆——他喜欢美国历史但不是学校里讲授的那种历史；他不信任老师和教科书，因为这与他所经历的"事实"刚好相反。

小说在细节描写方面也透露出鲜明的左翼视阈，如托尼家的拥挤的租住处，托尼的父亲为了争取高工资和改善工作条件，积极参加工会活动；学校老师教授的东西毫无价值，托尼坚持自己的信念。小说还直接影射了麦卡锡主义时期的压抑，如福布斯医生对托尼的父亲说，他最喜欢谈论门，特别是那种敞开的门，但是现在许多门都被锁住了。这样的对白意味深长，直接指涉现实。小说中的反独裁思想对青春期的孩子们很有诱惑力，也吸引了那些对现实不满的成年人。小说在结尾处托尼的希望化作颠覆性的钟声，他已经到了法定的年龄，不再孩子气了，但他仍然坚持孩子的理想、好奇心和恪守正义。

主人公托尼的叛逆、独立，以及他最终决定放弃过去而步入未来的选择，激励了 50 年代的孩子和成年人追求自己的人生理想，尽管此希望在当时受到极大的压抑。埃塞尔·罗森堡（Ethel Rosenberg）在为左翼赴死之时，① 她托律师买了一本《托尼与奇妙之门》，作为节日礼物送给儿子。许多左翼作家把儿童视为自己乌托邦理想的宣泄对象，他们选择为孩子们写书，特别是在他们的政治理想破灭之后，这是他们最后的希望。

1957 年 10 月，苏联成功发射了第一颗人造地球卫星，令美国陷入一片惊慌，他们正从太空竞赛中败落。美国当局在震惊之余也深感教育的"危机"，担心苏联人将垄断太空。于是，当局把希望与指责统统指向学校，敦促青少年掌握科学知识，战胜"红色威胁"。在卫星发射的三年时间里，左翼作家也不失时机地推出大量的儿童科幻作品。欧文·阿德勒（Irving Adler）出版了《人造月亮：地球的卫星及其所告诉我们的》(Man – Made Moons：The Earth Satellites and What They Tell Us)，出版社在《纽约时报》上大力宣传，许多学校和图书馆争相订购。阿德勒因为政治"左"倾而失去纽约市的教职，现在他因祸得福、名利双收。阿德勒趁热打铁，一连写了几十本儿童科幻作品，仅在美国的发行量就超过数百万册，而且还被翻译成 19 种语言，在 31 个国家发行。阿德勒意外地发现自己的读者比从前课堂里的学生还要多，他的思想依然能够继续发挥影响。

根据当时的"国防教育法案"，科技书籍属于学校图书馆大宗采购的图书。而冷战期间，那些影响大、销路好的儿童科幻作品多为左翼作家所写。科学题材表面上看似中立而客观，然而，作家却不动声色地在作品中鼓励青少年冷静思索冷战的现状，挑战种族歧视，质疑放纵的资本主义。不少的书籍还采用辩证唯物主义的观点透视事物的发展规律，包括社会经济的发展进程，强调科学的力量在于充当人类自由解放之工具。此类图书绝非少数，而且多被图书馆购置，成为教师的教学参考用书和孩子们的课外读物。阿德勒的《科学的工具》(The Tools of Science, 1958)、怀勒的《科学的金色图画书》(Golden Picture Book of Science, 1957)、与丈夫埃姆斯合写的《什么让它走?》(What Makes It Go?

---

① 埃塞尔·罗森堡（Ethel Rosenberg）是美国左翼人士，1953 年被逮捕，她和丈夫朱利叶斯·罗森堡（Julius Rosenberg）被指控犯有间谍罪，向苏联漏露原子弹信息，同年夫妇双双被处以死刑。

1958)，贝提·培根（Betty Bacon）的《看山上》（*See Up the Mountain*，1958)，埃尔廷的《解答书》（*Answer Book*，1959)，塞尔萨姆的《格雷格的显微镜》（*Greg's Microscope*，1963）等，都属于此类作品。像"国防教育法案"这样的冷战策略，使当时许多遭清洗的左翼教师找到了谋生的途径——编写教科书和创作科幻作品。可以说，从第二次世界大战期间的原子武器的使用，到苏联卫星的发射成功，科学成为美国政治教育的主要话语，同时也为左翼作家留下特殊的写作空间。

梅尔策是一位左翼作家，50 年代末他开始创作儿童文学。他坚信俄国革命能够实现人们对生活的自由与幸福的追求，他所创作的儿童文学也与之相吻合，充满了社会正义之声，他把早年的激进思想灌注在生动的故事之中。他希望自己的作品不仅能够保护儿童的个人权利，而且还能鼓励孩子们向往美好而公正的世界、珍惜差异、崇尚集体意识。格特鲁德·克兰普顿（Gertrude Crampton）的《嘟嘟》（*Tootle*，1945）透露出的信息是，尽管小火车永远要待在轨道上——暗示着对社会秩序的肯定，但是，读者从蒂博·格杰利（Tibor Gergeley）为小说所做的插图可以看到，小火车脱离轨道是多么欢快，其用意不言而喻。

具有反讽意味的是，冷战期间美国推行的"国防教育法案"，强调培养儿童的爱国主义和反共产主义思想。实施这一法案需要孩子们阅读相关的历史社会与科学技术方面的课外书籍，而此类课外读物均为左翼作家所编写，并且与他们迫切想为儿童揭露世界本质的冲动不谋而合。虽然左翼作家不能如往日那样大张旗鼓地宣传其激进思想，但他们自觉肩负起教育儿童的责任，要在有生之年把世界的真理告诉孩子们，教育儿童应该为提高人类的生存状况和挑战不公正的社会而奋斗。最重要的是，左翼作家想让孩子们明白这个世界是不完善的，应该公开加以批评和改革。阅读此类书籍长大的儿童大都反对冷战，向往社会正义。就此意义上看，左翼作家在 20 世纪后半叶参与儿童文学创作，实践了改变文化生产的方式和文化本身。就像托尼的神奇之门一样，儿童文学也由不受重视而逐渐引起世人的关注。人们逐渐认识到儿童是未来的希望，他们也有能力使世界变得更美好。总之，左翼作家因势利导，在政治局势极为不利的情况下，在儿童文学创作领域拓展生存空间，继续表述自己的思想。

四

美国图书馆在儿童文学作品的发行与流通中有举足轻重的作用，正是这种作用让困境中的左翼作家多了一层保护。1939 年，"美国图书馆协会"（the American Library Association）颁发条例，提倡保护知识自由，并把它作为图书馆工作的主要信条。同年，左翼图书馆工作者组建了"进步图书馆员理事会"（Progressive Librarians Council），在图书馆领域开展反对种族歧视活动。查勒米·罗林斯（Charlamae Rollins）是芝加哥公共图书馆的黑人馆员，她在 1932 年至 1963 年间负责管理儿童图书。1941 年，她撰文批评出版界忽视黑人儿童读物。在学校教师的鼓励下，她开始编写《我们构建在一起》（We Build Together），这是最早的黑人儿童书籍之一。尽管"进步图书馆员理事会"在麦卡锡时代没有存在下去，但是，60 年代新组建的"社会责任圆桌会议"（the Social Responsibility Roundtable），其参与者多为从前的那些成员。

1954 年，著名左翼作家拉苏尔应邀到密尔沃基公共图书馆（Milwaukee Public Library），向孩子们介绍她的新书《河路：亚伯拉罕·林肯的故事》（River Road: A Story of Abraham Lincoln）。拉苏尔的《河路：亚伯拉罕·林肯的故事》，把林肯乘船到新奥尔良之行书写为改变他的人生之行。林肯在沿途看到了拍卖台上赤裸的奴隶、被拆散的家庭、一贫如洗的穷人，而他们身后却是奢华的庄园。不同于以往的林肯传记，拉苏尔从始至终都在讲述青年林肯与蓄奴制、财富诱惑的角逐，旗帜鲜明地反对资本主义和种族主义。同年 11 月 28 日，当地的报纸《密尔沃基哨兵》（The Milwaukee Sentinel）刊登了这样一个意味深长的标题——"新林肯书籍有浅粉色书页"（New Lincoln Book Has Pink - Tinged Pages）。该报记者报道，拉苏尔随后还在《工人》上发表文章，向共产党的出版社——国际出版社 30 周年致敬，批评图书馆方面允许拉苏尔的书进入，认为这将毒害青少年。密尔沃基公共图书馆不予理睬。与此同时，出版界也受到来自右翼的压力，阿尔弗雷德·A. 克诺夫出版社（Alfred A. Knopf）没有重印《河路：亚伯拉罕·林肯的故事》，但是，它继续出版拉苏尔的其他儿童文学作品。麦卡锡主义时期，盘桓在人们心头的焦虑、恐惧和担忧，驱使美国儿童文学蕴涵了与之相对立的进步情感。虽然这些激进情感无法公开表露，但这些进步的思想潜流从 40 年代末到 60 年代初从未中断过，它直接影响与伴随着那代儿童的成长。

图书馆领域一贯坚持知识自由，即便是那些失去教职的作家的书籍仍赫然放在图书馆的书架上。阿德勒、萨拉·里德曼（Sarah Riedman）、海曼·鲁什利斯（Hyman Ruchlis）、梅·埃德尔（May Edel）、怀勒等人都在麦卡锡时期失去教职，教室不再对他们开放，但是，孩子们还能读到他们的书。1953 年，"美国图书馆协会"多次发布条例，要求公共图书馆和学校图书馆维护知识自由，拒绝给文学贴上"颠覆"的标签，谴责审查海外图书，坚持"自由的图书馆是奴役思想的敌人"。

冷战期间，尽管海伦·凯（Helen Kay）和埃尔廷处境不妙，却得到出版编辑的帮助，使她们的作品能够顺利出版。哈伯出版社（Harper）的厄休拉·诺兹特洛姆（Ursula Nordstrom）和戴约翰（John Day）出版社的理查德·沃尔什（Richard Walsh）就明确告诉作者，编辑只关心他们的作品，不关心他们的政治背景。兰登出版社的编辑南西·拉里克（Nancy Larrick）冒着风险出版安妮·怀特（Anne T. White）的书，此时怀特的丈夫正身陷囹圄。普里西拉·希斯（Priscilla Hiss）因为丈夫阿尔杰·希斯失去了教职，她一直以编辑《金色丛书》（*Golden Books*）维生。

人们不禁要问，麦卡锡主义究竟如何干扰儿童文学及其生产与流通？而该领域中的进步人士又在多大程度进行抵抗？这些都是美国左翼文学研究中的极有意义的课题，值得人们深思。

冷战时期，左翼作家不得已转入儿童文学创作，由于儿童图书市场的潜力大，长期不受重视，为左翼作家预留了发展空间。另外，三四十年代美共在出版、传媒、影视等行业积淀的力量比较厚实，让左翼作家在战后继续获得一定的社会资源，不仅可以存活下去，而且可以继续抒发其左翼思想，甚至孕育下一场激进运动。尽管他们的选择有些无奈，但是，他们并未放弃早期的政治信念，坚信拯救世界先从儿童开始。这样一来，儿童文学中不自觉地隐含了丰富的左翼文化思想——突出被忽视的人民群体的力量——美国黑人、妇女和劳动阶级，提倡科学技术为人类的美好生活与保护环境的目的而发展。显然，此类书籍挑战了那些劝诫孩子服从当局、接受现实、拥抱美国的冷战意识形态，不由得让人联想到 60 年代的青年反叛。这些青年人成长于看似平静的四五十年代，他们所阅读的课外读物多出自那些秉承 30 年代的民主思想的旧左翼作家之手，其潜移默化作用自不待言。60 年代的激进学生提出"一切权力归想象"，也切合了旧左翼的教育思想，两代人之间的共鸣与回应是不言而喻的。某种意义上看，新左翼运动正是冷战期间一股股潜在的抵抗之流会聚而成的激进洪流。左翼儿童文学在新旧左翼之间起着重要的思想文化传承作用。

第三节　新旧左翼妇女运动的契合

随着 60 年代大规模的寻求社会变革、追求民主自由的新左翼运动的蓬勃开展，也掀起美国的第二次女权主义浪潮。许多旧左翼女作家重新焕发创作活力，不仅对青年人起到了身先士卒的作用，而且把美共领导的左翼妇女运动的传统发扬光大，实现新旧左翼妇女运动的契合交融。这对当代美国女性文学的发展具有不可估量的作用，不仅使女性作品大量涌现，而且掀起一场文学革命。这些作品的出现标志着美国当代妇女生存意义的根本性改变。女性作品因其自身的存在以及对读者的影响改变了妇女以往被忽视、被压制、被边缘化的社会现实。历史上曾经失语失声的女性群体，终于通过创作和发表作品在文坛中重新获得了话语权，并重新定义自己的地位。从此，美国妇女从无声走向有声，从倾诉个人感受转向社会批判，从文化边缘走向了中心。

一

60 年代的激进青年特别关注公共领域对女性的排斥、职场上的性别歧视等敏感问题，对现存妇女状况进行彻底揭秘，使女权主义运动出现新特征。但是，第二次女权主义浪潮中的新旧左翼的文化思想传承关系也是异常明显：一方面英曼的红色女权主义主张，经过安东尼和米勒德等人的不断阐发，悄然延伸到新左翼运动之中；另一方面，美共在四五十年代开展的进步夏令营、马克思学校等活动，培养了一大批"红尿片孩子"（red diaper baby），他们成为新左翼运动的弄潮儿。人们看到有组织的左翼或共产党均无法公开影响这样的运动，只有左翼个体以作家或父母的身份向下一代传递这样的激进文化信念，培养运动的中坚力量，而且这是任何力量都无法阻挡的。

50 年代初，左翼家长把自己的孩子送到美共创办的各种夏令营——"林地野营"（Camp Woodland）、"幼儿园野营"（Camp Kinderland）、"和平野营"（Camp Calumet）中去，孩子们通过唱歌、讲故事、各种文艺活动接受左翼文化思想的熏陶。在新左翼运动初期，时人尚未意识到这些青年人同旧左翼的联系，但很快就发现参加民权运动、反战运动和"学生民主同盟"的学生中有不少系"红尿片孩子"。诸如，凯西·萨拉查尔德（Kathie Sarachild）、诺尔玛·艾伦（Norma Allen）、安妮·弗罗因斯（Anne Froines）、安妮·福勒（Anne Forer）、丁基·罗米利（Dinky Romilly）、理查德·弗拉克斯（Richard Flacks）、罗莎琳·巴克森德尔（Rosalyn Baxandall），等等。这些人也是"伯克利自由演讲运动"、"学生非暴力协调委员会"、"密西西比自由之夏"（the Mississippi Freedom Summer Campaign）的主要参与者。虽然这些"红尿片孩子"成长在备受压抑的政治文化氛围中，但是，由于他们出生在红色家庭中，所以，对共产党的政治概念与术语耳濡目染、了然于心。他们经常在餐桌上聆听父母讨论政治，并在父母刻意营造的两性平等的家庭环境中接受女权主义意识。可见，麦卡锡主义只能阻止大规模的有组织的左翼政治活动，却无法阻挡个体受压迫的理念广泛渗透于美国社会生活之中，更无法消除左翼人士在自己私人生活领域的政治诉求。

这些"红尿片孩子"成为新旧左翼传承的特殊纽带。女权主义者琳达·戈登（Linda Gordon）的父亲也是一位红色女权主义者，他非常蔑视大男子主义。戈登的父母提倡无性别压抑的家庭生活，她自小就认为家务劳动、母性、性别并不仅仅是个人的问题，而是社会政治问题。诺尔玛·艾伦（Norma Allen）说，她母亲经常参加新泽西的共产主义小组活动，学习马克思主义经典著作，探讨妇女问题。所以，在她参加新左翼女权主义运动时，就熟知各种复杂的妇女问题，因为她经常与父母探讨资本主义社会中妇女的从属性等问题，不自觉地从父母那里继承了红色女权意识。

也就是说，当这些"红尿片孩子"在投身新左翼运动之时，就有现

成的概念、术语和策略去应对妇女问题。旧左翼惯用的"妇女压迫"、
"妇女解放"、"妇女运动"、"大男子主义"、"男权主义"等术语频频
出现在《新左翼记录》所刊发的文章中，也出现在"学生民主同盟"
的《关于妇女的国内决议案》（Notional Resolution on Women，1968）中。
试想，如果没有旧左翼妇女运动的理论积淀，怎么可能在短时期里出现
这样的局面？

　　60 年代广泛开展的女权主义运动吸引了成千上万的妇女，她们要
求从个人到社会彻底变更男权意识形态，对现存妇女状况进行彻底与公
开的揭示，这次运动被称作美国女权主义运动的第二次浪潮。在运动之
初，有的女权主义者把自己与往昔的进步运动审慎地加以区分。1963
年，"学生民主同盟"的发起人在起草《休伦港宣言》时，就把学生运
动称为"新左翼"，以示与 30 年代的左翼相区别。尽管如此，激进青年
也无法逃避旧左翼思想的无形巨网。虽然 60 年代共产党的影响已经式
微，但是，旧左翼对种族、阶级、帝国主义的分析依然富有旺盛的生命
力。这就是为什么共产党对妇女受压迫的解释，以及她所领导的妇女解
放运动的理论与实践成就能够延续到 60 年代的原因。

　　1972 年，弗莱克斯纳对记者安·沙纳汉（Ann Shanahan）说，某些
新左翼运动的发言人对旧左翼妇女所奠定的理论基础不屑一顾，妇女解
放运动的思想不是孵化出来的，而是传承的，新左翼青年运用理论而不
知其源头。作为旧左翼妇女运动的参加者，弗莱克斯纳难以接受某些新
左翼青年把她和安东尼、琼斯、米勒德等人的理论主张说成是他们自己
的。旧左翼妇女在长期妇女运动的实践中构建了妇女受压迫的理论构
架，由于她们与共产党的联系，限制了她们思想的影响力度，未能使新
左翼青年充分认识到旧左翼妇女的贡献。弗莱克斯纳长期隐瞒她在旧左
翼文化运动中的作家身份，以及她与共产党的关系。1982 年，弗莱克
斯纳对采访的记者范·沃里斯（Van Voris）说，她投身妇女运动同参加
"美国妇女协会"密不可分，此时她公开了自己的前共产党员身份。

　　60 年代初，梅里亚姆、弗莱克斯纳、勒纳、艾琳·克拉迪特（Ai-
leen Kraditor）这些参加过共产党或"美国妇女协会"的旧左翼妇女，
在经历了备受压抑的 50 年代之后。她们继续著书立说，从理论上分析
妇女受压迫的多重原因，增强妇女的自我意识和群体意识，深化了女性

对于性别压迫的认识。此时期，新左翼女权主义者也开始寻找相关的妇女史和妇女经验，她们这才发现旧左翼妇女早已为她们提供了行之有效的理论分析。在她们之前，旧左翼妇女已经阐发过性别、种族和阶级在妇女问题上的交互作用。旧左翼妇女就是以这种不妥协的精神，把红色女权主义传统延伸到当代女权主义运动当中。激进青年一旦采用旧左翼的话语阐发无处不在的男权政治，她们便转移到了异性恋、核心家庭、母性、有色族裔这些旧左翼尚未触及的领域，使女权主义运动迅速逾越了旧左翼妇女解放的范畴，在有色族裔、同性恋、后殖民等方面取得突破性进展。

当激进青年意识到自己同旧左翼的血肉联系时，他们便积极寻求与老一辈的联系。1968 年，伯克利的劳拉·X（Laura X）向前共产主义者范妮娅·曼德尔（Fania Mandel）请教有关国际妇女节在美国的发起历史。为此，她还查阅了琼斯当年的文章《国际妇女节和为和平斗争》（*International Women's Day and the Struggle for Peace*）。1969 年劳拉在伯克利恢复国际妇女节的庆祝活动。稍后，劳拉刊发《世界历史中的妇女》（*Woman in World History*），把有关国际妇女节的文章广为传播。在劳拉的推动下，到 70 年代全美各种妇女组织都开始纪念"三八"国际妇女节。

1968 年秋，"芝加哥妇女解放会议"（the Chicago Conference on Women's Liberation）的组织者海伦·克里兹勒（Helen Kritzler）致信英曼，索要她的著作。1969 年，洛杉矶的女权主义者苏珊娜·梅斯（Susanna Maes）也致信英曼，请她畅谈帝国主义对妇女的压迫。许多激进青年把拉苏尔、埃玛·斯特恩（Emma G. Sterne）、雪莉·杜波伊斯（Shirley G. DuBois）视为祖母，他们都是阅读这些前辈的书藉长大的。到 60 年代末，许多诸如劳拉一样的女权主义者纷纷与旧左翼妇女接触，她们重新发现了旧左翼剧作家迈克尔·威尔逊创作的电影《社会中坚》。从 1968 年至 1970 年，影片在各种妇女研讨会上播放，人们惊讶这部旧影片竟然展现了女权主义、少数族裔和阶级冲突等当下的社会热点问题。

在新的时代潮流中，昔日那些叱咤风云的旧左翼知识分子也不甘示弱，他们积极回应青年人。赫伯特·阿普特克（Herbert Aptheker）、弗洛伦尼克·勒斯科姆（Florenec Luscomb）、玛吉·弗朗兹（Marge Franz）、霍迪·爱德华兹（Hodee Edwards）、多萝西·希罗（Dorothy Healoy）、阿德勒，积极参加新左翼运动，他们不仅公开自己早年的共产党员身份，而且充当青年人的顾问与导师。赫伯特·阿普特克在新左翼运动中十分活跃，当时他在布林莫尔学院任教，应学生的要求，他多次组织有关妇女解放的学术讨论活动。1966 年，他还同海登、斯·林德一起赴河内调查。弗朗兹也是旧左翼人士，四五十年代在加利福尼亚参加共产党，他 70 年代在加利福尼亚大学任历史教授，依然热衷于女权主义研究。

二

　　梅里亚姆是一位诗人与小说家，她擅长创作女性题材的小说。她是否加入过共产党并无确凿证据，但是，第二次世界大战期间她参加进步文化活动，曾经主持过杰斐逊社会科学院的妇女论坛，为《群众与主流》撰稿。共产党关于种族、阶级的理论影响了梅里亚姆在四五十年代的创作。1959 年，她致信《工人》，批评高尔德对性别问题的过于拘谨的态度。1956 年，她出版诗集《蒙哥马利、阿拉巴马、马尼、密西西比和其他别的地方》(*Montgomery Alabama*, *Money*, *Mississippi*, *and Other Places*)，收入的诗歌有：《亚拉巴马的木匠》(*The Carpenter in Alabama*)、《露茜小姐》(*Miss Lucy*)、《行走老妪》(*The Elderly Walking Woman*)、《公车抵制》(*Bus Boycott*) 等。这些诗歌吟咏南方黑人劳动者抵制种族主义，为自己的民族权利而斗争的英雄气概。1958 年，她出版诗集《来自女性方面的双人床》(*The Double Bed from the Feminine Side*)，以精美的诗句传载了妇女在婚姻、怀孕、抚育孩子、家务、性欲等方面的独特感受，以及妇女渴望挣脱传统角色的内在冲动。

　　60 年代，梅里亚姆继续宣扬自己的妇女观，出版《娜拉甩门之后：1960 年代的美国妇女尚未结束的革命》(*After Nora Slammed the Door*: *American Woman in the 1960s*, *the Unfinished Revolution*)。她在书中剖析 20 世纪末美国妇女的状况，批驳妇女统治男人的说法。她指出，当今的妇女仍然是从属性的、不独立的。她号召妇女进行激进的社会变革，提倡建立公共托儿所、推广家政服务，解除妇女的后顾之忧。

　　1963 年，弗里登的《女性的奥秘》为妇女增强自我意识，认识性别歧视的根源及后果起到了至关重要的作用。她在书中集中传达出当时怀有自我抱负的中产阶级白人女性的一种普遍情绪，即便有的读者不完全认同她的观点，但她们也会以书中所提的问题重新审视自己的生活。弗里登在书中指出，美国妇女长期受到一种"女性奥秘"的思想观念的毒害。它宣扬家庭是妇女幸福的港湾，母亲与妻子的角色令妇女陶醉的虚假设想。女性的视野从孩童到成人都被局限于这种假设。美国社会文化对妇女作出的这种职能定位，严重地束缚了妇女才智的发展。弗里登揭开了"女性的奥秘"，使妇女的困惑即刻清晰明朗化。人们开始认识到，妇女问题不是个人问题，而是社会政治问题。妇女必须集体行动，只有在妇女摒弃传统文化模式之后，才能解决上述问题。梅里亚姆与弗里登积极阐发旧左翼妇女运动的经验，为美国的第二次女权主义浪潮注入了活力。

　　弗莱克斯纳与共产党的关系有史可查。她 1936 年加入共产党，作过"美国妇女协会"的秘书，50 年代初在杰斐逊学院讲授妇女课程。那时她经常在《工人》、《新群众》和《群众与主流》上发表文章。脱离左翼阵营之后，她全力研究共产主义妇女运动史。即便在美共已经退出历史舞台的情况下，她继续宣传共产党领导的旧左翼妇女运动。晚年的弗莱克斯纳迁往马萨诸塞的北安普敦，潜心撰写《斗争的世纪》(Century of Struggle)。

　　弗莱克斯纳在《斗争的世纪》中编年史般地追溯了美国妇女斗争的历史。一般的妇女运动史都从 1848 年的"塞内卡福尔斯会议"(the Seneca Falls Convention) 写起，弗莱克斯纳却上溯到 1630 年的安妮·哈钦森 (Anne Hutchinson) 反抗清教家长制。她突出黑人妇女斗争的成就，描述黑人妇女的典型人物——特鲁思、塔布曼、玛丽·特雷尔 (Mary C. Terrell)、艾达·韦尔斯 (Ida B. Wells)。弗莱克斯纳是在旧左翼的性别、种族和阶级的框架中审视妇女运动，凸显黑人妇女、白人劳动妇女的作用。弗莱克斯纳注重理论阐发，使《斗争的世纪》成为一部学术性很强的著作，在当代女权主义运动中产生重大影响。弗里登称此书是美国妇女运动史的权威之作，应该成为美国大学女生的必读书目。女权主义历史学家海伦·杜波伊斯 (Ellen DuBois) 认为弗莱克斯纳的分析如此缜密，其历史视阈值得信赖。许多女权主义者都从此书中寻找相关信息。可以说，《斗争的世纪》为美国现代妇女运动史奠定了基础，也复活了 20 世纪四五十年代的旧左翼妇女运动的历史。①

70 年代，安杰拉·戴维斯（Angela Davist）和贝提纳·阿曾特克（Bettina Aptheker）在女性文学批评方面成绩斐然，她们也是"红尿片孩子"。安杰拉少年时代就读于纽约市的一所激进学校（Elizabeth Irwin High School）。60 年代初，她与左翼人士威廉·梅利什夫妇（William Melish）生活在一起。梅利什夫人曾经是"美国妇女协会"伯克利分会的领导，还是协会的全国顾问委员。安杰拉 1981 年在加利福尼亚大学哲学系教书，出版《妇女、种族和阶级》（Women, Race and Class）。安杰拉在书中深化与拓展了富有争议的观点，指出共产主义者长期探索白人妇女与黑人妇女遭受压迫的差异性，为美国妇女解放作出突出贡献。

贝提纳·阿普特克是前共产党领导人赫伯特·阿普特克的女儿，70 年代任加利福尼亚大学妇女研究室主任，出版《妇女遗产：关于美国历史中的种族、性和阶级文集》（Woman's Legacy: Essays on Race, Sex, and Class in American History, 1982）。她在旧左翼对黑人妇女"三重压迫"分析的基础之上，继续深化共产党领导的黑人解放与妇女解放的相关理论。她的《妇女遗产》是第二次女权主义浪潮中涌现的重要理论成果，让人们充分认识到种族、阶级对妇女的影响。显然，自 40 年代末以来，那些受到共产主义思想浸染的旧左翼妇女的著述，都对新左翼运动产生了不可低估的影响。

1977 年 11 月，来自世界各地的 2 万名女权主义者聚集在休斯敦，庆祝"联合国国际妇女年"（United Nations International Women's Year）。美国代表有 2000 人，其中 700 人是有色族裔妇女，她们大都来自低收入家庭。安东尼特地从佛罗里达赶来，参加"国际妇女年"活动。安东尼在会议中发言，声称"妇女的斗士们，进步的斗士们寻找建立一个更加美好的联盟，在此联盟中我们能够促成激进的个人和社会变化，这是生活、自由与幸福的追寻所需要的"。会议期间，与会者还举行了一

① Kate Weigand, *Red Feminism: American Communism and the Making of Women's Liberation*, Baltimore / London, the Johns Hopkins University Press, 2001, p. 147.

次游行，安东尼、弗里登、比莉·金（Billie J. King）、贝拉·阿布朱格（Bella Abzug）、西尔维亚·奥尔蒂斯（Sylvia Ortiz）走在游行队伍的前面。安东尼的发言与照片刊发在《时代杂志》（Time）和《纽约时报》上，与会者和新闻记者感到安东尼的出现具有历史意义，标志着新旧左翼妇女运动的文化传承的实现，从而使 20 世纪的美国妇女运动契合为一个整体。

旧左翼妇女通过以下几种方式实现对新左翼青年的思想传承：一是理论著述的影响。旧左翼妇女在 50 年代末至 60 年代所撰写的各种妇女史和妇女运动的专著直接启迪了激进青年，并在第二次女权主义浪潮中产生重大影响。二是家庭熏陶与传承。受共产主义思想洗礼的父母，在家庭日常生活中不自觉地向孩子们传输性别平等观念，鼓励他们探寻社会真理。三是直接参与，亲身示范。旧左翼知识分子直接参加新左翼运动，充当青年人的顾问与导师，起到了示范作用。这说明旧左翼妇女运动的影响并非简单地通过组织延续的，更多的是在私人生活空间传递的。那些曾经参加共产主义妇女运动的人们，在离开左翼之后，她们仍然以这样或那样的方式完成自己所承载的社会职责。

新旧左翼妇女运动的合流互补，极大地激发出女权意识，促使女权主义者开始挖掘和勘定女性文学传统、女性生活和女性创作的本质。于是，愈来愈多的女性作家出现在当代文坛上，大批优秀作品不断与读者见面。女权主义者挖掘出大批被遗忘的女性文学作品，其中也包括许多 30 年代的无产阶级女性小说，极大地丰富与完善了美国文学史。特别是 1985 年出版的《诺顿妇女文学选集》，更是具有里程碑意义。它从形式上建立了妇女经典文学书目，并使这些作品成为教科书而得以广泛传播。80 年代后，女性作品在图书馆、高校文学课堂中随处可见；女权主义文学批评也堂堂正正地占了一席之地。在女权主义运动的推动下，美国女性文学进入了前所未有的大发展时期。

随着女权主义运动的不断深入，许多女性作家认识到贯穿小说创作的基本假设和标准实际上是以男性身份为基本内容设定的，因而不足以表达女性生活的特点。因此，自 70 年代中期以来，女性文学着重于女性自我的建构与解构，进行一系列文学实验性质的创新。这些创新有把原有的文体赋予新的政治内容，也有对后现代超现实的、玄小说文体的大胆使用，还有以通俗文体、哥特体和侦探文体进行的创作。女性文学创作所表现出的这种逾越规范的旺盛活力成为当代女性文学创作的一大亮点。

至90年代，许多高校建立了妇女研究专业和院系，开始授予本科和研究生学位。在美国大学里，学生可以在妇女研究课程和其他以族裔研究为基础的课程中读到女性作品。少数族裔妇女文学也大放异彩。女性文学创作与批评的繁盛构成了美国女性文学的又一次繁荣，这不仅拓展了美国文学的表现视阈，而且极大地挑战了美国文学中根深蒂固的男性霸权意识。可以说，今天的美国文学的内涵比以往任何时候都"女性化"。

综合起来看，如果没有旧左翼妇女的前期不懈的努力，当代女权主义运动也可以在六七十年代发生、发展，但是，倘若缺失了旧左翼关于个人政治、种族和阶级意识的前期理论探索，新左翼关于妇女状况和性别关系的深入讨论是难以在短时期里完成的。进入21世纪，人们看到女权主义运动已经深入个人生活和社会政治的方方面面，它不仅改变了人们的生活方式，也改变了美国社会的结构。事实上，美国的第二次女权主义浪潮正是美共领导的左翼妇女运动所播撒的激进种子遍地开花的结果。

三

妇女解放是一项长期而艰巨的任务，需要全人类持之以恒的努力才能最终实现其奋斗目标。即便在女权主义掀起第二次浪潮期间，学界对左翼文学的研究也存着严重的性别歧视现象，这不能不引起我们的深思。我们从一些学者的研究中也可以看到性别歧视的现象。1961年艾伦出版左翼文学研究的开山之作《左翼作家》，他在一书中列举了大量的男性作家，诸如，伊斯特曼、德尔、里德、弗里曼、高尔德、伦道夫·伯里（Randolph Bourne），等等，但没有任何笔墨书写女作家。吉尔伯特的《作家与党派》同样对左翼女作家不感兴趣，仅对梅布尔·卢汉（Mabel D. Luhan）和麦卡锡略有论述，偶尔也提到斯泰因和塔格德。亚历山大·布卢姆（Alexander Bloom）在《回头浪子：纽约文人与他们的世界》（*Prodigal Sons: The New York Intellectuals and Their World*,

1986）一书中提到众多男性作家和批评家，可以列一长串名单，如莱昂内尔·埃布尔（Lionel Abel）、威廉·巴雷特（William Barrett）、阿诺尔德·比奇曼（Arnold Beichman）、贝尔、索尔·贝娄（Saul Bellow）、莫里斯·柯恩（Morris Cohen）、考利、杜威。但是，他提到的女作家屈指可数，只有阿伦特、赫尔曼、麦卡锡、黛安娜·特里林（Diana Trilling）、米奇·德克特（Midge Decter）等。

　　沃尔德在《"纽约文人"》一书中，首次对埃莉诺·克拉克、斯莱辛格、阿妮塔·布伦纳（Anita Brenner）、玛格丽特·西尔弗（Margaret De Silver）、埃莉诺·赖斯（Elinor Rice）、阿德莱德·沃克（Adelaide Walker）、德克特、麦卡锡、阿伦特、桑塔格等众多知识女性展开研究。从此，这些被遗忘的左翼知识女性才进入学术研究的视阈。

　　把女作家的贡献排除在外的左翼文学史是不完整的。有鉴于此，拉比诺维茨在《劳动与欲望》一书中，从性别与政治角度对 30 年代的较有代表性的左翼女性文学进行阐发。她以女性批评和叙事学理论聚焦了在男性操控的政治运动中的女作家的性别意识。她指出，这些女作家创作中的性别特征与整个左翼文化运动的结构相抵牾，挑战阶级斗争的话语体系。她认为菲尔丁·伯克、吉尔菲兰、赫布斯特、拉苏尔、奥尔森、克拉拉·韦瑟瓦克斯（Clara Weatherwax）等人的创作形成了一个亚文类（sub genre）的"革命小说"，它既受到无产阶级现实主义的影响，也受传统女性小说的影响；既顺从当时文学激进主义的阅读习惯，但又不被其含纳，在叙述中呈现出阶级意识与妇女主体性的冲突与矛盾。①拉比诺维茨不仅阐明了激进女性文学的合法性及生命力，而且在对新旧左翼关系的阐发中推进了马克思主义批评。与此同时，女性出版社、西部出版社、国际出版公司相继出版了大量 30 年代左翼女作家的作品，也起到了推波助澜的作用，使这些在美国文学史中缺失的女作家和她们的作品重放光彩。

　　在美国和世界范围内，女性解放的历史是诸多因素与力量推动前行的，但从 60 年代的美国女权主义运动来看，美共领导的左翼女性

---

　　① Paula Rabinowitz, *Labor and Desire*: *Women's Revolutionary Fiction in Depression America*, Chapel Hill / London, the University of North Carolina Press, p. 64.

文学在彰显性别平等、种族平等、反帝国主义、反殖民主义等方面，不仅极大地提升了人们的思想认识，而且为其作了必要的理论准备。时至今日，我们从美国女性文学的繁荣、新马克思主义文学批评的发展，以及后现代主义文学的创作中都可以看到左翼女性文学的思想和艺术因子。

第七章　当代美国左翼文学思潮的重组与嬗变

　　20 世纪 70 年代后期，美国新左翼文学阵营开始发生剧烈动荡，并在动荡中进行新一轮的分化和重组。原有的激进实体在变化中被保留下来，并不断与后现代主义文学合流，形成当代美国左翼文学思潮的多元化格局：一是激进作家继续剖析资本主义的理性化秩序，揭露其背后的无所不在的权力，反抗权力对人的全面监控；二是以詹姆逊为代表的"学院左翼"把马克思主义从极富创造性的社会政治实践领域转向学术，使新马克思主义批评占据了美国高校的讲坛；三是受新左翼运动的影响，后现代主义作家也激烈抨击现代资本主义社会，他们提倡欲望政治，幻想创造新的现代欲望革命主体来改造与超越资本主义秩序。这几股力量不断交织重叠、相互转化，使当代美国左翼文学思潮呈现变动不居的发展态势。

第一节　永不消歇的左翼激情

　　20 世纪 70 年代当新左翼运动走向消沉，而新自由主义日益走红之际，新左翼文学阵营的代表人物桑塔格继续坚持左翼立场，通过自己的一系列著述，表述对波兰问题、波黑冲突、反恐战争等美国试图掌控世界的敏感问题的独立见解，不懈地传载出当代美国左翼文学阵营的声音。这种从未消失的声音，不仅意味着桑塔格本人对文学与社会政治的独立立场和批判精神，而且体现着当代西方知识分子的社会公共关怀精神，因而，具有特别的启示意义。

一

　　20 世纪 70 年代末以"撒切尔主义"和"里根经济学"为代表的新

自由主义政治思想和经济政策，上升为发达资本主义国家的主导意识形态，弗里德里西·哈耶克（Fredrich Haayek）、米尔顿·弗里德曼（Milton Friedman）的经济学说取代了凯恩斯主义。同时，东欧剧变也为新自由主义的意识形态注入活力。卷土重来的保守政治势力，大力推行新自由主义经济政策，使西方左翼陷入深重的危机。

进入 80 年代后，冷战局势正在悄无声息地进行着新一轮的调整与变动。冷战格局中所形成的古巴革命、越南革命和中国革命已经时过境迁，现在西方知识分子所要面对的是苏联与东欧国家的改革问题。在新形势下，桑塔格的激进政治立场也发生了变化，由原来的新左翼变为支持与声援苏联与东欧社会主义国家中的持不同政见者。这些来自共产主义世界的持不同政见者大都是著名作家或诗人，诸如，约瑟夫·布罗茨基（Joseph Brodsky）、切斯瓦夫·米沃什（Czeslaw Milosz）、亚当·米克尼克（Adam Michnik）等，他们都同桑塔格来往密切。

米沃什在 1953 年出版的《囚禁的心灵》（*The Captive Mind*）一书中，批评斯大林主义与东欧知识界的庸俗化倾向。米沃什对波兰政府强行管制知识文化生活的描述，引起西方世界的震惊。娜德日达·曼德尔史塔姆（Nadezhda Mandelstam）也出版《希望反对希望》（*Hope Against Hope*，1970）和《被抛弃的希望》（*Hope Aandoned*，1974）两书，继续揭露 30 年代斯大林集团的政治迫害。对于这些持异见者的言论与著述，桑塔格不以为然，认为这些不过是为麦卡锡主义服务的冷战宣传。直到 1956 年的"布拉格之春"，桑塔格才意识到苏联问题的严重性。1968 年苏联出兵捷克斯洛伐克，她彻底震惊了。1980 年 4 月，当桑塔格来到波兰时，她发现米沃什在《囚禁的心灵》中对祖国波兰的描写是真实可信的。此时，桑塔格也开始反思自己过去的激进政治立场，她指出："过去我们非常肯定谁是我们的敌人（我们中的一些职业的反共产主义分子），也非常肯定谁是正直的，谁是正确的。虽然我们的任何主张和追求都是正确的，可是，这样的事实让我震惊了：尤其是我们对超级大国之间的疯狂核战争的认识，以及我们希望改革自己制度的诸多非正义方面，我们没有反映大量的真理，而是支持众多的谬误。"① 波兰的局势在牵动着桑塔格，也在动摇着她一贯的政治立场。

1982 年 2 月，桑塔格再次来到波兰，参加国际笔会在那里举办的作家研讨会，适逢"团结工会"活动频繁之时，她同波兰持异见的诗人斯坦尼斯罗·布兰茨扎克（Stanislaw Branczak）、米沃什先后在研讨会上发言。在不到一周的时间里研讨会发生了戏剧性的变化，人们撇开文学不谈，都围绕着"团结工会"问题热烈地畅谈政治，市政大厅里挤满了支持"团结工会"的群众，那个场面让桑塔格终生难忘。

桑塔格在市政大厅发表演讲，她自以为深谙列宁主义与斯大林主义的区别，但是，她的发言还是遭到波兰人的强烈反对。"团结工会"成员认为，桑塔格的演讲不过是对法国泰凯尔思想家们的鹦鹉学舌。殊不知，几年前桑塔格就被法国新哲学家们所把持的《泰凯尔》（Tel Quel）杂志作为反共产主义分子而除名。由此，桑塔格感到左翼阵营必须要面对这样一个现实，即他们过去为反法西斯主义所开具的解毒剂正在走向自己的反面。

回国后，桑塔格又在纽约曼哈顿的市政大厅发表《波兰及其他问题——共产主义与左翼》（Poland and Other Questions：Communism and the Left）的演讲，深刻反省左翼立场。当时西方各国均认为"团结工会"是波兰的事情，桑塔格反对这种狭隘而自私的看法。她说，支持"团结工会"首先要认识到我们的立场与里根、亚历山大·黑格（Alexander Haig）和撒切尔夫人的官方立场有本质的区别，"对社会主义与资本主义之间界域中谁是我们所反对的有所体察，不至于把我们引到虚假和谬误之处"。② 现在波兰已经不再是苏联的"银行加坦克"可以对付的了，而欧洲和北美应该对波兰的政治经济局势负责。但是，西方国家并不关心波兰问题，而是以解决波兰债务为名义，不断插手波兰内政，企图奴役波兰。桑塔格义愤填膺地呼吁，今晚大家聚集在这里就是要揭穿这些虚假的支持。

———————————

① Susan Sontag, *Poland and Other Questions：Communism and the Left*, *The Nation*27, February 1982, p. 231.

② Ibid., p. 230.

桑塔格看到，许多所谓的民主左翼人士并不愿意了解波兰的事实真相，因为他们受到不要让"反动势力"逍遥自在的冷战思想制约，迟迟不去揭露大量的现实谎言。当然，桑塔格也不愿意自己被界定为反共产主义者，那是右翼的标签，属于冷战意识形态。桑塔格坚持要从共产主义破产和共产主义体系彻底堕落中汲取经验教训，她说："我们要抛弃许多左翼自鸣得意的玩意儿，也意味着挑战我们多年以来习以为常的'激进'和'进步'概念，祛除那些陈腐的辞令。"① 桑塔格开始检讨左翼的自满情绪，指出："我们认为自己热爱正义，我们大多数人都这么看。但是，我们并不怎么热爱真理，这表明我们的大前提就错了。结果是我们大部分人，包括我自己，都没有看清共产主义专制的本质。"② 她又说："我们把敌人界定为法西斯主义。我们听到了法西斯主义的民主话语。我们相信了，或者至少我们对于共产主义的天使般的语言采取了双重标准。现在我们选择了另一条路线。"③ 最后，她得出结论："共产主义是法西斯主义，成功的法西斯主义"，"带着人的面具的法西斯主义"。④

自此，桑塔格的政治立场发生戏剧性变化，开始反思知识分子、革命及权力之间的关系。桑塔格虽然同情并支持第三世界革命，但是，她始终拒斥集体主义的说教。可以说，她的政治思想未能超越资产阶级的传统价值观念，所以，面对苏联与东欧的复杂局势，她手中的武器仍然是传统的人道主义。桑塔格认为自己对"团结工会"和东欧持异见者的同情，并不意味着放弃左翼立场向右转，她坚持自己是为民主而奋斗的左派。桑塔格表示仍然愿意接受理想的共产主义，如意大利共产党，他们的言行带有民主意识。因此，她无法接受黛安娜·特里林加给她的"开始了艰难的反共产主义生活"的评语。总体观之，桑塔格在60年代以激进姿态登上文坛，彻底扬弃美国旧左翼的文化诉求，80年代她又同新左翼决裂，政治立场前后矛盾，被菲利浦·索莱斯（Philippe

---

① Susan Sontag, Poland and Other Questions: Communism and the Left, *The Nation* 27, February 1982, p. 230.

② Ibid..

③ Ibid..

④ Ibid..

Sollers）讥讽为附庸风雅、追赶潮流。事实上，桑塔格的政治思想从始至终都是以美学自治为核心的，她把文艺问题等同于道德和政治问题，从这个角度理解可能更为客观。

20 世纪 80 年代，在冷战意识全面消退的关键时刻，桑塔格的《波兰及其他问题》，以左翼作家所特有的社会正义感，全面反思东欧国家所面临的现实问题，因其思想的尖锐性，在西方思想界引起轩然大波。《索霍新闻》（Soho News）组织了别开生面的讨论：玛丽·麦卡锡称赞桑塔格的果敢与执着，她认为迟来的发现总比没有发现要好。① 诺姆·乔姆斯基（Noam Chomsky）认为，桑塔格把共产主义与法西斯主义并置在一起，不能解决波兰问题。② 马歇尔·伯曼（Marshall Berman）撰文指责桑塔格的政治过于偏激和情绪化，"她真的相信释义就是耗尽与枯竭世界吗？白人就是历史的痼疾吗？"③ 伯曼指出，桑塔格的行为是虚伪的，是在向公众展现遭疏离的作家身份，就像她在《论加缪》中所说的激起一种"刺激和混乱的紧张情绪"，"罕见的情感和危险的感觉"，这正是她一贯的政治做派，她正在进行一次精神历险。④ 新保守主义者威廉·巴克利（William F Buckley）在对桑塔格的演讲表示理解的同时，也认为有必要认真反思她所提出的问题——法西主义为什么要带着人的面具？共产主义如何克服极权制？阿奇·普丁顿（Arch Puddington）则认为桑塔格的观点挑战了冷战时期的左翼，他指出："桑塔格谴责左翼不肯承认作为一种社会制度的共产主义的失败，她的麻烦来自于波兰之行，她只是认真倾听了'团结工会'成员的说法，而无法变通去适应美国左翼的情感和主张——既不允许抨击具体的共产主义政体，也不能抨击作为体制的共产主义。"⑤《新共和》的编辑马丁·佩雷兹（Martin Peretz）指责桑塔格的政治观点过于混乱。由此可见，桑塔

① Will Garry, "Susan Sontag's God That Failed", *Soho News* 2, March 1982, p. 12.

② Ibid. .

③ Carl Rollyson and Lisa Paddock, *Susan Sontag: the Making of An Icon*, New York / London: W. W. Nortion & Company, Inc., 2000, p. 223.

④ Ibid. .

⑤ Carl Rollyson and Lisa Paddock, *Susan Sontag: the Making of An Icon*, New York / London: W. W. Nortion & Company, Inc., 2000, p. 224.

格的演讲是承受着一定的社会压力的。

二

在东欧剧变的大背景下，巴尔干半岛的局势也骤然升温。巴尔干半岛素有"欧洲火药桶"之称，但是，第二次世界大战之后的巴尔干半岛在东西方对峙的两极格局中维持了相对的稳定与和平。1991 年 6 月，随着南斯拉夫社会主义联邦共和国的解体，在这个半岛上又发生了一场战后欧洲地区规模最大、最酷烈的、旷日持久的波黑战争。从 1992 年4 月到 1995 年 12 月，在三年半的时间里，这场战争使 27.8 万人生灵涂炭，200 多万人流离失所，战争震惊了欧洲，也震惊了世界。波黑境内的民族问题不仅牵涉了所有巴尔干国家，而且三大宗教之间日益加深的矛盾对整个欧洲局势也构成巨大的威胁。战争一旦失控，可能再次点燃巴尔干这个"火药桶"。战争爆发后，联合国迅速在波黑地区采取了历史最大规模的维和行动；欧共体国家和美国也纷纷进行斡旋干预。

自 1992 年 4 月开始，在长达三年半的波黑战争中，波斯尼亚首府萨拉热窝这个曾经引爆第一次世界大战的城市，再次成为战争的焦点，被围困了 43 个月之久。1993 年 4 月，已过花甲之年的桑塔格在儿子大卫·瑞夫（David Rieff）的鼓励下，第一次来到战火纷飞的萨拉热窝。到 1995 年 11 月停战止，桑塔格先后 11 次来到萨拉热窝，有时一待就是好几个月。20 世纪 90 年代的波黑冲突如同 30 年代的西班牙内战一样局势危急。但是，像当年乔治·奥威尔（George Orwell）和西蒙尼·魏尔（Simone Weil）那样自愿奔赴西班牙战场参加反法西斯战斗，并为此献出自己宝贵生命的作家已经寥寥无几，也只有桑塔格敢于并愿意出现在萨拉热窝。人们不断地询问桑塔格，为什么著名作家中只有你一个人关心波黑冲突呢？对此，桑塔格感到痛心疾首。

这个问题背后隐藏着西方知识分子对 20 世纪末人类历史上的种族仇杀受害者的冷漠与缺乏同情，这说明知识分子作为仗义执言者，对重大社会公共事务积极干预的传统功能已经消退，现在他们逃避政治，苦心经营个人生活，是一群遵纪守法的犬儒主义者。桑塔格认为知识分子的狭隘性，缺乏全球视野正是消费资本主义逻辑在他们身上的具体体现。满目疮痍的城市笼罩在炮火之中，萨拉热窝人等待着有人去为他们伸张正义，桑塔格也急于向人诉说萨拉热窝人民的苦难，可是人们对她的行动并不热心，也不关心波黑动荡的局势，桑塔格觉得这个世界被冷酷地分割成了"彼处"与"此处"。① 桑塔格对记者说："这是我一生中第一次焦虑听众的问题，……我为谁写作？我没有兴趣去支持与安慰新保守主义者。这是一个令人烦恼的悖论，最终我被击败了。我放弃了花了一年时间所写的几百页（手稿）。"② 桑塔格这样的心境是对左翼消沉，新保守主义当道的现实的哀叹。

萨拉热窝是一个多元文化城市，人口主要由占48%的波斯尼亚（主要信奉伊斯兰教）、占37.1%的塞尔维亚（主要信奉东正教）和占14.3%的克罗地亚（主要信奉天主教）三大部族组成，历史上他们平静而和睦地生活在这片土地上。1992年，在前南斯拉夫解体的背景下，三大部族就波黑前途和领土等问题发生严重分歧，矛盾骤然激化，导致战争的爆发。波斯尼亚人遭到毁灭性的打击，萨拉热窝这个拥有35万人口的城市遭到43个月的停水、停电的军事围攻，每天都有无辜的贫民受伤或死亡的事情发生。埃瑞克·霍布斯鲍姆（Eric Hobsbawm）在《极端的年代》中这样描述道："走在贝尔格莱德街头，可以看到许多年轻女子的头发已经开始发白，有的甚至完全花白。这些脸孔都很年轻，却布满痛苦折磨。只有她们的身材体形，才透露出她们实在都还没有老啊！我仿佛看见，这场战争的毒手是如何摧残了这些娇颜弱质。我们不能再让这种景象重演。这些红颜顶上的白发，不久会变得更为灰白，终至连红颜也将消失。实在太惨了。这些未老的白头，这些被偷走的无辜青春，真是后人看我们这个时代的最真实的写照啊。"③

在波黑冲突问题上，桑塔格坚持弱小且被凌辱的波斯尼亚族是受害者，而塞尔维亚人和克罗地亚人则是入侵者，美国政府明知正义在波斯尼亚人一边，但迟迟没有行动。欧洲似乎也不想阻止事态的发展，因为北约可以在三年中的任何时刻结束这场战争，联合国的维和行动也无法

---

① Susan Sontag, *"There" and "Here"*, *Where the Stress Falls*, New York: Farrar Straus Giroux, 2001, p. 324.

② Carl Rollyson and Lisa Paddock, *Susan Sontag: the Making of An Icon*, New York / London: W. W. Nortion & Company, Inc., 2000, p. 293.

③ ［英］霍布斯鲍姆：《极端的年代》，郑明萱译，江苏人民出版社1999年版，第30页。

奏效。桑塔格指出："波斯尼亚人所进行的事业也正是欧洲在进行的，那就是推行民主，建立起由公民而非由一个部族的成员组成的社会。为什么这样的暴行，这样的价值观不能激起人们更强有力的反应？为什么会没有多少具有良知和洞察力的知识分子聚集到一起来谴责发生在波斯尼亚的种族灭绝，来捍卫波斯尼亚人民的事业？"① 桑塔格指责欧洲不敢承担起保护弱小民族的责任，也哀叹左翼对此无动于衷，没有人加入到她的萨拉热窝之行中来，此时的左翼知识分子全都淡出了政治。人们不禁联想到 30 年代的西班牙内战，当时西方作家、艺术家和教授纷纷奔赴战场，他们用自己的英勇行动谱写了人类的正义之举。然而，在20 世纪末的波黑冲突中知识分子却是缺席的。

此外，桑塔格认为对穆斯林的偏见也是这场冲突愈演愈烈的原因之一。她说："不能低估一般人对穆斯林的看法是如何塑造了'西方'对塞尔维亚在波斯尼亚的侵略行径的反应。"② 事实上，萨拉热窝的人口是穆斯林、塞尔维亚和克罗地亚三大民族混杂在一起的，而且异族之间的通婚非常普遍，生活在这一地区的穆斯林民众大多数跟南欧的邻居们一样，都不是宗教狂，也都深受当今消费社会文化的浸染。萨拉热窝的穆斯林族裔信奉伊斯兰教的历史只有 500 年，他们多为信奉基督教的南部斯拉夫人的后裔，因此，他们在心理上更多地还是认同他们的南部斯拉夫同胞，所谓原教旨主义在这里找不到任何踪迹。让桑塔格气愤的是，在人类社会即将进入 21 世纪之际，还发生如此野蛮的种族仇杀。

桑塔格从不支持强权，她把塞尔维亚军队的围攻与 1915 年土耳其人对亚美尼亚人的种族大屠杀、二战期间纳粹德国对犹太人的屠杀相提并论，认为这是 20 世纪末的第四次种族大仇杀。萨拉热窝每天都有几十人死于爆炸或狙击手的枪弹，人们经过任何地方都可能死于炮火，可贵的是萨拉热窝人民保持了正常的人性，对此桑塔格表示敬佩。

在萨拉热窝，桑塔格倾己所能为当地人民做点有意义的事情。她能做三件事——写作、拍电影和导演戏剧，而导演戏剧是三件事情中唯一

---

① Susan Sontag, *"There" and "Here"*, *Where the Stress Falls*, New York: Farrar Straus Giroux, 2001, pp. 326 – 327.

② Susan Sontag, *Waiting for Godot in Sarajevo*, *Where the Stress Falls*, New York: Farrar Straus Giroux, 2001, p. 307.

可以在萨拉热窝奏效和被赏识的。① 桑塔格自费举办戏剧义演活动,她想通过演戏向世界展示萨拉热窝人民并没有沦为动物,他们是有文化素养、有理想追求的优秀族裔。最初,桑塔格打算上演莎士比亚的戏剧,由于演出条件受到限制,最后只能选择道具、布景简单且寓意深刻的《等待戈多》。在灯光昏暗、音响设备简陋的剧院里,观众从头至尾观看贝克特的戏剧无疑是一次严峻的考验。出人意料的是,在军事包围的萨拉热窝,在城市的残垣断壁中观看《等待戈多》的观众甚至比伦敦、巴黎和纽约的人数还要多。这也显示了萨拉热窝人民的文化品位丝毫不逊色于其他欧洲城市的人。

自 1993 年始,由桑塔格导演的《等待戈多》先后在萨拉热窝的五家剧院上演,反响热烈、很受欢迎。文化,特别是严肃文化,从来都是人类尊严的表达,而此时此刻在萨拉热窝的演出与观看贝克特的戏剧都是一种勇敢的行动,表达了人类对正义与和平的向往。桑塔格对贝克特的戏剧进行了必要的删改,她觉得《等待戈多》第一场的绝望对于萨拉热窝的观众来说已经足够,他们无法承受第二次的戈多不来了。桑塔格在第一场与第二场之间进行了必要的压缩,使剧中的戈多更像一种仪式,她要求演员凸显神的冷漠和无动于衷,传达出剧作家对残忍僵化世界的冷漠感受。《等待戈多》切合了萨拉热窝人那时的感受——失望、饥饿、沮丧,等待任何一种外来力量拯救或保护他们。② 从这种意义上看,桑塔格执导的戈多更像是降临在萨拉热窝的探视者和慈善家,尤其适合萨拉热窝。

在排演的过程中,桑塔格和演员们克服诸多难以想象的困难。首先,他们得从很远的住处赶到剧院,途中随时都会遭遇炮弹袭击。其次,他们还要面临物质生活的困苦,每天都得花几个小时去打水。而且食品匮乏导致演员们营养极度不良,排演一会儿就感到精疲力竭。再次,剧院里没有电,全靠有限的蜡烛照明,很多时候演员们看不清台词。虽然所有的演员都是义务的,但是大家都毫无怨言、乐意奉献,这

---

① Susan Sontag, *Waiting for Godot in Sarajevo*, *Where the Stress Falls*, New York: Farrar Straus Giroux, 2001, p. 300.

② Ibid., p. 313.

令桑塔格感动。

桑塔格的演员阵容也是由三大民族组成，因为萨拉热窝异族通婚如此普遍，根本就召集不到一支由单一民族演员组成的班底，这正是该城市多元文化的具体体现。由此，桑塔格也感到种族排挤与仇杀是愚蠢的。第一次演出舞台上只有 12 支蜡烛，然而却座无虚席，没有人因为光线昏暗而中途离去，剧院外面还不时传来轰隆隆的炮声。这再一次向世界证明萨拉热窝人的高贵与不屈不挠。

桑塔格在萨拉热窝的义演活动具有不同寻常的意义，正如《纽约时报》的记者约翰·伯恩斯（John Burns）所评述的那样："对于萨拉热窝的人民来说，桑塔格已经成为一种象征，经常被本地报社和电视台的记者采访，并被邀请在各处集会上演讲、在大街上签名。戏剧公演后，市长走上舞台宣布她为荣誉市民。"[①] 有时桑塔格走在大街上，孩子们也会冲她喊"等待戈多"。可见，桑塔格的义演活动已经家喻户晓，深入人心，许多前往萨拉热窝采访的记者也都为她的勇气和坚韧所打动。在波黑战争期间，桑塔格冒着生命危险，先后十余次来到硝烟弥漫的萨拉热窝，让世人看到她并不是来寻找机会的，真正体现了知识分子的公共意识和良知。1994 年，由于桑塔格在萨拉热窝的杰出贡献，她荣获了 5 万美金的"勃朗峰文化奖"。桑塔格认为奖项是属于萨拉热窝的，自己不过是个媒介，所以，她把全部奖金捐给了波斯尼亚。2004 年 12 月，当桑塔格去世的消息传到萨拉热窝，市政府决定把她当年义演的街道命名为"桑塔格街"，以纪念这位不肯与时代妥协的作家。[②]

80 年代末伴随着苏联解体和东欧剧变，西方知识分子在意识形态与价值取向上也面临着新的选择，因此，人们看到在 90 年代的波黑战争与科索沃危机中，当美国越过联合国，调集北约国家，以当今世界上最先进的军事武器对南斯拉夫联盟这样一个小国进行大规模轰炸时，曾经以这样或那样的方式对资本主义、帝国主义的种种恶行进行过批判的西方知识精英们，竟然放弃了批判立场。其中最引人瞩目的就是德国法

---

① Carl Rollyson and Lisa Paddock, *Susan Sontag: the Making of An Icon*, New York / London: W. W. Nortion & Company, Inc., 2000. p. 293.

② "Arts Briefly", *The New York Times 1*, January 2005.

兰克福学派的第三代首领人物哈贝马斯的立场转变。1999 年 4 月 29 日，尤尔根·哈贝马斯（Juergen Habermas）发表《兽性与人性——一场法律与道德边界上的战争》的长文，宣扬随着地球村的出现和发展，对于人权的讨论应由主权国家人民权利的层次提升到世界公民的权利层次上来。因此，把国际法转化为世界公民法已经摆在议事日程上了。哈贝马斯表示，在古典国际法的框架内，北约对南联盟进行事先警告过的军事惩罚，或许可以被说成是干涉主权国家的内政，但在人权政治的前提下，这一国际社会许可的干预应该理解为用武力实现和平的使命。他甚至说，"按照这一西方的阐释，科索沃战争将意味着从国家间的古典国际法向世界公民社会的世界公民法演变的过程中的一个飞跃"。① 哈贝马斯在科索沃问题上所采取的"主战论"立场，引起西方主流媒体的普遍关注。有舆论认为，哈贝马斯的表态标志着整个欧美知识界的转向，即左右的分野已经日渐模糊，判断一个知识分子人格的只能是他对正义的热情、对虚伪的敏感、对罪恶的愤怒和对一切不义的拒绝。

毫无疑问，桑塔格是经得住考验的，她是一位真正的具有公共关怀意识的世界公民，她敢于直面国家黑暗、强权黑暗和人性的黑暗，她的普适性关怀超越了国界、种族、意识形态和文化。无论是 20 世纪六七十年代的激进的政治旅行，80 年代末对苏东极权主义的抨击，还是 90 年代为波斯尼亚弱小民族伸张正义，表面看桑塔格似乎经历了由左到右的政治转变，大有自我否定之嫌，但是仔细分析，就会发现她并未逾越自己一贯的政治立场。简言之，桑塔格的政治立场基本上还是西方自启蒙以来的人道主义价值观念，这一点与萨特极为相似。桑塔格在 1998 年接受华裔学者贝岭、杨小滨的采访时，明确表示谢绝评论界加之于她的"后现代主义"的桂冠，她说自己是启蒙主义思想传统重整式的学者。② 桑塔格以人道主义的标尺既量出了资本主义消费社会中的工具理性的非人性一面，也比照出了苏东社会主义模式中的高度集权的不合理性，从中我们可以更加清楚地看到桑塔格在当今西方文化思想领域中所

---

① ［德］尤尔根·哈贝马斯：《兽性与人性——一场法律与道德边界上的战争》，《读书》1999 年第 9 期。

② ［美］桑塔格、贝岭、杨小滨：《重新思考的世界制度——苏珊·桑塔格访谈录》，《天涯》1998 年第 5 期。

扮演的多重角色。总体观之，桑塔格是一位萨特式的特立独行的知识
分子。

第二节　当代美国左翼批评家的公共诉求

　　进入 21 世纪，随着全球化步伐的加快，和平与发展已经成为世人
瞩目的时代主题，但其间也潜含着各种不安定的因素，尤其是霸权主义
与恐怖主义像一对孪生兄弟一样对国际社会造成了巨大的冲击，成为影
响地区和世界安定的又一个新的不稳定因素。虽然此前新左翼文学阵营
已经发生剧烈的重组与嬗变，但原有的激进力量被保留下来，从而使当
代美国左翼文学阵营的批评之声仍不绝于耳。

一

　　2001 年 9 月 11 日，美国的两大主要城市纽约和华盛顿发生了历史
上最大的一次恐怖事件，百余层的市贸中心大楼——这个世界闻名的纽
约地标建筑，顷刻之间被恐怖分子劫持的飞机撞毁，数千人灰飞烟灭。
与此同时，象征着美国军事力量的国防部五角大楼也遭到恐怖分子所劫
持飞机的重创。恐怖分子选择纽约与华盛顿作为进攻目标，就是直接向
美国政府及她所代表的价值观念宣战。人们在惊恐之余，感到美国的
历史有可能被改写，世界民主遭遇了新的挑战。
　　在美国民众一片群情激愤的复仇声中，桑塔格发出自己独特而
理性的声音。桑塔格指出："承认这不是一次'胆怯的'对'文
明'、'自由'、'人类'或'自由世界'的攻击，而是对自称是世
界超级大国美国的进攻又有何妨呢？美国正在承担为某种利益和行
动所带来的后果。……美国的领导者和所谓的领导者们已经让我们
明白了他们可以随意操纵公众：建立信心和控制悲伤。政治——民
主制度体系中的政治本应该包容异议、增进坦诚，但现在已经被心
理安慰所替代了。我们可以共同悲痛，但决不可以一起糊涂。了解
一些历史也许可以帮助我们弄清楚刚刚发生过的和将要发生的事情。
'我们的国家是强大的'，我们被一遍又一遍地灌输着这句话。然
而，我们并未找到全然的安慰。谁又能怀疑美国的强大呢？但未必

每一位美国公民都这样想吧！"①

桑塔格对"9·11"事件的冷静分析，让世人看到当代左翼批评家的普世性思想和博爱精神。她关注人类社会的正义，从而超越狭隘的民族性，显示其人格力量。毫无疑问，桑塔格是一位公共知识分子的楷模，她敢于抗拒正统和强权，经常在公众中提出令权力难堪的问题，不轻易被政府和金钱所收买，其基本理念是传达被遗忘和埋没的弱势群体的声音。弱势群体可以是一个国家内部的劳动阶层、妇女和少数民族，也可以是国际社会中被霸权欺凌压迫的民族和族群。

2003 年，桑塔格出版《关于他人的痛苦》（*Regarding the Pain of Others*），通过探讨影像与恐怖主义的关系问题，进一步从批评理论上反思"9·11"。这部著作虽然理论色彩过于浓厚了一些，但直接指涉美国的反恐策略。桑塔格看到，自 1839 年发明相机到 1880 年报刊开始采用照片以来，影像在再现恐怖与死亡方面胜过了文字叙述和绘画。在西方的反恐浪潮中，桑塔格感到有必要从文学批评的角度深刻剖析影像与恐怖主义的关系，让公众对恐怖主义的历史演变、文化表征有清醒的认识。

"恐怖主义"一词最早出现在法国大革命期间。当时执政的雅各宾党人推行红色恐怖主义，对付反革命分子，国民公会通过决议，要求"对一切阴谋分子采取恐怖行动"。罗伯斯庇尔认为："恐怖无非是迅疾、严厉而不可动摇的正义，因此也是道德的一种表现。"② 我们不难看出，恐怖主义不是指一般的、孤立的、偶然的恐怖行为，而是一种有组织、有制度和有政治目的的暴力活动。某种意义上看，恐怖活动与战争具有一体两面的性质，二者均以残杀生命为基本特征。

桑塔格首先从 30 年代法西斯分子在西班牙制造的震惊欧陆的恐怖事件——西班牙内战谈起。当时英国作家伍尔芙对事件作出独特的反映。她在《三枚旧金币》（*Tree Guineas*，1938）一文中，从影像切入，围绕着"如何阻止战争"展开论述。她请律师与自己一同观看反映西班牙法西斯恐怖活动的照片，"今天早上有一张是一具男尸，也许是女

---

① 桑塔格提供给笔者的稿件，后来以题目为 "Whatever May be Said of the Perpetrators of Tuesday's Slaughter, They Were not Cowards"，发表在《纽约客》上。

② ［法］罗伯斯庇尔：《关于指导国民公会的政治道义原则》，转引［法］阿尔贝·索布尔《法国大革命史》，马胜利等译，中国社会科学出版社 1989 年版，第 290 页。

尸；尸体毁坏严重，甚至可能是头猪的尸体。但另一些肯定是些孩子的尸体，那一张无疑是房子的残骸。一枚炸弹炸毁了房子的一侧；原本是起居室的地方还挂着一个鸟笼，但房子的其余部分已面目全非，就像悬挂在半空中的一串木棒"。① 血肉模糊的成人与儿童的尸体展现了恐怖分子惨绝人寰的罪恶。

伍尔芙所目睹的血腥图像，让桑塔格联想到 2001 年 11 月 13 日的《纽约时报》所刊登的恐怖分子攻击世贸大楼的照片。与伍尔芙时代不同的是，现在人们只需驻足在小小的屏幕前——电视、电脑、掌中电脑，就可以历险影像所提供的全世界的灾难报道，这是一种典型的后现代式体验。然而，传媒所报道的这些影像并不是让人们思索这些问题：谁造成影像所展现的内容？谁来负责？人类无法避免恐怖吗？相反，却是任由血腥暴力冲击人们的感官。因此，传媒网络播放的被称作新闻的"世界"，其实无论从地理上，还是从主题上看都是非常狭小的地方，它并不能代表整个世界，不过是影像制造之物。

从理论上看，后现代主义文化的根本特征就体现在影像上。影像已经同夷平了一切事物意义的世界建立了一种长期的"窥淫癖关系"（voyeuristic relation）。于是，桑塔格就从西方文化的源头上梳理"窥淫癖"的内在心理根源。柏拉图在《理想国》第 4 卷中讲述的勒翁提俄斯观看杀人场面的故事，从一个侧面反映了人类具有一种窥视恐怖暴力场景的潜在欲望。英国哲学家埃德蒙·柏克（Edmund Burk）也从审美心理的角度，指出人类有观看他人痛苦场面的嗜好。他说："我相信，我们一定程度上喜欢观看别人的真正不幸和痛苦，这样的人并不在少数。"② 柏克认为，崇高正是由恐怖与惊惧所激发出来的情感体验，"凡是能以某种方式适宜于引起苦痛或危险观念的事物，即凡是能以某种方式令人恐怖的，涉及可恐怖的对象的，或是类似恐怖那样发挥作用的事物，就是崇高的一个来源"。③ 英国作家威廉·黑兹利特（William Haz-

---

① ［英］弗·伍尔芙：《三枚旧金币》，选自《伍尔芙随笔全集》，王斌、王保令译，中国社会科学出版社 2001 年版，第 1031 页。

② ［英］埃德蒙·柏克：《对崇高观念和优美观念之起源的哲学研究》，见朱光潜《西方美学史》（上），人民文学出版社 1963 年版，第 237 页。

③ 同上。

litt）在《莎士比亚的戏剧人物》（*Characters of Shakespeare's Plays*）一书中，分析了伊阿古在舞台上吸引观众的原因，"为什么我们阅读报刊所叙述的惨烈的大火和令人愕然的谋杀？"① 因为人们本能地迷恋灾难，观赏残酷。法国作家乔治斯·巴塔伊（Georges Bataille）保存一张 1910年在中国拍摄的一个犯人被砍了一百多刀的照片。他把照片摆在办公桌上，天天观赏，后来还写进了探索爱欲与暴力的《爱神的眼泪》（*The Tears of Eros*）一书中。这张照片在巴塔伊的生活中起了决策性作用，他无法不去想象那种痛苦的形象，并从中获得某种难以抑制的狂喜与冲动。

由"窥淫癖"所衍生的窥见他人痛苦，呈现肉体痛苦的现象在基督教文化中俯拾即是。基督教的教义就经常把肉体的痛苦与牺牲相联系，牺牲便意味着升华，从亚伯拉罕、荷罗孚尼、施洗者约翰，到大量的圣徒殉教事迹，都展现了肉体的痛苦。基督教的文化观念广泛地渗透在西方绘画艺术中，许多艺术家渲染恐怖与暴力的热情不亚于裸体。如拉奥孔父子被毒蛇缠噬，在死亡中挣扎的痛苦与紧张状态广泛地出现在各种绘画与雕刻中。人们从下列画家的作品中都可以看到血腥的场景：荷兰画家亨德瑞施·哥尔兹（Hendrich Goltziu）的蚀刻画《毒龙吞食卡德摩斯》、提香·维切里奥（Tiziano Vocellio）的《马斯亚斯的浩劫》、雅克·卡洛（Jacques Callot）绘制的蚀刻画《战争的苦难》。因此，达·芬奇坚持，艺术家不仅要有勇气与想象力去再现血腥的厮杀，而且更要以锐敏且无动于衷的超然态度面对之。显然，人们不仅毫不畏避这些暴力场景，反而从中获得了某种快感。

站在后现代主义的立场来看，影像不仅仅是在复制现实，更是把现实纳入一种工业技术的"再制"过程之中。像迪斯尼乐园、侏罗纪公园、哈利·波特的魔幻世界都属于这类影像。也就是说，现实的影像和影像的影像互相交叠充斥在世界上，形成一个影像世界。换言之，在后工业技术的支持下，影像已经走到了与现实无关的地步，影像完全是它自己仿造的思想，即让·波德里亚（Jean Baudrilltard）的"仿像"。更

---

① William Hazlitt, *Characters of Shakespeare's Plays*, London：C. H. Reynell, 21, Piccadilly 1817, p. 61.

重要的是，人们生活于影像之中，不仅认识与判断现实的逻辑发生了混乱，情感也出现危机。毫无疑问，后工业社会中的人们已经习惯于通过媒体从遥远处观察战争。当"9·11"事件发生时，那些从塔楼中逃离出来的人们，无法相信自己的眼睛："这不是真实的"，"是超现实的"，"很像好莱坞的电影"，"像一场噩梦"。2003 年 4 月，美英联军发动推翻萨达姆政权的战争，完全掌控在美英联军手中的传媒，再次向世人彰显了影像的巨大威力。把恐怖与战争景观化，其实就是允诺每个人都可以成为旁观者。此观念延伸下去，便是荒唐地以为世界上少数发达国家的臣民可以优先成为旁观者，即别人痛苦的观赏者。然而，这些新闻消费者对战争、残暴根本没有切身的感受与体验，而只是习惯于通过传媒，从遥远处观看恐怖与暴力。桑塔格担心长此以往，人们将陶醉于暴力与恐怖之中，造成思想的极度贫乏。

上述这些紧扣现实的批评理论，凸显了桑塔格敏锐的思想洞察力，同时也让世人看到她一以贯之的公共人文关怀。即便是晦涩的批评理论，也直接指涉现实政治。桑塔格正是以这种超迈而普世性的视野理解与审视自己所生活的时代。

二

2004 年 5 月，美军在前萨达姆的阿布格莱布监狱里的虐俘事件曝光后，全球舆论哗然。桑塔格不顾年高体弱，撰写了最后的长文《关于虐待他人》(*Regarding the Torture of Others*)。这是继《关于他人的痛苦》后，她对美国现实所作的最后一次理论剖析。

桑塔格指出，布什政府只想尽快息事宁人，制止与此相关的肇事者——那些照片的传播者，无意解决由照片所暴露的政策与领导者的问题。美国政府不承认在阿富汗、关塔那摩湾等监狱中有虐俘现象，企图掩盖事实真相。所以，在美国高层领导人的发言中，尽可能地回避"酷刑"字眼。这很容易让人联想起十年前美军进驻卢旺达时所发生的"种族仇杀"——也尽量回避"种族仇杀"。

传统的战争摄影属于摄影记者的职能范围，如今士兵们凭借着数码相机，全都成了摄影者。他们随时可以记录身边所发生的战事，记录自己的欢乐、暴行以及对战争的观察，等等。他们相互交流，并以互联网发往全球。虐俘照片反映了布什政府的对外侵略政策，就像 20 世纪比利时对刚果、法国对阿尔及利亚那些不顺从人民所实行的蹂躏与侮辱一样。美军士兵之所以这样蛮干，那是因为他们确信这些囚犯属于劣等民族与宗教，他们并没有意识到自己的行为有什么过错。现在人们还很难预测虐俘事件对美国社会所造成的影响。

这些虐俘照片都是围绕着性的，强迫犯人做出一些猥亵姿势，以供他们取乐。摄影的深度满足已经不是传统的亲临与观望，而是把策划的事件拍摄下来，以便获得充分的快感。虐俘事件绝不是一种变态行为，而是布什政府推行反恐战争以及树立美国国际形象的产物。布什政府使国家卷入了一场虚假宗教的战争，而且是没有终结的战争，这必将源源不断地产生酷刑。据红十字会的报告，关押在阿布格莱布监狱里的"疑犯"大都没有什么犯罪记录，拘押他们的主要理由就是"审讯"。如果"审讯"成了关押的无限期理由，那么，肉体的侮辱和折磨就不可避免。人们生活在数码相机时代，才迫使美国领导人不得不承认虐俘事件的存在。然而，国际红十字会在一年中所提交的有关阿富汗、伊拉克的虐俘事件却得不到任何答复。照片打破了美国领导者的沉默，因为照片记录了事实。这是一个数码相机自我生产与自我传播的时代。

参议员詹姆斯·英霍夫（James Inhofe）说："这些被关押的人员可不是违反了交通规则，他们是杀人犯、恐怖分子、造反之徒，或许他们的双手就沾满了美军的鲜血。我们很头痛如何对付这些人。"[①] 美国政府认为，媒体进行了错误的宣传，煽起全世界的反美情绪，这些照片会让很多美国士兵丢掉性命的。显然，美军濒临死亡不是由于这些照片，而是由于照片所展现的正在发生的事情，以及与此相关的决策。

这是美军虐俘事件发生之后，对美国当局最尖锐的批评，充分展现了桑塔格不依附强权，维护和平、正义、民主和人权的普适关怀。她坚持从知识分子的良知作出独特判断。从波黑战争到反恐，桑塔格在左翼知识分子纷纷远离社会政治的情况下，仍然孤军奋战，坚持走"作家之职责就是社会批评家"的道路。她深感批评家承担着艰苦而没有尽头的

---

① Susan Sontag, "Regarding the Torture of Others: Notes on What been Done and Why to Prisoners by Americans", *The New York Times* 23, May 2004.

任务，继续追寻与捍卫真理与正义，他们应该是独立于权力，对国家及得势者进行公开的批判与审视。他们的精神与超越性追求应该体现在因独立而引起异议，敢于反抗一切隐藏或公开的强权操纵。对于外界的褒贬她丝毫不为所动，我行我素，体现当代左翼批评家对公共事务的积极参与意识，这对于中国知识分子是极具启发意义的。虽然桑塔格的声音无法左右政治家的决策，也不能制止不义的战争，但是，这种声音却是人类良知的体现。试想，如果知识分子都缄默不语，那么，强权与暴力不是更加横行无忌吗？

三

　　同一时期，美国著名语言学家乔姆斯基也表达了类似的左翼看法。乔姆斯基出身于俄裔犹太人家庭，自幼生活在劳动阶层中，对社会不公正有深刻的体验。青年时期的乔姆斯基由于创立"生成—转换"语言学理论，成为一代宗师。自60年代末，乔姆斯基转向大众传播和公共政策、国际关系领域，对美国政府的许多政策制定提出尖锐的批评，先后发表了70多部政论和政治哲学论著。他广泛接受媒体采访，四处讲演，公开宣称自己是美国政治文化的反对者。

　　"9·11"事件发生后，乔姆斯基在接受贝尔格莱德电台采访时，严厉地抨击美国政府。他指出，本·拉登是美苏对峙中的产物，是由美国中情局为了对付苏联在阿富汗的力量一手扶植起来的。但是，自1990年起拉登开始反抗美国，其势力逐渐填补了苏联撤离后留下的空缺。拉登敌视西方的价值理念，提倡为穆斯林而战，得到了很多人的响应，致使恐怖暴力事件层出不穷。美国应该从近期的巴尔干纷争中充分汲取历史的经验教训，从自身寻找原因，这样才能彻底解决恐怖主义问题。

　　乔姆斯基认为，"9·11"事件是美国自1812年第一次对外宣战以来，首次在本土遭受的重创。历史上美国总是以胜利者自居，如灭绝土著人口、侵占半个墨西哥、控制了夏威夷等。20世纪后半叶，美国又到处扩张、霸气十足，使其受害者无以计数。可以说，美国一直强行推行自己的霸权主义政策，让世界进行旗帜鲜明的非此即彼的选择。如果不赞同美国的主张，就被视为邪恶，这种行径本身比恐怖主义还要恶劣。美国知识分子应该把对权威的服从颠倒过来，遵从自己的独特判断。乔姆斯基认为，正是由于美国的霸权主义政策，才催生了恐怖主义。如果美国继续推行所谓的西方民主，任意攻击别国的选择，就会激起新一轮的恐怖暴力。报复毫无益处，杀死拉登也解决不了根本问题，只会使矛盾升级。"9·11"事件发生后，美国当即向巴基斯坦提出中止为阿富汗难民提供食品援助，而这些无辜的难民与恐怖分子毫无瓜葛。美国的做法无异于杀死了数百万塔利班的受害者。当前，美国民众更要冷静地反思，把自由与民主社会调整到更加人性化和更富名誉性。①

与乔姆斯基比肩的另一位著名的左翼批评家是爱德华·萨义德（Edward W. Said）。他 1935 年出生在巴勒斯坦，在美国接受了系统的高等教育，但是，叛逆的个性和广阔的视野使他始终关怀着阿拉伯和巴勒斯坦民族的命运。萨义德是一位多重背景交织的批判型学者，也是后现代条件下的美国左翼的楷模。他的批评理论受到当代欧陆理论的启迪，特别是米歇尔·福柯（Michel Foucault）的知识与权力理论的影响。他的《东方学》（Orientalism，1978）一书，以福柯的知识考古学方法和文本细读分析法，揭橥了西方主流文化中的东方学的虚妄性与种族偏见，进而开辟了后殖民理论研究。他又在《文化与帝国主义》（Culture and Imperialism，1993）一书中，继续深化与系统化了在《东方学》中所展开的对西方权力话语的批判。更为重要的是，第三世界的背景使萨义德的文学批评有着不同于西方学术主流的视角与关怀，具有强烈的批判性。他反对任何形式的、独一无二的权威与崇拜，强调在不同历史语境、社会背景、文化环境、政治脉络下开展研究。

萨义德的批评理论一方面促使西方反观自身、深刻内省；另一方面也深化了第三世界人民对西方后殖民的认识。然而，萨义德并不是一个仅仅满足于理论批评的学者，而是热衷于现实政治，他积极投身巴勒斯坦解放运动，把文学批评与现实政治紧密联系在一起。从 1977 年至 1991 年，萨义德不仅是巴勒斯坦民族议会的成员，而且也充当了巴勒斯坦民族解放运动在国际社会上的重要发言人。萨义德的不同凡响之处在于他能够把孤独斗士的痛苦转化为一种既能在帝国中心求得生存，同时又能发出批判声音的强大力量，体现了当代左翼批评家的公共关怀。

---

① www..zmag.org/ chombg2.htm.

　　因为具有强烈的政治关怀，萨义德又写了《知识分子论》(*Representations of the Intellectual*, 1994) 一书，集中讨论知识分子的职责问题。在他看来，现代意义上的知识分子应该是那些以独立身份，借助知识和精神力量，对社会表达出一种强烈的公共关怀、公共良知、社会参与意识的人。他反对把知识分子划分成作家、批评家和学者，而是强调把三者的创造力、学识和判断力融汇在公众知识分子这一美国文化中最为稀缺的角色中。他在《知识分子论》中写道："事实上政府依然明目张胆地欺压人民，严重的司法不公依然发生，权势对于知识分子的收编与纳入依然有效地将他们消音，而知识分子偏离行规的情形依然屡见不鲜。"① 在知识分子日益被体制所收编的情况下，萨义德尤其感到自己应该在学术界以内和以外发挥重要作用。

　　萨义德正是以这种独立的左翼身份，坚持批判美国霸权、痛斥西方偏见。在他大义凛然的批判背后，始终闪烁着一种人文理想：那就是拨开殖民迷雾，消除种族误解，促成巴以和谈，重建联合国。乔姆斯基称赞萨义德的奋斗精神，说他不单为了巴勒斯坦，也为了其他受压迫的苦难人民。

　　像乔姆斯基和萨义德这样的知识分子之所以受到社会的注意，被视为知识分子良知的象征，除了他们自身的道德勇气之外，还因为他们是大学教授、专家、某个领域的权威。这样，他们就有了相对的话语权。也就是说，他们自身的合法性是由体制内部提供的，如果缺少知识权威这一必要条件，自然无法获得社会的认可与重视，更谈不上产生影响了。故而，一方面，社会应该大力提倡学院与现实的贯通，以便产生更多的公共知识分子。另一方面，体制化或学院化并不意味着产生不了公共知识分子。我们从萨义德、加亚特里·斯皮瓦克（Gayatri C. Spivak）、霍米·巴巴（Homi K. Bhabha）等人身上看到了某种希望，即便所有的知识分子都被体制化和专业化了，人们仍然能够在知识体制内部寻求成为公共知识分子的有效途径。

　　"9·11"之后，萨义德从理论上质疑反恐战争的合法性。他认为

————————————

① ［美］萨义德：《知识分子论》，单德兴译，生活·读书·新知三联书店2002年版，第22页。

知识分子应该以"公共记忆"的身份发挥作用,去召唤那些被民众忘却和忽视了的东西,进而质疑那些貌似公允的"真理"。他指责以萨缪尔·亨廷顿(Samuel Huntington)的文明冲突论和弗朗西斯·福山(Francis Fukuyama)的历史终结论为代表的右翼理论,被美国媒体称为"恐怖主义教授"。2000 年,萨义德在黎巴嫩边境向以色列一边投掷石块,遭到右翼势力的围攻。詹姆逊称赞萨义德是一位杰出的巴勒斯坦知识分子、欧洲知识分子和大都会知识分子,精辟概括了萨义德在后现代社会中的多种角色和多重身份。萨义德的典范意义在于他以一位知识精英的身份和地位,通过媒体诉诸公众,并把他的左翼立场化为社会活动,对社会产生重大影响。在此,他的知识精英地位与公共知识分子身份相互贯通、相得益彰。我们从桑塔格、乔姆斯基和萨义德为代表的当代左翼批评家身上,看到了西方知识分子的独立精神和对公共事务的关怀。

综合起来看,如果我们把桑塔格、乔姆斯基、萨义德放在重整启蒙主义思想的层面上进行透视与分析,就会看到他们不仅仅面对强大的主流媒体、主流意识形态、跨国资本和政治霸权,而且更直接面对右翼知识界和学术界,以及新自由主义和新保守主义所合力打造的"新全球主义"。这些势力配合所谓全球反恐战略,正在把美国新全球资本帝国的策略推向世界的方方面面。从这个意义上讲,他们是名副其实的左翼文学批评家,他们从始至终以自己超越性价值作为社会的良心和评判事物进步与否的标准,敢于为弱势群体讨一个公道。为此,他们成为现实社会的永远的批判者,是现存价值的反对者。他们对社会现实进行无情的批判,其根本的冲动是指向一个充满正义的理想未来。他们以寻求正义作为自己的理想支撑,他们不臣服于任何霸权,而葆有思想自由,无怨无悔地担当起暗暗长夜的守更人角色。

第三节   "学院左翼"的新马克思主义批评

20 世纪 60 年代末,轰轰烈烈的新左翼运动走向沉寂,往日那些负笈欧陆的学子们急流勇退。他们感到既然无力改变世界,只能把自己的政治热情转化为一种"学术"政治,利用激进思想重新阐释世界,在校园中建立"阵地"。1971 年詹姆逊出版《马克思主义与形式》标志着新马克思主义批评在美国的出现。在詹姆逊的带领下，左翼学者出版重要的批评著作，形成一个跻身于大学的"学院左翼"批评家群体。像格拉夫的《自我作对的文学》、弗兰克·兰特里夏（Frank Lentricchia）的《新批评之后》(*After the New Criticism*，1980)、马丁·杰伊（Martin Jay）的《马克思主义和总体性》(*Marxism and Totality*，1984)、康奈尔·韦斯特（Cornel West）的《马克思主义思想的种族维度》(*The Ethical Dimensions of Marxist Thought*，1991)，特丽莎·伊伯特（Teresa Ebert）的《文化中的阶级》(*Class in Culture*，2007) 等著作，都体现了"学院左翼"批评的理论追求与方法论至上的特征。

一

詹姆逊（Fredric Jameson）1934 年生于美国俄亥俄州的克里夫兰，先后就读于哈佛和耶鲁大学。他 50 年代末在耶鲁大学攻读博士学位，师从埃瑞克·奥尔巴赫（Erich Auerbach），受导师影响，撰写论述萨特文体风格的博士论文《萨特：风格之起源》(Satre：the Origins of a Style，1961)。当时耶鲁是新批评的重镇，那里的师生埋头考证、热衷形式，而詹姆逊则通过萨特走向马克思主义。这可以看作是他反对居支配地位的新批评，力图使自己成为批判型学者的起步时期。他把学术目光投向欧陆寻求理论资源，反对文学常规。1967 年，当新左翼运动高涨时期，马尔库塞任教的加州大学成为革命的中心。当时已在哈佛大学任教的詹姆逊，毅然前往加大的圣地亚哥分校任教。在此期间他大量阅读卢卡契、阿多诺、本雅明、布洛赫等西方马克思主义的经典著作，从中汲取营养，逐渐积蓄了他日后新马克思主义批评的理论基础。

60 年代在美国文学批评中，新批评留下的空白尚无人填补，结构主义、原型批评、精神分析等企图填补空白，但它们的偏向阻碍了可能的统一。由于它们都缺乏宏观统领的眼光，也没有总体性思维，只能是一些只见树木不见森林式的研究。① 新左翼学者有感美国大学英文系推崇形式研究，抹

① Norman Rudich ed., *Weapons of Criticism*：*Marxism in America and the Literary Tradition*，Palo Alto：Ramparts Press, 1976.

杀社会历史，导致文学研究的思想性日益贫乏，他们积极寻求方法突破。詹姆逊的《马克思主义与形式》就是在这种背景下出现的。他提出文学形式重于内容，从经济基础到上层建筑、意识形态到生产方式等诸多方面，把美国人对传统马克思主义的认识范畴扩展到文化、性别和族裔等领域，为马克思主义和辩证唯物主义争得了史无前例的地位。詹姆逊的著作开启了美国马克思主义批评的新阶段，詹姆逊本人也被学术界公认为英语区内唯一可与欧陆批评并驾齐驱的学者。在詹姆逊之前，英国新左翼也曾兴旺发达，但是，无论威廉斯还是安德森，他们都过于拘泥于经验主义或实证主义，缺乏欧陆的总体性思想建构，因此，无法进行高屋建瓴的阐发。直到 70 年代末，《新左派评论》和新左翼书局才开始大力译介欧陆的西方马克思主义著作，打破英国本土与欧陆相隔离的状况。而这个时候，詹姆逊已经捷足先登，令英国同行欷歔不已。

　　詹姆逊出版《马克思主义与形式》的时候，马克思主义批评在美国已经式微，起初普林斯顿大学出版社并不看好此书。然而，它却出乎意料地成为 70 年代美国最重要的学术著作之一，对那些成长于新左翼运动的青年人产生至关重要的理论冲击。詹姆逊本人也成长于 60 年代的新左翼运动，受到奥尔马赫影响，他反对专业切割，提倡动态综合阐释，而这正是马克思主义的灵魂所在。《马克思主义与形式》让新马克思主义在美国学术界获得应有的地位，人们忘记了 30 年代的不愉快，从而加速了马克思主义的本土化。詹姆逊在序言中指出："当美国读者想到马克思主义文学批评时，我认为浮现在他们脑海的仍然是本世纪 30 年代的那种氛围。在那些岁月里，迫在眉睫的问题是反纳粹主义、人民阵线、文学和劳工运动的关系，斯大林和托洛茨基的斗争，及马克思主义和无政府主义的斗争。这些问题引发了我们可以抱着怀旧心情进行反思的辩论，但这些辩论已不再符合今日世界的情况。那时所从事的批评，如果可以这样说的话，具有一种相对来说是非理论的、本质上是训诫的性质，与其说适用于研究生的课堂讨论，毋宁说它注定更加适用于夜校的教学；它已经降低到思想和历史古董的地位。"① 詹姆逊旨在

---

① ［美］弗·詹姆逊：《马克思主义与形式》，李自修译，百花洲文艺出版社 1995 年版，第 1 页。

说明自己力求分析形式主义中的马克思主义成分，探讨一种不同于"红色 30 年代"的新马克思主义批评。

詹姆逊在《马克思主义与形式》中，论述了阿多诺的无调音乐、本雅明的历史讽喻、卢卡契的总体性、马尔库塞的解放哲学和萨特的存在主义，等等。他把这些西方马克思主义理论都归拢于辩证法的大旗之下，让它们相互补充、互相激荡，化为一种更大的辩证综合体系。詹姆逊从马尔库塞那里获得文艺作品的解放力量，对发达资本主义构成执着的否定；他从布洛赫那里领悟到：艺术作品虽然无力解决现实问题，但它刺激想象、催生未来，具有超越现实的乌托邦力量。詹姆逊又把卢卡契的总体性理解为马克思主义不可或缺的"乌托邦冲动"，成为他战胜形式主义、破译后现代文化的主要武器。

经过左翼文化运动的洗礼，当时马克思主义已经充分渗透到美国人文学科的内部，在各个领域存在着、活动着，早已不是一种专门化的知识或思想分工。而且，"在其微妙与灵活方面马克思主义是一种远胜于其他系统的在不同语言间翻译斡旋的模式"，"马克思主义的确是唯一一种包罗万象的移绎转换的技巧或机制"，其优势在于它总是介入并斡旋于不同的理论符码之间，其深入全面，远非这些符码本身所能及。[①]然而，美国思想界素有尊崇自由主义和经验主义的实在论的传统，它抵制欧陆哲学，反对理论思辨。出于反共偏见，美国学术界拒不介绍西方马克思主义理论，惧怕其总体化思维，视其为极权主义。詹姆逊指出："形式主义批评将现实分离成一些封闭的空间，小心翼翼地把政治同经济、法律同政治、社会同历史等因素区别开，使任何特定问题的内涵永远被遮蔽，并将一切都限制在经验范围之内，以便排除任何思辨的总体化思想，因为它可能引发整体社会生活的某种幻象。"[②] 詹姆逊认为当务之急是掌握马克思主义的辩证法。故而，《马克思主义与形式》的学术意义有两点：一是挑战了英美批评中的霸权形式和思想统治模式；二是把马克思主义辩证法和欧陆的西方马克思主义理论发扬光大。

----

① ［美］弗·詹姆逊：《晚期资本主义的文化逻辑》，张旭东译，生活·读书·新知三联书店 1997 年版，第 20—22 页。

② ［美］弗·詹姆逊：《马克思主义与形式》，李自修译，百花洲文艺出版社 1995 年版，第 311—312 页。

二

70 年代初，俄国形式主义和法国的结构主义进入美国，成为学界新宠。旧左翼的批评家（纽约文人）在理论上严重滞后，无力对抗新一轮形式主义，便采取排斥的态度。詹姆逊则固守左翼立场，主动迎战新理论，吸纳其创新观念，1972 年他出版《语言的牢笼》（*The Prison - House of Language*）。

詹姆逊在《语言的牢笼》中，以一定的意识形态为框架，在思辨层面上对俄国形式主义和法国结构主义理论体系进行整体观照。由于索绪尔的语言学构成了俄国形式主义和法国结构主义的理论根基，所以，詹姆逊从此处切入，以揭示索绪尔语言学的共时与历时之间的矛盾断裂。然后，詹姆逊又回到宏观审视上，从认识论高度审视语言模式这个根本问题。他说："对结构主义的真正批评需要我们钻进去对它进行深入透彻的研究，以便从另一头钻出来的时候，得出一种全然不同的、在理论上较为令人满意的哲学观点。"[①] 中国学者赵一凡认为，詹姆逊"钻进拉出、另起炉灶"的方法，说明美国左翼学者不再固守传统的历史决定论，而是广纳新的批评方法。[②] 詹姆逊认为结构主义语言学就其彻底摆脱英美传统中根深蒂固的经验论和实证体，转向强调关系的系统论这一点而言，是值得肯定的。但是，语言学模式是一个在结构上无法产生自我意识的理论体系，因此，用语言系统来说明现实，用新的语言学术语重新表述哲学问题，必然使语言本身成为一种享有特殊地位的阐释方法。他呼吁人们应该冲出语言的牢笼，寄希望于一种新的、真正能将形式与内容、符号和指意结合起来的阐释学和语义学。

在"学院左翼"现身之时，美国批评界正受到桑塔格的《反对释义》和利奥塔（Jean - Francois Lyotard）的《后现代状况》的冲击，正值叙事危机之时。詹姆逊则坚持总体化、历史化，追寻一种既宏伟又具体的马克思主义阐释学，他推出《政治无意识》（*The Political Uncon- scious*，1981），奠定了他的"学院左翼"的首领地位。

---

① ［美］弗·詹姆逊：《语言的牢笼》，钱佼汝译，百花洲文艺出版社 1995 年版，第 3 页。

② 赵一凡：《马克思主义与美国当代文学批评》，《外国文学评论》1989 年第 4 期。

《政治无意识》是詹姆逊的最重要的著作。在这部作品里，他的理论综合表现得最为系统。如果说，詹姆逊是一位原创型的思想家，那么，"政治无意识"就是他最核心的概念。首先，詹姆逊看到西方马克思主义者在意识形态批判中借鉴了弗洛伊德的精神分析理论，把意识形态视为一种类似于无意识的存在，即一种异化的、非历史的现实。受他们的启发，詹姆逊提出"政治无意识"这个概念，用以创建马克思主义阐释学。"政治无意识"是个复合词，前面的政治属于政治经济学概念，指涉文学的政治经济属性；后面的无意识则是心理学术语，它指向文学作品中被压抑的历史意识、社会差异。在詹姆逊看来，要沟通这两个不同的领域与学科，必须经由历史叙事这个中介转码。关于历史叙事，是受到卢卡契启发，詹姆逊试图利用历史叙事说明文化文本包含着一种"政治无意识"，或被埋藏的叙事和社会经验，以及如何用复杂的文学阐释来说明它们。詹姆逊在《马克思主义与形式》中说过，批评的过程，与其说是释义，不如说是揭露那些被压抑的原始经验。① 所以，他强调政治并非精神分析的辅助手段，而是一切阅读和阐释的绝对视阈。②

因为历史无法直观认知，它只能通过其结果——概念、理论、文艺作品，被加以曲折地再现。因为，詹姆逊指出，历史不是文本，但作为缺场的原因，它只能以文本形式接近我们。这样，他把历史与文本联系在一起，人们若要接触历史，也必须通过文本化，以及其在政治无意识中的叙事化。政治无意识使阐释学与叙事学形成交叉，呈现出一个马克思主义有待发展的空间。旧左翼批评的弊端是把文学当成现实的镜像反映；英美新批评则矫枉过正，走向另一极端，切断了文学与外界的一切联系。詹姆逊紧扣历史与文本之间的意识形态再现过程，充分吸收精神分析的营养，提出"政治无意识"概念；并融会语言学成果，关注"意识形态"与"叙事"之间的关系；他接纳西方马克思主义中的乌托邦批判精神，分析"意识形态"与"乌托邦"之间的关系。詹姆逊在

---

① ［美］弗·詹姆逊：《马克思主义与形式》，李自修译，百花洲文艺出版社1995年版，第342页。

② ［美］弗·詹姆逊：《政治无意识》，王逢振译，中国社会科学出版社1999年版，第8页。

总体上考察了文学形式的发展历史之后，通过对意识形态和乌托邦的双重阐释，确立了新马克思主义的批评方法。

詹姆逊坚持所有文学作品都分享一个基本主题，即马克思所说的从自然王国到自由王国的集体斗争。① 危机派把叙事和阐释看成个人行为，其实文学是对集体命运的象征性沉思。危机派蔑视总体、忽略历史，而詹姆逊认为叙事与阐释同属一个历史再现过程，此即资本主义全球化。詹姆逊认为所有文学阐释都是寓言的解读，而生产方式的变革最终决定人类叙事模式的演变。在詹姆逊看来，叙事模式既是文学内部建制，也是作家与读者的"社会契约"；它保证作品被人接受理解。叙事模式之所以不断更迭，是因为它们必须跟随变革，去服务新意识形态。新文体被设计出来，是为了应对特定历史场合。詹姆逊的文学阐释发扬了马克思主义的历史的和美学的相统一的批评原则，他指出："我历来主张从政治社会、历史的角度阅读艺术作品，但我决不认为这是着手点。相反，人们应从审美开始，关注纯粹美学的、形式的问题，然后在这些分析的终点与政治相遇。……我却更愿意穿越种种形式的、美学的问题而最后达到某种政治的判断。"② 总之，《政治无意识》包含着他对文学方法的阐述，对文学形式历史的系统创见，以及对主体性的形式和方式的潜在历史的描述，跨越了整个文化和经验领域。

《马克思主义与形式》、《语言的牢笼》和《政治无意识》被学界称为当代西方马克思主义批评的巨著，诚如美国学者尼尔·拉森（Neil Larson）所言："詹姆逊的激进文学批评，已成为人文界的一股潮流。自冷战以来，尚无一种马克思主义批评享有如此殊荣。他的《马克思主义与形式》、《语言的牢笼》、《政治无意识解》，实已获得工具书的地位。"③ 詹姆逊的理论著述为美国大学中的马克思主义批评的发展作出突出贡献。

---

① ［美］弗·詹姆逊：《政治无意识》，王逢振译，中国社会科学出版社1999年版，第10页。

② ［美］弗·詹姆逊：《晚期资本主义的文化逻辑》，张旭东编译，生活·读书·新知三联书店1997年版，第7页。

③ Neil Larsen，" Foreword"，The Ideologies of Theory：Essays 1971—1986，eds.，Fredric Jameson et al.，Minneapolis：University of Minnesota Press，1988，p. 9.

三

　　在资本主义消费社会中，詹姆逊找不到解决后现代文化矛盾的出路，他说："庞大跨国企业雄霸世界，信息媒介透过网络占据全球。作为主体，我们被重重围困，却找不到自己被困迷宫的原因。"①苦闷中，詹姆逊开始留心第三世界和中国。詹姆逊特别怀念自己成长的60年代，那一时期是人人解放的时刻，全球能量释放的时刻，"毛泽东对这一过程的比喻最具振聋发聩性：'我们的国家就像是一个原子……当原子核被击碎，它释放出的热能必将产生巨大的力量！'"②詹姆逊以毛泽东的热能量隐喻来追述60年代遍布全球的情感，因为毛泽东的"革命"是60年代最激动人心、最典型的政治形象。詹姆逊多次表示："第一世界的60年代，在很大程度上得益于第三世界主义的政治文化模式，尤其得益于最具象征意义的毛泽东思想。"③

　　詹姆逊为什么会有如此强烈的"中国"情结呢？为了回答这一问题，我们把"中国革命"置于反霸权文化政治的背景下，便可以抽丝剥茧般呈现詹姆逊的中国情结之内核。"中国革命"有三个极其深远的文化政治意图：一是打破西方现代性范式的反霸权规划；二是振兴民族和革新社会关系的乌托邦愿望；三是基于新阶级范畴的新阶级斗争模式。这些意图彰显了毛泽东坚定不渝地排斥西方霸权发展道路的决心，为身陷跨国资本主义时代困境中的西方新左翼知识分子指明了一条路径。如果我们把"中国革命"摆在去殖民化的全球语境里探讨，只要把后殖民话语内涵稍加引申，将一切反霸权力量包括在反殖民话语内，那么，毛泽东思想应该是具有后殖民主义性质的，因为它坚持在西方现代性的宏大叙事之外寻求发展道路。这正是詹姆逊"中国革命"情结的深层原因。詹姆逊把毛泽东的革命看作60年代乌托邦焦虑最富象征性的表现。在詹姆逊看来，它既是一场必然的历史运动，是历史现实，也是让人重新焕发活力的一种幻象。

---

　　① ［美］弗·詹姆逊：《晚期资本主义的文化逻辑》，张旭东编译，生活·读书·新知三联书店1997年版，第497页。

　　② 转引自谢少波《另类立场》，赵国新译，南京大学出版社2009年版，第91页。

　　③ 同上。

　　经济发展优先论一直是西方现代主义或帝国主义意识形态的核心，而毛泽东坚持"具有中国特色的社会主义"，挑战苏联和第一世界。正是毛泽东的这种罗曼蒂克式的政治实践，使詹姆逊把毛泽东思想视为马克思主义的新历史阶段，代表着一种乌托邦冲动。所谓中国特色社会主义，就是要"按照毛泽东眼中的马克思主义社会经济目标来改造世界"，而不是追随迎合现实的实用主义。詹姆逊看到第一世界的"资本无处不在的强大势力覆盖一切，在资本以外采取文化政治行动以，寻求阿基米德支点，已不复可能，因为在后现代主义的新空间，批判的距离完全被取消了"。① 晚期资本主义的文化逻辑几乎不可能让人在西方消费社会中构想出反霸权的抵抗空间。然而，"中国革命"却要迅猛改造社会意识、社会关系和政治文化意识形态，顽强地指向一种乌托邦式的社会空间。这个社会空间将培育"新人"，把人人改造成哲学家、科学家、作家或艺术家。同时打破了等级制和官僚制对大众百姓的压抑和束缚，各级干部被下放到基层单位或干部学校，从事体力劳动和思想改造。毛泽东思想令詹姆逊为之倾倒，启发他重新构想阶级斗争和对抗性的文化政治，从而象征性地实现他对于某种集体身份的乌托邦想象。在去中心化的后现代时代，实现这种集体身份，需要动员新的从属性主体。詹姆逊所面对的问题是，如何让马克思主义重新具有活力，证明具有阶级意识的文化斗争是切实可行的，并具有话语的合法性。

　　显然，詹姆逊的文化政治批评与毛泽东思想具有某种天然的亲和性，因为二者都植根于一种反霸权话语，具有强烈的乌托邦激情。尽管晚期资本主义的文化逻辑及其标准化的策略让个体的主体性陷于精神分裂式的瘫痪状态，摧毁了历史性和整体性的意识。然而，詹姆逊始终坚守其总体化的认知和阐释模式，试图以辩证的方法重构集体身份，以对抗整个资本制度。詹姆逊与毛思想的联系，道出西方知识分子对 60 年代新左翼精神的坚定持守。

　　尽管充满乌托邦焦虑和革命突发性的毛泽东时代已经过去，但是，中国革命仍不失为一次巨大的历史启示，它不仅揭示了人与自然、革命与保守之间的一场博弈，而且揭示了超越或无视物质的精神如何孤注一

---

① 谢少波：《另类立场》，赵国新译，南京大学出版社 2009 年版，第 95 页。

掷地试图重建和再造自然。"中国革命"令詹姆逊想到，当年这个世界上人口最多的国家，凭借自己的政治想象，既生活在传统的限制之外，又集中体现了这种拒绝妥协的乌托邦激情。我们认为探讨詹姆逊的毛泽东情结可以揭示中西文化政治的隐秘联系，可以更加客观地对待毛泽东的文化政治遗产。

詹姆逊坚信，当今的资本主义并没有发生根本性的变化，甚至并未超出伯恩斯坦时代的范畴，因此，作为资本主义的"对手"学说的马克思主义依然有鲜活的生命力。尽管资本主义在进入后现代时期出现了前所未有的新特点，但与之相适应的马克思主义必然区别于资本主义现代化发展时期的马克思主义，具有文化的特征。也就是说，晚期资本主义时代的马克思主义应该是一种文化马克思主义。因此，作为一种重要的意识形态，"学院左翼"的批评话语霸权一直延续到新世纪。

2008 年 9 月，詹姆逊获挪威路德维希·霍尔堡国际纪念奖（Holberg International Memorial Prize），该奖被视为人文类学科的诺贝尔奖。[①] 詹姆逊获奖，在美国学术界引起很大反响，尤其是左翼知识分子，备受鼓舞。詹姆逊的获奖具有特殊的学术意义，是对跨学科研究成果的承认，也是理论的一次胜利。在现实意义上，有人把詹姆逊的著作与当前欧美的经济危机相联系，说他对资本主义的分析和批判具有前瞻性。随着詹姆逊的获奖，学术界将加深对资本主义更深刻的认识与批判。

"学院左翼"批评的突出成就体现在马克思主义研究方面，当今许多一流大学的一流教授在文学理论、政治学、社会学和历史学等方面，广泛阐发马克思主义，取得举世公认的学术成就。这其中首推詹姆逊，美国学术界公认的、唯一的当代权威马克思主义批评家。但是，"学院左翼"与公共左翼不同之处是它囿于大学，脱离公众，曲高和寡。美国学者雅格比指出："说詹姆逊是一位精力充沛、有责任感的思想家，没有人会反对。也没有怀疑他的天地是在大学中……以前的马克思主义者和激进批评家——路易斯·芒福德、马尔科姆·考利——从未抛弃过公

---

① 该奖是由"路德维希·霍尔堡基金会"（The Ludving Holberg Memorial Fund）颁发的，因此前面冠以"路德维希"。

众。而詹姆逊却从未寻找过公众。他的著作是为大学的讲习班而写的。"① 雅格比一语中的，揭示了"学院左翼"的软肋。中国学者王逢振也认为詹姆逊的著作难懂：一是他喜欢用复合长句，从句套从句，为的是追求理论节奏感；二是他的理论自成体系，任何一部著作或文章都关涉到他的整个理论框架，所以，读詹姆逊的书总是读整个作品而不是单某个文本。② 在美国学界还出现了这样一种现象，随着詹姆逊著作的不断出版，产生许多导读书籍，如《詹姆逊、阿尔都塞、马克思："政治无意识"导言》。③ 这是"学院左翼"批评与生俱来的缺陷，但也是它的特色。诚如伯特尔·奥尔曼（Bertell Ollman）所说："当今美国大学里正掀起一场马克思主义的文化革命。越来越多的学生和教师开始研究马克思主义关于资本主义如何发生作用，它如何兴起及其发展趋势的解释。不过这是一场和平的、民主的革命，主要以著述和讲演的形式来进行斗争。"④ 虽然这段话是在叙述"学院左翼"的产生，却暗含着"学院左翼"马克思主义研究的特点——无党派性、非俄性、非颠覆性。正是这三点缓解了当局的危机感，但也就注定了它的理论性和难以走出学院。

综上所述，桑塔格与詹姆逊都成长于60年代的新左翼运动，他们分别代表着当代美国左翼批评家的两种路径：传统左翼的公共知识分子角色；学院派左翼的理论探索。虽然他们从各自的路径对晚期资本主义展开批判，但是，他们都不约而同地把目光投向中国，试图为身陷泥泞的资本主义寻找出路　目前中国正不可逆转地、迅速地成为全球化体系中的成员，中国社会、中国知识界也面临着全球资本主义和美国霸权时代的所有问题。在这样的形势下，回顾桑塔格的遗产，反思詹姆逊批评理论对中国知识界、中国知识分子的启发，是很有现实意义的。中国有

① ［美］拉塞尔·雅格比：《最后的知识分子》，洪洁译，江苏人民出版社2006年版，第185页。

② 王逢振：《前言：弗雷德里克·詹姆逊和他的著作》，载《詹姆逊文集：论现代主义文学》(5)，苏中乐译，中国人民大学出版社2010年版，第9页。

③ ［美］拉塞尔·雅格比：《最后的知识分子》，洪洁译，江苏人民出版社2006年版，第185页。

④ Bertell Ollman et al., eds., *The Left Academy: Marxist Scholarship on American Campuses*, New York: McGraw Hill, 1982, p. 1.

特殊的左翼政治文化和历史资源，尤其是中国 20 世纪后半叶的社会实践早就与世界社会变动、社会思潮有密切关联。毛泽东的理论和实践更是毫无疑问地同法国后结构主义、解构主义激进思潮、西方马克思主义有着不解的渊源。中国公共知识分子的职责是什么？左翼立场究竟如何定位？如何思考目前中国公共知识分子同各种权力结构和体制的关系？这些都是需要我们认真思考的。但一个基本前提是，中国不能没有像桑塔格和詹姆逊这样的左翼批评家，他们既有社会精英的身份，又积极介入大众传媒、公共政策和社会改革。更为重要的是，要把为弱势群体争取公正、揭露和改变社会不公现象作为自己的奋斗目标。

结　语

　　20 世纪美国的左翼文学思潮经历了发生、发展、嬗变、重组的过程，在这样的过程中，产生许多优秀的作家、批评家和作品，取得举世瞩目的成就，从而成为美国文学的重要组成部分。左翼文学的一个显著特征就是其鲜明的政治倾向性，藉此成为美国主流文学的"对手"，承载着任何其他文学所无法替代的审美功用与社会功用。同时，左翼文学也不断寻求时代的新思维方式、新感觉方式和新表达方式，这又促使它联结着激进美学。这样一来，左翼文学又同现代主义文学、后现代主义文学关系密切、互动不断，这不仅极大地拓展了它的发展空间，而且使其葆有旺盛的艺术生命力，直至成为美国 20 世纪文学的重要一翼。

　　美国左翼文学思潮大力彰显种族平等、性别平等、反法西斯主义、反帝国主义和反殖民主义，其卓越的成就早已成为重建 20 世纪美国文学发展史的重要组成部分。特别是当下的黑人文学、女性文学、亚太文学，以及新历史主义、女权主义、后殖民主义和新马克思主义等文学批评流派的兴旺，都可以上溯到左翼文学这里，辨析出自己的源头与根脉。

　　对 20 世纪美国左翼文学思潮展开研究，不仅可以丰富和发展中国文学理论，而且有助于我们更加深入地认识世界文学的新变动，以及与中国文学的内在关联性。笔者试图从理论上廓清美国左翼文学思潮在思想上、艺术上同浪漫主义文学、现代主义文学和后现代主义文学的内在交合重叠关系，深化我们对美国左翼文学思潮的理论认识，以便为中国左翼文学的研究提供理论参照。社会主义文化振兴的前提之一是理论创新，而 20 世纪美国左翼文学思潮在理论和实践方面的探索中提出许多积极的见解，这对于创新中国文学理论无疑具有重要的借鉴价值。在当今西方金融危机不断爆发且持续蔓延的时候，美国左翼文学思潮又给我们提供了认识资本主义经济结构的思想借鉴，因而具有非常现实的研究意义。

在研究中，笔者注意到虽然中国的左翼文学主要受到苏联无产阶级文学的影响，但当 20 世纪 30 年代美国左翼文学达到鼎盛的时候，也获得中国左翼文学的遥远呼应。1930 年 3 月成立的"中国左翼作家联盟"（左联）致力于中国的革命普罗文艺运动，曾大力译介过辛克莱、高尔德、杰克·伦敦等左翼作家的作品，郭沫若、茅盾、瞿秋白等人曾给他们极高的评价。同一时期，史沫特莱、斯诺、哈罗德·伊罗生（Harold Isaacs）、休斯等著名左翼作家也赶赴中国，他们翻译或是创作了许多反映中国革命进程的作品，让美国左翼文学阵营及时了解中国革命，提高了中国左翼作家的国际声誉。当时的《新群众》源源不断地报道中国左翼文学发展的动态，而在上海和延安解放区，人们也可以及时看到《新群众》、《共产党人》、《亚洲》等美国出版的进步刊物，显示了中美两国左翼文学互动之频繁。那时因政治迫害流亡美国的中国左翼作家蒋希曾，在美期间曾经得到美国左翼作家的帮助。蒋希曾用英文创作的小说《中国红》，受到德莱塞的称赞。① 这些问题还有待深入探讨。

在研究中，笔者还关注到如下的情形：在当前的全球化大背景下，自由资本主义的发展遭遇了前所未有的挑战，一方面全球化需要自由市场的统一，需要输出一些超现代的美国银行体系，使经济的泡沫成分越来越重；另一方面随着跨国公司的兴起，造成发达国家工人失业，贫富差距不断增大。与此同时，资本主义消费观念无孔不入，后殖民政治四处扩张，民族主义也反弹高涨，社会结构发生巨大变化。人们逐渐认识到"意识形态的终结"与"历史的终结"都是错误的。当前的欧美金融危机所引发的经济疲软，再次证明了新自由主义的破产，也说明世界应当以全局观和多样化结构为基础进行彻底的经济改革，而不是继续支持一个老化的体系。在这样的历史境遇中，西方学者重新挖掘历史资源，反思现实社会问题，使左翼文学思潮的研究再次迭起。

实事求是地看，尽管目前美国左翼文学思潮的研究出现回暖迹象，但是它在当代西方文坛上所扮演的角色，以及对东西方文学发展进程的

---

① 高志华：《蒋希曾文选》，中国文联出版社 2001 年版，第 18 页。

影响，特别是其持久的激进思想，长期没有受到学术界的重视。因此，还要加强这方面的研究。本课题力图用中国学人的目光审视美国左翼文学思潮发展的全貌，在批评与创作两个层面上展示当代美国文学的多元性，呈现中国文学的参与进程，弥补国外研究的不足。

20 世纪 70 年代，新左翼作家桑塔格赶往中国，亲身感受中国的"文化革命"，回国后发表短篇小说《中国旅行计划》。我们从小说中可以感受到新左翼的政治诉求与中国极左思潮的某种隐秘联系。虽然詹姆逊的新马克思主义批评囿于学院批评的视阈，表现出一定的局限性，但他对毛泽东思想的神往，也透露出一种美国左翼知识分子试图从第三世界革命中寻求突破资本主义商业结构的冲动。这些都表明无论旧左翼还是新左翼，中美之间都存在着密切的相互渗透、相互理解，以及对人类美好前景的共同追求的基本趋向。由于篇幅所限，这些问题笔者在课题中并没有展开详细追踪与研究，希望能有机会进行深入的探讨。

同时笔者还遗憾地认识到，在以下两个问题的研究中还缺乏应有的理论力度和分析深度：一是托洛茨基对美国左翼文学的影响。这个问题直接关涉到 20 世纪上半叶美国左翼文学的变动；二是新左翼运动的理论诉求与后现代主义文学的关系。这两者之间既有区别又有交合的复杂关系，直接关涉到当代美国左翼文学思潮的重组与嬗变。凡此种种，只有等以后的研究来弥补了，希望本课题能起到抛砖引玉的作用，让同行专家各抒己见，共同推动美国左翼文学思潮的研究。

参考文献

一　国内研究资料

赵一凡：《从胡塞尔到德里达西方文论讲稿》，生活·读书·新知三联书店 2007 年版。

盛宁：《美国文论》，北京大学出版社 1994 年版。

金莉：《20 世纪美国女性小说研究》，北京大学出版社 2010 年版。

杨任敬：《20 世纪美国文学史》，青岛出版社 1999 年版。

文楚安：《"垮掉的一代"及其他》，四川大学出版社 2002 年版。

虞建华：《美国文学的第二次繁荣》，上海外语教育出版社 2004 年版。

王家湘：《20 世纪美国黑人小说史》，译林出版社 2006 年版。

黄卫峰：《哈莱姆文艺复兴研究》，外语教学与研究出版社 2007 年版。

王恩铭：《美国反正统文化运动》，北京大学出版社 2008 年版。

王予霞：《苏珊·桑塔格与当代美国左翼文学》，中国社会科学出版社 2009 年版。

赵国新：《新左派的文化政治》，外语教学与研究出版社 2009 年版。

周莉萍：《美国妇女与妇女运动》，中国社会科学出版社 2009 年版。

［英］艾瑞克·霍布斯鲍姆：《极端的年代》，郑明萱译，江苏人民出版社 1999 年版。

［英］艾瑞克·霍布斯鲍姆：《非凡的小人物》，王翔新译，新华出版社 2001 年版。

［法］阿尔贝·蒂博代：《六说文学批评》，赵坚译，生活·读书·新知三联书店 2002 年版。

［美］丹尼尔·贝尔：《资本主义文化矛盾》，赵一凡译，生活·读书·新知三联书店 1992 年版。

［美］弗·詹姆逊：《快感：文化与政治》，王逢振译，中国社会科学出版社 1998 年版。

［美］弗·詹姆逊：《政治无意识》，王逢振译，中国社会科学出版社 1999 年版。

［美］弗·詹姆逊：《马克思主义与形式》，钱佼汝译，百花洲文艺出版社 1995 年版。

［德］汉娜·阿伦特：《人的条件》，竺乾威译，上海人民出版社 1999 年版。

［德］汉娜·阿伦特：《精神生活》，姜志辉译，江苏教育出版社 2006 年版。

［美］杰拉尔德·格拉夫：《自我作对的文学》，陈慧译，河北人民出版社 2004 年版。

［美］拉塞尔·雅格比：《最后的知识分子》，洪洁译，江苏人民出版社 2006 年版。

［美］雷纳·韦勒克：《近代文学批评史》（6—8），杨自伍译，上海译文出版社 2005 年版。

［美］理杰德·罗蒂：《筑就我们的国家：20 世纪美国左派思想》，黄宗英译，生活·读书·新知三联书店 2006 年版。

［美］理查德·佩尔斯：《激进的理想与美国之梦》，卢允中译，上海外语教学出版社 1992 年版。

［法］罗曼·罗兰：《莫斯科日记》，袁俊生译，广西师范大学出版社 2003 年版。

［美］马尔科姆·考利：《流放者归来》，张承谟译，重庆出版社 2006 年版。

［英］马修·阿诺德：《文化与无政府状态》，韩敏中译，生活·读书·新知三联书店 2002 年版。

［英］佩里·安德森：《西方左翼思潮四十年回顾及其九十年代的复兴》，周穗明编译，《当代世界社会主义问题》2001 年第 1 期。

［英］萨利·贝恩斯：《1963 年格林威治村——先锋派表演和欢乐

的身体》，华明译，广西师范大学出版社 2001 年版。

[美] 桑塔格、贝岭、杨小滨：《重新思考的世界制度——苏珊·桑塔格访谈录》，《天涯》1998 年第 5 期。

[苏] 托洛茨基：《文学与革命》，刘文飞译，外国文学出版社 1992 年版。

二 国外研究资料

1. 研究著作与史料汇编

Aaron, Daniel, *Writers on the Left: Episodes in American Literary Communism*, New York: Harcourt, Brace & World, Inc., 1961.

Arendt, Hannah, *For Love of the World*, New Haven: Yale University Press, 1982.

Bergman, David, ed., *Camp Grounds: Style and Homosexuality*, Amherst: University of Massachusetts Press, 1993.

Bloom, Alexander, *Prodigal Sons: the New York Intellectuals and Their World*, New York / Oxford: Oxford University Press, 1986.

Bloom, Harold, *The Anxiety of Influence*, New York: Oxford University Press, 1973.

Bloom, James, *Left Letters: The Culture Wars of Mike Gold and Joseph Freeman*, New York: Columbia University Press, 1992.

Bockris, Victor, *With William Burroughs: A Report from the Bunker*, New York: Seaver Books, 1981.

Brightman, Carol, Mary McCarthy and Her World, New York: Clarkson N. Potter, Inc., 1992.

Brightman, Carol, ed., *Between Friends & the Correspondence of Hannah Arendt and Mary McCarthy 1949—1975*, San Diego: Harcourt Brace, 1995.

Conroy, Jack and Curt, Johnson, eds., *Writer in Revolt: the Anvil Anthology, 1933—1940*, New York/Westport: Lawrence Hill and Company, 1973.

Cooney, Terry, *The Rise of the New York Intellectuals: Partisan Review and Its Circle*, Madison: University of Wisconsin Press, 1986.

Daniel, Bell, The Coming of Post – Industrial Society, New York: Basic Books, 1973.

Dickstein, Morris, Gates of Eden: American Culture in the Sixties, Cambridge: Harvard University Press, 1997.

Diggins, John, The Rise and Fall of the American Left, New York: W. W. Norton & Company, Inc., 1992

E. San Juan, Jr. Carlos Bulosan and the Imagination of the Class Struggle, Quezon City: University of the Philippines Press, 1972.

Farrell, James, A Note on Literary Criticism, New York: Columbia University Press, 1994.

Fiedler, Leslie, Cross the Border—Close the Gap, New York: Stein & Day Publish, 1972.

A New Fiedler Reader, New York: 59 John Glenn Drive Amherst, 1999.

Foley, Barbara, Radical Representations: Politics and Form in U. S. Proletarian Fiction, 1929—1941, Durham / London: Duke University Press, 1993.

Freeman, Joseph, An American Testament: A Narrative of Rebels and Romantics, New York: Farrar & Rinehart Inc., 1936,

Gilbert, B. James, Writers and Partisans: A History of Literary Radicalism in American, New York: John Wiley, 1968.

Goodman, Paul, Growing up Absurd: Problems of Youth in the Organized Society, New York: Random House, 1960.

Hardwick, Elizabeth, Foreword to Intellectual Memoirs, New York 1936—1938, New York: Harcourt Brace Jovanovich, 1992.

Hassan, Ihab, The Postmodern Turn: Essays in Postmodern Theory and Culture, Columbus: Ohio State University Press, 1987.

Hart, Henry, ed., The American Writers' Congress, New York: International Publishers, 1935.

Hicks, Granville, et al., eds., Proletarian Literature in the United States: An Anthology, New York: International Publishers, 1935.

Hollander, Paul, Political Pilgrims: Travel of Western Intellectuals to the Soviet Union, China, and Cuba 1928—1978, New York / Oxford: Oxford University Press, 1981.

Homberger, Eric, Writers and Radical Politics, 1900—1939: Equivocal Commitments, New York: St. Martin's Press, 1986.

Howe, Irving and Coser, Lewis. The American Communist Party: A Critical History (1919—1957), Boston: Beacon Press, 1957.

Howe, Irving, Steady Work, New York: Harcourt, 1966.

A Margin of Hope: An Intellectual Autobiography, San Diego: Harcourt Brace Jovanovich, 1982.

Kazin, Alfred, On Native Grounds: An Interpretation of Modern Prose Literature, New York: Reynal & Hitchcock, 1942.

Kazin, Alfred, Starting Out in the Thirties, Boston: Little, Brown, 1965.

Kennedy, Liam, Susan Sontag Mind As Passion, Manchester /New York: Manchester University Press, 1995.

Kiernan, Frances, Seeing Mary McCarthy, New York: Norton Company, 2000.

Leitch, B. Vincent, American Literary Criticism from the Thirties to the Eighties, New York: Columbia University Press, 1989.

Lin Chun, The British New Left, Edinburgh: Edinburgh University Press, 1993.

Marcuse, Herbert, An Essay on Liberation, Boston: Beacon Press, 1969.

Counterrevolution and Revolt, Boston: Beacon Press, 1972.

McCarthy, Mary, The Company She Keeps, San Diego/ New York / London, Harcourt Brace Company, 1942.

The Oasis, New York: Harcourt Brace Javanovich, 1949.

Memories of A Catholic Girlhood, New York: Harcourt Brace Jovanovich, 1957.

On the Contrary: Articles of Belief, 1946—1961, New York: Farrar,

Straus and Cudahy, 1961.

The Group, San Diego/ New York / London, Harcourt Brace Jovanovich, 1963.

The Writing on the Wall and Other Literary Essays, San Diego: Harvest, Brace & World, Inc., 1970.

Intellectual Memoirs: New York, 1936—1938, New York: Harcourt Brace Jovanovich, 1992.

Mickenberg, Julia, Learning From the Left: Children's Literature, the Cold War, and Radical Politics in the United States, Oxford/ New York: Oxford University Press, Inc., 2006.

Murphy, F. James, *The Proletarian Moment: the Controversy Over Leftism in Literature*, Chicago/Urbana: University of Illinois Press, 1991.

Nekola, Charlotte and Rabinowitz, Paula, Writing Red: Anthology of American Women Writers, 1930—1940, New York: the Feminist Press, 1978.

Nelson, Cary, Revolutionary Memory: Recovering the Poetry of the American Left, New York: Routledge, 2001.

North, Joseph, ed., New Masses: An Anthology of the Rebel Thirties, New York: International Publishers Co., Inc., 1969.

O'Neil, L. William, ed., Echoes of Revolt: the Masses, 1911—1917, Chicago: Quadrangele Books, 1966.

Paul N. Siegel, ed., Leon Trotsky on Literature and Art, New York: Pathfinder, 1970.

Phillips, William, et al., eds., The New Partisan Reader, 1945—1953, New York: Harcourt Brace, 1953.

Partisan Review: The 50th Anniversary Edition, New York: Stein and Day, 1985.

Phillips, William, A Partisan View: Five Decades of the Literary Life, New York: Stein and Day, 1983.

Poague, Leland, ed., Conversations With Susan Sontag, Jackson: University Press of Mississippi, 1995.

Poague, Leland and Kathy A. Parsons, eds., Susan Sontag: An Annotated Bibliography 1948—1992, New York / London, Garland Publishing, Inc., 2000.

Podhoretz, Norman, Making It, New York: Harper and Row, 1967.

Rabinowitz, Paula, Labor and Desire: Women's Revolutionary Fiction in Depression America, Chapel Hill: University of North Carolina Press, 1991.

Rideout, Walter, The Radical Novel in the United States, 1900—1954: Some Interrelations of Literature and Society, New York: Harvard University Press, 1956.

Rollyson, Carl and Paddock, Lisa, Susan Sontag the Making of An Icon, New York /London: W. W. Nortion & Company, Inc., 2000.

Seligman, Craig, Sontag and Kael: Opposites Attract Me, New York: Couterpoint, 2004.

Smethurs, James, Left of the Color Lines: Race, Radicalism and Twentieth – Century Literature of the United States, Chapel Hill: the University of North Carolina Press, 2003.

Sohnya, Sayres, Susan Sontag: the Elegiac Modernist, New York: Routledge, Chapman and Hall, Inc., 1990.

Sontag, Susan, Against Interpretation and Other Essays, New York: Farrar Straus Giroux, 1966.

Styles of Radical Will, New York: Farrar Straus Giroux, 1969.

On Photograph, New York: Farrar Straus Giroux, 1978.

Under the Sign of Saturn, New York: Farrar Straus Giroux, 1980.

A Susan Sontag Reader, New York: Farrar Straus Giroux, 1982.

Where the Stress Falls, New York: Farrar Straus Giroux, 2001.

Regarding the Pain of Others, New York: Farrar Straus Giroux, 2003.

Sueur, Le Meridel and Hedges, Elaine, Ripening: Selected Work, 1927—1980, New York: Feminist Press, 1982.

Sumner, D. Gregory, Dwight Macdonald and the Politics Circle, Ithaca / London: Cornell University Press, 1996.

Teres, M. Harvey, Renewing the Left: Politics, Imagination, and the New York Intellectuals, New York / Oxford: Oxford University Press, 1996.

Trilling, Lionel, The Liberal Imagination: Essays on Literature and Society, New York: Doubleday & Company, Inc., 1953.

Unger, Irwin and Unger, Debi, The Movement: A History of the American New Left, 1959—1972, New York: Dodd, Mead & Company, 1974.

Wald, M. Alan, The New York Intellectuals: the Rise and Decline of the Anti – Stalinist Left from the 1930s to the 1980s, Chapel Hill: University of North Carolina Press, 1987.

Writing From the Left, New York: Verso, 1994.

Exiles from A Future Times, Chapel Hill / London: the University of North Carolina Press, 2002.

Weigand, Kate, Red Feminism: American Communism and the Making of Women's Liberation, Baltimore: The Johns Hopkins University Press, 2000.

West, Don, In A Land of Plenty: A Don West Reader, Los Angeles: West End Press, 1982.

Wilson, Elena, ed., Letters on Literature and Politics: 1912—1972, New York: Farrar Straus Giroux, 1977.

Wright, William, Lillian Hellman: the Image, the Woman, New York: Simon & Schuster, 1986.

2. 理论文章

Bernstein, Richard, "Susan Sontag, As Image and As Herself", The New York Times, 26, January 1989.

Brooks, Peter. Parti Pris, Partisan Review, Summer 1966.

Ellmann, Richard, Oscar Wilder: A Collection of Critical Essays, New Jersey, 1996.

Fox, Margalit. Susan Sontag, Social Critic With Verve, Dies at 71, The New York Times, 29 December, 2004.

Garry, Will, Susan Sontag's God That Failed, Soho News, 2

March, 1982.

Gold, Michael, Towards Proletarian Art, Liberator,   (February 1921) .

A Letter to Workers' Art Groups, New Masses, 5 (September 1929) .

The East Side I Knew, Jewish Life, No. 1 (November 1954) .

Hitchens, Christopher. Poland and the U. S. Left, Specter, 16 March, 1982.

Howe, Irving, Poison Gas, Labor Action, 18 May, 1942.

Terror, Labor Action, 3 August, 1946.

The New York Intellectuals: A Chronicle and a Critique, Commentary, October 1968.

Jameson, Fredric, The Symbolic Inference; or, Kenneth Burke and I-deological Analysis, Critical Inquiry, No. 3 (Spring 1987) .

John, Simon, The Light that Never Failed, New York, 24—31 December, 1984.

KaKutani, Michiko, For Susan Sontag, the Illusions of 60's Have Been Dissipated, The New York Times, 11 November, 1980.

Kipnis, Laura, Aesthetics and Foreign Policy, Social Text, No. 15 (Fall 1986) .

Kramer, Jane, The Private Mary McCarthy: Unfinished Woman, International Herald Tribune, 31 October, 1989.

Leo, Max, Susan Sontag's "New Left" Pastoral: Notes on Revolutionary Pastoralism in America, TriQuarterly, no. 23—24 (Winter – Spring) , 1972.

MacFarquhar, Larrissa, Premature Postmodern, The Nation, 16 October, 1995.

Mailer, Norman, The Mary McCarthy Case, The New York Review of Books, 17 October, 1963.

McCarthy, Mary, A World out of Joint, The Observer, 14 October, 1979.

Ostriker, Alicia, Anti – Critic, Commentary, June 1966.

Phelps, Wallace, et al., Editorial Statement, Partisan Review1, 1

（February – March 1934）.

Editorial Statement, Partisan Review 4, 1 （December 1937）.

Phillips, William, The Politics of Desperation, Partisan Review, April 1948.

Pratt, Ray Linda, Woman Writer in the CP, Women's Studies, no. 3 （February 1988）.

Rosenfelt, Deborah, From the Thirties: Tillie Olsen and the Radical Tradition, Feminist Studies, Fall 1981.

Sontag, Susan, The Role of the Writer as Critic, Publishers' Weekly, 28 March, 1966.

Some Thoughts on the Right Way （for us）to Love the Cuban Revolution, Ramparts, April 1969.

The Double Standard of Aging, Saturday Review, 23 September, 1972.

The Third World of Women, Partisan Review, Winter/ Spring, 1973.

Poland and Other Questions: Communism and the Left, The Nation, 27 February, 1982.

Regarding the Torture of Others: Notes on what been done and why to prisoners by Americans, The New York Times, 23 May, 2004.

Toback, James, Whatever You'd Like Susan Sontag to Think, She Doesn't, Esquire, July 1968.

Wasson, Richard, The Priest to Prometheus: From the Period of Post-modern Culture and Criticism, Modern Literature, Vol. 3, no. 5 （1974, 6）